O REINO

CLIVE CUSSLER
e Grant Blackwood

O REINO

Tradução
Marcos Maffei

Editora
Novo Conceito

Publicado sob acordo com Peter Lampack Agency, Inc.
551 Fifth Avenue, Suite 1613
New York, NY 10176-0187 USA
e Lennart Sane Agency AB

Esta é uma obra de ficção. Nomes, personagens, lugares e acontecimentos descritos são produtos da imaginação do autor. Qualquer semelhança com nomes, datas e acontecimentos reais é mera coincidência.

1ª Impressão — 2012

Edição: Edgar Costa Silva
Produção Editorial: Alline Salles, Tamires Cianci
Preparação de Texto: Sandra Brazil
Revisão de Texto: Elisabete B. Pereira
Projeto Gráfico: Alberto Mateus
Diagramação: Crayon Editorial Ltda.
Capa: Sérgio Campante

Este livro segue as regras da Nova Ortografia da Língua Portuguesa.

Dados Internacionais de Catalogação na Publicação (CIP)
(Câmara Brasileira do Livro, SP, Brasil)

Cussler, Clive
O reino / Clive Cussler e Grant Blackwood; tradução Marcos Maffei Jordan. -- Ribeirão Preto, SP : Novo Conceito Editora, 2012.

Título original: The kingdom.
ISBN 978-85-8163-038-0

1. Ficção norte-americana I. Blackwood, Grant. II. Título.

12-07775 CDD-813

Índices para catálogo sistemático:
1. Ficção : Literatura norte-americana 813

Editora Novo Conceito

Rua Dr. Hugo Fortes, 1885 — Parque Industrial Lagoinha
14095-260 — Ribeirão Preto — SP
www.editoranovoconceito.com.br

PRÓLOGO

Uma terra esquecida

Das originais cento e quarenta, poderia ser eu a última Sentinela? O pensamento sinistro dava voltas na mente de Dhakal.

A principal força dos invasores tinha tomado seu país pelo leste oito semanas antes com brutal rapidez e crueldade. A cavalaria e a infantaria tinham jorrado das montanhas, infestando os vales, arrasando as aldeias e matando quem tentasse resistir.

Com os exércitos vieram grupos de soldados de elite com uma única missão: localizar o sagrado Theurang e levá-lo a seu rei. Tendo previsto isso, as Sentinelas, cujo dever era proteger a relíquia sagrada, a removeram de seu local de veneração e a esconderam.

Dhakal fez seu cavalo reduzir para trote, deixou a trilha por uma abertura entre as árvores e parou numa pequena clareira sombreada. Desceu da sela e deixou que o cavalo andasse até um riacho ali perto e inclinasse a cabeça para beber água, seguindo atrás dele para conferir a série de tiras de couro que prendiam o baú em forma de cubo à anca do animal. Como sempre, sua carga estava bem segura.

O baú era uma maravilha, construído tão solidamente que podia resistir a uma queda do alto sobre uma rocha ou a repetidos golpes de maças em mostrar a menor rachadura. Os fechos eram muitos, ocultos e concebidos engenhosamente para tornar impossível abri-los.

Das dez Sentinelas do pelotão de Dhakal, nenhuma tinha os recursos ou a habilidade de abrir aquele baú singular, e nenhuma sabia se o que continha era autêntico ou uma réplica. Essa honra, ou talvez maldição, cabia apenas a Dhakal. Por que ele tinha sido o escolhido não lhe fora revelado. Mas somente ele sabia que aquele baú sagrado continha o reverenciado Theurang. Logo, com sorte, ele encontraria um lugar seguro para escondê-lo.

Por quase nove semanas ele estivera fugindo, escapando da capital com seu pelotão apenas algumas horas antes da chegada dos invasores. Durante dois dias, enquanto a fumaça de seus lares e campos incendiados preenchia o céu atrás deles, tinham cavalgado a toda velocidade para o sul. No terceiro dia eles se dividiram, cada Sentinela foi para um destino predeterminado, a maioria se dirigiu para longe da linha de avanço dos invasores, mas alguns voltaram para ela. Esses bravos homens estariam agora mortos ou sofrendo nas mãos do inimigo que, tendo capturado cada carga falsa, os interrogavam para saber como alcançar o baú que estava com ele. Conforme planejado, essa era uma resposta que nenhum deles poderia dar.

Quanto a Dhakal, as ordens dele o tinham levado para o leste, para o sol nascente, uma direção que ele mantivera durante os últimos sessenta e um dias. A terra em que ele agora se encontrava era muito diferente do território árido e montanhoso em que fora criado. Ali havia montanhas também, mas eram cobertas por uma floresta densa e separadas por vales pontilhados de lagos, o que tornava muito mais fácil manter-se escondido, mas também tinha atrasado seu avanço. O terreno era incerto: emboscadas bem armadas poderiam cercá-lo antes que ele tivesse a chance de fugir.

Até então várias vezes escapara por um triz, mas seu treinamento tinha estado à altura. Cinco vezes observara, escondido, seus perseguidores passar a pouquíssimos metros dele, e duas vezes ele travara uma batalha campal com pelotões de cavalaria inimigos. Embora em desvantagem e exausto, ele deixara esses homens mortos, seus corpos e equipamento enterrados e seus cavalos espalhados.

Nos três dias anteriores não vira ou ouvira sinal nenhum de seus perseguidores. Também não percebera muitos habitantes locais; os que encontrara tinham lhe dado pouca atenção. Seu rosto e estatura eram similares aos deles. Seus instintos lhe diziam para seguir cavalgando, que não tinha posto distância suficiente entre ele e...

Do outro lado do riacho, talvez a uns cinquenta metros de distância, veio o som de um galho quebrando nas árvores. Qualquer outro o teria ignorado, mas Dhakal conhecia o som de um cavalo avançando em meio aos arbustos fechados. Seu cavalo parou de beber, e estava com a cabeça erguida e as orelhas atentas.

Da trilha, outro som, o do casco de um cavalo no cascalho. Dhakal tirou o arco do estojo em suas costas e uma flecha da aljava, e então se agachou no mato da altura do joelho. Parcialmente bloqueado pelas patas do cavalo, Dhakal espiou por baixo da barriga dele, procurando sinais de movimento. Não havia nada. Virou a cabeça para a direita. Entre as árvores só conseguia entrever a trilha estreita. Ficou observando e aguardou.

Então, outro ruído de casco.

Encaixou a flecha e puxou de leve o arco, aumentando a tensão.

Alguns minutos depois um cavalo apareceu na trilha, galopando devagar. Dhakal podia ver apenas as pernas do cavaleiro e suas mãos com luvas pretas apoiadas no cepilho da sela, as rédeas frouxas em seus dedos. A mão se moveu, puxando de leve as rédeas. Por baixo dele, o cavalo relinchou e bateu o casco no solo.

Um movimento intencional, Dhakal percebeu imediatamente. Uma distração.

O ataque viria do lado da floresta.

Dhakal puxou de vez o arco, fez pontaria e soltou a flecha. A ponta cravou-se na perna do homem entre o alto da coxa e o quadril. Ele gritou, agarrou a perna e caiu do cavalo. Instintivamente, Dhakal soube que sua pontaria fora certeira. A flecha perfurara a artéria da perna; o homem ficara fora de combate e estaria morto em minutos.

Ainda agachado, Dhakal girou o corpo enquanto tirava mais três flechas de sua aljava; duas delas ele cravou no chão diante de si, a terceira encaixou no arco. Ali, a nove metros de distância, estavam os inimigos, espadas desembainhadas, se esgueirando pelo mato rasteiro em sua direção. Dhakal mirou a figura que vinha e disparou. O homem caiu. Em rápida sucessão disparou mais duas vezes, atingindo um homem bem no peito, o seguinte na garganta. Um quarto guerreiro soltou um grito de guerra e investiu vindo de trás de um aglomerado de árvores. Ele quase alcançou a beira do riacho antes de cair com a flecha de Dhakal.

A floresta ficou em silêncio.

Quatro? Dhakal pensou. Eles nunca tinham mandado menos do que uma dúzia antes.

Como em resposta à sua perplexidade, o pisar pesado de cascos de cavalos soou na trilha atrás dele. Dhakal virou-se, viu uma fileira de cavalos a galope na trilha passando ao lado do camarada caído. Três cavalos... quatro... sete... dez e continuavam a vir mais. A desvantagem era avassaladora. Dhakal montou em seu cavalo, armou uma flecha e virou-se em sua sela em tempo de ver o primeiro cavalo galopando através da abertura entre as árvores para a clareira. Dhakal disparou. A flecha mergulhou no olho direito do homem. A força o impeliu para trás, sobre a sela; ele resvalou na anca de seu cavalo e caiu em direção ao cavaleiro seguinte, cujo cavalo recuou, pisando para trás, criando um ponto de estrangulamento. Cavalos começaram a se chocar uns contra os outros. O ataque emperrara.

Dhakal cravou os calcanhares nos flancos de seu cavalo. O animal pulou da margem para a água. Dhakal virou então a cabeça, esporou o cavalo e investiu rio abaixo.

**

Ele percebeu que aquela emboscada não estava acontecendo por acaso. Seus perseguidores tinham estado discretamente em seu encalço por algum tempo e conseguiram cercá-lo.

No riacho raso, sobre o som da água espirrando sob os cascos de seu cavalo, ele podia ouvi-los agora: cavaleiros avançando pela floresta à sua direita e cascos na trilha de cascalho à sua esquerda.

Adiante, o riacho fazia uma curva para a direita. As árvores e o mato rasteiro eram mais cerrados ali, fechando-se nas margens, praticamente encobrindo todo o sol e deixando uma luz crepuscular. Ele ouviu um brado e deu um relance por cima do ombro. Quatro cavaleiros o estavam perseguindo. Olhou para a direita, viu vultos escuros de cavalos entrando e saindo por entre as árvores, paralelamente a seu curso. Eles o estavam encurralando, Dhakal percebeu. Mas para onde?

Sua resposta veio em segundos, quando as árvores subitamente se abriram e ele se viu numa clareira. A largura do riacho quadruplicou; a cor da água lhe indicou que a profundidade também aumentara. Num impulso, desviou seu cavalo para a esquerda, para um banco de areia. Diretamente em frente, uma fileira de cinco cavaleiros irrompeu das árvores, dois deles abaixados, segurando as lanças horizontalmente à frente, os outros três cavalgando eretos, empunhando os arcos. Ele deitou seu corpo junto do pescoço de seu cavalo e puxou as rédeas para a direita, de volta para a água. Na margem oposta, outra fileira de cavaleiros surgira das árvores, também armados com lanças e arcos. E para completar a emboscada, diretamente atrás, galopando no riacho em sua direção, havia ainda outra fileira de cavalaria.

Como seguindo uma deixa, os três grupos reduziram para um trote, e então pararam. Lanças ainda em prontidão e com flechas nos arcos, ficaram observando-o.

Por que não estão avançando?, ele se perguntou.

Então ouviu o porquê, o ruído ensurdecedor da água.

Cachoeira.

Eles me pegaram. Encurralado.

Dhakal puxou as rédeas e deixou o cavalo andar até dar em mais uma curva no rio. Parou. Ali a água estava mais funda e correndo rápido. Quarenta e cinco metros adiante ele podia ver a névoa erguer-se acima da superfície, podia ver a água borbulhando sobre as pedras na borda da catarata.

Ele se virou em sua sela.

Seus perseguidores não tinham se movido, a não ser um dos cavaleiros. A armadura do homem indicou a Dhakal que aquele era o líder do grupo. O homem parou a seis metros e ergueu as mãos até os ombros, mostrando que estava desarmado.

Ele gritou alguma coisa. Dhakal não entendeu a língua, mas o tom dele era claro: queria apaziguar. *Acabou*, o homem com certeza estava dizendo. *Você lutou bem, cumpriu o seu dever. Renda-se, e será tratado com justiça.*

Era uma mentira. Ele seria torturado e, por fim, morto. Preferia morrer lutando a deixar o Theurang cair nas mãos do maldito inimigo.

**

DHAKAL VIROU SEU CAVALO até ficar de frente para seus perseguidores. Com exagerada lentidão, tirou o arco das costas e o jogou no rio. Fez o mesmo com a aljava, e em seguida com as espadas, a longa e a curta. Por fim, a adaga em seu cinto.

O líder inimigo assentiu para Dhakal de modo respeitoso, e então se virou em sua sela e gritou algo para seus homens. Lentamente, um a um, os cavaleiros ergueram suas lanças e guardaram os arcos. O líder se voltou novamente para Dhakal e ergueu a mão, fazendo um gesto para que ele fosse em direção a eles.

Dhakal deu a ele um sorriso e balançou a cabeça.

Puxou as rédeas com força para a direita, fazendo seu cavalo virar bruscamente, e então esporou firme nos flancos. O cavalo recuou, deu um impulso com as patas e começou a investir contra a espuma que subia sobre a profunda cachoeira.

Terras desertas da fronteira
da província de Xizang,
Império Qing, China, 1677

GIUSEPPE VIU A NUVEM DE POEIRA a leste no horizonte antes de seu irmão. Com a largura de um quilômetro e meio e confinada por um estreito vale, a parede marrom de poeira e areia espiralante vinha diretamente para onde estavam.

Com os olhos fixos no espetáculo, Giuseppe cutucou o ombro de seu irmão mais velho. Francesco Lana de Terzi, de Bréscia, na Lombardia, Itália, voltou-se na posição agachada em que estava estudando uma pilha de desenhos de projeto e olhou na direção em que Giuseppe apontava.

O Lana de Terzi mais novo sussurrou nervoso: — É uma tempestade?

— Uma espécie de tempestade — Francesco respondeu. — Mas não do tipo que você está pensando. — Por trás daquela nuvem de poeira não havia outra tempestade de areia fustigada pelo vento, do tipo a que eles tinham ficado tão acostumados nos últimos seis meses, mas centenas de cascos de cavalos avançando. E montados nos cavalos, centenas de soldados de elite, implacáveis.

Francesco deu um tapinha consolador no ombro de Giuseppe. — Não se preocupe, meu irmão. Eu os estava esperando; embora, devo admitir, não tão cedo.

— É ele? — Giuseppe balbuciou. — Ele está vindo? Você não tinha me dito isso.

— Eu não queria que você ficasse com medo. Não se preocupe. Ainda temos tempo.

Francesco ergueu a mão para proteger os olhos do sol e examinou a nuvem que se aproximava. As distâncias podiam ser enganosas ali, ele aprendera. A vastidão do Império Qing estava bem além do horizonte. Nos dois anos que tinham passado naquele país, Francesco e seu irmão tinham visto uma imensa variedade de paisagens — de selvas a desertos, passando por florestas —, mas de todas elas, aquele lugar, aquele território cujo nome parecia ter uma dúzia de pronúncias e grafias diferentes, era o mais desolado.

Constituída sobretudo por morros, alguns ondulantes e outros cheios de arestas, a terra era uma vasta tela pintada só com duas cores: marrom e cinza. Mesmo a água dos rios que cortavam os vales era de um cinza fosco. Era como se Deus tivesse amaldiçoado aquele lugar com um gesto desdenhoso de sua mão poderosa. Nos dias em que as nuvens se abriam, o céu de um azul impressionante parecia apenas acentuar a aridez da paisagem.

E então havia o vento, Francesco pensou com um arrepio. O aparentemente incessante vento que assobiava entre as rochas e carregava rodamoinhos de poeira ao longo da terra que pareciam tão animados que os habitantes locais com frequência tratavam o fenômeno como se fossem fantasmas vindo surrupiar suas almas. Seis meses antes, Francesco, um cientista por natureza e formação, desprezara tais superstições. Agora ele já não tinha tanta certeza. Tinha ouvido sons estranhos demais durante as noites.

Mais uns poucos dias, ele se consolou, e teria os recursos de que precisava. Mas não era simplesmente uma questão de tempo, era? Ele estava fazendo uma barganha com o diabo. O fato de que fazia isso para o bem de todos era algo que ele esperava que Deus lembrasse, quando chegasse o dia do Juízo Final.

Ele estudou a parede de poeira se aproximando mais alguns segundos antes de baixar a mão e se voltar para Giuseppe. — Estão ainda a trinta quilômetros de distância — ele estimou. — Temos mais uma hora, no mínimo. Venha, vamos terminar.

Francesco se virou e gritou para um dos homens, uma figura atarracada, poderosa, que vestia túnica e calças pretas de tecido grosseiro. Hao, o principal intermediário e intérprete de Francesco, veio correndo.

— Sim, senhor? — ele disse num italiano com forte sotaque.

Francesco suspirou. Embora ele tivesse desistido havia muito de tentar fazer com que Hao o chamasse pelo primeiro nome, esperava que ao menos agora o homem enfim abandonasse a formalidade.

— Diga aos homens para terminarem rapidamente. Nosso convidado logo chegará.

Hao pôs os olhos no horizonte e viu o que Giuseppe apontara alguns minutos antes. Seus olhos se arregalaram. Ele assentiu brevemente e disse: — Será feito, senhor! — e então se virou e começou a bradar ordens para as dúzias de homens da região que labutavam na clareira do topo de montanha. Precipitou-se então em se juntar a eles.

A clareira, que media uma centena de passos quadrados, era de fato o telhado do pátio interno de um *gompa*. Em todos os lados da clareira, seus muros com torreões e torres de vigia seguiam o contorno do morro até o fundo do vale como espinhos nas costas de um lagarto.

Embora tivessem dito a Francesco que uma *gompa* era basicamente um centro fortificado de educação, os residentes daquela fortaleza em particular pareciam praticar uma só profissão: a de soldado. E quanto a isso, ele era grato. Como evidenciavam os frequentes ataques e escaramuças que ocorriam nas planícies lá embaixo, era claro que ele e seus homens estavam habitando a fronteira daquele reino. Não era por acidente que tinham sido transportados para lá para completar o trabalho na máquina — à qual o seu benfeitor dera o nome de *Grande Dragão*.

A clareira agora ecoava o barulho superposto de martelos na madeira com os trabalhadores de Hao se apressando a fincar as estacas finais no solo rochoso. Por toda a parte, uma poeira marrom se elevava no ar, só para ser pega pelo vento e varrida para o nada. Depois de mais dez minutos os martelos silenciaram. Hao voltou para onde Francesco e Giuseppe estavam.

— Terminamos, senhor.

Francesco recuou alguns passos e admirou a estrutura. Estava satisfeito. Projetá-la no papel era uma coisa; vê-la tomando forma era completamente outra.

Com doze metros de altura, ocupando três quartos da clareira, e construída em seda branca como neve, com esteios exteriores curvados de bambu pintados de vermelho-sangue, a tenda parecia um castelo feito de nuvens.

— Muito bem — Francesco disse a Hao. — Giuseppe?

— Magnífico — o Lana de Terzi mais jovem murmurou.

Francesco assentiu e disse em voz baixa: — Agora, só nos resta esperar que o que está dentro seja ainda mais impressionante.

**

Embora as vigias com olhos de falcão do *gompa* certamente tivessem vislumbrado os visitantes se aproximando antes mesmo de Giuseppe, as cornetas de alerta não soaram até o cortejo estar a poucos minutos de chegar. Isso, bem como a direção da qual os cavaleiros vinham e a chegada antecipada, era uma decisão tática, Francesco presumiu. A maioria dos postos avançados do inimigo ficavam a oeste. Vinda do leste, a nuvem de poeira dos visitantes seria obscurecida pelo morro em que se erguia o *gompa*. Desse modo, grupos se movendo para armar emboscadas não teriam tempo de interceptar os que chegavam. Conhecendo seu benfeitor como conhecia, Francesco suspeitava de que eles tinham ficado espreitando o *gompa* a alguma distância, esperando a direção do vento mudar e as patrulhas inimigas se afastarem.

Um homem ardiloso, o seu mecenas, Francesco relembrou. Ardiloso e perigoso.

**

Menos de dez minutos depois Francesco ouviu botas de couro esmagando o cascalho da trilha em espiral abaixo da clareira. Poeira em rodamoinho se elevou por cima das pedras alinhadas na borda da clareira. Então, de repente, silêncio. Embora Francesco estivesse esperando, ainda assim o que veio em seguida o assustou.

A uma simples ordem bradada por uma boca invisível, um esquadrão de duas dúzias de soldados da Guarda Pessoal entrou a passo duplo na clareira, cada passada sincopada pontuada por um grunhido rítmico. Com uma expressão sombria, olhos fixos no horizonte, suas lanças mantidas horizontalmente a sua frente, os guardas se espelharam pela clareira e começaram a conduzir os trabalhadores assombrados para sua extremidade mais distante e fora de vista atrás da tenda. Isso feito, assumiram posições ao longo do perímetro da clareira, espaçados a intervalos regulares, voltados para fora, as lanças empunhadas em diagonal em relação ao corpo.

De novo da trilha lá embaixo, outra ordem gutural, seguida por sandálias encouraçadas esmagando cascalho. Uma formação em diamante de guarda-costas reais em armaduras vermelha e preta de bambu marchou para o interior da clareira indo diretamente para onde Francesco e Giuseppe estavam. A falange parou subitamente, e os soldados deram passos laterais para a esquerda e para a direita, abrindo um portão humano por meio do qual um só homem avançou.

Três palmos mais alto do que seus soldados mais altos, o Imperador Kangxi, o Soberano da Dinastia Qing, o Regente do Mandato do Céu, vinha com uma expressão que fazia o ar soturno de seus soldados parecer positivamente exuberante.

O Imperador Kangxi deu três longos passos em direção a Francesco e se deteve. Com olhos contraídos, ele estudou o rosto do italiano por vários segundos antes de falar. Francesco estava para chamar Hao para traduzir, mas o homem já estava ali, parado ao lado de seu cotovelo, sussurrando em seu ouvido: — O Imperador diz "Está surpreso de me ver?".

— Surpreso, sim, mas mesmo assim satisfeito, Vossa Majestade.

A questão não era uma pergunta casual, Francesco sabia. O Imperador Kangxi era paranoico ao extremo; tivesse Francesco não se mostrado suficientemente surpreso com a chegada antecipada do Imperador, imediatamente teria caído sob a suspeita de ser um espião.

— O que é essa estrutura que vejo à minha frente? — o Imperador Kangxi perguntou.

— É uma tenda, Vossa Majestade, por mim mesmo concebida. Serve não só para proteger o *Grande Dragão* como também para mantê-lo a salvo de olhos indiscretos.

O Imperador Kangxi assentiu ríspido. — Você fornecerá os planos para o meu secretário pessoal. — Erguendo a ponta de um dedo, ele ordenou ao secretário dar um passo à frente.

Francesco disse: — É claro, Vossa Majestade.

— Os escravos que lhe forneci desempenharam adequadamente o serviço?

Francesco estremeceu internamente com a pergunta do Imperador, mas nada disse. Nos últimos seis meses ele e Giuseppe tinham trabalhado e vivido com aqueles homens em condições difíceis. Eram amigos agora. Ele não confessou isso em voz alta, todavia. Tal ligação emocional seria uma alavanca que o Imperador não hesitaria em usar.

— Desempenharam admiravelmente, Vossa Majestade. Infelizmente, todavia, quatro deles morreram na semana passada quando...

— Essa é a maneira do mundo, a morte. Se eles morreram a serviço de seu soberano, os ancestrais deles os receberão com orgulho.

— O meu capataz e intérprete, Hao, foi especialmente inestimável.

O Imperador Kangxi lançou um breve olhar a Hao, e voltou-se para Francesco. — A família do homem será libertada da prisão. — O Imperador ergueu o dedo por cima do ombro; o secretário pessoal fez uma anotação no pergaminho que trazia nos braços.

Francesco respirou fundo, se acalmando, e sorriu. — Obrigado, Vossa Majestade, por sua magnanimidade.

— Diga-me: quando o *Grande Dragão* estará pronto?

— Mais dois dias serão...

— Você tem até a aurora de amanhã.

Com isso, o Imperador Kangxi virou-se e caminhou de volta em meio à falange, que se fechou atrás dele, deu uma meia-volta sincronizada e marchou para fora da clareira, seguida momentos depois pelos soldados que guardavam o perímetro. Quando o ruído das pisadas e os grunhidos rítmicos sumiram, Giuseppe disse: — Ele está doido? Amanhã ao amanhecer. Como poderemos...

— Vamos conseguir — Francesco replicou. — Com tempo de sobra.

— Como?

— Só temos mais algumas horas de trabalho faltando. Eu disse ao Imperador dois dias, sabendo que ele iria exigir o aparentemente impossível. Dessa maneira, nós podemos lhe dar o impossível.

Giuseppe sorriu. — Você é engenhoso, irmão. Muito bem.

— Venha, vamos dar os toques finais nesse *Grande Dragão.*

* *

Sob a luz de tochas montadas em postes e o olhar atento do secretário pessoal do Imperador, que estava parado na entrada da tenda, com os braços dobrados dentro de sua túnica, eles trabalharam durante a noite com Hao, seu sempre confiável capataz, desempenhando seu papel perfeitamente, ordenando aos homens que se apressassem, mais rápido, mais rápido. Francesco e Giuseppe fizeram igualmente o papel deles, andando pela tenda, fazendo perguntas, abaixando-se aqui e ali para inspecionar isso ou aquilo...

Estais de tendão de boi eram soltos, amarrados novamente, e então tinham a tensão verificada; traves e tirantes de bambu eram testados com martelos para observar se havia rachaduras; a seda era examinada rigorosamente em busca da mais ínfima imperfeição; a parte inferior do casco envolta em ratã sofreu um falso ataque com varas afiadas a fim de testar sua resistência para batalhas (achando-a insuficiente, Francesco ordenou que outra mão de laca preta fosse aplicada nas laterais e anteparos); e por fim o artista que Giuseppe contratara tinha terminado o mural na proa: a face de um dragão completo, com olhos como contas, garras à mostra e língua bifurcada para fora.

Quando a borda superior do sol se erguia sobre os morros ao leste, Francesco ordenou que todo o trabalho fosse rapidamente terminado. Assim que foi concluído, ele lentamente deu a volta ao redor da máquina da proa à popa. Com as mãos na cintura, a cabeça se inclinando numa e noutra direção, Francesco examinou cada superfície da nau, cada componente, procurando o menor defeito. Não encontrou nenhum. Ele voltou à proa e deu ao secretário pessoal do imperador um firme assentimento.

O homem passou sob a entrada da tenda e desapareceu.

* *

Uma hora depois veio o familiar ruído de passadas e grunhidos do cortejo do Imperador. O som pareceu preencher a clareira antes de repentinamente fazer silêncio. Agora vestido numa simples túnica de seda cinza, o Imperador Kangxi passou pela entrada da tenda, seguido por seu secretário pessoal e pelo chefe dos guarda-costas.

O Imperador se deteve de repente, os olhos arregalados.

Nos dois anos desde que conhecera o Imperador, essa era a primeira vez que Francesco via o potentado impressionado.

Com a luz laranja e rosada do sol se infiltrando pelas paredes e tetos de seda branca da tenda, o interior estava banhado num fulgor do outro mundo. O chão normalmente de terra tinha sido coberto de tapetes bem pretos que fazia quem lá estivesse se sentir na beira de um abismo.

Cientista que era, Francesco Lana de Terzi também tinha um tanto de empresário teatral.

O Imperador Kangxi deu um passo à frente — inconscientemente hesitando quando seu pé tocou a borda do tapete preto — e então foi até a proa, onde ficou olhando a face do dragão. E sorriu.

Essa foi outra primeira vez para Francesco. Ele nunca vira o Imperador sem sua característica expressão azeda.

O Imperador se voltou para ficar de frente para Francesco. — É magnífico! — veio a tradução de Hao. — Liberte-o imediatamente!

— Às suas ordens, Majestade.

* *

Assim que estavam do lado de fora, os homens de Francesco assumiram a posição em volta da tenda. A uma ordem dele, os estais da tenda foram cortados. Com pesos ao longo de suas bainhas superiores, como Francesco as concebera, as paredes de seda desceram imediatamente. Simultaneamente, do lado de trás da tenda, uma dúzia de homens puxou o teto dela para trás, que se levantou e enfunou como uma grande vela antes de ser carregado para baixo e fora de vista.

Tudo estava em silêncio, exceto pelo vento fustigando os muros ameados e as janelas do *gompa*.

Erguendo-se solitária no meio da clareira estava a máquina voadora do Imperador Kangxi, o *Grande Dragão.* Francesco não gostava nem um pouco desse nome; embora, é claro, tivesse atendido às vontades de seu benfeitor, para o cientista Francesco a máquina era meramente um protótipo do seu sonho: uma Nau a Vácuo, verdadeiramente mais leve que o ar.

Medindo quinze metros de comprimento, três e meio de largura e nove de altura, a estrutura superior da nau era constituída de quatro esferas de seda grossa, contidas no interior de gaiolas de tirantes de bambu finos como dedos e cordões de tendão animal. Indo da proa para a popa, cada esfera tinha quatros metros de diâmetro e era equipada com uma escotilha com válvula em sua barriga; cada uma dessas escotilhas estava conectada a uma chaminé de cobre vertical envolta em sua própria treliça de bambu e tendão. Da escotilha com válvula, a chaminé descia um metro e meio até uma fina prancha de bambu em cujo fundo estava afixado um braseiro de carvão protegido do vento. E, finalmente, presa por tendão às esferas acima, estava a gôndola de ratã laqueada de preto, comprida o bastante para acomodar dez soldados enfileirados, junto com suprimentos, equipamentos e armas, bem como um piloto e um navegador.

O Imperador Kangxi avançou sozinho até ficar sob a esfera dianteira, de frente para a boca do dragão. Ele ergueu as mãos sobre a cabeça como se estivesse contemplando, Francesco pensou, sua própria criação.

Foi naquele momento que a gravidade do que ele tinha feito o atingiu. Uma onda de tristeza e vergonha o assolou. Era verdade, ele tinha feito um pacto com o diabo. Esse homem, esse monarca cruel, iria usar seu *Grande Dragão* para matar outros seres humanos, soldados e civis indiferentemente.

Armado com *huo yao*, ou pólvora, uma substância que a Europa somente agora estava usando com sucesso moderado e que a China dominava fazia muito tempo, o Imperador Kangxi poderia fazer chover fogo sobre seus inimigos usando mosquetes, bombas e aparelhos de lançar fogo. Ele poderia fazer tudo isso fora do alcance, no céu, e num movimento mais rápido que o do mais veloz cavalo.

A verdade viera tarde demais, Francesco percebeu. A máquina fatal estava nas mãos do Imperador Kangxi agora. Não havia como mudar isso. Talvez se ele conseguisse fazer que fosse um sucesso sua verdadeira Nau a Vácuo, Francesco poderia compensar o mal que viria. Claro, ele só saberia disso no dia do Juízo Final.

Francesco foi desperto de seu devaneio ao perceber que o Imperador Kangxi estava parado na sua frente. — Estou satisfeito — o Imperador lhe informou. — Assim que tiver mostrado aos meus generais como construir mais desses, você terá tudo o que necessita para prosseguir com seu próprio empreendimento.

— Majestade.

— Está pronto para voar?

— Dê a ordem e será feito.

— Está dada. Mas antes, uma mudança. Conforme planejado, o Mestre Lana de Terzi irá pilotar o *Grande Dragão* em seu voo de teste. Seu irmão ficará aqui conosco.

— Perdoe-me, Majestade. Por quê?

— Ora, para garantir seu retorno, é claro. E para salvá-lo quando ficar tentado a entregar o *Grande Dragão* para os meus inimigos.

— Majestade, eu não...

— E agora nós temos certeza de que não mesmo.

— Majestade, Giuseppe é o meu copiloto e navegador. Eu preciso dele...

— Eu tenho olhos e ouvidos por toda parte, Mestre Lana de Terzi. Seu tão elogiado capataz, Hao, está tão bem treinado quanto seu irmão. Hao irá acompanhá-lo, junto com seis homens da minha Guarda Pessoal, caso você precise de... auxílio.

— Devo protestar, Majestade...

— Não, não deve, mestre Lana de Terzi — o Imperador Kangxi retrucou friamente. A advertência foi clara.

Francesco respirou fundo para se acalmar. — Para onde Vossa Majestade deseja que eu vá no voo de teste?

— Está vendo as montanhas ao sul, as grandes que tocam o céu?

— Estou.

— Você viajará até lá.

— Vossa Majestade, é território inimigo!

— Que teste poderia ser melhor para uma arma de guerra? — Francesco abriu a boca para protestar, mas o Imperador Kangxi prosseguiu. — No sopé das montanhas, ao longo dos riachos, você encontrará uma flor dourada; Hao sabe a qual me refiro. Traga a flor de volta antes que murche e será recompensado.

— Vossa Majestade, aquelas montanhas estão... — a sessenta, setenta quilômetros de distância, Francesco pensou; talvez oitenta — ... longe demais para uma viagem de estreia. Talvez...

— Você vai trazer a flor para mim antes que murche ou eu farei com que a cabeça de seu irmão seja posta numa estaca. Compreendeu?

— Compreendi.

Francesco virou-se para o irmão mais novo. Tendo ouvido o diálogo inteiro, o rosto de Giuseppe ficara pálido. Seu queixo tremia. — Irmão, eu... eu estou com medo.

— Não é preciso. Estarei de volta antes que você se dê conta.

Giuseppe respirou fundo, controlou o queixo e endireitou os ombros. — Sim. Você tem razão. A aeronave é uma maravilha, e não há ninguém que a pilote melhor. Com sorte, estaremos jantando juntos esta noite.

— Esse é o espírito — Francesco disse.

Eles se abraçaram por vários segundos antes de Francesco se afastar. Ele se virou para Hao e disse: — Mande encher os braseiros. Levantaremos voo em dez minutos!

1

Estreito de Sunda, Sumatra,
nos dias de hoje

SAM FARGO PUXOU PARA TRÁS O ACELERADOR, colocando o motor em ponto morto. A lancha diminuiu a velocidade, deslizando até parar na água. Ele desligou os motores, e o barco começou a balançar suavemente de um lado para o outro.

A quatrocentos metros da proa o destino deles se erguia da água, uma ilha de vegetação cerrada cujo interior era dominado por picos íngremes, vales vertiginosos e floresta equatorial densa; abaixo disso, uma costa pontilhada por centenas de pequenas enseadas e sacos estreitos.

No banco da popa da lancha, Remi Fargo ergueu os olhos de seu livro, um pouco de "leitura escapista" intitulada *Oscódice astecas: uma história oral de conquista e genocídio,* empurrou os óculos escuros para a testa e olhou para o marido. — Problemas?

Ele voltou-se para ela e lhe lançou um olhar provocante. — Apenas deleitando-me com a vista. — E Sam levantou exageradamente as sobrancelhas.

Remi sorriu. —Fala mansa, sedutora. — Ela fechou o livro e o colocou no banco ao lado dela. — Mas você não é o Magnum[1].

[1] Personagem de um seriado de TV de mesmo título dos anos 1980, interpretado pelo ator Tom Selleck. A trama era de ação, e o personagem principal era um investigador particular muito sedutor. (N. E.)

Sam apontou o livro com a cabeça. — Que tal?

— Leitura difícil, mas os astecas eram um povo fascinante.

— Mais do que qualquer um já imaginou. Quanto tempo até terminar esse? É o próximo na minha lista de leituras.

— Amanhã ou depois de amanhã.

Ultimamente, cada um deles estivera atolado numa desalentadora quantidade de lição de casa, e a ilha para onde estavam indo era em grande medida a causa disso. Em quaisquer outras circunstâncias, esse pedaço de terra entre Sumatra e Java seria um refúgio tropical, mas se tornara nos últimos poucos meses um sítio de escavação infestado de arqueólogos, historiadores, antropólogos e, claro, uma abundância de funcionários do governo indonésio. Como todos eles, cada vez que Sam e Remi visitavam a ilha tinham de enfrentar a cidade de cordas, que parecia casas nas árvores, que os engenheiros tinham estendido sobre o sítio para evitar que o solo afundasse sob os pés das pessoas, tentando preservar o achado.

O que Sam e Remi tinham descoberto em Pulau Legundi estava ajudando a reescrever a história asteca e da Guerra Civil Americana, e como diretores não só daquele projeto, mas de dois outros, tinham que se manter informados da montanha de dados que surgiam.

Era para eles um trabalho de amor. Embora sua paixão fosse caçar tesouros — uma vocação decididamente intensiva de trabalho no campo e de pôr a mão na massa —, cada um deles chegara a ela vindo de uma formação científica: Sam era engenheiro diplomado pelo Caltech, Remi, graduada em antropologia e história no Boston College.

Sam caíra bem perto da árvore da família: seu pai, já falecido, tinha sido um dos principais engenheiros do programa espacial da Nasa, enquanto sua mãe, Eunice, agora com 71 anos, vivia em Key West, a única proprietária, capitã e principal esvaziadora de garrafas de um barco de mergulho e pesca em alto-mar. A mãe e o pai de Remi, respectivamente uma construtora de residências personalizadas e um pediatra/autor, estavam ambos aposentados e viviam a boa vida no Maine, criando lhamas.

Sam e Remi tinham se conhecido em Hermosa Beach num bar de jazz chamado The Lighthouse. Num impulso, Sam parara para uma cerveja gelada e encontrara Remi e alguns colegas dando uma relaxada depois de terem passado as últimas semanas à procura de um galeão naufragado perto da Abalone Cove.

Nenhum dos dois era romântico o bastante para se lembrar de seu primeiro encontro como amor à primeira vista, mas a centelha fora inegável; conversando e rindo, tomando drinques, tinham fechado The Lighthouse sem perceber as horas passarem. Seis meses depois, casaram-se numa cerimônia simples.

Com o encorajamento de Remi, Sam se dedicara a uma ideia com que andava mexendo, um scanner de laser de argônio projetado para detectar e identificar ligas à distância, tanto através do solo quanto da água. Caçadores de tesouros, corporações, mineradoras e o Departamento de Defesa vieram implorar licenciamentos, com o talão de cheques aberto, e em alguns anos o Fargo Group Ltd dava um lucro de sete dígitos. Quatro anos depois eles aceitaram uma oferta de compra que os deixara indiscutivelmente ricos, arranjados para o restante da vida. Mas em vez de relaxar, eles tiraram um mês de férias, e então estabeleceram a Fargo Foundation, e partiram em sua primeira caça ao tesouro juntos. A fortuna recuperada foi para uma longa lista de instituições de caridade.

Agora os Fargo estavam olhando fixamente em silêncio para a ilha diante deles. Remi murmurou: — Ainda é um pouco difícil de digerir, não é?

— De fato é — Sam concordou.

Nenhuma educação ou experiência anterior poderia tê-los preparado para o que encontraram em Pulau Legundi. A descoberta por acaso de um sino de navio perto de Zanzibar tinha proliferado em descobertas que chamariam a atenção de gerações de arqueólogos, historiadores e antropólogos.

Sam foi despertado de seu devaneio pelo toque duplo de uma buzina marítima. Ele se voltou para bombordo; a oitocentos metros, um barco de trinta e seis pés da Patrulha Costeira da Sumatra estava vindo diretamente até eles.

— Sam, você esqueceu de pagar o combustível lá na marina? — Remi perguntou desconfiada.

— Não. Usei as rúpias falsificadas que eu tinha sobrando.

— Pode ser isso.

Eles ficaram observando o barco se aproximar até um quarto de milha, onde virou primeiro para boreste, e então para bombordo num crescente que o trouxe para perto a trinta metros de distância. De um alto-falante, uma voz com sotaque indonésio disse, em inglês: — Olá. Vocês são Sam e Remi Fargo?

Sam ergueu o braço em afirmativa.

— Aguardem, por favor. Temos um passageiro para vocês.

Sam e Remi trocaram olhares perplexos; não estavam esperando ninguém.

A Patrulha Costeira fez um círculo em volta deles, diminuindo a distância, até ficarem a menos de um metro a bombordo. O motor foi posto em ponto morto, e então silenciou.

— Ao menos eles parecem amigáveis — Sam murmurou para a mulher.

Da última vez que tinham sido abordados por uma embarcação estrangeira tinha sido em Zanzibar. Era um barco de patrulha equipado com canhões 12,7milímetros e com uma tripulação de marinheiros de aparência hostil com AK-47s.

— Por enquanto... — Remi respondeu.

No convés de popa do barco, de pé entre dois policiais de uniforme azul, estava uma mulher asiática *mignon* de uns 40 e tantos anos, com um rosto fino e angular e um penteado que era quase um corte escovinha.

— Permissão para ir a bordo? — a mulher perguntou. Seu inglês era quase impecável, com apenas o mais tênue traço de um sotaque.

Sam deu de ombros: — Permissão concedida.

Os dois policiais deram um passo à frente como se preparando para ajudá-la a cruzar o espaço entre os barcos, mas ela os ignorou, dando um único amplo e fluido passo que num arco a levou para o convés de popa dos Fargo. Ela pisou suave, como um gato. Voltou-se para Sam e Remi, que estava agora de pé ao lado do marido. A mulher os olhou fixamente por um momento com um par de olhos pretos impassíveis, e então entregou um cartão de visitas. Dizia simplesmente: “Zhilan Hsu”.

— O que podemos fazer pela senhora, Sra. Hsu? — perguntou Remi.

— Meu patrão, Charles King, solicita o prazer da sua companhia.

— Desculpe, mas não conhecemos o Sr. King.

— Ele os aguarda a bordo de seu avião no terminal particular do aeroporto nas imediações de Palembang. Ele gostaria de falar com vocês.

Embora o inglês de Zhilan Hsu fosse tecnicamente impecável, havia nele uma desconcertante rigidez, como se ela fosse um autômato.

— Essa parte nós entendemos — Sam disse. Ele devolveu o cartão. — Quem é Charles King e por que ele quer nos ver?

— O Sr. King me autorizou a informar que diz respeito a um conhecido de vocês, o Sr. Frank Alton.

Isso despertou a atenção de Sam e Remi. Alton não era só um conhecido, mas antes um amigo próximo e antigo e um ex-policial de San Diego que se tornara detetive particular que Sam conhecera numa aula de judô. Sam, Remi, Frank e a mulher dele, Judy, costumavam havia muito jantar juntos uma vez por mês.

— O que aconteceu com ele? — Sam perguntou.

— O Sr. King gostaria de falar diretamente com os senhores sobre o Sr. Alton.

— A senhora está sendo muito sigilosa, Sra. Hsu — Remi disse. — Poderia nos dizer por quê?

— O Sr. King gostaria...

— ... de falar diretamente conosco — Remi terminou.

— Sim, isso mesmo.

Sam consultou o relógio. — Por favor, diga ao Sr. King que nós o encontraremos às dezenove horas.

— Isso é daqui a quatro horas — disse Zhilan. — O Sr. King...

— ... vai ter de esperar — Sam terminou. — Temos assuntos a tratar.

A expressão estoica de Zhilan Hsu deixou entrever um instante de raiva, mas passou tão rapidamente quanto aparecera. Ela simplesmente assentiu e disse: — Dezenove horas. Por favor, sejam pontuais.

Sem mais uma palavra, ela se virou e pulou feito uma gazela do convés para a popa do barco da Patrulha Costeira. Ela passou pelos policiais e desapareceu na cabine. Um dos policiais cumprimentou com o quepe. Dez segundos depois os motores rugiram e o barco partiu.

* *

— Bom, isso foi interessante — Sam disse alguns segundos depois.

— Ela é realmente encantadora — Remi disse. — Você percebeu a escolha de palavras dela?

Sam assentiu. — "O Sr. King autorizou". Se ela compreende a conotação, então podemos supor que o Sr. King vai ser igualmente simpático.

— Você acreditou nela? Quanto a Frank? Judy teria ligado se algo tivesse acontecido.

Ainda que as aventuras deles com frequência os metessem em situações arriscadas, sua vida cotidiana era bastante tranquila. Mesmo assim, a visita inesperada de Zhilan Hsu e o convite misterioso tinham disparado o alarme interno de ambos. Por mais improvável que parecesse, a possibilidade de uma armadilha era algo que não podiam ignorar.

— Vamos descobrir — Sam disse.

Ele ajoelhou junto ao assento do piloto, puxou sua mochila de debaixo do painel de instrumentos e tirou seu telefone via satélite de um dos bolsos laterais. Ele discou, e alguns segundos depois uma voz feminina atendeu: — Sim, Sr. Fargo?

— Achei que essa ia ser a minha ligação de sorte — Sam disse. Ele tinha uma aposta rolando com Remi de que um dia pegariam Selma Wondrash de surpresa, e ela chamaria um dos dois pelo primeiro nome.

— Não foi hoje, Sr. Fargo.

Principal pesquisadora, guru da logística e guardiã do retiro deles, Selma era uma ex-cidadã húngara que, apesar de ter morado durante décadas nos Estados Unidos, ainda mantinha um vestígio de seu sotaque; o bastante para dar à voz dela um leve tom de Zsa Zsa Gabor.

Selma administrara a Divisão de Coleções Especiais da Biblioteca do Congresso até Sam e Remi a convencerem a sair de lá e a atraírem com a promessa de carta branca e recursos de última geração. À parte seu aquário e uma coleção de chá que ocupava um armário inteiro na sala de trabalho, a única paixão de Selma era a pesquisa. Nada a deixava mais contente do que receber dos Fargo um enigma antigo para desvendar.

— Um dia você ainda vai me chamar de Sam.

— Não foi hoje.

— Que horas são aí?

— Por volta de onze. — Selma raramente ia para cama antes da meia-noite e raramente dormia além das quatro ou cinco da madrugada. Apesar disso, ela nunca soava nada menos do que inteiramente desperta. — O que tem para mim?

— Nada demais, esperamos — Sam respondeu, e então relatou a visita de Zhilan Hsu. — Charles King soou como digno de veneração.

— Ouvi falar dele. É rico com R maiúsculo.

— Veja se consegue escavar alguma sujeira em sua vida pessoal.

— Algo mais?

— Teve alguma notícia dos Alton?

— Não, nada — respondeu Selma.

— Ligue para a Judy e veja se Frank está fora do país — Sam pediu. — Seja discreta. Se houver algum problema, não queremos alarmar Judy.

— Quando vão encontrar King? — Selma perguntou.

— Daqui a quatro horas.

— Certo — Selma disse com um tom risonho. — A essa altura, eu já estarei sabendo o tamanho de camisa que usa e seu sabor preferido de sorvete.

2

Palembang, Sumatra

VINTE MINUTOS ADIANTADOS PARA SEU COMPROMISSO, Sam e Remi estacionaram suas motonetas junto à proteção contra furacões que circundam a área do terminal particular do aeroporto de Palembang. Como Selma previra, encontraram o pátio em frente dos hangares repleto de aviões particulares, todos eles ou mono ou bimotores a hélice. Exceto um: um jato Gulfstream G650. Valendo 65 milhões de dólares, o G6 era não só o jato executivo mais caro do mundo, mas também o mais rápido, capaz de uma velocidade máxima de quase Mach 1, com uma autonomia de oito mil milhas e teto de cinquenta e um mil pés — dez mil pés a mais que os jatos comerciais.

Dado o que Selma descobrira sobre o misterioso Sr. King, a presença do G6 não era nenhuma surpresa para Sam e Remi. O rei Charlie, "King Charlie" como era conhecido tanto por seus amigos íntimos quanto por seus inimigos, estava atualmente em décimo primeiro lugar na lista das pessoas mais ricas da *Forbes*, com uma fortuna líquida de 23,2 bilhões de dólares.

King começara em 1964, aos 16 anos, a procurar petróleo em áreas consideradas improdutivas nos campos de petróleo do Texas; aos 21 anos tinha estabelecido sua própria empresa de prospecção, a King Oil. Aos 24, tornara-se um milionário; aos 30, um bilionário. Durante as décadas de

1980 e 1990, King expandira seu império para mineração e bancos. Segundo a *Forbes*, se King passasse o restante da vida jogando damas em seu escritório de cobertura em Houston, ainda continuaria ganhando 100 mil dólares por hora em juros.

No entanto, mesmo com tudo isso, King era em sua vida cotidiana bem pouco dado a ostentações, com frequência rodava por Houston em sua picape Chevy 1968 e comia em seu restaurante pé sujo favorito. E embora não exatamente no mesmo grau que Howard Hughes, dizia-se dele que era dado à reclusão, e que defendia obstinadamente sua privacidade. King raramente era fotografado em público, e quando comparecia a eventos, tanto de negócios quanto sociais, em geral o fazia virtualmente, por meio de uma webcam.

Remi olhou para Sam. — A matrícula bate com a pesquisa de Selma. A menos que alguém tenha roubado o jato de King, parece que o homem está aqui em pessoa.

— A questão é: por quê?

Além de ter dado a eles uma breve biografia de King, Selma fizera o melhor que pudera para localizar Frank Alton que, de acordo com a secretária dele, estava fora do país em serviço. Embora não tivesse tido notícias dele fazia três dias, não estava preocupada; Alton com frequência ficava fora de comunicação por uma semana ou duas se o serviço fosse complicado.

Eles ouviram um galho quebrando atrás deles e se voltaram para dar com Zhilan Hsu do outro lado da cerca a menos de dois metros. As pernas e o torso inferior estavam ocultos pela folhagem. Ela encarou os Fargo com seus olhos negros por alguns segundos, e então disse: — Chegaram cedo. — O tom dela era ligeiramente menos severo do que o de um promotor público.

— E a senhora tem passos leves — Remi disse.

— Estava à espera de vocês.

Sam disse com um meio sorriso: — Sua mãe nunca lhe disse que é feio espionar as pessoas?

A face de Zhilan manteve-se estoica. — Nunca conheci minha mãe.

— Sinto muito...

— O Sr. King está pronto para vê-los agora; ele precisa partir pontualmente às dezenove e cinquenta. Vou esperá-los no portão do lado leste. Por favor, estejam com os passaportes à mão.

Com isso, Zhilan se virou, entrou em meio aos arbustos e desapareceu.

De olhos apertados, Remi ficou olhando para onde ela sumira. — OK, é oficial: ela é sinistra.

— Apoiado — Sam disse. — Vamos. King Charlie está esperando.

**

ELES ESTACIONARAM AS MOTONETAS num local próximo ao portão e andaram até a guarita onde Zhilan estava parada ao lado de um guarda uniformizado. Ela deu um passo à frente, pegou os passaportes deles e os entregou ao guarda, que deu uma olhada neles antes de devolvê-los.

— Por aqui, por favor — Zhilan disse, e os conduziu dando a volta no prédio, através de um portão para pedestres, e então até a escada do Gulfstream. Zhilan deu um passo para o lado e fez um gesto para que entrassem. A bordo, eles se viram numa cozinha pequena, mas bem-equipada. À direita, passando por um arco, estava a cabine principal. As divisórias eram revestidas com nogueira com emblemas prateados da Estrela Solitária do Texas, o piso, com um espesso carpete bordô. Havia duas áreas de estar, uma com quatro poltronas reclináveis de couro em volta de uma mesa de centro, e a outra, na cauda, com um trio de sofás estofados demais. O ar era condicionado e estava seco. Baixinho, de alto-falantes invisíveis, vinha "Mammas Don't Let Your Babies Grow Up to Be Cowboys", interpretada por Willie Nelson.

— Uau — Remi murmurou.

De algum lugar atrás, uma voz com um sotaque texano disse: — Eu acho que a palavra chique para isso é "clichê", Sra. Fargo, mas, que diabo, eu gosto do que eu gosto.

De uma das poltronas reclináveis de couro viradas para trás um homem se levantou e se virou na direção deles. Ele tinha um metro e noventa e dois de altura, pesava uns noventa quilos — quase metade era músculo —, seu rosto era bronzeado e os cabelos, louros, grisalhos, cheios e bem cortados. Embora Sam e Remi soubessem que Charles King tinha 62 anos, ele parecia ter 50. Recebeu-os com um amplo sorriso; seus dentes eram alinhados e impressionantemente brancos.

— Uma vez que o Texas entra no seu sangue — King disse —, não sai mais. Podem acreditar, tive quatro mulheres que tentaram para valer, e nada.

Com a mão estendida, King foi até eles. Vestia jeans, uma camisa de brim azul desbotada e, para a surpresa de Sam e Remi, tênis de corrida Nike em vez de botas de caubói.

King percebeu a reação deles. — Nunca gostei daquelas botas. Um inferno de desconfortáveis, e nada práticas. Além isso, todos os cavalos que tenho são de corrida, e eu não sou exatamente do tamanho de um jóquei. — Ele apertou a mão de Remi primeiro, e então a de Sam. — Muito obrigado por terem vindo. Espero que a Zi não os tenha intimidado. Ela não é de jogar conversa fora.

— Ela daria uma ótima jogadora de pôquer — Sam concordou.

— Ela é uma ótima jogadora de pôquer. Levou seis mil dólares meus em dez minutos da primeira, e última, vez que jogamos. Entrem, sentem-se. Vamos providenciar uma bebida? O que desejam?

— Água mineral, por favor — Remi disse, e Sam indicou o mesmo para ele.

— Zi, por gentileza. Eu vou querer o de sempre.

Bem perto, atrás de Sam e Remi, Zhilan disse: — Sim, Sr. King.

Eles o seguiram para a cauda na área com os sofás e se sentaram. Segundos depois, Zhilan estava atrás deles com uma bandeja. Colocou as águas de Sam e Remi na frente deles e serviu um uísque *on the rocks* para King. Ele não aceitou o copo; ficou simplesmente olhando-o. Franziu o cenho, deu um relance para Zhilan e balançou a cabeça. — Quantos cubos de gelo há aqui, querida?

— Três, senhor King — Zhilan apressou-se a dizer. — Desculpe, eu...

— Não se preocupe, Zi, apenas ponha mais um, e vai ficar bom — Zi se apressou com o copo, e King disse: — Não importa quantas vezes eu diga, volta e meia ela ainda esquece. O Jack Daniel's é um álcool volúvel, tem de estar com o gelo certo ou então não vale nada.

Sam disse: — Vou lhe dar razão nisso.

— É um homem sábio, Sr. Fargo.

— Sam.

— Como queira. Pode me chamar de Charlie.

King olhou para os dois, com um sorriso simpático fixo em seu rosto, até Zhilan voltar com a bebida agora com o número correto de cubos de gelo. Ficou parada ao lado dele, esperando ele provar. — Essa é a minha garota

— ele disse. — Pode ir, agora. — Para os Fargo: — Como está indo a escavação de vocês naquela ilha? Como chama mesmo?

— Pulau Legundi — Sam respondeu.

— É, isso mesmo. Algum tipo de...

— Sr. King...

— Charlie.

— Zhilan Hsu mencionou um amigo nosso, Frank Alton. Vamos deixar a conversa fiada para outra hora; fale-nos sobre Frank.

— É também um homem direto. Você também compartilha essa qualidade, suponho, Remi?

Nenhum dos dois respondeu, mas Remi deu a ele um sorriso doce.

King deu de ombros. — Certo, é justo. Contratei Alton há algumas semanas para tratar de um assunto para mim. Parece que ele simplesmente desapareceu. *Puf!* Como vocês dois parecem ser bons em achar o que não é fácil de achar, e são amigos dele, achei que íamos nos entender.

— Quando foi a última vez que soube dele? — Remi perguntou.

— Há dez dias.

— Frank tende a ser um pouco independente quando está em serviço — Sam disse. — Por que acha...

— Porque era para ele entrar em contato comigo todos os dias. Era parte de nosso acordo, e ele o cumpriu até dez dias atrás.

— Tem alguma razão para achar que há algo errado?

— Você quer dizer, à parte ele quebrar sua promessa? — King respondeu, um pouco aborrecido. — À parte pegar meu dinheiro e sumir?

— Só para entender melhor.

— Bom, a parte do mundo em que ele está pode ser um pouco cabeluda às vezes.

— E é qual? — Remi perguntou.

— Nepal.

— Perdão? Você disse...

— Isso. Da última vez que soube dele, estava em Katmandu. Espécie de vila atrasada, mas pode ser complicada se você não se cuidar direito.

Sam perguntou: — Quem mais sabe disso?

— Um punhado de gente.

— A mulher de Frank?

King balançou a cabeça, tomou um gole de uísque. Fez uma careta. — Zi!

Zhilan estava ao lado dele cinco segundos depois. — Sim, Sr. King?

Ele lhe entregou o copo. — O gelo está derretendo muito rápido. Suma com ele.

— Sim, Sr. King.

E então se foi de novo.

Com uma expressão aborrecida, King ficou olhando-a, e então se voltou de novo para os Fargo. — Desculpe, você dizia?

— Contou para a mulher de Frank?

— Nem sabia que ele tinha uma. Ele não me deu informações para contato de emergência. Além disso, para que deixá-la preocupada? Tanto quanto eu saiba, Alton arranjou alguma mulher oriental e está farreando pela cidade à minha custa.

— Frank Alton não faria isso — Remi disse.

— Talvez, talvez não.

— Entrou em contato com o governo do Nepal? — perguntou Sam. — Ou a embaixada norte-americana em Katmandu?

King fez um gesto de desdém com a mão. — Atrasados, todos eles. E corruptos... os habitantes locais, quero dizer. Quanto à embaixada, pensei nisso, mas não tenho os meses que vai levar para eles colocarem seus traseiros em movimento. Tenho gente minha lá trabalhando em outro projeto, mas não tem tempo para gastar com isso. E, como eu disse, vocês dois têm uma reputação de encontrar o que outras pessoas não conseguem.

Sam disse: — Primeiro, Charlie, pessoas não são coisas. Segundo, procurar pessoas desaparecidas não é nossa especialidade. — King abriu a boca para falar, mas Sam ergueu a mão e continuou: — Mesmo assim, Frank é um bom amigo, então é claro que iremos.

— Fantástico! — King deu um tapa no joelho. — Vamos passar às coisas práticas: quanto isso vai me custar?

Sam sorriu. — Vamos presumir que você esteja brincando.

— Com dinheiro? Nunca.

— Porque ele é um bom amigo, vamos arcar com os custos — Remi disse com uma leve rispidez no tom. — Precisamos de toda a informação que puder nos dar.

— Zi já compilou um arquivo. Ela vai entregar para vocês quando saírem.

— Dê-nos a versão condensada — Sam disse.

— É uma situação intrincada — King disse. — Eu contratei Alton para procurar alguém que desapareceu na mesma região.

— Quem?

— Meu pai. Logo depois que ele desapareceu, mandei um monte de gente atrás dele, mas de nada adiantou. É como se tivesse sumido do planeta. Quando ele foi visto mais uma vez recentemente, procurei por toda a parte o melhor detetive particular que havia. Alton me foi altamente recomendado.

— Você disse "visto mais uma vez" — Remi observou. — O que isso quer dizer?

— Desde que meu pai desapareceu, houve boatos dele aparecendo aqui e ali de tempos em tempos; uma dúzia na década de setenta, quatro na de oitenta...

Sam o interrompeu. — Charlie, exatamente há quanto tempo seu pai está desaparecido?

— Trinta e oito anos. Ele desapareceu em 1973.

**

Lewis "Bully" King, Charles explicou, era uma espécie de Indiana Jones, mas muito antes de os filmes terem surgido: um arqueólogo que passava onze meses do ano em trabalho de campo; um acadêmico *globe-trotter* que visitara um número maior de países do que a maioria das pessoas sabe que existe. O que exatamente seu pai estava fazendo quando desapareceu, Charles King não sabia.

— Qual instituição era a dele? — Remi perguntou.

— Não sei se entendi.

— Ele era de alguma universidade, ou museu? Talvez uma fundação?

— Não. Ele era um peixe fora da água, o meu pai. Não gostava de nada disso.

— Como ele arranjava verba para suas expedições?

King ofereceu a eles um cândido sorriso. — Tinha um doador generoso e crédulo. Para ser justo, todavia, ele nunca pedia muito: cinco mil dólares de quando em quando. Trabalhando sozinho, ele não tinha muitas despesas, e sabia como viver com pouco. Na maioria dos lugares para onde ia, dava para se viver com alguns dólares por dia.

— Ele tinha uma casa?

— Um lugarzinho em Monterey. Eu nunca o vendi. Nunca fiz nada com ele, de fato. Ainda está praticamente do mesmo jeito que estava quando ele desapareceu. E, sim, sei o que vão perguntar. Em mil novecentos e setenta e três eu mandei algumas pessoas examinarem a casa atrás de pistas, mas não acharam nada. Mas vocês são bem-vindos para olhar por conta própria. Zi lhes passará as informações.

— Frank foi lá?

— Não, ele não achou que valia a pena.

— Fale sobre a última vez que seu pai foi visto — Sam disse.

— Cerca de seis semanas atrás uma equipe da *National Geographic* estava fazendo uma matéria numa velha cidade lá, Lo Manta ou alguma coisa assim...

— Lo Monthang — Remi ofereceu.

— É, esse lugar. Era antigamente a capital de Mustang.

Como a maioria das pessoas, King pronunciou o nome como o do cavalo.

— Pronuncia-se Muos-tong — Remi replicou. — Era também conhecido como o Reino de Lo, antes de ser absorvido pelo Nepal no século dezoito.

— Como quiser. Nunca gostei dessa espécie de coisa. Sou uma maçã que caiu bem longe da árvore, imagino. De qualquer modo, numa das fotos que eles tiraram há esse fulano no fundo. Igualzinho ao meu pai; ou ao menos como eu acho que ele deve estar depois de quase quarenta anos.

— Não é muito para começar — Sam disse.

— É tudo o que eu tenho. Ainda querem tentar?

— Claro que sim.

Sam e Remi se levantaram para partir. Trocaram apertos de mãos. — Zi tem os meus contatos aí dentro. Vocês irão mantê-la atualizada. Informem o que descobrirem. Eu gostaria de receber informes regulares. Boa caça, casal Fargo.

**

Charles King ficou na entrada do Gulfstream observando os Fargo voltarem pelo portão, subirem em suas motonetas e então desaparecerem na estrada. Zhilan voltou pelo portão, subiu a escada do avião e parou diante dele.

— Não gosto deles — ela disse.

— E por quê?

— Eles não lhe mostraram o devido respeito.

— Posso viver sem isso, querida. Desde que eles se mostrem à altura da reputação deles. Pelo que eu li, esses dois realmente têm jeito para esse tipo de coisa.

— E se eles forem além do que pedimos a eles?

— Bom, que diabo, é para isso que eu tenho você, não?

— Sim, Sr. King. Devo ir para lá agora?

— Não, vamos deixar as coisas se desenrolarem naturalmente. Ponha Russ no telefone.

King foi para a cauda do avião e se largou numa das poltronas reclináveis com um grunhido. Um minuto depois veio a voz de Zhilan no interfone. — Completei a ligação para o senhor. Aguarde na linha.

King esperou o ruído distorcido que lhe informou que a linha via satélite estava aberta. — Russ, você está aí?

— Estou.

— Como a escavação está indo?

— Tudo em cima. Tive alguns problemas com um dos locais criando caso, mas demos um jeito nele. Marjorie está no poço agora, brandindo o chicote.

— Posso apostar que sim! Ela é fogo. Só mantenha os olhos abertos quanto a inspetores. Não quero saber deles aparecendo do nada. Estou pagando caro por isso. Qualquer coisa extra eu cortarei do seu salário.

— Tenho tudo sob controle.

— Ótimo. Agora, dê-me alguma notícia boa. Achou algo interessante?

— Ainda não. Mas topamos com uns traços de fósseis que nosso especialista diz que são promissores.

— É, bem, já ouvi isso antes. Esqueceu daquele vigarista em Perth?

— Não, senhor.

— Aquele que lhe disse que tinha um daqueles fósseis de hipopótamo anão de Málaga? Ele também se fazia passar por um especialista.

— E eu cuidei dele, não cuidei?

King fez uma pausa. Sua expressão se desanuviou, e ele deu uma risadinha. — É, isso você fez. Mas ouça bem, filho. Eu quero um daqueles *Callico* sei lá o quê. Um de verdade.

— *Chalicotherium* — Russ corrigiu.

— Estou pouco me lixando como é o nome! Latim! Deus me livre. Só me ache um! Já falei para aquele imprestável do Don Mayfield que tenho um, e já tenho um espaço pronto para ele. Entendeu?

— Sim, senhor, entendi.

— OK, então. Assunto novo: acabei de encontrar nossos recrutas mais novos. Operadores de primeira, os dois. Imagino que não vão perder tempo. Provavelmente, vão dar uma olhada na casa em Monterey e então irão na sua direção. Vou lhe avisar quando eles estiverem no ar.

— Sim, senhor.

— Trate de manter a rédea curta com eles, entendeu? Se escaparem de você, vou esfolá-lo vivo.

3

**Goldfish Point, La Jolla,
perto de San Diego, Califórnia**

Depois do encontro com King, Sam e Remi voltaram para Pulau Legundi onde, conforme esperado, encontraram o professor Stan Dydell inspecionando o sítio. O ex-professor de Remi no Boston College tinha tirado um ano sabático para participar das escavações múltiplas. Depois de ouvir as notícias sobre Alton, Dydell concordou em supervisionar a escavação até eles retornarem ou encontrarem um substituto permanente.

Trinta e seis horas e três conexões depois eles aterrissaram em San Diego ao meio-dia, horário local. Sam e Remi tinham ido de carro direto para a casa de Alton para falar com a mulher de Frank. Agora, com a bagagem deles depositada no hall de sua casa, eles desceram para o domínio de Selma, a sala de trabalho.

Medindo dois metros quadrados, o espaço de pé-direito alto era dominado por mesas de trabalho de tampo de bordo de seis metros de comprimento iluminadas por luminárias halógenas suspensas e cercadas por bancos de encosto alto. Ao longo de uma parede havia um trio de semicubículos — cada um deles equipado com uma Workstation nova em folha Mac Pro 12-core e um Cinema HD Display de trinta polegadas —, um par de escritórios envidraçados, um para Sam e outro para Remi, uma câmara de arquivo com ambientação controlada, uma pequena sala de projeções e uma biblioteca de referência. A parede oposta era dedicada ao único hobby de Selma: um aquário marinho de quatro metros, e mil e oitocentos litros com uma variedade de peixes em todas as cores do arco-íris. Seu borbulhar baixinho dava à sala de trabalho uma atmosfera relaxante.

Em cima do espaço de trabalho no térreo, a casa dos Fargo tinha estilo espanhol, e era construída em três andares e mil e cem metros quadrados, com uma planta aberta, tetos em abóbada e janelas e claraboias suficientes para não ser necessário acender as luzes mais do que algumas horas por dia. A pouca eletricidade que usavam era basicamente fornecida por uma robusta série de painéis solares recém-instalados no teto.

No último andar ficava a suíte de Sam e Remi. Logo abaixo deles havia quatro suítes para hóspedes, uma sala de estar, uma sala de jantar e uma cozinha/sala que avançava sobre o rochedo e tinha vista para o oceano. No segundo andar havia uma academia com equipamentos tanto de aeróbica quanto de *circuit training*, uma sauna, uma piscina Hydro-Worx com propulsão para natação contínua, uma parede de escalada e noventa metros quadrados de espaço aberto de assoalho de madeira para Remi treinar sua esgrima e Sam, seu judô.

Sam e Remi puseram um par de bancos num canto de uma das mesas de trabalho. Selma juntou-se a eles. Ela estava usando sua roupa de trabalho tradicional: calças cáqui, tênis, uma camiseta desbotada e óculos de armação de chifre incluindo uma corrente no pescoço. Pete Jeffcoat e Wendy Corden se aproximaram para ouvir. Bronzeados, em forma, louros e descontraídos, os assistentes de Selma eram quintessencialmente californianos, mas nem de longe ratos de praia. Jeff era formado em arqueologia, Wendy, em ciências sociais.

— Ela está preocupada — Remi disse então. — Mas caprichou em esconder, pelos filhos. Nós dissemos que vamos mantê-la informada. Selma, se você puder manter contato com ela todo dia enquanto estivermos fora...?

— Claro. Como foi a audiência de vocês com Sua Alteza?

Sam contou o encontro deles com Charlie King. — Remi e eu discutimos o caso no avião. Ele diz todas as coisas certas e desempenha direitinho o papel de bom sujeito do interior, mas algo não cheira bem quanto a ele.

— Sua garota Sexta-feira, entre outras coisas — Remi disse, e então descreveu Zhilan Hsu. Longe da presença de King, a mulher tinha uma atitude inteiramente intimidadora, mas seu comportamento a bordo do Gulfstream contara outra história. A insatisfação de King com o número de cubos de gelo em seu Jack Daniel's e sua reação humilhante lhes informara que não só ela tinha medo de seu patrão como também ele era um maníaco por controle.

— Remi tem também um interessante palpite sobre a Sra. Hsu — Sam disse.

Remi disse: — Ela é a amante dele. Sam não tem tanta certeza disso, mas eu tenho. E King a domina com mão de ferro.

— Ainda estou preparando uma biografia da família King — Selma disse —, mas, até agora, nada consegui sobre Zhilan. Vou continuar trabalhando. Com a permissão de vocês, talvez eu ligue para Rube.

Rube Haywood, outro amigo de Sam, trabalhava no quartel-general da CIA em Langley, Virginia. Eles tinham se conhecido, entre todos os lugares, no notório campo de treinamento de operações clandestinas da CIA, Camp Peary, quando Sam estava com a Darpa (Defense Advanced Research Projects Agency — Agência de projetos de pesquisa em defesa avançada) e Rube era um aspirante a agente de contato. Embora "A Fazenda" fosse um pré-requisito para alguém como Rube, Sam estava lá como parte de uma experiência de cooperação: quanto melhor os engenheiros compreendessem como os agentes trabalhavam em campo, a Darpa e a CIA sustentavam, mais eles seriam capazes de equipar os espiões da América.

— Se precisar, vá em frente. Outra coisa — Sam acrescentou. — King alega que não fazia ideia de qual era a área de interesse de seu pai. Alega que vem procurando o homem por quase quarenta anos e, no entanto, diz que nada sabe sobre do que o homem estava atrás. Não engulo isso.

Remi acrescentou: — Ele também afirma que não se deu ao trabalho de contatar nem o governo do Nepal nem a embaixada dos Estados Unidos. Alguém tão poderoso quanto King iria conseguir alguma ação só com uns poucos telefonemas.

— King alegou também que Frank não se mostrou interessado pela casa do pai dele em Monterey. Mas Frank é muito meticuloso para ter ignorado isso. Se King tivesse contado a Frank sobre ela, ele teria ido lá.

— Por que King mentiria sobre isso? — Pete perguntou.

— Não faço ideia — respondeu Remi.

— O que isso tudo quer dizer? — Wendy perguntou.

— Alguém tem algo a esconder — respondeu Selma.

— Exatamente o que pensamos — Sam disse. — A questão é: o quê? King também tem um tanto de paranoia. E, para ser justo, rico como ele é, provavelmente deve ter vigaristas indo atrás dele aos montes.

— No fim, nada disso importa — Remi disse. — Frank Alton desapareceu. É nisso que temos de concentrar nossa atenção.

— Começando por onde? — perguntou Selma.

— Monterey.

* *

Monterey, Califórnia

SAM FAZIA AS CURVAS DEVAGAR com os faróis do carro sondando a neblina que se movia sobre o chão e através da folhagem que cercava a sinuosa estrada de cascalho. Abaixo deles, as luzes das casas nos rochedos piscavam na névoa, e mais ao longe os faróis de navegação de barcos pesqueiros flutuavam na escuridão. A janela de Remi estava aberta, e por ela eles podiam ouvir o ocasional gongo fúnebre de uma boia ao longe.

Apesar de muito cansados, Sam e Remi estavam ansiosos para começar a tratar do desaparecimento de Frank, de modo que eles pegaram a ponte aérea noturna de San Diego para o Peninsula Airport em Monterey, onde alugaram um carro.

Mesmo sem ter ainda visto a construção, era claro que a casa de Lewis "Bully" King valia milhões. Mais precisamente, o terreno onde ela ficava valia milhões. Uma vista da baía de Montery não era barata. Segundo Charlie King, o pai dele comprara a casa no começo dos anos 1950. A partir de então, a valorização teria feito sua mágica, transformando mesmo uma cabana de papelão numa mina de ouro imobiliária.

A tela de navegação no painel do carro emitiu um som, indicando outra curva. Quando viraram a esquina, os faróis iluminaram uma caixa de correio solitária sobre um poste torto.

— É aqui — Remi disse, lendo os números.

Sam entrou num acesso ladeado por pinheiros e uma cerca de tábuas não mais brancas que parecia ficar de pé só por conta das trepadeiras nela emaranhadas. Sam deixou o carro reduzir e parar. À frente, os faróis iluminavam uma casa em estilo caixote de noventa metros quadrados. Duas pequenas janelas fechadas por tábuas ladeavam uma porta de entrada, sob a qual havia um lance de degraus de concreto arruinados. A fachada era pintada do que provavelmente outrora fora um verde-escuro. Agora o que não tinha descascado desbotara para um doentio verde-oliva.

No fim do acesso, parcialmente oculto atrás da casa, havia uma garagem para um só carro.

— Essa é uma casa dos anos cinquenta, sem dúvida — disse Remi. — Dessas sem frescuras.

— O terreno deve ter no mínimo dois acres. É de se admirar que tenha ficado fora das mãos das empreiteiras.

— Não quando se pensa quem é o dono.

— Tem razão — Sam disse. — Eu preciso admitir, é um pouco sinistro.

— Eu ia dizer que é muito sinistro. Vamos entrar?

Sam apagou os faróis, e então desligou o motor, deixando a casa iluminada apenas pelo tênue luar que se infiltrava pela neblina. Sam pegou uma valise de couro no banco de trás, e então eles desceram e fecharam as portas do carro. No silêncio, o duplo ruído soou anormalmente alto. Sam tirou sua lanterna de micro LED do bolso da calça e a acendeu.

Seguiram pelo acesso até a porta da frente. Experimentando com os pés, Sam verificou a estabilidade dos degraus. Ele assentiu para Remi, subiu os degraus, enfiou a chave que Zhilan lhes dera na fechadura e a girou. Com um clique, o mecanismo se abriu. Ele deu um empurrão de leve na porta; as dobradiças soltaram um previsível rangido. Sam parou na entrada, seguido por Remi.

— Dê-me um pouco de luz — Remi disse.

Sam se virou e direcionou o facho para a parede junto à esquadria da porta, onde Remi estava procurando um interruptor. Ela achou um e o acionou. Zhilan tinha lhes garantido que a energia elétrica da casa estaria ligada, e ela dissera a verdade. Em três cantos da sala, luminárias de solo se acenderam, projetando cones amarelados nas paredes.

— Não tão abandonada quanto King fez parecer — Sam observou. Não só as lâmpadas funcionavam como não havia sinais de pó à vista. — Ele deve mandar fazer faxina no lugar regularmente.

— Você não acha isso estranho? — Remi perguntou. — Não só ele fica com a casa quase quarenta anos depois que o pai dele desapareceu, mas não muda nada, faz com que ela seja limpa e deixa o terreno abandonado?

— O próprio Charlie King me parece estranho, então, não, isso não me surpreende. Basta dar a ele fobia de germes e esconder as unhas cortadas, e ele estará a meio caminho da terra do Howard Hughes.

Remi riu. — Bom, a boa notícia é que... não há muito terreno a explorar.

Ela estava certa, eles podiam ver quase toda a casa de Bully de onde estavam: uma sala principal de dezoito metros quadrados que parecia ser um refúgio/escritório, as paredes a leste e oeste dominadas por estantes do chão ao teto, repletas de livros, quinquilharias, fotos emolduradas e vitrines contendo o que pareciam ser fósseis e artefatos.

No centro da sala havia uma mesa de cozinha feita de tábua de açougueiro, que Lewis usara como a sua escrivaninha; nela, uma velha máquina de escrever portátil, canetas, lápis, blocos de notas e pilhas de livros. Na parede ao sul havia três portas, uma levava para uma pequena cozinha, a segunda, para um banheiro, e a terceira, para um quarto de dormir. Por baixo do cheiro de desinfetante e naftalina, a casa cheirava a mofo e cola velha de papel de parede.

— Acho que a bola está no seu campo, Remi. Você e Bully eram, ou são, da mesma estirpe. Eu vou dar uma olhada nos outros cômodos. Grite se um morcego aparecer.

— Não tem graça, Fargo.

Remi era uma verdadeira guerreira, nunca com medo de sujar as mãos ou correr perigo, mas ela odiava morcegos. Suas asas feito couro, minúsculas patas com garras e carinhas de porco franzidas atingiam algo primal nela. O *halloween* era um dia tenso na casa dos Fargo, e filmes antigos de vampiro eram proibidos.

Sam deu um passo de volta para ela, ergueu o queixo dela com o indicador e a beijou. — Desculpe.

— Desculpas aceitas.

Enquanto Sam entrava na cozinha, Remi esquadrinhou as estantes. Previsivelmente, todos os livros pareciam ter sido escritos antes de 1970. Lewis King era um leitor eclético, ela logo viu. Ainda que a maioria dos livros fossem diretamente relacionados com arqueologia e as disciplinas a ela associadas — antropologia, paleontologia, geologia etc. —, havia também livros sobre filosofia, cosmologia, sociologia, literatura clássica e história.

Sam voltou à sala. — Nada digno de interesse nos outros cômodos. E por aqui?

— Eu suspeito que ele era um... — Ela interrompeu e se voltou. — Acho que precisamos decidir que tempo de verbo usar para ele. Achamos que ele está morto, ou que ele está vivo?

— Vamos optar pelo último. Frank fez o mesmo.

Remi assentiu. — Suspeito que Lewis seja um homem fascinante. Se eu tivesse que apostar, diria que ele leu a maioria desses livros, se não todos.

— Se ele estava em campo tanto quando King disse, quando teria tido tempo?

— Leitura dinâmica? — Remi sugeriu.

— É possível. O que há nas vitrines?

Sam projetou o facho de sua lanterna mais perto do ombro de Remi. Ela espiou dentro. — Pontas de Clovis — ela disse, referindo-se ao agora universal nome para pontas de lanças ou flechas em pedra, marfim ou osso. — E uma boa coleção, aliás.

Uma a uma, eles começaram a verificar as outras vitrines. A coleção de Lewis era tão eclética quanto sua biblioteca. Embora houvesse muitos artefatos arqueológicos — cacos de cerâmica, ferramentas de pedra, lascas de madeira petrificada —, havia peças que pertenciam às ciências históricas: fósseis, pedras, ilustrações de plantas e insetos extintos, fragmentos de manuscritos antigos.

Remi bateu com o dedo num mostruário que continha um pergaminho escrito no que parecia ser Devanagari, o alfabeto antigo do Nepal. — Isso é interessante. É uma reprodução, acho. Ali está o que parece ser a anotação de um tradutor: "A. Kaalrami, Princeton University". Mas não há a tradução.

— Vou verificar — Sam disse, tirando seu iPhone do bolso. Ele acionou o navegador da rede Safari e esperou o ícone da rede 4G aparecer na barra de menu do telefone. Em vez dele, uma caixa de mensagem apareceu na tela:

Selecione uma rede Wi-Fi
651FPR

Franzindo o cenho, Sam estudou a mensagem por um instante, então fechou o navegador e abriu um aplicativo para tomar notas. Ele disse para Remi: — Não consigo uma conexão. Olhe só.

Remi se virou para olhar para ele. — O quê?

Ele piscou. — Olhe só.

Ela foi até ele e olhou a tela do iPhone dele. Nela ele digitara uma mensagem:

Siga as minhas deixas.

Remi não hesitou nem um pouco. — Não me surpreende que você não consiga um sinal — ela disse. — Estamos no meio do mato.

— O que você acha? Já vimos tudo?

— Acho que sim. Vamos procurar um hotel.

Eles apagaram as luzes, e então saíram pela porta da frente e a trancaram. Remi disse: — O que está acontecendo, Sam?

— Eu captei uma rede wireless. Tem o endereço daqui: 1.651 False Pass Road. — Sam retomou a mensagem na tela e a mostrou a Remi.

— Poderia ser um vizinho? — ela perguntou.

— Não, o sinal doméstico médio não vai além de cinquenta metros ou por volta disso.

— Mais e mais curioso — Remi disse. — Não vi nenhum modem ou roteador. Para que uma casa supostamente abandonada teria uma rede wireless?

— Só posso pensar numa razão e, considerando com quem a gente está lidando, não é tão absurda quanto soa: monitoramento.

— Você quer dizer câmeras?

— E escutas.

— King está nos espionando? Por quê?

— Vai saber. Mas agora eu fiquei realmente curioso. Temos que voltar lá. Venha, vamos dar uma olhada em volta.

— E se ele tiver câmeras externas?

— Essas são difíceis de esconder. Vamos ficar atentos.

Iluminando com a lanterna a fachada e o teto da casa, ele foi pelo acesso em direção à garagem. Quando chegou num dos cantos da casa, parou e espiou. Recuou. — Nada — disse. Ele foi até a porta lateral da garagem e forçou a maçaneta. Estava trancada. Sam tirou a jaqueta, enrolou sobre a mão direita e apertou o punho contra o vidro acima da maçaneta, fazendo força até ele se partir com um ruído abafado. Ele limpou os cacos que ficaram, e então destrancou aporta.

Lá dentro, levou só um minuto para encontrar a caixa de força. Sam abriu a tampa e estudou a configuração. Era do velho tipo de fusíveis. Alguns deles pareciam relativamente novos.

— E agora? — perguntou Remi.

— Não vou mexer com os fusíveis.

Ele direcionou o facho da lanterna para baixo do painel, e para a esquerda, onde encontrou o medidor de eletricidade. Usando seu canivete, cortou o arame, abriu a tampa e desligou a chave-geral.

— Se King não tiver um gerador ou baterias de *backup* escondidas em algum lugar, isso terá resolvido — Sam disse.

Eles voltaram para os degraus da entrada. Remi pegou seu iPhone e verificou se havia a rede de wireless. Tinha desaparecido. — Nada — ela disse.

— Vamos ver o que Charles King está escondendo.

**

De volta ao interior da casa, Remi foi direto ao mostruário que continha o pergaminho Devanagari. — Sam, você poderia pegar a minha câmera?

Sam abriu a valise, que tinha posto numa poltrona ali perto, pegou a Cannon G10 de Remi e a entregou a ela. Ela começou a fotografar o mostruário. Assim que terminou, partiu para a seguinte. — Não custa nada documentar tudo.

Sam assentiu. Com as mãos na cintura, observou as estantes. Fez um cálculo mental rápido: havia entre quinhentos e seiscentos livros, ele estimou. — Vou começar a folhear páginas.

Logo ficou evidente que quem quer que King tinha pagado para limpar a casa dera parca atenção às estantes; embora as lombadas dos livros estivessem limpas, a parte de cima deles estava coberta de poeira. Antes de remover cada volume, Sam examinou com a lanterna se havia impressões digitais. Nenhum livro parecia ter sido tocado por uma década ou mais.

* *

DUAS HORAS E CEM ESPIRROS depois eles devolveram o último livro ao lugar. Remi, que terminara de fotografar as vitrines uma hora antes, ajudara com as últimas centenas de volumes.

— Nada — Sam disse, afastando-se da estante e limpando as mãos nas calças. — E você?

— Não. Mas achei uma coisa interessante num dos mostruários.

Ela ligou a câmera, avançou até a foto relevante e mostrou a tela para Sam. Ele a olhou por um instante. — O que são?

— Não posso garantir ainda, mas acho que são fragmentos de ovo de avestruz.

— E o desenho? É uma linguagem? Arte?

— Eu não sei. Tirei-os do mostruário e fotografei também cada um deles separado.

— Qual é o significado?

— Para nós em particular, provavelmente nada. Num contexto mais amplo... — Remi deu de ombros. — Talvez um monte.

Em 1999, Remi explicou, uma equipe de arqueólogos franceses descobriu um grupo de duzentos e setenta ovos de avestruz com gravuras na Diepkloof Rock Shelter, na África do Sul. Os pedaços estavam gravados com padrões geométricos que datavam de entre 55 mil e 65 mil anos atrás e pertenciam ao que agora é conhecido como período Paleolítico cultural Howiesons Poort.

— Os especialistas ainda estão discutindo o significado dos desenhos — Remi continuou. — Uns argumentam que é arte, outros, um mapa, e outros ainda, que é uma forma de linguagem escrita.

— Esses parecem similares?

— Não consigo lembrar, assim. Mas se forem do mesmo tipo que os da África do Sul... — Remi terminou — então eles precedem a descoberta de Diepklof em pelo menos trinta e cinco anos.

— Talvez Lewis não soubesse o que tinha.

— Duvido. Qualquer arqueólogo que se preze teria reconhecido como importante. Assim que encontrarmos Frank e as coisas voltarem ao normal — Sam abriu a boca para falar, e Remi rapidamente se corrigiu: — ... normal para nós, vou dar uma olhada.

Sam suspirou. — Então até agora, tudo o que temos que é remotamente relacionado com o Nepal é o pergaminho Devanagari.

4

Katmandu, Nepal

SAM E REMI ACORDARAM com o som do piloto anunciando que estavam começando a descida para o aeroporto internacional de Tribhuvan, em Katmandu. Tendo passado a maior parte dos últimos três dias no ar, foram necessários sólidos trinta segundos antes que qualquer um dos dois ficasse totalmente desperto. O voo United-Cathay Pacific-Royal Nepal levara quase trinta e duas horas.

Sam se endireitou, esticou os braços por cima da cabeça e então acertou seu relógio com o horário do relógio digital na tela no encosto na frente dele. Ao lado dele, as pálpebras de Remi se abriram. — Meu reino por uma boa xícara de café — ela murmurou.

— Estaremos em terra em vinte minutos.

Os olhos de Remi acabaram de se abrir. — Ah é, eu tinha quase esquecido.

Nos últimos anos, o Nepal tinha entrado no negócio do café. No que se referia aos Fargo, os grãos que cresciam na região de Arghakhanchi do país produziam o melhor preto gold do mundo.

Sam sorriu para ela. — Vou comprar todo o café que você conseguir beber.

— Meu herói.

**

O AVIÃO POUSOU RÍSPIDO, e os dois olharam pela janela. Na cabeça da maioria dos viajantes, o nome Katmandu evoca visões exóticas de templos budistas e monges de hábito, gente que faz trilhas e alpinismo, incenso, especiarias, cabanas precárias e vales sombreados escondidos por picos do Himalaia. O que não ocorre para o visitante na primeira vez é a imagem de uma metrópole movimentada com setecentos e cinquenta mil pessoas, com uma taxa de alfabetização de 98%.

Vista do ar, Katmandu parece ter caído direitinho num vale, com aspecto de cratera, cercado por quatro cadeias de montanhas elevadas: Shivapuri, Phulchowki, Nagarjun e Chandragiri.

Sam e Remi já tinham estado em férias lá duas vezes. Eles sabiam que, apesar da população, Katmandu, da terra, dava a sensação de ser um conglomerado de aldeias de porte médio com lances de modernismo injetados entre elas. Num quarteirão se podia encontrar um templo para o deus hindu Shiva de mil anos de idade, e no seguinte, uma loja de celulares; nas vias maiores, táxis híbridos reluzentes e riquixás coloridos concorriam pelos passageiros; numa praça, localizados diretamente um em frente ao outro, um restaurante temático da Oktoberfest e um vendedor de calçada que vende tigelas de *chaat* para os passantes. E claro, aninhados nas encostas das montanhas e sobre picos escarpados cercando a cidade, centenas de templos e mosteiros, alguns mais antigos do que a própria Katmandu.

**

VIAJANTES EXPERIENTES QUE ERAM, Sam e Remi estavam bem preparados para a alfândega e a imigração e passaram sem grandes problemas. Logo estavam do lado de fora do terminal, parados na calçada do transporte terrestre sob uma marquise curvada moderna. A fachada do terminal era feita de terracota impecável, com um telhado bem inclinado adornado com centenas de inserções retangulares.

— Que hotel Selma reservou para a gente?

— O Hyatt Regency.

Remi aprovou. Na última visita deles ao Nepal, com a esperança de imergir na cultura nepalesa, eles ficaram num *hostel* que, por acaso, ficava ao lado de um curral de criação de iaques. Iaques, eles descobriram, pouco se preocupavam com decência, privacidade, ou sono.

Sam deu um passo para chamar um táxi. Por trás deles veio uma voz masculina: — Suponho que sejam o Sr. e a Sra. Fargo?

Sam e Remi se voltaram e se descobriram de frente para um homem e uma mulher, ambos de 20 e poucos anos e ambos quase imagens em duplicata não só um do outro como também de Charles King — exceto por uma diferença notável. Embora os filhos de King tivessem sido abençoados com os cabelos louros claros, olhos azuis e o largo sorriso do pai, o rosto também tinha características asiáticas sutis, mas nítidas.

Remi lançou um olhar a Sam que ele imediata e corretamente interpretou: o palpite dela sobre Zhilan Hsu tinha sido ao menos parcialmente correto. Todavia, a menos que os Fargo estivessem pressupondo demais, o relacionamento dela ia bem além do de uma amante comum.

— Somos — Sam respondeu.

O homem, que também tinha a altura, mas não a corpulência do pai, estendeu a mão e trocou um vigoroso aperto de mão com eles. — Meu nome é Russell. Esta é a minha irmã, Marjorie.

— Sam... Remi. Não estávamos esperando uma recepção.

— Decidimos tomar a iniciativa — Marjorie disse. — Estamos aqui tratando de uns negócios para papai, de modo que não é problema nenhum.

Russell disse: — Se vocês nunca visitaram Katmandu antes, ela pode ser um pouco desconcertante. Estamos de carro. Será um prazer levá-los ao seu hotel.

**

O Hyatt Regency ficava três quilômetros a nordeste do aeroporto. A viagem foi tranquila, embora não rápida, no sedã Mercedes-Benz dos filhos de King. Em seu interior com som controlado e vidro escurecido, Sam e Remi acharam a viagem um pouco surreal. No volante, Russell navegava com facilidade pelas estreitas ruas confusas, enquanto Marjorie, no banco do passageiro, dava a eles informações turísticas contínuas com todo o charme de um roteiro de um guia gravado.

Por fim eles estacionaram na entrada coberta do *lobby* do Hyatt. Russell e Marjorie estavam fora do carro abrindo as portas traseiras antes que Sam e Remi tocassem a maçaneta.

Como a do aeroporto, a arquitetura do Hyatt Regency era uma mistura do antigo e do novo: uma larga fachada de seis andares em terracota e creme terminando num telhado em estilo de pagode. Os jardins bem cuidados e luxuriantes ocupavam vinte acres.

Um porteiro aproximou-se do carro, e Russell grunhiu algo em nepalês. O homem assentiu vigorosamente, forçou um sorriso e então tirou a bagagem do porta-malas e desapareceu no *hall*.

— Vamos deixar que vocês se instalem — disse Russell, entregando um cartão de visitas a cada um deles. — Liguem-me mais tarde, e então discutiremos como vocês gostariam de prosseguir.

— Prosseguir? — Sam repetiu.

Marjorie sorriu. — Desculpe, papai provavelmente esqueceu de lhes dizer. Ele nos pediu para sermos os guias de você enquanto procuram o Sr. Alton. Até amanhã!

Com sorrisos e acenos quase sincronizados, os filhos de King entraram no Mercedes e partiram.

Sam e Remi ficaram por alguns segundos olhando o carro partir. Então Remi murmurou: — Será que alguém na família King é normal?

Quarenta e cinco minutos depois eles estavam instalados em sua suíte e saboreando seu café.

**

Depois de passar a tarde relaxando na piscina, eles voltaram para a suíte para tomar um coquetel. Sam pediu um Sapphire Bombay Gin Gibson, e Remi, um Ketel One Cosmopolitan. Eles terminaram de ler o dossiê que Zhilan lhes dera no aeroporto de Palembang. Embora na superfície parecesse meticuloso, encontraram pouca substância para começar sua busca.

— Temos de admitir — Remi disse — que a combinação dos genes de Zhilan Hsu e Charlie King produziu... resultados interessantes.

— Isso é muito diplomático da sua parte, Remi, mas vamos ser honestos: Russell e Marjorie são de dar medo. Combine a aparência deles com sua simpatia exagerada e você tem um par de *serial killers* criados por Hollywood. Você viu traços específicos de Zhilan neles?

— Não, e imagino que não existam. Se ela é a mãe deles, isso significa que ela tinha provavelmente dezoito ou dezenove anos quando os teve.

— O que faria King estar entre os quarenta e os cinquenta anos na época.

— Você percebeu a falta de sotaque texano? Acho que captei traços da Ivy League[2] nas vogais deles.

— Então o papai despachou-os do Texas para a universidade. O que eu gostaria de saber é: como eles sabiam em que voo estávamos?

— Charlie King flexionando seus músculos? Mostrando-nos que tem boas conexões?

— Provavelmente. Isso também deve explicar por que ele não nos disse para esperarmos os gêmeos Prodígio. Poderoso como King é, provavelmente acha que é um mestre em manter as pessoas desarmadas.

— Não gosto da ideia deles nos seguindo por toda a parte.

— Nem eu, mas vamos jogar o jogo amanhã e ver o que sabem sobre as atividades de Frank. Tenho uma suspeita insidiosa de que a família King sabe muito mais do que está mostrando.

— Concordo — Remi respondeu. — Tudo se soma numa só coisa, Sam: King está tentando brincar de titereiro. A questão é: por quê? Por que ele é maníaco por controle ou por que está escondendo alguma coisa?

A campainha da porta tocou. Ao ir até a porta pegar um envelope que acabara de ser passado por debaixo dela, Sam disse: — Ah, confirmação de nossas reservas para o jantar.

— É mesmo?

— Bom, só se você puder ficar pronta para sair em trinta minutos — replicou Sam.

— Adorarei, e aonde vamos?

— Bhanchka and Ghan — respondeu Sam.

— Como você lembrou?

[2] Fundada em 1954, a Ivy League é um grupo de oito universidades particulares dos Estados Unidos, reconhecidas por seu prestígio científico, e seu nome está associado à excelência acadêmica. (N. E.)

— Como eu poderia esquecer a memorável comida, ambiente e culinária nepaleses... em pleno Nepal!

Vinte e cinco minutos depois, Remi colocara calças Akris e um *top*, com um paletó combinando sobre o braço. E Sam, recém-barbeado, usando uma camisa azul Robert Graham e calças cinza-escuro, a conduziu pela porta.

**

REMI FICOU SÓ PARCIALMENTE surpresa ao acordar às quatro da manhã e descobrir que seu marido não estava na cama, mas na poltrona da área de estar da suíte. Quando algo incomodava o subconsciente de Sam Fargo, ele raramente conseguia dormir. Ela o encontrou sob a luz suave de uma luminária lendo o dossiê que Zhilan lhes dera. Com o quadril, Remi gentilmente empurrou para o lado a pasta de papelão. Então ela se sentou no colo dele e apertou em volta dela seu robe de seda La Perla.

— Acho que descobri o culpado — ele disse.

— Mostre-me.

Ele folheou uma série de papéis presos por clipes. — Os relatórios diários que Frank mandava para King. Eles começam no dia em que ele chegou aqui e terminam no dia em que ele desapareceu. Você notou algo de diferente nos últimos três e-mails?

Remi os esquadrinhou. — Não.

— Ele assinou cada um deles "Frank". Veja os anteriores.

Remi fez isso. Ela contraiu os lábios. — Simplesmente assinados FA.

— Era assim que ele assinava e-mails para mim também.

— O que isso quer dizer?

— Só especulando, eu diria que ou Frank não mandou os últimos três e-mails ou mandou e estava tentando embutir um sinal de perigo.

— Acho isso pouco provável. Frank teria achado um código mais engenhoso.

— Então isso nos deixa a outra opção. Ele desapareceu mais cedo do que King acredita.

— E alguém esteve se fazendo passar por ele — Remi concluiu.

**

Quarenta e oito quilômetros ao norte de Katmandu, Nepal

NO ESCURO, ANTES DO AMANHECER, o Range Rover saiu fora da estrada principal. Seus faróis varreram campos verdes em terraços enquanto seguia a estrada sinuosa para o fundo do vale, onde cruzava outra estrada, essa mais estreita e cheia de lama. O Rover sacolejou ao longo do caminho várias centenas de metros antes de cruzar uma ponte. Embaixo, um rio corria forte, suas águas escuras lambiam as vigas mais baixas da ponte. Na margem oposta os faróis do Rover iluminaram brevemente uma placa. Em nepalês, dizia "Trisuli". Mais quatrocentos metros levaram o Rover a um prédio de tijolos cinza com um teto de retalhos de zinco. Ao lado de uma porta da frente de madeira, uma janela amarela brilhava. O Rover parou em frente do prédio, e o motor foi desligado.

Russell e Marjorie King desceram e foram até a porta. Um par de figuras na sombra emergiu de cada canto do prédio e os interceptou. Cada homem carregava uma arma automática em diagonal sobre o corpo. Lanternas foram acesas, passaram pelo rosto dos filhos de King e foram desligadas. Com um gesto brusco da cabeça, um dos guardas indicou que era para os dois entrarem.

Ali dentro, um homem solitário estava sentado a uma mesa de madeira sobre cavaletes. Fora isso e um lampião de querosene tremulando, a sala estava vazia.

— Coronel Zhou — Russell King grunhiu.

— Bem-vindos, meus amigos norte-americanos sem nome. Por favor, sentem-se.

Eles fizeram isso, no banco em frente a Zhou. Marjorie disse: — O coronel está sem uniforme. Por favor, não diga que está com medo das patrulhas do exército nepalês.

Zhou deu uma risadinha. — Dificilmente. Embora eu tenha certeza de que meus homens iriam gostar da prática de tiro, duvido que meus superiores veriam com bons olhos eu cruzar a fronteira sem ser através dos canais apropriados.

— Essa reunião foi por sua convocação — Russell disse. — Por que pediu que viéssemos?

— Temos que discutir as permissões que vocês solicitaram.

— As permissões pelas quais já pagamos, quer dizer? — replicou Marjorie.

— Uma questão semântica. A área em que vocês querem entrar é muito patrulhada...

— Toda a China é muito patrulhada — Russell observou.

— Apenas parte da área pela qual vocês querem viajar está sob o meu comando.

— Isso nunca foi um problema no passado.

— As coisas mudam.

— Você está nos espremendo — Marjorie disse. Sua face estava inexpressiva, mas seus olhos estavam duros, maldosos.

— Não conheço a expressão.

— Extorsão.

O coronel Zhou franziu o cenho. — Isso é duro. A verdade é que vocês já me pagaram. Infelizmente, uma reestruturação em meu distrito me deixou com mais bocas para alimentar, se compreendem o que quero dizer. Se não alimentar essas bocas, elas começarão a falar com as pessoas erradas.

— Talvez devêssemos falar com elas em vez de falar com você — Russell disse.

— Vão em frente. Mas vocês têm tempo para isso? Conforme me lembro, vocês levaram oito meses para me achar. Estão dispostos a começar tudo de novo? Tiveram sorte comigo. Da próxima vez, vocês podem ser presos como espiões. Isso ainda pode acontecer, de fato.

— Está jogando um jogo perigoso, coronel — Marjorie disse.

— Não mais perigoso do que cruzar ilegalmente para o território chinês.

— E, suponho, não mais perigoso do que não fazer seus homens nos revistar à procura de armas.

Os olhos de Zhou se apertaram, desviando-se para a porta, e então voltando aos gêmeos King. — Você não ousaria — ele disse.

— Ela ousaria — Russell disse. — E eu também. Pode apostar. Mas não agora. Não esta noite. Coronel, se soubesse quem nós somos, pensaria duas vezes antes de extrair mais dinheiro de nós.

— Eu posso não saber seus nomes, mas conheço o tipo, e tenho um palpite quanto ao que procuram.

Russell disse: — Quanto para alimentar essas bocas extras?

— Vinte mil; em euros, não dólares.

Russell e Marjorie se levantaram. Russell disse: — O dinheiro estará em sua conta antes do fim do dia. Entraremos em contato quando estivermos prontos para atravessar.

* *

Ele podia dizer pelo frio do ar da noite, a total falta de sons de trânsito e o frequente badalar dos sinos dos iaques por perto que estava no alto nas montanhas. Vendado assim que o empurraram para dentro da van, ele não tinha como saber a que distância de Katmandu tinha sido levado. Dez quilômetros ou cem, realmente não importava. Uma vez fora do vale onde ficava a cidade, o terreno podia engolir por inteiro uma pessoa — e fizera isso, milhares de vezes. Penhascos, cavernas, sumidouros, fissuras em geleiras... um milhão de lugares para se esconder ou morrer.

O piso e as paredes eram feitos de tábuas cruas, como seu catre. O colchão era de palha, que cheirava levemente a esterco. O fogão era velho e bojudo, ele supunha, pelo som da portinhola ao ser fechada cada vez que seus captores entravam para alimentar o fogo. Ocasionalmente, sobre o cheiro da fumaça da madeira, ele captava um leve odor de óleo para fogão, do tipo usado por quem fazia trilhas e alpinismo.

Frank estava sendo mantido numa cabana de trilha abandonada, em algum lugar longe o bastante das trilhas regulares para não receber visitantes.

Seus captores tinham dito menos do que vinte palavras desde seu sequestro, todas elas ordens bruscas em inglês precário: sente-se, de pé, comida, banheiro... No segundo dia, todavia, ele captara um fragmento de conversa pela parede da cabana, e embora sua compreensão de nepalês fosse virtualmente inexistente, sabia o bastante para reconhecer a língua. Tinha sido pego por habitantes locais. Mas quem? Terroristas ou guerrilheiros? Não conhecia nenhum que operasse no Nepal. Sequestradores? Ele duvidava. Não o tinham forçado a fazer nenhuma gravação ou carta de resgate. Tampouco o tinham maltratado. Era alimentado regularmente, tinha o bastante para beber e seu saco de dormir era bem adequado a temperaturas abaixo de zero. Quando lidaram com ele, foram firmes, mas não violentos. De novo ele se perguntou quem? E por quê?

Até então, só tinham cometido um erro significativo; embora tivessem amarrado firmemente seus pulsos com o que parecia ser corda de alpinismo, esqueceram-se de conferir se não havia bordas afiadas na cabana. Em pouco tempo, ele encontrou quatro delas: as pernas do seu catre, por exemplo, cada uma delas se projetava alguns centímetros acima do colchão. A madeira cortada toscamente não tinha sido lixada. Não eram exatamente lâminas de serra, mas era um lugar para começar.

5

Katmandu, Nepal

Conforme anunciado, Russell e Marjorie entraram no acesso do Hyatt precisamente às nove horas. Com os olhos brilhando e sorrindo, os gêmeos cumprimentaram Sam e Remi com outra rodada de apertos de mão, e então os encaminharam para o Mercedes. O céu estava de um azul luminoso, o ar, revigorante.

— Para onde? — Russell perguntou ao engatar a marcha e partir.

— Que tal os locais em que Frank Alton parece ter passado a maior parte do tempo? — Remi perguntou.

— Sem problemas — respondeu Marjorie. — Conforme os e-mails que ele estava mandando para papai, ele passou boa parte do tempo na região da garganta de Chobar, cerca de oito quilômetros a sudeste daqui. É onde o rio Bagmati se despeja do vale.

Eles seguiram em silêncio por alguns minutos.

Sam disse: — Se foi o avô de vocês que foi fotografado em Lo Monthang...

— Você não acha que era ele? — Russell disse, dando um relance pelo espelho retrovisor. — Papai acha que era.

— Apenas sendo o advogado do diabo. Se era seu avô, vocês têm alguma ideia de por que ele estaria naquela região?

— Não tenho a mais vaga ideia — respondeu Marjorie, petulantemente.

— O pai de vocês não parecia ter familiaridade com o trabalho de Lewis. Algum de vocês dois tem?

Russell respondeu: — Essas coisas de arqueologia, imagino. Nós não o conhecemos, é claro. Só ouvimos histórias que papai contou.

— Não levem a mal, mas não lhes ocorreu descobrir do que Lewis estava atrás? Poderia ter ajudado na busca dele.

— Papai nos mantém bastante ocupados — Marjorie disse. — Além disso, é por isso que ele contrata especialistas como vocês dois e o Sr. Alton.

Sam e Remi se entreolharam. Como o pai deles, os gêmeos King pareciam só superficialmente interessados nos detalhes da vida do avô. O distanciamento deles soava quase patológico.

— Em que escolas vocês estudaram? — Remi perguntou, mudando o assunto.

— Nenhuma — Russell respondeu. — Nosso pai nos educou em casa com tutores.

— O que aconteceu com o sotaque de vocês?

Marjorie não respondeu imediatamente. — Ah, entendi o que você quer dizer. Quando tínhamos por volta de quatro anos, ele nos mandou para viver com nossa tia em Connecticut. Moramos lá até terminarmos nossa educação, e então voltamos para Houston para trabalhar para o papai.

— Então ele não esteve muito presente quando vocês cresciam? — Sam perguntou.

— Ele é um homem ocupado.

A resposta de Marjorie não tinha o menor traço de rancor, como se fosse perfeitamente normal despachar os filhos para outro estado por quatorze anos para ser criados por tutores e parentes.

— Vocês dois fazem um monte de perguntas — Russell disse.

— Somos curiosos por natureza — Sam respondeu. — Faz parte do serviço.

**

Sam e Remi esperavam obter muito pouco de sua visita à garganta de Chobar, e não foram desapontados. Russell e Marjorie apontaram alguns marcos na paisagem e ofereceram mais guia de turismo enlatado.

De volta ao carro, Sam e Remi pediram para ir ao próximo local: o epicentro histórico da cidade, conhecido como Durbar Square, que era onde ficavam cerca de cinquenta templos.

Previsivelmente, essa visita foi tão sem revelações como a primeira. Seguidos pelos gêmeos King, Sam e Remi andaram pela praça e seus arredores por uma hora, fazendo uma performance de tirar fotografias, conferir o mapa, tomar notas. Finalmente, um pouco antes do meio-dia, eles pediram para voltar ao Hyatt.

— Já terminaram? — Russell perguntou. — Têm certeza?

— Temos — disse Sam.

Marjorie disse: — Para nós será um prazer levar vocês onde quiserem.

— Nós temos de fazer umas pesquisas antes de continuar — Remi disse.

— Podemos ajudar nisso também.

Sam pôs um pouco de aço na voz: — O hotel, por favor.

Russell deu de ombros: — Como queiram.

* *

De dentro do *hall*, eles ficaram olhando o Mercedes ir embora. Sam pegou seu iPhone no bolso e verificou a tela. "Mensagem de Selma". Ele a ouviu e disse: — Ela descobriu algo sobre a família King.

De volta em seu quarto, Sam pôs o telefone em viva voz e apertou a discagem automática. Depois de trinta segundos de estática, a linha se conectou. Selma respondeu com: — Finalmente.

— Estávamos numa excursão com os gêmeos King.

— Produtiva?

— Só em reforçar a premência de ficar longe deles — disse Sam. — O que tem para nós?

— Primeiro, eu encontrei alguém que pode traduzir o pergaminho Davanagari que encontraram na casa de Lewis.

— Fantástico — Remi disse.

— Fica ainda melhor. Acho que é a tradutora original, o A. Kaalrami de Princeton. O primeiro nome dela é Adala. Ela tem quase setenta anos e é professora na... querem adivinhar?

— Não — Sam disse.

— Universidade de Katmandu.

— Selma, você faz milagres — Remi disse.

— Normalmente, eu iria concordar, Sra. Fargo, mas isso foi pura sorte. Estou mandando por e-mail as informações do contato da professora Kaalrami. Certo, próximo: depois de dar seguidamente em nada pesquisando a família King, acabei ligando para Rube Haywood. Ele está me mandando as informações à medida que as obtém, mas o que já conseguimos até agora é interessante. Primeiro de tudo, King não é o verdadeiro sobrenome da família. É a versão anglicizada do alemão original: König. E o primeiro nome de Lewis era originalmente Lewes.

— Por que a mudança? — perguntou Remi.

— Não temos muita certeza sobre isso, mas o que sabemos é que Lewis imigrou para os Estados Unidos em 1946 e conseguiu um emprego dando aulas na Universidade de Siracusa. Alguns anos depois, quando Charles tinha quatro anos, Lewis deixou sua mãe e começou suas voltas ao mundo.

— O que mais?

— Descobri qual é o negócio de que Russell e Marjorie estão cuidando aí. Uma das mineradoras de King, a SRG, Strategic Resources Group, adquiriu permissão do governo nepalês no ano passado para conduzir, vou citar, "estudos exploratórios referentes à mineração de metais industriais e preciosos".

— Que quer dizer o quê, exatamente? — Remi perguntou. — É uma declaração de intenções terrivelmente vaga.

— Intencionalmente vaga — Sam disse.

Selma replicou: — A empresa não é uma sociedade por ações, de modo que é difícil obter informações. Encontrei duas áreas que estão em leasing para a SRG. Ficam a nordeste da cidade.

— Um emaranhado — Remi disse. — Temos os King supervisionando uma operação de mineração da família no mesmo lugar e na mesma época em que Frank desaparece ao procurar o pai de King, que pode ou não ter estado assombrando o Himalaia nos últimos quarenta anos. Esqueci alguma coisa?

— Isso cobre tudo — Sam disse.

Selma perguntou: — Querem os detalhes das áreas da SRG?

— Segure-os por enquanto — Sam respondeu. — Na superfície parece não ter relação, mas, com King Charlie, nunca se sabe.

* *

DEPOIS DE PEDIR À RECEPÇÃO do Hyaat que providenciasse um carro alugado, eles pegaram a estrada, Sam dirigia e Remi navegava, com um mapa da cidade de Katmandu aberto sobre o painel do Nissan X-Trail SUV.

Uma das poucas lições que tinham aprendido (e então esquecido) na última visita deles a Katmandu uns seis anos antes voltou com tudo assim que eles partiram do hotel.

Exceto pelas vias principais como Tridevi e a King Road, as ruas de Katmandu raramente têm nome, seja nos mapas, seja nas placas. Indicações verbais são dadas tendo como referência marcos da paisagem, em geral cruzamentos ou praças — conhecidas como *chowks* e *toles*, respectivamente — e ocasionalmente templos ou mercados. Qualquer um que não tenha familiaridade com esses pontos de referência não tem escolha a não ser se valer de um mapa regional e uma bússola.

Sam e Remi tiveram, no caso, sorte. A Universidade de Katmandu ficava a vinte e dois quilômetros do hotel deles no sopé das montanhas, na extremidade leste da cidade. Depois de passar vinte minutos frustrantes até achar a Arniko Highway, eles seguiram sem problemas e chegaram ao *campus* só uma hora depois.

Seguindo placas tanto em nepalês quanto em inglês, eles viraram à esquerda na entrada e subiram um acesso flanqueado por árvores até um prédio de tijolo e vidro, tendo na frente um canteiro oval repleto de flores silvestres. Encontraram um lugar para estacionar, entraram pelas portas de vidro e se dirigiram a um balcão de informações.

A jovem mulher indiana que estava no balcão falava um inglês com sotaque de Oxford. — Bom dia, bem-vindos à Universidade de Katmandu. Em que posso ajudá-los?

— Estamos procurando a professora Adala Kaalrami — disse Remi.

— Sim, pois não. Um momento. — A mulher digitou num teclado abaixo do balcão e observou o monitor por um momento. — A professora Kaalrami está no momento numa reunião com alunos de graduação na biblioteca.

A reunião está marcada para terminar às quinze horas. — A mulher pegou um mapa e fez um círculo onde estavam e onde se localizava a biblioteca.

— Obrigado — Sam disse.

O *campus* de Katmandu era pequeno, com apenas uma dúzia ou pouco mais de prédios principais centralizados numa elevação. Abaixo deles havia quilômetros e quilômetros de campos em terraços e florestas densas. À distância eles podiam ver o aeroporto internacional de Tribhuvan. Ao norte do aeroporto, mal se podia ver, ficava o telhado em estilo pagode do Hyatt Regency.

Eles percorreram uns cem metros para o leste numa calçada ladeada por sebes, viraram à esquerda e encontraram a entrada da biblioteca. Ali, um funcionário encaminhou-os para uma sala de reuniões no segundo andar. Quando chegaram, um estudante estava saindo. Na sala, sentada a uma mesa de reuniões redonda, estava uma senhora indiana rechonchuda num vistoso sári vermelho e verde.

Remi disse: — Com licença, a senhora é a professora Adala Kaalrami?

A mulher ergueu os olhos e os examinou através dos óculos de armação escura. — Sim, sou eu. — O inglês dela tinha um sotaque forte com uma leve qualidade musical, comum a muitos indianos falantes do inglês.

Remi apresentou-se e apresentou Sam; perguntou se podiam sentar-se. Kaalrami assentiu e indicou com a cabeça um par de cadeiras à sua frente. Sam disse: — O nome Lewis King significa alguma coisa para a senhora?

— Bully? — ela respondeu sem hesitar.

— Sim.

Ela deu um amplo sorriso; havia um espaço entre os dois dentes da frente. — Ah, sim, lembro bem de Bully. Éramos... amigos. — O brilho em seus olhos informou aos Fargo que o relacionamento tinha ido muito além da mera amizade. — Eu era contratada de Princeton, mas tinha vindo para a Universidade de Tribhuvan num intercâmbio. Isso foi muito antes da Universidade de Katmandu ter sido fundada. Bully e eu nos conhecemos em algum evento social. Por que perguntam?

— Estamos procurando Lewis King.

— Ah... Caçadores de fantasmas, é o que são?

— Suponho que com isso a senhora quer dizer que acredita que ele esteja morto — Remi disse.

— Ah, eu não sei. Claro que ouvi histórias sobre suas manifestações periódicas, mas nunca o vi, ou nenhuma fotografia verdadeira dele. Eu gostaria de achar que, se ele estivesse vivo, teria vindo me ver.

Sam tirou a pasta de papelão de sua valise, extraiu dela uma cópia do pergaminho Devanagari e o deslizou sobre a mesa para Kaalrami. — A senhora reconhece isso?

Ela o examinou por um instante. — Sim. Essa é a minha assinatura. Eu traduzi isso para Bully em... — Kaalrami apertou os lábios, pensando — ...mil novecentos e setenta e dois.

— O que a senhora pode nos dizer sobre ele? — Sam perguntou. — Lewis lhe contou onde o encontrou?

— Não.

Remi disse: — Para mim, parece Devanagari.

— Muito bom, minha cara. Perto, mas incorreto. Está escrito em Lowa. Embora não seja uma língua morta, é bem rara. Na última estimativa, havia apenas quatro mil falantes nativos de Lowa vivos. A maior parte deles pode ser encontrada no norte do país, perto da fronteira com a China, onde ficava...

— ...Mustang — Sam adivinhou.

— É, isso mesmo. E você pronunciou corretamente. Muito bem. A maioria dos falantes de Lowa vivem em Lo Monthang e nos arredores. Você sabia isso sobre Mustang ou foi só um palpite?

— Um palpite. A única pista recente que temos do paradeiro de Lewis King é uma fotografia em que ele supostamente aparece. Foi tirada há um ano em Lo Monthang. Encontramos esse pergaminho na casa de Lewis.

— Vocês têm a foto aí?

— Não — Remi disse, e então trocou um olhar com Sam. A expressão compartilhada por eles dizia: por que não pedimos uma cópia da fotografia? Falha de novato. — Tenho certeza de que podemos obtê-la, no entanto.

— Se não for muito trabalho. Eu gosto de achar que reconheceria Bully se fosse realmente ele.

— Alguém mais veio vê-la recentemente com interesse em King?

Kaalrami hesitou de novo, batendo com o indicador no lábio. — Um ano atrás, talvez um pouco mais do que isso, um casal de garotos estiveram aqui. Uma dupla de aparência estranha...

— Gêmeos? Cabelos louros, olhos azuis, traços asiáticos?

— Isso! Particularmente não gostei deles. Sei que não é uma coisa simpática de se dizer, mas preciso ser honesta. É que havia alguma coisa neles... — Kaalrami deu de ombros.

— A senhora lembra o que eles perguntaram?

— Só perguntas genéricas sobre Bully... Se eu tinha alguma carta antiga dele ou se me lembrava dele ter falado sobre seu trabalho na região. Não pude ajudá-los.

— Eles não tinham uma cópia deste pergaminho?

— Não.

Sam perguntou: — Não conseguimos encontrar a tradução original. A senhoria poderia nos ajudar?

— Posso lhes dar a essência do que diz, mas uma tradução por escrito vai levar um tempo. Posso fazer isso hoje à noite, se quiserem.

— Obrigada — disse Remi. — Ficaríamos muito agradecidos.

A professora Kaalrami ajustou seus óculos e centrou o pergaminho na frente dela. Lentamente começou a passar o dedo nas linhas do texto, seus lábios movendo-se sem som.

Depois de cinco minutos, ela ergueu os olhos e limpou a garganta.

— É uma espécie de édito real. A frase Lowa não se traduz bem em inglês, mas é uma ordem oficial. Disso tenho certeza.

— Há alguma data?

— Não, mas se olharem aqui, no canto superior esquerdo, há um pedaço de texto faltando. Ele aparecia no pergaminho original?

— Não, eu o fotografei exatamente como estava. A senhora lembra se a data estava no original que viu?

— Não, receio que não.

— A senhora poderia arriscar um palpite?

— Não posso garantir, mas estimaria em algo entre seiscentos e setecentos anos atrás.

— Prossiga, por favor — Sam pediu.

— Como disse, vocês precisam esperar a versão por escrito...

— Entendemos.

— É uma ordem para um grupo de soldados... soldados especiais chamados de Sentinelas. Estão sendo instruídos a executar algum tipo de plano... algo que deve estar detalhado em outro documento, eu suspeito. O plano foi concebido para remover alguma coisa chamada de Theurang do seu esconderijo e a transportar para um lugar seguro.

— Por quê?

— Tem algo a ver com uma invasão.

— O pergaminho explica o que o Theurang é?

— Acho que não. Sinto muito, a maior parte disso é só vagamente familiar para mim. Isso aconteceu há quatro décadas. Eu me lembro da palavra porque é incomum, mas não acho que tenha pesquisado mais sobre ela. Sou uma professora de clássicos. Todavia, não tenho dúvida de que haja alguém aqui que poderia ser de maior ajuda com a palavra. Posso verificar para vocês.

— Ficaríamos gratos — Sam replicou. — A senhora se lembra da reação de Lewis quando deu a ele a tradução?

Kaalrami sorriu. — Ele ficou eufórico, conforme me lembro. Mas, por outro lado, Bully era alguém a quem o entusiasmo nunca faltava. Aquele homem viveu a vida intensamente.

— Ele disse onde encontrou o pergaminho?

— Se disse, não me lembro. Talvez hoje à noite, quando o estiver traduzindo, mais me volte à memória.

— Uma última pergunta — Remi disse. — Lembra de alguma coisa sobre quando Lewis desapareceu?

— Ah, sim, lembro bem. Passamos a manhã juntos. Fizemos um *brunch* num piquenique ao lado de um rio. O Bagmati, no lado sudoeste da cidade.

Em uníssono, Sam e Remi se inclinaram para a frente. Sam perguntou: — A garganta de Chobar?

A professora Kaalrami inclinou para trás a cabeça e sorriu. — Sim. Como sabiam?

— Só um palpite feliz. E depois do piquenique?

— Lewis estava com a mochila dele; isso era algo bem comum. Ele estava sempre em movimento. Era um belo dia, quente, nem uma nuvem no céu. Eu me lembro que tirei fotos. Estava com uma câmera nova, um dos primeiros modelos das Polaroids instantâneas, aquelas que se dobravam. Naquela época, era uma maravilha da tecnologia.

— Por favor, diga se ainda tem essas fotos.

— Posso ter. Vai depender das habilidades tecnológicas técnicas do meu filho. Com licença. — A professora Kaalrami se levantou, foi até a mesa lateral, pegou um telefone e ligou. Ela falou em nepalês por alguns minutos, então olhou para Sam e Remi cobrindo o bocal do telefone. — Vocês têm celulares com acesso para e-mail?

Sam deu a ela seu endereço.

Kaalrami falou no telefone por mais trinta segundos, em seguida voltou à mesa. Ela suspirou. — Meu filho. Ele fica me dizendo que preciso entrar na era digital. No mês passado ele começou a escanear... é assim que se diz? ...todos os meus velhos álbuns de fotos. Terminou os do piquenique na semana passada. Ele vai mandar para você.

— Obrigado — Sam disse. — Também para o seu filho.

Remi disse: — A senhora estava dizendo, sobre o piquenique...?

— Comemos, desfrutamos a companhia um do outro, conversamos, então... No começo da tarde, acho, nos despedimos. Eu entrei no meu carro e fui embora. A última vez que o vi, ele estava atravessando a ponte sobre a garganta de Chobar.

6

Katmandu, Nepal

O PERCURSO DE CARRO ATÉ A GARGANTA de Chobar foi rápido, eles primeiro foram em direção ao oeste, voltando para a cidade na Arniko Highway. Nos arredores da cidade se dirigiram para o sul na Ring Road e a seguiram ao longo da borda sul de Katmandu até a região de Chobar. Dali era uma questão simples de seguir duas placas. Uma hora depois de deixarem a professora Kaalrami, estacionaram no parque Manjushree, com vista para o penhasco norte da garganta, às cinco da tarde.

Eles desceram e esticaram as pernas. Como vinha fazendo durante toda a última hora, Sam verificou seu iPhone atrás do e-mail. Ele balançou a cabeça. — Nada ainda.

Com as mãos nos quadris, Remi contemplou a paisagem. — O que estamos procurando?

— Um anúncio gigante de néon piscando "Bully esteve aqui" seria ótimo, mas não apostaria nisso.

A verdade era que nenhum dos dois sabia se havia algo para encontrar. Tinham ido até ali baseados no que podia ser pouco mais do que uma coincidência: tanto Frank Alton quanto Lewis King tinham passado ali suas últimas horas antes de desaparecer. Todavia, conhecendo Alton como conheciam, era duvidoso que tivesse ido ali sem uma boa razão.

Fora um par de homens jantando cedo num banco ali perto, o parque — em si pouco mais do que uma colina baixa coberta com vegetação rasteira e bambu, e uma trilha em espiral — estava deserto. Sam e Remi atravessaram o acesso de entrada de cascalho e seguiram a trilha sinuosa até o alto da garganta de Chobar. Enquanto a ponte principal era construída de concreto e larga o bastante para passar carros, as partes mais baixas da garganta e o outro lado só eram acessíveis por três pontes pênseis de cabos de aço e tábuas, todas em diferentes alturas e acessíveis por trilhas. Dos dois lados da garganta, pequenos templos estavam instalados nas encostas, parcialmente ocultos por árvores frondosas. Quinze metros abaixo, o Bagmati espumava e se chocava com grupos de pedras.

Remi foi até o cartaz informativo instalado na fachada da ponte. Ela leu em voz alta a versão em inglês:

— Chovar Guchchi é um vale estreito formado pelo rio Bagmati, a única saída de todo o vale de Katmandu. Acredita-se que o vale de Katmandu outrora continha um lago gigantesco. Quando Manjusri chegou pela primeira vez ao vale, ele viu um lótus na superfície. Ele cortou a encosta para drenar a água do lago e abrir espaço para a cidade de Katmandu.

Sam perguntou: — Quem é Manjusri?

— Não tenho certeza exatamente, mas, se fosse para dar um palpite, diria que ele era um *bodhisattva*: uma pessoa iluminada.

Sam estava assentindo enquanto verificava seu e-mail.— Chegou. O filho da professora Kaalrami enviou as fotos.

Ele e Remi caminharam até uma árvore ali perto para sair do sol que estava se pondo. Sam abriu as imagens, cinco no total, e as percorreu. Embora tivessem sido bem digitalizadas, as fotos tinham aquele velho ar de Polaroid: um pouco desbotada, as cores um pouco esquisitas. As quatro primeiras fotos eram dos jovens Lewis King e Adala Kaalrami, cada um deitado ou sentado num cobertor, com pratos e copos e coisas de piquenique espalhadas ao redor.

— Nenhuma deles junto — Remi observou.

— Não tinha timer — Sam respondeu.

A quinta foto era de Lewis King, dessa vez de pé, olhando a câmera de três-quartos. Em suas costas havia uma mochila de estilo antigo com estrutura.

Eles estudaram as fotos uma segunda vez. Sam suspirou profundamente e disse: — Não devíamos ter tido tantas esperanças.

— Não seja precipitado — Remi disse, se aproximando mais da tela do iPhone. — Está vendo o que ele está segurando na mão direita?

— Uma picareta para gelo.

— Não, olhe mais de perto.

Sam olhou. — Uma picareta para cavernas.

— E olhe o que está preso em suas costas, à esquerda de seu saco de dormir. Dá só para ver a curva dele.

Sam fixou os olhos na tela. Um sorriso se abriu em seu rosto. — Não sei como não percebi isso. Minha nossa. É um capacete.

Remi assentiu. — Equipado com uma lanterna. Lewis King estava indo explorar uma caverna.

**

NÃO TENDO CERTEZA do que estavam procurando, mas esperando que estivessem corretos, eles levaram só dez minutos para encontrar. Perto do fim da ponte na outra margem havia um quiosque aberto com encaixes de madeira contendo folhetos informativos. Eles encontraram um mapa da garganta e percorreram os pontos numerados e as legendas descritivas.

Um quilômetro e meio acima da ponte, na margem norte, havia um pontinho com a legenda: "Cavernas de Chobar. Fechadas ao público. Acesso proibido sem autorização".

— É um chute e tanto — Remi disse. — Tanto quanto sabemos, Lewis estava indo para as montanhas e Frank simplesmente se perdeu.

— Chutes são o que damos — Sam lembrou à sua mulher. — Além disso, ou é isso ou é passar outro dia com Russell e Marjorie.

Isso funcionou. Remi disse: — Qual é a probabilidade de Katmandu ter uma loja REI[3]?

**

3 Cadeia norte-americana de lojas especializada em artigos esportivos. (N. E.)

Conforme esperado, a probabilidade era nula, mas eles acabaram encontrando uma loja de excedentes do exército nepalês a alguns quarteirões da Durbar Square. O equipamento que compraram estava longe de ser moderno, mas era de qualidade decente. Embora nenhum dos dois estivesse remotamente convencido de que uma exploração das cavernas de Chobar iria fazê-los progredir, era uma sensação boa entrar em ação. Esse tinha se tornado um dos lemas deles: quando em dúvida, faça alguma coisa. Qualquer coisa.

Um pouco antes das sete horas, eles estacionaram no Hyatt. Ao descer, Sam viu Russell e Marjorie na entrada.

Sam murmurou: — Olha quem está aí.

— Ih, droga.

— Não abra a porta de trás, eles vão querer ir com a gente.

Russell e Marjorie vieram correndo até eles. — Oi — Russell disse. — Estávamos ficando preocupados com vocês. Viemos dar uma olhada como estavam, e a recepcionista disse que vocês tinham alugado um carro e saído.

Marjorie perguntou: — Tudo bem com vocês?

— Fomos assaltados duas vezes — Remi retrucou, sem mais.

— E eu acho que me tapearam ao me casar com uma cabra — Sam acrescentou.

Após alguns segundos, os filhos de King sorriram. — Ah, vocês estão brincando — Russell disse. — Entendi. Mas falando sério, vocês não deviam sair por...

Sam o interrompeu. — Russell, Marjorie, quero que me escutem. Estão prestando atenção?

Ele recebeu dois assentimentos em resposta.

— Entre nós dois, Remi e eu viajamos por mais países do que qualquer um de vocês consegue provavelmente nomear, juntos. Agradecemos a ajuda de vocês, e seu... entusiasmo, mas daqui em diante ligaremos se precisarmos de vocês. Caso contrário, deixem-nos em paz para fazermos o que viemos fazer aqui.

Boquiabertos, Russell e Marjorie King ficaram olhando para ele. Deram um relance a Remi, que simplesmente deu de ombros: — Ele está falando sério.

— Estamos entendidos? — Sam perguntou a eles.

— Bom, sim, senhor, mas nosso pai pediu que nós...

— Isso é problema de vocês. Se o seu pai quiser falar com a gente, ele sabe como. Mais alguma pergunta?

— Não gosto disso — Russell disse.

Marjorie acrescentou: — Só estávamos tentando ajudar.

— E nós já agradecemos. Agora vocês estão testando os limites de nossa educação. Por que não vão embora? Ligaremos se tivermos algum problema que não pudermos enfrentar.

Após alguns momentos de hesitação, os filhos de King se viraram e voltaram para o Mercedes. Eles puseram-se em movimento e passaram lentamente por Sam e Remi, os encarando com dureza pela janela aberta de Russell antes de acelerar para ir embora.

— Se cara feia matasse... — Remi disse.

Sam assentiu. — Acho que talvez tenhamos acabado de ver a verdadeira face dos gêmeos King.

7

Garganta de Chobar, Nepal

Eles partiram um pouco antes das quatro na madrugada seguinte, esperando chegar à garganta antes do nascer do sol. Embora não fizessem ideia de quão estritamente a proibição de entrar nas cavernas de Chobar era mantida — ou até mesmo se a área era patrulhada pela polícia —, não queriam correr nenhum risco.

Às cinco, eles chegaram ao parque Manjushree e encontraram um lugar sob uma árvore não visível da estrada. Com os faróis apagados, ficaram em silêncio por dois minutos, ouvindo o tique-tique-tique do motor do Nissan esfriando, antes de descer, abrir o porta-malas e pegar seu equipamento.

— Você realmente esperava que eles nos seguissem? — Remi perguntou, colocando a mochila nos ombros.

— Eu não sei mais o que pensar. Minhas entranhas me dizem que eles são ruins até a alma, e sei sem a menor dúvida que King não pediu a eles que nos ajudassem. Ele mandou que ficassem de olho na gente.

— Concordo. Com sorte, sua conversa franca com eles terá dado um jeito na situação.

— Não apostaria nisso — Sam disse, e fechou o porta-malas.

**

Guiados pela luz do sol nascendo, eles desceram até o começo da ponte. Conforme o mapa deles informava, vinte metros a leste da ponte, atrás de uma touceira de bambu, eles encontraram a trilha. Com Sam na frente, seguiram rio acima.

Os primeiros quatrocentos metros foram de caminhada fácil, o caminho tinha uma largura de noventa centímetros e era coberto de cascalho, mas isso logo mudou quando foi ficando mais íngreme. A trilha se estreitou e começou a fazer uma série de ziguezagues. A folhagem se fechou, formando um toldo parcial sobre a cabeça deles. À direita lá embaixo, podiam ouvir o rio rumorejando baixinho.

Eles chegaram a uma encruzilhada. À esquerda, a trilha ia para o leste, para longe do rio; à direita, para baixo em direção ao rio. Pararam só por alguns instantes para verificar bem o mapa e a bússola do iPhone de Sam, e então seguiram pela direita. Depois de mais cinco minutos de caminhada, chegaram a uma encosta de quarenta e cinco graus onde degraus toscos tinham sido entalhados. Lá embaixo, eles se viram de frente não para uma trilha, mas para uma precária ponte pênsil, com seu lado esquerdo preso ao rochedo por parafusos e aduelas. Trepadeiras tinham crescido na ponte, tão justas se emaranhando em volta dos suportes e dos cabos que a estrutura parecia metade feita pelo homem, metade orgânica.

— Estou com a nítida sensação de que estamos olhando para dentro da toca do coelho — Remi murmurou.

— Vamos — Sam disse. — É exótica.

— Com você, passei a igualar essa palavra a "perigoso".

— Fico lisonjeado.

— Você consegue ver até onde vai?

— Não. Fique junto do rochedo. Se a ponte ceder, as trepadeiras provavelmente irão se manter firmes.

— Outra palavra encantadora, "provavelmente".

Sam deu um passo à frente, lentamente transferindo seu peso para a primeira tábua. Apesar de um leve rangido, a madeira aguentou firme. Ele deu outro passo cauteloso, e então outro, e mais outro, até ter percorrido três metros.

— Até aqui, tudo bem — ele chamou por cima do ombro.

— Estou indo.

A ponte acabou só tendo meros trinta metros. Do outro lado a trilha continuava, espiralando primeiro encosta abaixo, e então acima. À frente, as árvores começaram a diminuir.

— Segundo *round* — Sam disse para Remi.

— O quê? — ela indagou, e então parou bem atrás dele. — Ah, não. Outra ponte pênsil.

— Sinto que há uma tendência.

**

Ela estava certa. Do outro lado da segunda ponte eles encontraram outra seção de trilha, seguida por mais uma ponte. Pelos quarenta minutos seguintes o padrão continuou: trilha, ponte, trilha, ponte. Finalmente, na quinta seção da trilha, Sam pediu uma parada e verificou o mapa e a bússola. — Estamos perto — murmurou. — A entrada da caverna está em algum lugar abaixo de nós.

Eles se dividiram, procurando acima e abaixo da trilha um caminho para descer. Remi o encontrou. No lado para o rio da trilha, uma escada de cabos enferrujada presa numa árvore estava suspensa no espaço. Sam deitou-se de barriga e Remi segurou-o com as duas mãos pela cintura; ele esgueirou-se para a frente em meio ao mato rasteiro e rastejou para trás.

— Há um platô — ele disse. — A escada termina pouco menos de dois metros antes dele. Vamos ter de pular.

— Claro que vamos — Remi respondeu com um sorriso tenso.

— Eu vou primeiro.

De joelhos, Remi se inclinou e beijou Sam. — Bully King não faria melhor do que você.

Sam sorriu. — Do que nós dois.

Ele tirou a mochila e a entregou para Remi, então desceu apoiando-se também nas mãos através do mato. Sam colocou os braços em volta do tronco da árvore, e foi escorregando lentamente, com as pernas no ar e os pés procurando, até achar o primeiro degrau da escada.

— Estou nela — disse a Remi. — Começando a descida.

Ele desapareceu de vista. Trinta segundos depois chamou: — Estou aqui embaixo. Jogue as mochilas. — Remi rastejou até a borda e jogou a primeira.

— Peguei.

Ela jogou a segunda.

— Peguei. Desça. Vou orientar você.

— A caminho.

Quando ela chegou ao penúltimo degrau da escada e seu torso inferior estava no ar, Sam estendeu os braços e segurou as coxas dela. — Estou segurando.

Ela soltou a escada, e Sam a baixou até o platô. Remi arrumou sua lanterna de cabeça que escorregara e olhou em volta. O platô onde estavam tinha um metro e oitenta de largura e se projetava um ou dois metros por cima do rio. No rochedo havia uma entrada de caverna de forma oval tosca, fechada por cerca para furacão, parafusada na rocha. O canto inferior esquerdo da cerca estava solto da rocha. Uma placa escrita em nepalês e inglês em letras vermelhas sobre fundo branco estava presa na parede:

Perigo
Entrada proibida
Não entre

Debaixo das palavras, estava pintada uma imagem tosca de uma caveira com ossos cruzados embaixo.

Remi riu. — Veja, Sam, é o símbolo universal para "exótico".

— Muito engraçado — ele respondeu. — Pronta para entrar na caverna?

— Alguma vez eu disse não a essa pergunta?

— Nunca, posso jurar.

— Vá na frente.

* *

A SUSPEITA DELES DE QUE a caverna tinha sido fechada para evitar que curiosos se perdessem ou se ferissem foi confirmada segundos depois que eles rastejaram pela abertura na cerca. Ao se pôr de pé, o braço de Sam escorregou dentro de uma fissura no chão pouco maior do que seu antebraço. Se ele estivesse se movendo até numa velocidade modesta, teria quebrado algum osso; se estivesse andando, teria sido o tornozelo.

— Mau agouro ou um bom aviso? — ele perguntou a Remi com um meio sorriso enquanto ela o ajudava a levantar.

— Eu ficaria com o segundo.

— Razão número 640 de porque eu a amo — ele replicou. — Sempre a otimista.

Eles iluminaram o túnel com as lanternas. Era largo o bastante para Sam conseguir quase abrir de vez seus braços, mas só alguns centímetros mais alto do que Remi, forçando Sam a ficar encurvado. O chão era irregular, como chapisco aumentado cem vezes.

Sam virou a cabeça, farejando. — Cheira seco.

Remi passou a mão pelo teto e pela parede. — Seco ao toque.

Com sorte, a umidade estaria fora da equação, ou quase. Explorar uma caverna seca era complicado o bastante; a água tornava perigoso, com pisos, tetos e paredes que podiam desabar com o mais leve distúrbio. Mesmo assim, eles sabiam que afluentes invisíveis do rio Bagmati poderiam estar correndo sob os pés deles, de modo que a composição da caverna podia mudar com pouco ou sem nenhum aviso.

Com Sam à frente, começaram a avançar. O túnel fez uma curva fechada para a esquerda, depois para a direita, então se viram repentinamente defronte ao primeiro obstáculo, esse também feito pelo homem: uma fileira de barras de ferro indo de uma parede a outra, presas em perfurações no teto e no chão.

— Eles não brincam em serviço — Sam disse, iluminando o aço enferrujado com sua lanterna. Quantos curiosos tinham triunfantemente se espremido pela cerca na entrada só para se descobrir impedidos aqui? Sam se perguntou. Remi se abaixou junto às barras. Uma a uma, ela foi forçando-as. Na quarta tentativa, o metal soltou um som de arranhar. Ela sorriu por cima do ombro para Sam. — A beleza da oxidação. Me dê uma mão.

Juntos eles começaram a forçar a barra para a frente e para trás até ela começar lentamente a se soltar. Lascas de pedra e poeira choveram do teto. Após dois minutos de trabalho a barra soltou-se e caiu, acertando o chão com um barulho metálico que ecoou pelo túnel. Sam pegou a barra e a arrastou pela abertura. Ele examinou as pontas.

— Foi cortada — ele murmurou, e mostrou para Remi.

— Maçarico?

— Não há marcas de fogo. Serra, seria meu palpite.

Ele iluminou com a lanterna o buraco vazio da barra e distinguiu, alguns centímetros abaixo, uma ponta de metal.

Sam olhou para Remi. — A trama se complica. Alguém esteve aqui antes.

— E não queria que ninguém soubesse — ela acrescentou.

* *

DEPOIS DE UM INSTANTE para Sam verificar a posição em sua bússola e esboçar um rascunho de mapa em seu caderninho, eles passaram pela abertura, puseram a barra de volta em sua posição vertical e seguiram adiante. O túnel começou a ziguezaguear e se estreitar, e logo o teto estava a um metro e vinte de altura, e os cotovelos de Sam e Remi batiam nas paredes. Eles desligaram as lanternas e ligaram a da cabeça. O chão se inclinou até estarem descendo numa inclinação de trinta graus, usando as protuberâncias na rocha como apoio para mãos e pés.

— Pare — Remi disse repentinamente. — Ouça.

De algum lugar ali perto vinha o rumorejar de água.

Sam disse: — O rio.

Eles desceram mais seis metros, e o túnel se aplainou num corredor curto. Sam adiantou-se à frente até onde o chão começava a se inclinar em aclive de novo.

— É quase vertical — ele gritou para ela. — Acho que se formos cuidadosos, podemos escalar...

— Sam, dê uma olhada nisso.

Ele se virou e voltou até onde Remi estava parada, com a cabeça virada para trás enquanto olhava a parede. No facho de sua lanterna, um objeto com mais ou menos o tamanho de um meio dólar se projetava da parede.

— Parece metálico — Sam disse. — Aqui, suba a bordo.

Sam se ajoelhou, e Remi subiu nos ombros dele. Ele lentamente se levantou, dando tempo para Remi se firmar junto à parede. Após alguns segundos ela disse: — É um espigão de estrada de ferro.

— Como é?

Remi repetiu. — Está enterrado na rocha até a ponta. Aguente aí... acho que consigo... Pronto! É duro, mas consegui puxar alguns centímetros para fora. Há outro, Sam, uns sessenta centímetros acima. E mais outro. Vou ficar de pé. Está pronto?

— Pode ir.

Ela se ergueu até ficar de vez de pé. — Há uma fileira deles — ela disse. — Sobem uns seis metros até o que parece ser um platô.

Sam pensou por um instante. — Você consegue puxar o segundo?

— Espere aí... Pronto.

— OK, desça de volta — disse Sam. Assim que ela estava de volta ao chão, ele disse: — Belo show.

— Obrigada — ela disse. — Só consigo achar uma razão para estarem tão altos em relação ao chão.

— Para passar despercebidos.

Ela assentiu. — Parecem bastante velhos.

— Por volta de 1973? — Sam perguntou, referindo-se ao ano em que Lewis King desaparecera.

— Pode ser.

— A menos que eu esteja errado, parece que Bully, ou algum outro espeleólogo fantasma, construiu uma escada para si mesmo. Mas para subir onde?

Enquanto as palavras de Sam se desvaneciam, eles subiram os fachos de suas lanternas pela parede.

— Só há um jeito de descobrir — Remi respondeu.

8

Garganta de Chobar, Nepal

Como uma escada, o alinhamento vertical dos espigões iria tornar a subida de Sam difícil — se, de fato, ele conseguisse chegar ao primeiro degrau. Para esse fim, ele desenrolou sua corda, deu um nó corredio numa ponta e passou dois minutos tentando laçar o segundo espigão. Ao conseguir, usou um pedaço de corda de paraquedas para fazer um nó prusik[4] na corda para escalar a parede.

Com um pé apoiado no degrau mais baixo e a mão esquerda segurando firme no segundo, ele desfez o nó corredio e o prendeu em seu arnês. Estendeu então a mão, puxou o terceiro espigão e começou a subir. Cinco minutos depois Sam tinha chegado lá em cima.

— Não que eu gostaria de tentar isso — ele gritou para baixo —, mas há apoios o suficiente para fazer a subida sem os espigões.

— Exigiu certa habilidade de quem os instalou, então.

— E força.

— O que você está vendo? — Remi perguntou.

[4] O nó prusik é um nó do tipo "blocante", que tem a característica de travar quando submetido a tensão e correr quando frouxo. É o mais utilizado em escaladas e subidas por meio de corda por ser fácil e rápido. (N. E.)

Sam esticou o pescoço até seu facho iluminar o platô. — Espaço para rastejar. Não muito mais largo que meus ombros. Espere um pouco, vou jogar uma corda para você.

Ele tirou o penúltimo espigão e o substituiu por um SLCD (*spring-loaded camming device*), que se prendeu no buraco. Nele instalou primeiro um mosquetão e então uma corda. Ele jogou a corda para Remi lá embaixo.

— Peguei — ela disse.

— Espere aí. Vou fazer um reconhecimento antes. Não faz sentido nós dois virmos aqui para cima se não der em nada.

— Dois minutos, em seguida vou atrás de você.

— Ou se você ouvir um grito e um baque, o que vier primeiro.

— Não são permitidos gritos ou baques — Remi advertiu.

— Volto num instante.

Sam ajustou sua posição até os dois pés ficarem apoiados no último espigão e os braços, seguros contra o platô. Ele respirou fundo, encolheu as pernas e deu um impulso para cima com os braços também o impelindo, lançando seu torso para o platô. Em seguida avançou lentamente até suas pernas não ficarem mais penduradas.

À frente, a lanterna de Sam iluminava só uns três metros. Além disso, escuridão. Ele lambeu o indicador e o ergueu. O ar estava completamente parado, o que não era um bom sinal. Entrar numa caverna era a parte fácil, sair, a mais difícil, e por isso qualquer espeleólogo que se respeitasse sempre ficava atento para saídas secundárias. Isso era particularmente necessário em sistemas não mapeados como aquele.

Sam olhou o relógio e começou a cronometrar. Remi lhe dera dois minutos e, conhecendo sua mulher como conhecia, dali a dois minutos e um segundo ela estaria a caminho subindo pela corda.

Ele começou a se esgueirar para a frente. Seu equipamento batia e raspava na pedra, provocando ruídos altíssimos no espaço apertado. "Toneladas." A palavra surgiu, não solicitada, em sua mente. Havia incontáveis toneladas de pedra acima de seu corpo naquele exato momento. Sam forçou o pensamento a sumir de sua mente e continuou avançando, dessa vez mais devagar, a parte primal de seu cérebro lhe dizia: *mova-se com cautela se não quiser que o mundo desabe a sua volta.*

Ele passou a marca dos seis metros e parou para verificar o relógio. Um minuto se passara. O túnel virava para a esquerda, então para a direita e começava a subir, suavemente a princípio, e então mais pronunciadamente. Nove metros percorridos. Outra vez verificou o tempo. Trinta segundos sobrando. Ele passou por uma lombada no chão e se descobriu numa área mais larga, plana. À frente, o facho da sua lanterna passou por uma abertura quase duas vezes mais ampla do que aquela na qual viera.

Sam virou o pescoço para chamar por cima do ombro: — Remi, você está aí?

— Estou aqui — a resposta veio, tênue.

— Acho que encontrei algo.

— Já estou indo.

* *

Ele a ouviu rastejar atrás dele com o facho da lanterna iluminando as paredes e o teto. Ela segurou a panturrilha dele e a apertou afetuosamente: — Tudo bem com você?

Embora Sam não fosse clinicamente claustrofóbico, havia momentos em espaços particularmente exíguos em que ele precisava ter um controle estrito de sua mente. Essa era uma dessas ocasiões. Era, Remi lhe dissera, o lado ruim de ter uma imaginação fértil. Possibilidades se tornavam probabilidades, e uma caverna de resto estável se tornava uma armadilha fatal pronta a afundar nas entranhas da terra com a mais leve topada.

— Sam, você está aí? — Remi perguntou.

— Estou. Eu estava ensaiando mentalmente "In the Midnight Hour", do Wilson Pickett.

Sam não era ruim ao piano, nem Remi, ao violino. Ocasionalmente, quando tinham tempo, tocavam duetos. Embora a música do compositor Pickett não se prestasse facilmente para instrumentos clássicos, como apreciadores do *soul* americano antigo, eles gostavam do desafio.

— O que descobriu? — Remi perguntou.

— Que eu preciso ensaiar bem mais. E a minha voz de *blues* precisa de mais...

— Eu quis dizer, à frente?

— Ah. Uma abertura.

— Siga adiante. Esse espaço de rastejar é muito apertado para o meu gosto.

Sem ser visto por Remi, Sam sorriu. Sua mulher estava sendo gentil. Embora o ego masculino de Sam não fosse coisa frágil, Remi também sabia que oferecer um pouco de justificativa era uma prerrogativa das mulheres.

— Lá vamos nós — Sam respondeu, e começou a se esgueirar.

Foram necessários só trinta segundos para chegar à abertura. Sam avançou lentamente até ter passado a cabeça. Ele olhou em volta e disse por cima do ombro: — Um poço circular de uns três metros de diâmetro. Não consigo ver o fundo, mas consigo ouvir água borbulhando, provavelmente um afluente subterrâneo do Bagmati. Diretamente em frente há outra abertura, mas uns três metros e meio mais acima.

— Ah, que delícia. Como são as paredes?

— Estalagmites diagonais, a mais grossa do diâmetro de um taco de beisebol, o resto a metade disso.

— Nenhuma escada de espigões convenientemente instalada?

Sam deu outra olhada, fazendo uma panorâmica com o facho de sua lanterna pelas paredes do poço. — Não — ele respondeu, sua voz ecoando — ...mas dependurada diretamente sobre a minha cabeça tem uma lança.

— O quê? Você disse...

— Disse. Está presa na parede pelo que parece ser uma corda de couro. Há um pedaço de corda pendurado sob a lança com uma lasca de madeira presa.

— Corda para tropeçar — Remi observou.

— Meu palpite também.

Eles tinham visto armadilhas similares — concebidas para repelir intrusos — em tumbas, fortalezas e *bunkers* primitivos. Não importando o quanto aquela lança fosse antiga, provavelmente tinha sido armada de forma a se cravar no pescoço de um invasor inadvertido. A pergunta, Sam e Remi sabiam, era: o que a armadilha pretendia proteger?

— Descreva a lança — Remi disse.

— Vou fazer melhor — Sam rolou em suas costas, apoiou os pés no teto, e se esgueirou para a frente até seu torso entrar na abertura.

— Cuidado... — Remi advertiu.

— ... é o meu nome do meio — Sam terminou. — Ora, isso é interessante. Há apenas uma lança, mas dois pontos de prender a mais. Ou as duas outras lanças caíram, ou encontraram vítimas.

Ele estendeu a mão, pegou o cabo da lança acima da ponta e puxou. Apesar de sua aparência meio podre, o couro era surpreendentemente forte. Só depois de Sam forçar o cabo para trás e para a frente a amarração cedeu. Ele manobrou a lança, girando-a como um bastão, e então a deslizou para trás ao longo de seu corpo para Remi.

— Peguei — ela disse. Alguns segundos depois: — Não me parece familiar. Não sou uma especialista em armas, leve isso em conta, mas nunca vi um artefato como esse antes. É muito antigo... tem pelo menos seiscentos anos, imagino. Vou tirar fotos dela para o caso de não podermos voltar para pegá-la.

Remi retirou a câmera da mochila e tirou uma dúzia de fotos. Enquanto fazia isso, Sam examinou melhor o poço. — Não estou vendo mais nenhuma armadilha. Estou tentando imaginar que aparência devia ter com uma tocha.

— "Aterrorizante" é a palavra — Remi respondeu. — Ao menos um dos seus amigos acaba de ser atingido por uma lança na nuca e despencou no que parece ser um poço sem fundo, e tudo o que você tem para olhar é uma tocha tremeluzindo.

— O bastante para fazer voltar mesmo os exploradores mais corajosos — Sam concordou.

— Mas não nós — Remi retrucou com um sorriso que Sam podia ouvir na voz dela. — Qual é o plano?

— Tudo depende dessas estalagmites. Você trouxe a corda que deixamos lá?

— Tome.

Sam estendeu a mão para trás até sentir a de Remi, pegou o mosquetão e puxou o rolo para ele. Amarrou primeiro um nó corredio na ponta solta, seguido por um nó em oito. A esse, para peso, ele prendeu o mosquetão. A seguir manobrou o corpo até seus braços estarem fora da abertura e jogou a linha no poço, mirando uma das estalagmites maiores pouco abaixo da abertura do túnel do outro lado. Ele errou, recuperou a corda, tentou de novo, dessa vez acertando o nó sobre a ponta da protuberância. Ele puxou a corda até o nó escorregar para a base da estalagmite, e então apertou o nó.

— Você me ajuda num teste de carga? — Sam perguntou a Remi. — No três, puxe com toda a sua força. Um... dois... três!

Juntos, eles puxaram a corda, fazendo o melhor que podiam parar arrancar a estalagmite da parede. Ela se manteve firme. — Acho que estamos bem — Sam disse. — Você consegue encontrar uma rachadura na parede e...

— Estou procurando... Achei.

Remi fincou um SLCD na rachadura e passou a corda por ele, e depois por um mosquetão com catraca. — Estique a corda.

Sam fez isso, puxando a corda enquanto Remi deslizava o mosquetão em direção ao SLCD até ficar esticada. Sam deu uma puxada de teste. — Parece bom.

Remi disse: — Imagino que não preciso dizer...

— O que, tenha cuidado?

— É.

— Não precisa. Mas é bom de ouvir mesmo assim.

— Boa sorte.

Sam segurou a corda com as duas mãos e se projetou para a frente, transferindo devagar seu peso para a corda. — Como está o SLCD? — perguntou.

— Firme.

Sam respirou para se firmar, então tirou as pernas da abertura. Ele ficou suspenso no ar, não ousando se mexer, ajustando a corda e escutando se havia som de alguma rocha rachando, até dez segundos terem passado. Finalmente ele puxou as pernas para cima, enganchou os tornozelos na corda e começou a atravessar lentamente o poço.

— Desse lado está segurando firme — Remi informou quando Sam alcançou a metade do caminho.

Sam chegou à parede do outro lado, transferiu primeiro uma mão, depois a outra, para a estalagmite, e então balançou as pernas para cima e apoiou o tornozelo direito sobre outra protuberância. Testando seu peso enquanto avançava, ele curvou o corpo até ficar sentado, empoleirado na estalagmite. Fez uma pausa para retomar o fôlego, em seguida se levantou lentamente até ficar na altura da abertura. Um rápido esforço com as mãos e um impulso para fora da estalagmite, e estava dentro da abertura.

— Volto já — ele gritou para Remi e rastejou para dentro. Trinta minutos depois estava de volta. — Parece bom. Fica mais largo mais adiante.

— Estou indo — Remi respondeu.

Dois minutos depois tinha atravessado, e Sam a estava puxando para a abertura. Eles ficaram parados juntos por alguns momentos, desfrutando da sensação de rocha sólida debaixo deles.

— Isso me lembra muito nosso terceiro encontro — Remi disse.

— Quarto — Sam a corrigiu. — No terceiro encontro andamos a cavalo. Foi no quarto que fizemos escaladas.

Remi sorriu, beijou-o no rosto. — E dizem que os homens não se lembram dessas coisas.

— Quem "dizem"?

— Gente que não o conhece. — Remi iluminou em volta. — Algum sinal de armadilhas?

— Ainda não. Vamos ficar de olho aberto, mas, se sua estimativa da idade da lança está correta, duvido que algum mecanismo mais ainda esteja funcionando.

— Foram as famosas últimas palavras dele.

— Você tem a minha permissão para gravá-las em minha lápide. Vamos.

Sam começou a rastejar, com Remi bem atrás dele. Conforme Sam prometera, alguns segundos depois o espaço de rastejar se abriu numa cavidade em forma de rim com um uns seis metros de largura e um metro e meio de altura. Na outra parede havia três fendas verticais, nenhuma delas mais larga do que quarenta e cinco centímetros.

Eles se levantaram e caminharam recurvados até a primeira fenda. Sam iluminou o interior com sua lanterna. — Fim da linha — disse. Remi verificou a seguinte: sem saída também. A terceira fenda, embora mais profunda que as vizinhas, também acabava meia dúzia de passos adiante.

— Bom, foi anticlimático — Sam disse.

— Talvez não — Remi murmurou, e foi até a parede da direita com sua lanterna apontando o que parecia ser uma faixa de rocha mais escura onde a parede se encontrava com o teto. Ao se aproximarem, perceberam que a faixa foi ficando maior, subindo pelo teto, até eles se darem conta de que estavam olhando para um túnel em forma de ranhura.

Parados lado a lado, Sam e Remi espiaram dentro da abertura, que subia num ângulo de quarenta e cinco graus por seis metros antes de dar a volta numa lombada irregular no chão.

— Sam, você está vendo o que...

— Acho que sim.

Projetando-se da crista do chão estava o que parecia ser a sola de uma bota.

9

Garganta de Chobar, Nepal

A FALTA DE RANHURAS NA SOLA DA BOTA informou a Sam e Remi de que não estavam olhando um calçado moderno, e o esqueleto de dedo que aparecia num pedaço podre de bota lhes informou que o proprietário tinha partido há muito tempo do plano terrestre.

— É estranho que essa espécie de coisa não me choque mais? — Remi disse, olhando para o pé.

— Já topamos com uma boa quantidade de esqueletos — Sam concordou. Esse tipo de surpresa era parte integrante do passatempo deles. — Está vendo algum fio de armadilha?

— Não.

— Vamos olhar em volta.

Sam apoiou as pernas contra uma parede, as costas contra a outra, e deixou Remi usar o braço dele para se levantar. Ele subiu o aclive e passou sobre a lombada no chão. Depois de fazer com a lanterna uma panorâmica no espaço, informou: — Tudo tranquilo. Você vai querer ver isso, Remi.

Ela estava atrás dele num instante. Ajoelhando-se juntos, examinaram o esqueleto.

Protegido dos elementos e dos predadores, e encerrado na relativa secura da caverna, os restos mortais estavam parcialmente mumificados. As roupas, que pareciam ser feitas na maior parte de couro laminado em camadas, permaneciam em grande medida intactas.

— Não vejo nenhum sinal óbvio de trauma — Remi disse.

— Quantos anos?

— Só especulando... no mínimo uns quatrocentos anos.

— Na mesma faixa da lança.

— Isso.

— Parece ser um uniforme — disse Sam, tocando uma manga.

— Então isso faz mais sentido — retrucou Remi, apontando. Projetando-se do que outrora teria sido uma bainha no cinto, estava o cabo de uma adaga. Ela deu uma panorâmica com a lanterna em volta e murmurou: — Lar doce lar.

— Lar, talvez — Sam respondeu. — Mas... doce? Suponho que tudo seja relativo.

A alguns passos da área plana onde jazia o esqueleto, o túnel se alargava numa alcova de uns nove metros quadrados. Em vários nichos entalhados à mão nas paredes de pedra havia pontas de velas toscas. Na base de uma parede, aninhado numa cavidade natural, havia restos de fogo, com uma pilha de pequenos ossos de animais ao lado. No outro lado havia os restos do que parecia um saco de dormir e, ao lado, uma espada em sua bainha, meia dúzia de lanças toscas, um arco duplo e uma aljava contendo oito flechas. Uma miscelânea de itens ocupava o restante do chão: um balde, um rolo de corda meio podre, uma mochila de couro, escudo redondo de madeira e couro, um baú de madeira...

Remi levantou-se e começou a andar pelo espaço.

— Ele definitivamente estava esperando visitas hostis — Sam observou. — Isso tem todos os sinais de um último posto de defesa. Mas com que fim?

— Talvez tenha a ver com isso — Remi disse e se ajoelhou ao lado do baú de madeira. Sam foi até ali. Mais ou menos do tamanho de um pequeno banco, o baú era um cubo perfeito feito de uma madeira sólida escura, pesadamente envernizada, com alças de couro para transporte de três lados e alças duplas para os ombros no quarto. Sam e Remi não conseguiram encontrar dobradiças, ou mecanismos de fecho. As juntas eram tão bem feitas que quase não se viam. Entalhados no topo do baú havia quatro caracteres asiáticos num padrão de dois a dois numa grade.

— Você reconhece a escrita? — Sam perguntou.

— Não.

— Isso é notável — Sam disse. — Mesmo com ferramentas modernas de trabalhar a madeira seria necessária uma habilidade incrível para criar algo assim.

Ele bateu de um lado com os nós dos dedos e obteve um som sólido em resposta. — Não parece oco. — Delicadamente ele balançou o baú de um lado para outro. De dentro veio um leve som de chocalhar. — Mas é. É bem leve, também. Não vejo nenhuma outra marca. E você?

Remi abaixou-se e olhou de todos os lados. Ela balançou a cabeça. — No fundo? — Sam o inclinou. Remi verificou e disse: — Nada, também.

— Alguém teve muito trabalho para construir isso — disse Sam — e parece que nosso amigo aqui estava preparado para protegê-lo com a própria vida.

— Pode ser mais do que isso — Remi acrescentou. — A menos que a gente tenha topado com a mãe de todas as coincidências, acho que pode ser que tenhamos encontrado o que Lewis King estava procurando.

— Se for, como ele não encontrou? Esteve tão perto.

— Se não conseguiu atravessar o poço — Remi retrucou —, ele poderia ter sobrevivido?

— Só uma pessoa sabe a resposta para isso.

* *

Eles voltaram a atenção para documentar o conteúdo da caverna. Não sabendo quando poderiam voltar, e sem poder levar mais do que uma fração dos artefatos, eles teriam de se valer de fotografias digitais, desenhos e notas. Por sorte, a formação e o treinamento de Remi a tinham deixado bem preparada para fazer precisamente isso. Depois de duas horas de árduo trabalho, ela anunciou que o serviço estava feito.

— Espere — Remi disse, e se ajoelhou do lado do escudo.

Sam juntou-se a ela. — O que foi?

— Esses riscos... a luz refletiu neles. Eu acho... — Ela se debruçou, inspirou fundo e soprou a superfície de couro do escudo. O acúmulo de poeira do couro podre se espalhou.

— Não é um risco — Sam observou, e soprou mais a poeira, e de novo e de novo até a superfície do escudo estar à vista.

Como Remi suspeitara, os riscos eram de fato uma gravura queimada no próprio couro.

— Isso é um dragão? — Remi perguntou.

— Ou um dinossauro. Provavelmente a insígnia da unidade dele — Sam palpitou.

Remi tirou inúmeras fotos da gravura, e eles se levantaram. — Isso vai servir — ela disse. — E quanto ao baú?

— Temos de levá-lo. Minhas entranhas me dizem que é por causa dele que nosso amigo se refugiou. O que quer que haja dentro desse objeto era algo pelo que valia a pena morrer.

— Concordo.

Sam precisou só de alguns minutos para tecer uma trama de alças que possibilitou colocar o baú de carona em sua própria mochila. Eles deram uma última olhada na caverna, um adeus ao esqueleto e saíram dali.

**

NA FRENTE, SAM FOI até a borda do poço e espiou. — Agora, isso é um problema.

— Podia ser mais específico? — Remi disse.

— A corda cedeu do outro lado. Está frouxa sobre o poço.

— Você consegue...

— Não de forma confiável. Estamos acima da outra abertura. Nesse ângulo, se eu tentar colocar o nó no lugar, só vai acabar escapando de vez. Não há como esticar de novo a corda.

— Isso só nos deixa uma opção, então.

Sam assentiu. — Para baixo.

Foi preciso só um minuto para Sam se prender à corda. Quando ele fez isso, Remi instalou um segundo ponto de amarração martelando um pitom numa rachadura logo abaixo da abertura. Assim que estava instalada, Sam começou um lento rapel, passando por cima e se desviando das estalagmites protuberantes, enquanto Remi vigiava de cima, ocasionalmente dizendo a ele para parar e ajustar a posição para minimizar o desgaste da corda nas protuberâncias.

Depois de dois minutos de cautelosa descida, ele parou. — Cheguei ao outro SLCD. Boa notícia: ele se soltou.

Se a corda tivesse se rompido, eles teriam de emendar a linha que sobrava na ponta solta. Agora havia dezoito metros de corda para baixo dele. Se isso seria o suficiente para chegar até o fundo era ainda uma incógnita. E se o que os esperava era a água gelada do rio Bagmati, eles teriam no máximo quinze minutos para achar uma saída antes de sucumbir à hipotermia.

— Vou considerar isso um bom augúrio — respondeu Remi.

Pouco a pouco, cuidadoso passo a cuidadoso passo, Sam continuou descendo, e o facho de sua lanterna se reduzia a um pequeno retângulo de luz.

— Não estou conseguindo mais ver você — Remi gritou.

— Não se preocupe, se eu cair, garanto que tratarei de dar um berro apropriadamente aterrorizado.

— Nunca ouvi você berrar em toda a sua vida, Fargo.

— E, cruze os dedos, não vai ser dessa vez.

— Como são as paredes?

— Mais do... Uau!

— Que foi?

Nenhuma resposta.

— Sam!

— Estou bem. Só perdi o pé por um segundo. As paredes estão ficando geladas. Deve ser a umidade da água lá embaixo.

— Muito ruim?

— Só uma leve camada nas paredes. Mas não dá para confiar em nenhuma das estalagmites.

— Volte para cá. Vamos achar outra saída.

— Vou continuar. Ainda tenho mais nove metros de corda para brincar.

Dois minutos se passaram. A lanterna era um mero pontinho agora, indo para lá e para cá na escuridão do poço com as manobras dele para evitar as estalagmites.

De repente, veio o som de gelo se partindo. A lanterna de Sam começou a girar, piscando para Remi lá em cima como uma luz estroboscópica. Antes que ela pudesse abrir a boca para chamá-lo, Sam gritou: — Estou bem! De cabeça para baixo, mas bem.

— Mais detalhes, por favor!

— Girei em meu arnês e fiquei de cabeça para baixo. Uma boa notícia, no entanto: estou olhando para a água. Está a uns três metros abaixo da minha cabeça.

— Eu ouvi um "mas..." vindo.

— A corrente é rápida, no mínimo uns três nós, e parece fundo. Na altura do peito, provavelmente.

Embora três nós fossem mais lentos do que um caminhar rápido, a profundidade e a temperatura da água multiplicavam os riscos. Não só bastaria o menor dos passos em falso para ser levado, como também o esforço requerido para ficar ereto aceleraria o processo de hipotermia.

— Volte aqui para cima — Remi disse. — Sem discussão.

— Concordo. Só me dê um segundo para... Espere aí.

Da escuridão veio mais gelo se partindo, seguido pelo barulho de água espirrando.

— Fale comigo, Fargo.

— Me dê um segundo.

Mais trinta segundos de gelo partido, e então a voz de Sam: — Túnel lateral!

**

Depois de dez minutos de inspeção detalhada, Sam gritou: — É de bom tamanho. Quase tem altura suficiente para ficar de pé. Eu vou entrar. Dê-me um minuto para instalar um ponto de amarração. — Se Remi caísse no rio subterrâneo, essa medida daria a Sam uma boa chance de puxá-la de volta para cima; desde que não houvesse rochas no fundo do rio prontas para fazer picadinho de Remi.

Assim que isso foi feito e Sam estava firmado e pronto para dar corda a ela, Remi começou sua descida. Mais leve e um pouco mais ágil do que seu marido, ela cobriu a distância em menos tempo, parando só para permitir que Sam tivesse tempo para dar corda acima do pitom.

Por fim ela apareceu no fim da descida e parou na altura da entrada do túnel. Com as lanternas na cabeça iluminando o rosto um do outro, eles compartilharam um sorriso aliviado.

— Você sempre vem aqui? — Sam disse.

— Droga!

— Que foi?

— Eu estava apostando que você ia vir com "o que uma boa moça como você está fazendo num poço sem fundo como esse?"

Sam riu. — OK, você vai ter de dar uma de Superman na sua corda e dar um impulso no outro lado da parede. Eu a pego.

Remi deteve-se alguns instantes para retomar o fôlego e então fez os ajustes necessários em seu arnês para ficar perpendicular ao poço. Flexionando o corpo, ela foi devagar dando a ele um balanço até poder se empurrar com a ponta do pé na outra parede. Três balanços mais desses permitiram que ela dobrasse de vez as pernas e desse um impulso. Com os braços estendidos, ela balançou para a frente, as mãos abertas. A parede lateral veio com tudo para ela. Ela abaixou a cabeça. Os braços dela entraram no túnel. As mãos de Sam seguraram as dela, e ela parou bruscamente.

— Peguei você! — Sam disse. — Segure firme com as duas mãos meu pulso esquerdo.

Ela fez isso, e Sam usou o braço direito para lentamente soltar um pouco a corda para que Remi pudesse subir pelo braço dele. Assim que o torso dela estava dentro do túnel, Sam começou a rastejar para trás até os joelhos dela também entrarem ali. Ele caiu para trás e soltou um suspiro de alívio.

Remi começou a rir. Sam ergueu a cabeça e olhou para ela.

— O que foi?

— Você só me leva aos melhores lugares.

— Depois daqui, um ótimo banho quente de espuma... para dois.

— Agora você está falando a minha língua.

**

EMBORA COM LARGURA DO DOBRO dos ombros deles e alto suficiente para caminhar recurvado, o chão do túnel era um queijo suíço — tão cheio de buracos que eles podiam ter relances da superfície escura da correnteza do rio passando sob os pés. Rolos de ar frio e cristais de gelo subiam pelas aberturas, criando uma névoa que brilhava e dançava no facho das lanternas. Como o poço atrás deles, as paredes e o teto do túnel estavam cobertos com uma membrana de gelo. Enquanto caminhavam, pingentes de gelo finos como lápis quebravam do teto e se estilhaçavam no chão, como um carrilhão de vento soando esporadicamente. Embora na maior parte sem gelo, o solo altamente irregular fazia com que eles tivessem de se firmar enquanto andavam, aumentando o esforço.

— Sem querer ser chata — Remi disse —, mas estamos presumindo que isso de fato leva a algum lugar.

— Estamos, de fato — Sam respondeu por cima do ombro.

— E se estivermos errados?

— Então damos a volta, escalamos a parede do outro lado do poço e saímos por onde entramos.

**

O TÚNEL ENTORTAVA E VIRAVA, subia e descia, mas, de acordo com a bússola de Sam, mantinha-se num sentido geral para o leste. Eles se revezavam contando passos, mas sem um GPS para medir seu progresso total, e só o esboço de mapa de Sam em que se basear, não tinham muita ideia de qual distância estavam realmente percorrendo.

Depois do que Sam supôs que tinham sido uns noventa metros, ele pediu outra pausa e encontrou uma seção relativamente sólida do túnel e se largou nele. Depois de compartilhar alguns goles de água e um quarto do que sobrava de suas frutas secas e carne-seca, os dois ficaram em silêncio, ouvindo a correnteza da água debaixo de seus pés.

— Que horas são? — Remi perguntou.

Sam olhou o relógio. — Nove horas.

Quando eles disseram para Selma para onde iam, também tinham dito para ela não apertar o botão de pânico até a manhã seguinte, horário local. Mesmo assim, quanto tempo levaria até as autoridades montarem um grupo de resgate e lançarem uma busca? O único consolo era que aquele túnel não se ramificara; se decidissem voltar, não teriam problemas para achar de novo o poço. Mas em que ponto tomariam a decisão? Haveria uma saída logo depois da próxima curva, um quilômetro e meio adiante, ou nunca?

Nem Sam nem Remi tocaram em nada disso. Não precisavam. Seus anos juntos, as aventuras que compartilharam, os tinham deixado no mesmo comprimento de onda. Expressões faciais eram o suficiente para transmitir o que cada um estava pensando.

— Eu ainda estou acreditando naquela promessa do banho de espuma — Remi disse.

— Esqueci de dizer que acrescentei uma massagem relaxante ao pacote.

— Meu herói. Vamos?

Sam assentiu. — Vamos dar mais uma hora. Se uma saída com tapete vermelho não se materializar, damos a volta, descansamos e enfrentamos o poço.

— Fechado.

**

ACOSTUMADOS A PRESSÕES, tanto de ordem mental quanto física, Sam e Remi adotaram um ritmo: andar por vinte minutos, parar dois minutos para descansar, fazer uma leitura da bússola e atualizar o mapa, e então em frente de novo. O tempo restante da jornada passou rapidamente. Esquerda, direita, de novo. Para conservar a luz, Remi fazia algum tempo já tinha desligado sua lanterna de cabeça, enquanto Sam deixara a sua no modo mais fraco, portanto, eles se moviam em meio a um tênue crepúsculo. O ar frio vindo pelo chão parecia mais frio, o equilíbrio estava mais difícil de manter e o tilintar do gelo caindo, mais aflitivo em seus ouvidos.

De repente Sam parou. Com seus reflexos a meia velocidade, Remi colidiu com ele. Sam sussurrou: — Está sentindo isso?

— Isso o quê?

— Ar frio.

— Sam, está...

— Não, no rosto da gente. De frente. Você poderia pegar o isqueiro em minha mochila?

Remi o encontrou e entregou para ele. Sam deu alguns passos à frente, procurando uma seção sólida no solo entre as aberturas. Ele encontrou um local apropriado, parou e acendeu o isqueiro. Remi se espremeu para perto de Sam e espiou em volta do braço dele. Uma luz amarela tremeluziu nas paredes de gelo. A chama tremeu, e então se firmou e ficou imóvel.

— Espere — Sam disse, os olhos na chama.

Cinco segundos se passaram.

A chama vacilou, e então se inclinou de lado, de volta na direção do rosto de Sam.

— Aí está!

— Tem certeza? — Remi perguntou.

— O ar parece mais quente também.

— Está mesmo ou é sua vontade?

— Vamos descobrir.

Eles caminharam mais três metros, pararam, verificaram a chama do isqueiro. De novo ela se inclinou para trás, dessa vez com mais força. Seguiram mais seis metros e repetiram a operação, com o mesmo resultado.

De Remi: — Ouço um assobio. Vento.

— Eu também.

Mais quinze metros os levaram a uma encruzilhada no túnel. Empunhando o isqueiro a sua frente, Sam avançou no túnel esquerdo, sem sorte, e então no direito. A chama tremeu, e então uma súbita lufada quase a apagou.

Sam tirou a mochila. — Espere aqui. Volto num instante.

Ele colocou a lanterna na cabeça no modo mais forte e desapareceu túnel adentro. Remi podia ouvir os passos dele no chão, o som ficava mais tênue a cada segundo.

Remi verificou seu relógio, esperou dez segundos, olhou de novo.

— Sam? — ela chamou.

Silêncio.

— Sam, responda...

À frente, na escuridão, a lanterna dele reapareceu.

— Sinto muito — ele disse.

Remi baixou a cabeça.

— Nada de tapete vermelho — Sam continuou. — Mas luz do dia serve?

Remi ergueu a cabeça, viu o sorriso dele. Franziu o rosto para ele e deu um soquinho no ombro dele. — Não tem graça, Fargo.

**

Como Sam prometera, não havia tapete vermelho, mas depois de seis metros ele a levou para algo até melhor: uma sequência de degraus naturais subindo um túnel em cujo topo, a uns quinze metros de altura, havia uma enevoada abertura iluminada.

Dois minutos depois, Sam pisou no último degrau e se viu olhando para um curto túnel lateral. Em vez de pedra, as laterais e o chão eram de terra. Na outra extremidade, em meio a uma touceira de mato, havia luz do sol. Sam rastejou até ali, enfiou os braços pela abertura, e então se colocou para fora. Remi apareceu alguns instantes depois, e juntos se deitaram na relva, sorrindo e contemplando o céu.

— Quase meio-dia — Sam observou.

Eles tinham ficado debaixo da terra a manhã toda.

De repente, Sam se pôs sentado, com a cabeça virando de um lado para o outro. Debruçou-se em direção a Remi e sussurrou: — Estática de rádio. Um rádio portátil.

Sam rolou na terra, arrastou-se até um talude a uns metros dali e espiou para cima. Em seguida abaixou de novo e voltou rastejando. — Polícia.

— Uma equipe de resgate? — Remi perguntou. — Quem teria chamado?

— Só um chute, mas eu diria que nossos anteriores companheiros de exploração, os gêmeos King.

— Como...

— Não sei. Talvez eu esteja errado. Vamos ser precavidos.

Eles se livraram de tudo que pudesse indicar onde tinham estado e o que fizeram — capacetes, lanternas, mochilas, equipamento de escalada, o mapa de Sam, a câmera digital de Remi, a caixa que tinham trazido da tumba — e depositaram de volta no túnel, cobrindo de mato a entrada.

Com Sam à frente, a dupla se dirigiu para o leste, seguindo uma garganta e se escondendo atrás das árvores, até estabelecerem uma distância de quatrocentos metros entre eles e o túnel. Pararam e ficaram escutando o barulho de rádios. Sam bateu na orelha e apontou para o norte. Uns cem metros adiante eles podiam ver vários vultos se movendo entre as árvores.

Sam sussurrou: — Faça a cara mais perdida do mundo.

— Não preciso fazer muita força, a essa altura — respondeu Remi.

Sam colocou as mãos em concha em volta da boca e gritou: — Ei! Aqui!

10

Garganta de Chobar, Nepal

A porta da cela se abriu rangendo. Um guarda espiou dentro, fixando os olhos por um instante em Sam como se ele estivesse em vias de fazer uma tentativa de fuga, e então ficou de lado. Usando um folgado macacão azul claro, cabelos castanho-avermelhados presos num rabo de cavalo, Remi entrou na sala. O rosto dela estava rosado, recém-lavado.

O guarda disse em mau inglês: — Por favor sente. Espere — e então bateu a porta.

Vestindo um macacão similar, Sam levantou-se, foi até Remi e deu nela um grande abraço. Ele recuou e olhou-a de cima a baixo e sorriu. — Encantadora, simplesmente encantadora.

Ela sorriu. — Idiota.

— Como você está se sentindo?

— Melhor. Incrível o que alguns minutos com uma toalha e água quente podem fazer. Não exatamente um chuveiro ou uma banheira quente, veja você, mas chega perto.

Juntos, os dois se sentaram à mesa. O espaço em que a polícia de Katmandu os estava mantendo não era tanto uma cela, parecia mais uma sala de detenção. As paredes de blocos de concreto eram pintadas de cinza--claro, e a mesa e as cadeiras (todas presas por parafusos no chão) feitas de alumínio pesado. Em frente deles, do outro lado da mesa, havia uma janela de um metro e vinte de largura, com grade embutida, pela qual eles podiam ver a sala da delegacia. Meia dúzia de policiais de uniforme estava cuidando do seu serviço, atendendo telefones, escrevendo relatórios, conversando. Até então, exceto por algumas ordens polidas, mas firmes, ninguém falara com eles nas duas horas desde que tinham sido "resgatados".

Na traseira da caminhonete da polícia, na luz do crepúsculo, Sam e Remi ficaram olhando a paisagem que passava, procurando o menor indício quanto a onde teriam emergido do sistema de cavernas. A resposta veio quase imediatamente quando eles atravessaram a ponte sobre a garganta de Chobar e o carro virou para nordeste, em direção a Katmandu.

Sua marcha subterrânea para a liberdade os devolvera à superfície a meros três quilômetros de onde tinham entrado. Essa constatação trouxe primeiro um sorriso aos lábios de ambos e, então, para a perplexidade dos dois policiais no banco da frente, uma gargalhada que durou bem um minuto inteiro.

* *

— ALGUMA PISTA QUANTO a quem deu o aviso? — Remi agora perguntou a Sam.

— Nenhuma. Que eu saiba, não estamos presos.

— Temos de supor que eles vão nos interrogar. Qual vai ser nossa história?

Sam pensou por um instante. — O mais perto possível da verdade. Fomos até lá um pouco antes do amanhecer para passar o dia fazendo trilha. Acabamos perdidos e ficamos vagando até eles nos encontrarem. Se pressionarem, fique com o "não tenho certeza". A menos que tenham achado nosso equipamento, não têm como provar nada de diferente.

— Entendi. E se não formos jogados numa prisão nepalesa por algum crime obscuro?

— Teremos de ir buscar o...

Sam interrompeu, contraiu os olhos. Remi seguiu seu olhar através da janela para o canto esquerdo da sala, perto da porta. Parados ali na entrada estavam Russell e Marjorie King.

— Eu gostaria de poder dizer que estou surpresa— Remi murmurou.

— Exatamente como suspeitamos.

Do outro lado da sala, o sargento encarregado percebeu a presença dos gêmeos King e se apressou a ir até eles. O trio começou a trocar palavras. Embora nem Sam nem Remi pudessem ouvir a conversa, os maneirismos e a postura do sargento contavam a história: ele foi subserviente, até mesmo um pouco amedrontado. Por fim, o sargento assentiu e voltou pela sala. Russell e Marjorie saíram de volta para o corredor.

Alguns momentos depois a porta de Sam e Remi se abriu, e o sargento e um de seus subordinados entraram. Sentaram-se em frente dos Fargo. O sargento falou em nepalês por alguns segundos, e então assentiu para seu subordinado, que disse num inglês com um forte sotaque, mas decente: — Meu sargento pediu que eu traduzisse nossa conversa. Isso é aceitável?

Sam e Remi assentiram.

O sargento falou, e alguns segundos depois veio a tradução: — Por favor, confirmem suas identidades.

Sam replicou: — Estamos presos?

— Não — o policial respondeu. — Estão sob detenção temporária.

— Por qual motivo?

— De acordo com a lei nepalesa, não somos obrigados a informar a resposta para essa pergunta no momento. Por favor, confirmem suas identidades.

Sam e Remi o fizeram, e nos minutos seguintes responderam a uma séria de perguntas de rotina — Por que estão no Nepal? Onde estão hospedados? Qual o motivo da visita? — antes de entrarem no principal.

— Onde estavam indo quando se perderam?

— A nenhum lugar em particular — Remi respondeu. — Parecia um ótimo dia para fazer uma trilha.

— Vocês estacionaram seu carro na garganta de Chobar. Por quê?

— Ouvimos dizer que é uma região bonita — disse Sam.

— A que horas chegaram?

— Antes do amanhecer.

— Por que tão cedo?

— Somos almas inquietas — Sam respondeu com um sorriso.

— O que isso quer dizer?

— Gostamos de ficar ativos.

— Por favor, diga-nos onde a trilha os levou.

— Se soubéssemos isso — Sam disse — provavelmente não teríamos nos perdido.

— Vocês tinham uma bússola. Como foram se perder?

— Eu fui reprovado nos Escoteiros — disse Sam.

Remi acrescentou: — Eu só vendi biscoitos nas Bandeirantes.

— Isso não é uma brincadeira, Sr. e Sra. Fargo. Vocês acham isso engraçado?

Sam assumiu sua melhor expressão de arrependimento. — Minhas desculpas. Estamos exaustos e um pouco envergonhados. Estamos gratos que os senhores nos tenham encontrado. Quem os avisou que poderíamos estar em apuros?

O policial traduziu a pergunta. O sargento grunhiu alguma coisa, em seguida falou de novo. — Meu sargento pede que se limitem a responder perguntas. Disseram que tinham planejado passar o dia fazendo uma trilha. Onde estão suas mochilas?

— Não esperávamos ficar tanto tempo — Remi disse. — Não somos bons de planejamento, também.

Sam assentiu pesaroso para enfatizar o argumento de sua mulher.

O policial perguntou: — Vocês esperam que acreditemos que partiram numa trilha sem qualquer equipamento?

— Tenho meu canivete suíço — Sam disse secamente.

Com a tradução da fala de Sam, o sargento ergueu os olhos e lançou um olhar furioso para Sam e Remi, em seguida levantou-se e saiu da sala. — Por favor, esperem aqui — o policial disse, e saiu da sala.

Sem nenhuma surpresa, o sargento atravessou a outra sala diretamente para o corredor. Sam e Remi podiam apenas ver as costas dele; Russell e Marjorie estavam fora de vista. Sam levantou-se, foi até a extremidade direita da janela e pressionou o rosto contra ela.

— Está conseguindo vê-los? — Remi perguntou.

— Sim.

— E?

— Os gêmeos parecem descontentes. Nenhum doce sorriso à vista. Russell está fazendo um gesto... Ora, isso é interessante.

— O quê?

— Ele está fazendo mímica da forma de uma caixa; uma caixa que parece notavelmente do mesmo tamanho que o baú.

— Isso é bom. Imagino que eles terão vasculhado a área onde nos encontraram. Russell não estaria perguntando sobre algo que já foi encontrado.

Sam recuou da janela e precipitou-se de volta a seu lugar na mesa.

O sargento e o subordinado entraram de novo na sala e sentaram-se. O interrogatório foi retomado, dessa vez com um pouco mais de intensidade, de uma maneira circular pensada para fazer Sam e Remi se atrapalharem. O centro das perguntas permaneceu o mesmo, todavia; sabemos que vocês deviam ter pertences, onde eles estão? Sam e Remi não se incomodaram e mantiveram sua história, vendo a frustração do sargento crescer.

Por fim, o sargento recorreu a ameaças: — Sabemos quem vocês são e o que fazem para ganhar a vida. Suspeitamos que vieram para o Nepal atrás de antiguidades no mercado negro.

— Essas suspeitas baseiam-se em quê? — Sam perguntou.

— Fontes.

— O senhor foi mal informado — disse Remi.

— Há várias leis pelas quais vocês podem ser acusados, todas elas acarretando penalidades severas.

Sam inclinou-se para a frente em sua cadeira e olhou fixamente o sargento. — Pode nos acusar. Assim que terminar, vamos querer falar com o adido legal da embaixada dos Estados Unidos.

O sargento manteve o olhar de Sam por longos dez segundos, e então se recostou e suspirou. Ele disse algo para seu subordinado, levantou-se e saiu da sala, batendo a porta.

O subordinado traduziu: — Vocês estão livres para ir embora.

**

Dez minutos depois, de novo vestidos com suas roupas, Sam e Remi estavam na porta da delegacia de polícia, descendo os degraus. Anoitecia. O céu estava limpo, e um punhado de estrelas feito diamantes começava a brilhar. Os postes iluminavam o pavimento de pedra da rua.

— Sam! Remi!

Já esperando por isso, nenhum dos dois ficou surpreso ao se voltar para dar com Russell e Marjorie vindo apressados pela calçada até eles.

— Acabamos de ficar sabendo — Russel disse, esbaforido. — Vocês estão bem?

— Cansados, um pouco desconcertados, mas é só — Sam respondeu.

Eles já tinham decidido manter a história nos-perdemos-fazendo-uma-trilha com os gêmeos King. Era uma dança precária: todo mundo sabia que Sam e Remi estavam mentindo. O que Russell e Marjorie fariam quanto a isso? Uma pergunta melhor: como agora parecia claro que Charles King tinha interesses ulteriores inteiramente diferentes daqueles que compartilhara com Sam e Remi, como eles iriam agir? Do que King estava atrás, e qual era a verdadeira história por trás do desaparecimento de Frank Alton?

— Vamos levá-los até o carro de vocês — Marjorie disse.

— Vamos buscá-lo amanhã de manhã — Remi respondeu. — Vamos voltar para o hotel.

— Melhor ir pegá-lo agora — Russell disse. — Se vocês deixaram equipamento nele...

Sam não pôde evitar um sorriso ao ouvir isso. — Não deixamos. Boa noite.

Sam pegou o braço de Remi, e juntos os dois se viraram e começaram a andar na direção oposta. Russell gritou: — Ligaremos para vocês amanhã de manhã.

— Não precisa, nós ligaremos para vocês — Sam respondeu sem se voltar.

**

Houston, Texas

— Que diabo, sim, eu sei que eles escaparam da reserva — Charles King vociferou, recostando-se na sua poltrona. Atrás dele, a paisagem da cidade preenchia a janela que ia do chão ao teto.

A meio mundo de distância, Russell e Marjorie nada disseram no viva-voz. Sabiam muito bem que não se interrompia o pai deles. Se quisesse saber algo, ele faria uma pergunta.

— Onde eles estiveram o dia todo?

— Não sabemos — Russell respondeu. — O homem que contratamos para segui-los perdeu-os a sudoeste de...

— Contrataram? O que isso quer dizer, contrataram?

— Ele é um dos nossos... seguranças no sítio de escavação — Marjorie disse. — Ele é de confiança e...

— Um incompetente! Que tal arranjar alguém que tenha esses dois atributos? Já pensaram alguma vez nisso? Por que tinham de contratar alguém? O que vocês dois estavam fazendo?

— Estávamos no sítio — disse Russell. — Estávamos nos preparando para despachar o...

— Deixe para lá. Não importa. É possível que os Fargo tenham estado no sistema de cavernas?

— É possível — respondeu Marjorie. — Mas nós já o percorremos. Não há nada para achar.

— Sei, sei. A questão é, se estiveram lá, como ficaram sabendo? Vocês precisam ter certeza de que eles só consigam a informação que nós queremos que eles tenham, entenderam?

— Sim, pai — responderam Marjorie e Russell em uníssono.

— E quanto aos pertences deles?

— Vasculhamos tudo — disse Russell.— E o carro deles. Nosso homem no departamento de polícia os interrogou por uma hora, mas sem sorte.

— Ele torceu os braços deles, por acaso?

— Tanto quanto pôde.

— Os Fargo não se abalaram — ele disse.

— O que eles disseram que estavam fazendo?

— Alegaram que tinham se perdido numa caminhada.

— Besteira! É de Sam e Remi Fargo que estamos falando. Eu vou lhes dizer o que aconteceu: vocês dois fizeram alguma besteira, e eles ficaram desconfiados. E estão despistando vocês. Coloquem um bando de gente atrás deles. Eu quero saber onde estão indo e o que estão fazendo. Entenderam?

— Pode contar conosco, pai — disse Marjorie.

— Seria bom, para variar — resmungou King. — Enquanto isso, não vou mais correr riscos. Vou mandar reforços.

King se inclinou para a frente e apertou com força o botão de desconectar do viva-voz. Parada do outro lado da mesa, as mãos cruzadas na frente do corpo, estava Zhilan Hsu.

— Você foi duro com eles, Charles — ela disse em voz baixa.

— E você os mima! — King devolveu.

— Até esse último incidente com os Fargo, eles se saíram bem.

King franziu o cenho, e então balançou a cabeça, aborrecido. — Pode ser. Ainda assim, quero que você vá para lá, para garantir que essa coisa não saia de vez de controle. Os Fargo têm alguém na retaguarda. Pegue o Gulfstream e vá para lá. Dê um jeito neles. Naquele tal de Alton também. Ele é inútil agora.

— Você poderia ser mais específico?

— Faça os Fargo cumprirem o papel deles. Se não der... O Nepal é grande. É espaço de sobra para pessoas desaparecerem.

11

Hyatt Regency Hotel,
Katmandu, Nepal

Logo cedo, o telefone na mesa de cabeceira de Remi estava tocando. — Sam, você fez isso de propósito? Uma ligação para despertar. Você sabe que horas são?

Sam atendeu o telefone e disse: — Estaremos aí em quarenta e cinco minutos.

— Estaremos aonde? — Remi quis saber.

— Conforme prometido, uma massagem do Himalaia com pedras quentes para você e uma massagem profunda para mim.

— Fargo — disse Remi com um amplo sorriso —, você é um tesouro.

Ela deslizou para fora da cama e se precipitou para o banheiro enquanto Sam atendia a uma batida na porta. O serviço de quarto entregou o café da manhã que ele pedira na noite anterior: o favorito de Remi, picadinho de carne com ovos *poché* e, para ele, ovos mexidos com salmão. Ele também pedira café e dois copos de suco de romã.

Enquanto comiam, voltaram sua atenção para o misterioso baú que estava no sofá em frente da mesa. Remi serviu-se de uma segunda xícara de café enquanto Sam ligava para Selma.

**

— Vocês acham que King mandou sequestrar Alton? — Selma perguntou.

— Para nos trazer para cá — Remi sugeriu, tomando um gole de café.

Selma prosseguiu: — Levar vocês para aí sob o pretexto de procurar Frank e então... o quê?

— Bandeira falsa — Sam murmurou, e em seguida explicou: — É um termo de espionagem. Um agente é recrutado por um inimigo fazendo-se passar por aliado. O agente pensa que sua missão é uma coisa, mas na realidade é algo totalmente diferente.

— Ah, que ótimo — Remi observou.

— É um castelo de cartas — Sam concordou. — Se é isso que King aprontou, o ego dele não vai permitir que contemple a ideia de que o plano saiu do seu controle.

— Então vocês não sabem se realmente estão procurando Lewis King ou não. Ou mesmo se ele foi visto.

— Charlie não me parece ser do tipo sentimental. Se fosse para dar um palpite, eu diria que não é tanto do pai dele que Charlie está atrás, mas sim daquilo que o pai dele procurava.

— O baú que encontraram? — Selma sugeriu.

— Como eu disse, é só um palpite — respondeu Sam.

**

Na noite anterior, em vez de voltar para o hotel, Sam e Remi saíram andando da delegacia de polícia em direção ao sul até ficarem fora de vista, então viraram para o norte e fizeram sinal para um táxi. Sam mandou o motorista rodar pela cidade enquanto ele e Remi verificavam se estavam sendo seguidos. Eles não tinham dúvida de que os gêmeos King pretendiam fazer isso, e não queriam dar aos dois tempo para estar a postos.

Quando tiveram certeza de que não estavam sendo seguidos, Sam pediu ao motorista para levá-los a uma locadora de carros nos arredores ao sul de Katmandu, onde alugaram um velho Opel verde. Uma hora depois pararam num estacionamento de motel a oitocentos metros da garganta de Chobar, onde deixaram o carro, e foram a pé o restante do caminho.

Tendo memorizado referências na paisagem quando foram levados pela polícia, não precisaram nem de uma hora para encontrar o túnel de saída da caverna. As coisas deles ainda estavam ali e aparentemente intocadas.

**

— ESTAMOS MANDANDO para você pela FedEx — Remi disse a Selma.

— Se for o que King quer, é melhor nos livramos logo dele. Além disso, Selma, você adora quebra-cabeças; você vai amar este. Solucione-o, e nós compraremos para você aquele peixe para o seu aquariozinho, o..., o...

— Aquário marinho, Sr. Fargo. Um aquariozinho é algo que você põe no quarto de uma criança. E o peixe é um tipo de ciclídeo. Muito raro. Muito caro. O nome científico dele é...

— Certamente em latim — Sam terminou, com um risinho. — Abra nossa caixa nepalesa enigmática e o peixe é seu.

— O senhor não precisa me subornar, Sr. Fargo. Isso é parte do meu trabalho.

— Então o considere um presente de aniversário antecipado — Remi retrucou. Ela e Sam compartilharam um sorriso. Selma não gostava de comemorar aniversários, em especial o próprio.

— Falando nisso, tive notícias de Rube — Selma disse, imediatamente mudando de assunto. — Ele investigou Zhilan Hsu. Ele disse que ela é, citando-o, "praticamente invisível". Não tem carteira de motorista, cartões de crédito, nenhum registro público de espécie nenhuma, a não ser um: o de imigração. De acordo com ele, ela emigrou para cá de Hong Kong com um visto de trabalho em 1990 com a idade de dezesseis anos.

— Deixe-me adivinhar — Sam disse. — Contratada pela King Oil.

— Correto. Mas tem mais. Ela estava grávida de seis meses na época. Fiz as contas. A data prevista de nascimento coincide com a de Russell e Marjorie King.

— É oficial — Remi disse. — Eu não gosto duplamente de Charlie King. Ele provavelmente a comprou.

— Uma boa aposta — Sam concordou.

Selma perguntou: — Qual vai ser o próximo passo de vocês?

— De volta à universidade. Recebemos um recado da professora Kaalrami. Ela terminou a tradução do pergaminho Deganavari...

— Lowa — Remi corrigiu. — Ela disse que estava escrito em Lowa.

— Isso. Lowa — Sam admitiu. — Com alguma sorte, a colega dela poderá esclarecer alguma coisa sobre a tumba que encontramos... ou pelo menos excluir uma conexão.

— E quanto a Frank?

— Presumindo que King está por trás de seu sequestro, nossa única chance é ter como barganhar. Se King achar que temos alguma coisa que ele quer, ficaremos em vantagem para negociar com ele. Até então, só podemos esperar que King seja esperto o bastante para não matar Frank.

* *

Universidade de Katmandu

Depois de se certificar de que não estavam sendo seguidos, Sam e Remi encontraram uma agência da FedEx e despacharam o baú. Demoraria dois dias e custaria 600 dólares, o atendente disse a eles, mas o pacote estaria no avião no começo da tarde. Uma pechincha, Sam e Remi decidiram, para saber que o baú ficaria fora do alcance de Marjorie e Russell; isso se, de fato, fosse do interesse de King. Em todo caso, eles não tinham nem tempo nem os recursos para tentar abrir o baú. Ficaria melhor nas mãos de Selma, Pete e Wendy.

Sam e Remi chegaram à universidade pouco depois da uma da tarde e encontraram a professora Kaalrami em seu escritório. Depois de trocar amenidades, eles se instalaram em torno de sua mesa de reuniões.

— Foi um desafio e tanto — a professora Kaalrami começou. — A tradução levou quase seis horas.

— Sentimos muito termos tomado tanto do seu tempo — Remi disse.

— Bobagem. Foi melhor do que passar a noite assistindo à televisão. Gostei do exercício mental. Tenho uma tradução por escrito para vocês. — Ela deslizou sobre a mesa uma folha de papel para eles. — Posso confirmar a essência do documento. É um decreto militar ordenando a evacuação do "Theurang" da cidade de Lo Mothang, capital do Reino de Mustang.

— Quando? — perguntou Sam.

— O decreto não diz — respondeu a professora Kaalrami. — O homem que vamos encontrar logo mais, meu colega, talvez esteja mais preparado para responder isso. Pode haver alguma pista no texto que eu não tenha percebido.

— Esse Theurang... — Remi quis saber.

— À parte ser referido como o "Homem Dourado", receio não ter encontrado nenhuma outra explicação. Mas, como eu disse, meu colega talvez saiba. Posso lhes dizer a razão para o decreto ter sido editado: uma invasão. Um exército estava se aproximando de Lo Mothang. Em nome da Casa Real, o líder do Exército de Mustang, imagino que a patente seja similar a um marechal ou chefe de Estado-maior, ordenou que o Theurang fosse levado embora da cidade por um grupo especial de soldados chamados de Sentinelas. Não há mais descrição depois disso, só o nome deles.

— Evacuado para onde? — perguntou Sam.

— O decreto não disse. A frase "conforme ordenado" é usada várias vezes, o que sugere que as Sentinelas possam ter recebido, separadamente, instruções mais precisas.

— Algo mais? — Remi perguntou.

— Um item chamou minha atenção — Kaalrami respondeu. — O decreto elogia a disposição das Sentinelas de morrer para proteger o Homem Dourado.

— Linguagem militar bastante padrão — Sam disse. — Uma preleção do general antes de...

— Não, desculpe, Sr. Fargo, usei a palavra errada. O elogio não era para a disposição deles de dar a vida pelo dever. A linguagem era de certeza. Quem quer que tenha escrito esse documento esperava que as Sentinelas morressem. Nenhuma Sentinela deveria retornar para Lo Monthang vivo.

**

Pouco antes das duas da tarde, horário que a professora Kaalrami marcara para eles se encontrarem com seu colega Sushant Dharel, eles saíram do escritório dela e foram para outro prédio no *campus*. Encontraram Dharel, um homem magro como um lápis, de 30 e poucos anos, que usava calças cáqui e uma camisa branca de mangas curtas, terminando uma aula numa sala com paredes revestidas de madeira. Os dois esperaram todos os estudantes saírem, então a professora Kaalrami fez as apresentações. Ao ouvir a descrição de Kaalrami do que interessava Sam e Remi, os olhos de Dharel se acenderam.

— O documento está com vocês?

— E a tradução — a professsora Kaalrami respondeu, entregando-os.

Dharel examinou ambos, seus lábios se movendo em silêncio enquanto ele absorvia o conteúdo. Em seguida olhou para Sam e Remi. — Onde encontraram isso? Estava na posse de... — Ele interrompeu repentinamente. — Perdoem meu entusiasmo e minha falta de educação. Por favor, sentem-se.

Sam, Remi e a professora Kaalrami sentaram-se na primeira fileira de cadeiras. Dharel puxou uma cadeira de detrás de sua mesa e sentou-se na frente deles. — Poderiam... Onde encontraram isso?

— Estava entre os pertences de um homem chamado Lewis King.

— Um amigo meu de muito tempo atrás — a professora Kaalrami acrescentou. — Foi bem antes do seu tempo, Sushant. Creio que a minha tradução está bastante correta, mas não pude dar ao Sr. e Sra. Fargo muito do contexto. Como nosso especialista em história do Nepal, achei que você poderia ajudar.

— É claro, é claro — Dharel disse, os olhos de novo percorrendo o pergaminho. Depois de um minuto ele ergueu-os de novo. — Não fiquem ofendidos, Sr. e Sra. Fargo, mas para maior clareza vou pressupor que não tenham nenhum conhecimento de nossa história.

— Uma pressuposição correta — Sam respondeu.

— Preciso também admitir que muito do que estou para lhes contar é considerado por muitos mais lenda do que história.

— Compreendemos — Remi disse. — Prossiga.

— O que vocês têm aqui é conhecido como o Decreto de Himanshu. Foi editado no ano de 1421 por um comandante militar chamado Dolma. Aqui embaixo pode ser visto seu selo oficial. Era comum então. Carimbos e selos eram ferramentas meticulosamente produzidas e cuidadosamente protegidas. Com frequência, pessoas de alta patente, tanto militar quanto governamental, eram acompanhadas por soldados cujo único propósito era guardar os selos oficiais. Se me derem tempo, posso confirmar ou rejeitar a proveniência deste selo, mas à primeira vista me parece ser genuíno.

— A tradução da professora Kaalrami sugere que o decreto ordenava a evacuação de um artefato de alguma espécie — Sam observou. — O Theurang.

— Sim, isso mesmo. É também conhecido como o Homem Dourado. É aqui que a história se confunde com o mito, receio. Dizem que o Theurang teria sido uma estátua em tamanho natural de uma criatura parecida com o homem ou, dependendo de a quem você perguntar, o esqueleto da própria criatura. A história por trás do Theurang é similar à do Gênesis na Bíblia cristã no fato em que é dito que o Theurang são os restos mortais de... — a voz de Dharel calou-se enquanto ele procurava a frase correta. — ..."quem deu a vida. A Mãe da Humanidade", se quiserem.

— Não é pouca coisa como um título — Sam disse.

Dharel franziu o cenho por um instante, e então sorriu. — Ah, sim, entendo. Sim, era um pesado fardo para carregar, o do Theurang. De todo modo, fosse real ou mitológico, o Homem Dourado tornou-se um símbolo de veneração para o povo de Mustang e para boa parte do Nepal. Mas o lar legendário do Theurang diz-se que era Lo Monthang.

— Esse título de "quem deu a vida" — Remi disse. — Acredita-se que é metafórico ou literal?

Dharel sorriu, deu de ombros. — Como em qualquer história religiosa, a interpretação é a da mente do crente. Acho que é seguro dizer que na época que este decreto foi editado, havia mais crentes literais.

— O que pode nos dizer sobre as Sentinelas? — perguntou Sam.

— Eram soldados de elite, o equivalente às Forças Especiais de hoje. De acordo com alguns textos, eles eram treinados desde a juventude para proteger o Theurang.

— A professora Kaalrami mencionou uma frase no texto, "conforme ordenado" em relação ao plano de evacuação que as Sentinelas deveriam pôr em ação. O que acha disso?

— Não tenho conhecimento do plano específico — Dharel respondeu —, mas do modo que entendo, havia apenas algumas dúzias de Sentinelas. Na evacuação, cada um deles deveria sair da cidade levando um baú, um baú concebido para confundir os invasores. Num dos baús estavam os restos desmontados do Theurang.

Sam e Remi trocaram sorrisos.

Dharel acrescentou: — Só uns poucos selecionados no exército e no governo sabiam qual Sentinela levava os restos verdadeiros.

Sam perguntou: — E dentro dos outros baús?

Dharel balançou a cabeça. — Eu não sei. Talvez nada, talvez uma réplica do Theurang. De todo modo, o plano era concebido para suplantar todos os perseguidores. Equipados com as melhores armas e os cavalos mais rápidos, as Sentinelas sairiam correndo da cidade e se separariam na esperança de dividir os perseguidores. Com sorte e perícia, a Sentinela que levava o Theurang conseguiria escapar e escondê-lo num local predeterminado.

— Pode descrever as armas?

— Só de um modo geral: uma espada, várias adagas, um arco e uma lança.

— Há algum relato quanto a se o plano deu certo?— perguntou Remi.

— Nenhum.

— Qual era a aparência do baú? — indagou Remi.

Dharel pegou um bloco de papel e um lápis em sua mesa e esboçou um cubo de madeira que era notavelmente semelhante ao que eles tinham encontrado na caverna. Dharel disse: — Até onde eu sei, não há descrição além disso. É dito que o baú tinha um projeto engenhoso, a esperança era de que, cada vez que um inimigo obtivesse um deles, passaria dias ou semanas tentando abri-lo.

— E no processo, ganhava-se tempo para as demais Sentinelas — disse Sam.

— Exatamente. De modo similar, as Sentinelas não tinham família, nem amigos que um inimigo pudesse usar contra eles. Eles eram também treinados desde a juventude a suportar os piores tipos de tortura.

— Dedicação impressionante — Remi observou.

— De fato.

— Poderia descrever o Theurang? — perguntou Sam.

Dharel assentiu. — Como mencionei, dizem que tinha características semelhantes ao homem, mas no geral uma aparência... bestial. Seus ossos eram feitos do ouro mais puro, seus olhos, de algum tipo de pedra preciosa, rubis, ou esmeraldas, ou algo assim.

— O Homem Dourado — Remi disse.

— É. Aqui... Eu tenho uma ilustração feita por um artista. — Dharel levantou-se, deu a volta em sua mesa e procurou em gavetas por meio minuto antes de voltar até eles com um livro encadernado em couro. Ele folheou as páginas e parou numa delas. Virou o livro e o entregou a Sam e Remi.

Depois de alguns segundos, Remi murmurou: — Olá, bonitão.

Embora altamente estilizada, a ilustração do Theurang no livro era praticamente idêntica ao desenho que estava gravado no escudo que tinham encontrado na caverna.

**

Uma hora depois, de volta ao hotel, Sam e Remi ligaram para Selma. Sam contou a visita deles à universidade.

— Incrível — Selma disse. — É o achado de uma vida.

— Não podemos ficar com o crédito por ele — Remi retrucou. — Suspeito que Lewis King chegou antes de nós, e com razão. Se ele tinha passado, de fato, décadas procurando isso, é todo dele; postumamente, é claro.

— Você então supõe que ele esteja morto?

— Um palpite — Sam replicou. — Se alguém mais tivesse achado aquela tumba antes de nós, teria sido anunciado. Um sítio arqueológico teria sido estabelecido e o conteúdo, removido.

Remi continuou: — King deve ter explorado o sistema de cavernas, instalado os espigões de estrada de ferro, descoberto a tumba, e então caído enquanto tentava cruzar o poço. Se foi isso o que aconteceu, os ossos de Lewis King estão espalhados em algum afluente subterrâneo do rio Bagmati. É uma pena. Ele chegou tão perto.

— Mas estamos nos precipitando — Sam disse. — Com tudo o que sabemos, o baú que achamos pode ser um dos falsos. Ainda assim seria um achado significante, mas não o grande prêmio.

Selma disse: — Vamos saber se... quando conseguirmos abri-lo.

**

Eles conversaram com Selma mais alguns minutos e desligaram.

— E agora?

— Não sei quanto a você, mas eu já estou cheio dos sinistros gêmeos King.

— Você precisa perguntar?

— Eles estão pisando em nossos calcanhares desde que chegamos aqui. Eu digo que já é hora de virarmos a mesa contra eles... e o próprio King Pai.

— Uma inspeção clandestina? — Remi disse com um brilho nos olhos.

Sam olhou-a por um instante, e então sorriu tenuemente. — Às vezes, sua avidez me assusta.

— Eu adoro inspeções clandestinas.

— Eu sei que adora, minha cara. Podemos ter ou não o que King está buscando. Vamos ver se conseguimos convencê-lo de que temos. Vamos chacoalhar a árvore um pouco e ver o que cai dela.

12

Katmandu, Nepal

SABENDO QUE OS GÊMEOS KING estavam no Nepal cuidando de um dos negócios de mineração do pai deles, Selma precisou de apenas algumas poucas horas para obter os detalhes. Atuando sob o nome de uma das muitas subsidiárias de King, o campo de escavação exploratório estava localizado ao norte de Katmandu, no vale de Langtang.

Depois de outra incursão na loja de excedentes militares, Sam e Remi puseram o equipamento deles no compartimento de carga do novo Range Rover que tinham alugado e partiram. Embora fosse quase cinco da tarde e o anoitecer estivesse a menos de duas horas, eles queriam ficar longe dos gêmeos King, os quais Sam e Remi tinham certeza de que não tinham a intenção de deixá-los sozinhos.

* *

PELO AR, O CAMPO DE MINERAÇÃO não ficaria a mais de cinquenta quilômetros ao norte da cidade. Por estrada, era mais de três vezes essa distância — um percurso de carro curto num país ocidental, mas uma odisseia de um dia inteiro no Nepal.

— A julgar por este mapa — Remi disse no banco do passageiro — o que eles chamam de rodovia é uma estrada de terra que é um pouquinho mais larga e ligeiramente mais bem conservada que uma trilha de gado. Depois que passarmos por Trisuli Bazar, estaremos em estradas secundárias. Só Deus sabe o que isso quer dizer.

— Quanto tempo até Trisuli?

— Com sorte, estaremos lá antes do anoitecer. Sam... bode!

Sam olhou e viu uma adolescente trazendo um bode atravessando a rua aparentemente ignorando o veículo que ia em direção a eles. O Range Rover freou bruscamente numa nuvem de poeira marrom. A garota olhou para eles e sorriu, sem se abalar. Ela acenou. Sam e Remi acenaram em resposta.

— Lição reaprendida — Sam disse. — Nada de passarelas para pedestres no Nepal.

— E bodes têm preferência — Remi acrescentou.

* *

Ao saírem do perímetro urbano e começar a percorrer o sopé das montanhas, eles descobriram a estrada cercada por campos cultivados em terraços luxuriantes e verdes contra as de resto áridas e marrons encostas. Bem à esquerda deles, o rio Trisuli, cheio com a correnteza da primavera, corria contra pedras, com sua água de uma cor cinza dos seixos e sedimento. Aqui e ali eles viam aglomerados de cabanas aninhados contra a distante linha das árvores. Longe ao norte se erguiam os picos mais altos do Himalaia, recortadas torres negras contra o céu.

Duas horas depois, bem quando o sol estava mergulhando atrás das montanhas, o casal passou em Trisuli Bazar. Mas, por mais tentados que estivessem a ficar num dos albergues, Sam e Remi tinham decidido seguir um pouco a paranoia e dormir fora deles. Por mais improvável que fosse que os King pensassem em procurá-los ali, Sam e Remi resolveram supor o pior.

Seguindo as instruções de Remi, Sam prosseguiu com os faróis do Range Rover para fora da aldeia e virou à esquerda num estreito acesso ao que o mapa descrevia como uma "escala de trilheiro". Eles entraram numa clareira aproximadamente oval com cabanas circulares do tipo mongol em volta e pararam. Sam baixou os faróis e desligou o motor.

— Está vendo alguém? — Sam disse, olhando em volta.

— Não. Parece que somos os donos do pedaço.

— Cabana ou tenda?

— Parece uma pena desperdiçar a feia tenda de retalhos para cachorrinhos pela qual pagamos tão caro — Remi disse.

— Essa é a minha garota.

Quinze minutos depois, sob a luz de suas lanternas de cabeça, tinham instalado o acampamento a algumas centenas de metros atrás das cabanas num bosque de pinheiros. Enquanto Remi terminava de desenrolar os sacos de dormir, Sam acendia uma fogueira.

Repassando os suprimentos de comida, Sam perguntou: — *Teriaki* desidratado de frango ou... *teriaki* desidratado de frango?

— Qualquer um dos dois que se possa comer mais rápido — Remi respondeu. — Estou pronta para ir para a cama. Estou com uma dor de cabeça terrível.

— É o ar rarefeito. Estamos a dois mil e setecentos metros de altitude. Você estará melhor amanhã.

**

SAM APRONTOU OS DOIS PACOTES de comida em minutos. Quando terminaram de comer, fez duas xícaras de chá *oolong* para eles. Eles ficaram sentados em frente do fogo vendo as chamas dançando. Em algum lugar nas árvores uma coruja piou.

— Se o Theurang é o que King quer, eu me pergunto sobre sua motivação — Remi disse.

— Não há como saber — Sam replicou. — Por que todo o subterfúgio? Por que pegar tão pesado com os filhos?

— Ele é um homem poderoso, com um ego do tamanho do Alasca...

— E um maníaco por controle.

— Isso também. Talvez seja assim que ele opere. Não confie em ninguém e mantenha uma mão de ferro sobre tudo.

— Você pode estar certa — Sam disse. — Mas o que quer que o mova, não estou inclinado a entregar algo com tanto significado histórico quanto o Theurang.

Remi assentiu. — E, a menos que tenhamos julgado mal seu caráter, acho que Lewis King concordaria, vivo ou morto. Ele gostaria que fosse entregue ao Museu Nacional do Nepal ou para alguma universidade.

— Igualmente importante — Sam acrescentou. — Se por alguma razão perversa King sequestrou Frank, eu diria que temos que fazer o nosso melhor para que ele pague por isso.

— Ele não vai se entregar sem lutar, Sam.

— Nem nós.

— Falou como o homem que eu amo — Remi disse.

Ela ergueu sua xícara, e Sam colocou o braço em volta da cintura dela e a trouxe para mais perto.

* *

NO DIA SEGUINTE, antes do amanhecer, eles estavam de pé, alimentados, com o acampamento desmontado e de volta à estrada por volta das sete horas. Enquanto ganhavam altitude e passavam por uma aldeia atrás da outra com nomes como Betrawati, Manigaun, Ramche e Thare, a paisagem mudou de campos verdes em degraus e colinas monocromáticas para florestas de copas frondosas e gargantas estreitas. Depois de um rápido almoço num local com vista panorâmica, continuaram e chegaram até a saída, uma estrada sem identificação um pouco a norte de Boka Jhunda, uma hora depois. Sam parou o Rover no cruzamento, e olharam a estrada de terra à frente deles. Pouco mais larga que o próprio Rover e cercada por densa folhagem, parecia mais um túnel do que uma estrada.

— Estou tendo uma sensação de *dejà vu* — Sam disse. — Não estivemos nessa mesma estrada há alguns meses, mas em Madagascar?

— Tem uma inquietante semelhança — Remi concordou. — Deixe-me conferir de novo.

Ela passou o indicador ao longo do mapa, ocasionalmente verificando suas anotações. — Esse é o lugar. De acordo com Selma, o campo de mineração fica dezenove quilômetros a leste. Há uma estrada mais larga a alguns quilômetros daqui, mas é usada pelos que trafegam do campo.

— Melhor espiar pela janela dos fundos, então. Você tem sinal?

Remi pegou o telefone via satélite que estava entre os pés dela e verificou se havia recados. Um instante após ela assentiu, ergueu o dedo e escutou. Em seguida, desligou. — O professor Dharel da universidade. Deu alguns telefonemas. Evidentemente há um historiador local em Lo Monthang que é considerado o especialista nacional em história de Mustang. Ele concordou em nos ver.

— Quando?

— Assim que estivermos lá.

Sam considerou isso e deu de ombros. — Sem problemas. Se não formos pegos invadindo o campo de mineração de King, devemos chegar em Lo Monthang em três ou quatro semanas.

Ele engatou a marcha do Rover e pisou no acelerador.

**

Quase imediatamente o aclive aumentou e a estrada começou a ziguezaguear, e logo, apesar da velocidade média de dezesseis quilômetros por hora, parecia que estavam numa montanha-russa. Ocasionalmente entre a folhagem que passava eles tinham relances de gargantas, rios agitados e rochedos irregulares se projetando, logo desaparecendo, absorvidos pela floresta.

Depois de quase noventa minutos guiando, Sam chegou a uma curva particularmente fechada. Remi gritou: — Árvores enormes!

— Eu vi — Sam respondeu, já freando.

Erguendo-se à frente do para-brisas havia uma parede de verde.

— Diga-me que isso não está acontecendo — Sam disse. — Selma cometeu um erro?

— Sem chance.

Os dois desceram, abaixaram e abriram caminho entre a folhagem cercando o Rover até chegarem à frente do carro.

— E nada de *valet*, também — Sam murmurou.

À direita, Remi disse: — Tem uma trilha aqui.

Sam foi até lá. Como prometido, uma estreita e fechada trilha desaparecia em meio às árvores. Sam pegou sua bússola, e Remi conferiu a posição deles no mapa.

— Três quilômetros e meio trilha abaixo — ela disse.

— Então, traduzida em distâncias nepalesas... dez dias, ou por aí.

— Por aí — Remi concordou.

**

A trilha os levou por uma série de curvas encosta abaixo antes de chegar ao leito de um rio. Correndo do norte para o sul, a água colidia contra uma série de pedras cobertas de musgo, mandando para cima nuvens de espuma que deixaram Sam e Remi ensopados numa questão de segundos.

Eles seguiram a trilha para o sul ao longo do rio para uma seção relativamente mais calma, onde encontraram uma ponte pênsil de madeira pouco mais larga que os ombros deles. As copas de ambas as margens se fechava por cima da água; cipós e galhos se penduravam sobre a ponte e obscureciam o outro lado.

Sam tirou a mochila e, com as duas mãos firmes nos corrimões de corda, pisou no começo da ponte, testando com o pé para ver se havia rachaduras ou tábuas soltas antes de transferir seu peso. Quando chegou ao meio da ponte, ele tentou um pulo de teste.

— Sam!

— Parece forte o bastante.

— Não faça isso de novo. — Ela viu o meio sorriso no rosto dele, e seus olhos se contraíram. — Se eu tiver de pular atrás de você...

Ele riu, e então se virou e voltou até onde ela estava. — Venha, ela vai nos aguentar.

Ele pegou a mochila e foi na frente na ponte. Depois de duas pausas para deixar o balanço da ponte diminuir, eles chegaram ao outro lado.

Durante mais uma hora os dois seguiram pela trilha que costurava para cima e para baixo encostas com florestas e atravessava gargantas até finalmente as árvores começarem a se espaçar adiante. Eles subiram uma crista e quase imediatamente ouviram o ronco de motores diesel e o bip-bip-bip de caminhões dando marcha à ré.

— Abaixe! — Sam exclamou, e caiu de barriga, puxando Remi com ele.

— Que foi? — ela disse. — Eu não vi nada...

— Bem debaixo de nós.

Ele fez um gesto para ela segui-lo, virou o corpo para a esquerda e se arrastou para fora da trilha. Depois de três metros ele parou, olhou para trás e chamou Remi com o dedo. Ela se arrastou até ele. Com a ponta dos dedos, Sam abriu a folhagem.

Diretamente debaixo deles havia um poço de terra em forma de bola de futebol americano, com doze metros de profundidade, cento e oitenta metros de largura e quase quatrocentos de comprimento. As laterais do poço eram perfeitamente verticais, e uma escarpa de solo negro descia da floresta em volta, como se um gigante tivesse enfiado uma forma de biscoito na terra e retirado o conteúdo. No centro do próprio poço, escavadeiras amarelas, caminhões basculantes e empilhadeiras moviam-se para lá e para cá em caminhos bem batidos, enquanto ao longo da borda equipes de homens trabalhavam com picaretas e pás em torno do que pareciam túneis horizontais que desapareciam no solo. Do outro lado do poço, uma rampa de terra subia até uma clareira e, Sam e Remi supuseram, a principal estrada de serviço. *Trailers* de construção e edificações metálicas pré-fabricadas se alinhavam nas laterais da clareira.

Sam continuou a olhar o local. — Vi guardas — ele murmurou. — Posicionados nas árvores ao longo da borda e na clareira.

— Armados?

— Sim. Rifles de assalto. Não os banais AK-47, no entanto. Não reconheço o modelo. Qualquer que seja, é moderno. Isso não é como qualquer mina exploratória que já vi antes — Sam disse. — Fora de uma república das bananas, quero dizer.

Remi fixou os olhos na encosta íngreme do poço. — Eu contei treze... não, quatorze túneis laterais. Nenhum deles é grande o bastante para qualquer outra coisa que não seja homens e ferramentas.

As escavadeiras e os caminhões pareciam estar contornando as bordas do poço. Ocasionalmente, todavia, uma empilhadeira se aproximava de um dos túneis, erguia um estrado coberto com lona, e então subia a rampa e desaparecia de vista.

— Preciso do binóculo — Remi disse.

Sam tirou-o da mochila e o passou para ela. Ela esquadrinhou o poço por meio minuto e o devolveu a Sam. — Está vendo o terceiro túnel da rampa para o lado direito? Rápido, antes que eles cubram.

Ele virou o binóculo. — Estou vendo.

— Dê um zoom no estrado.

Sam fez isso. Depois de alguns segundos, ele baixou o binóculo e olhou para Remi. — Que diabo é aquilo?

— Não é a minha área de especialidade — Remi disse —, mas tenho quase certeza que é *goliath ammonite*. É um tipo de fóssil, como um *nautilus* gigante. Isso não é um campo de mineração, Sam. É uma escavação arqueológica.

13

Vale de Langtang, Nepal

— UMA ESCAVAÇÃO ARQUEOLÓGICA? — Sam repetiu. — Por que King estaria fazendo uma?

— Não há como dizer com certeza — Remi disse —, mas o que está acontecendo aqui viola cerca de uma dúzia de leis nepalesas. Eles levam a escavação arqueológica muito a sério, em especial qualquer coisa que tenha a ver com fósseis.

— Comércio no mercado negro? — Sam especulou.

— Isso foi a primeira coisa que me veio à mente — Remi respondeu.

Na última década, a escavação e venda ilegal de fósseis se tornara um negócio grande, especialmente na Ásia. A China, em particular, tinha sido acusada como ré principal por vários corpos investigativos, mas a todos eles faltava a força para impor penalidades dentro de suas fronteiras. No ano anterior, um relatório da Iniciativa de Preservação Sustentável estimara que, dos milhares de toneladas de artefatos fósseis vendidos no mercado negro, menos de 1% era interceptado — e, desses, nenhum levou a uma única condenação.

— É dinheiro graúdo — Remi disse. — Colecionadores particulares estão dispostos a pagar milhões por fósseis intactos, sobretudo se for de uma das espécies que mais chamam a atenção: *Velociraptor, Tyrannosaurus rex, Triceratops, Stegosaurus...*

— Milhões de dólares não passam de um trocado para King.

— Você tem razão, mas não há como negar o que temos à nossa frente. Isso não se qualifica como artigo de barganha, Sam?

Ele sorriu. — De fato. Mas vamos precisar mais do que fotografias. Qual sua opinião quanto a um pouco de trapaça?

— Sou uma grande fã de trapaça.

Sam olhou o relógio. — Temos algumas horas até o anoitecer.

Remi se virou e tirou a câmera digital da mochila. — Vou aproveitar ao máximo o resto de luz do dia que temos.

* *

Seja um truque da luz, seja um fenômeno genuíno, o crepúsculo parece durar horas no Himalaia. Uma hora depois que Sam e Remi se acomodaram na folhagem para esperar, o sol começou a descer para os picos ao oeste, e pelas duas horas seguintes eles ficaram contemplando o anoitecer descer muito lentamente sobre a floresta até finalmente os faróis das escavadeiras e dos caminhões se acenderem.

— Eles estão encerrando por hoje — Sam disse, apontando.

Ao longo do perímetro do poço, as equipes de escavação estavam emergindo dos túneis e se dirigindo à rampa.

— Trabalhando do amanhecer ao anoitecer — Remi observou.

— E provavelmente por centavos a hora — completou Sam.

— Se tanto. Talvez o pagamento deles seja não levar um tiro.

À direita deles, veio o som de um galho se quebrando. Eles ficaram imóveis. Silêncio. E então, tênue, o som de passos se aproximando. Sam fez um gesto para Remi com a palma da mão, e juntos eles se pressionaram contra o solo, os rostos voltados para o som.

Dez segundos se passaram.

Uma figura sombreada apareceu na trilha. Vestido com um uniforme verde-oliva e um chapéu de selva, o homem carregava seu rifle de assalto em diagonal em relação ao corpo. Ele foi até a borda do poço, parou e olhou para baixo. Ele ergueu um binóculo e esquadrinhou o poço. Depois de um minuto inteiro fazendo isso, virou-se, saiu da trilha e desapareceu de vista.

Sam e Remi esperaram cinco minutos, então se ergueram do chão. — Você viu o rosto dele? — ela perguntou.

— Estava muito ocupado esperando para ver se ele ia pisar na gente.

— Era chinês.

— Tem certeza?

— Tenho.

Sam considerou isso. — Parece que Charlie King arranjou uns sócios. Mas há uma boa notícia.

— Qual?

— Ele não estava com binóculo de visão noturna. Agora tudo o que temos de nos preocupar é em não topar com um deles no escuro.

— Sempre um otimista — ela replicou.

**

ELES CONTINUARAM A OBSERVAR e esperar, não só até os últimos homens e equipamentos subirem a rampa e desaparecerem de vista, mas também por algum sinal de mais patrulhas.

Uma hora depois de a noite ter caído de vez, decidiram que era seguro agir. Tendo decidido não trazer cordas próprias, eles tentaram a abordagem orgânica e passaram dez minutos silenciosamente remexendo no solo da floresta até encontrar um cipó comprido e forte o bastante para o que queriam. Depois de amarrar uma ponta a um tronco de árvore ali perto, Sam jogou a corda ao longo da lateral do poço.

— Termos de descer uns dois metros e meio.

— Sabia que meu treinamento de paraquedista um dia ia me ser útil — Remi respondeu. — Dê-me uma mão.

Antes que Sam pudesse protestar, Remi estava se insinuando de lado, deslizando o torso sobre a borda. Ele segurou a mão direita dela enquanto ela agarrava firme o cipó com a esquerda.

— Vejo você lá embaixo — ela disse com um sorriso e sumiu de vista. Sam observou-a descendo até a ponta do cipó, onde o largou, atingiu o chão e rolou de ombros de forma a ficar de joelhos.

— Exibida — Sam murmurou, e então desceu pela parede. Ele estava do lado dela alguns instantes depois, tendo feito sua acrobacia, embora não tão graciosamente como sua mulher. — Você andou treinando — disse a ela.

— Pilates — ela retrucou. — E balé.

— Você nunca fez balé.

— Fiz sim, quando era criança.

Sam resmungou e ela deu um beijo de conciliação no rosto dele. — Para onde? — ela perguntou.

Sam apontou para a entrada de túnel mais perto, cinquenta metros à esquerda deles. Abaixados, eles se precipitaram ao lado da terra do poço e o seguiram até a entrada. Agacharam-se assim que entraram.

— Vou dar uma espiada — Remi disse, e esgueirou-se para dentro.

Alguns minutos depois ela reapareceu ao lado dele. — Estão trabalhando em alguns espécimes, mas nada de abalar a terra.

— Seguindo adiante — Sam retrucou.

Eles correram até o túnel seguinte e repetiram o procedimento, com resultados similares, e então avançaram para o terceiro túnel. Estavam a três metros da entrada quando, do outro lado do poço, um trio de holofotes em postes fulguraram acesos, iluminando metade do poço numa luz branca ofuscante.

— Rápido! — Sam disse. — Para dentro!

Eles entraram parando numa derrapada no túnel e caíram de barriga. — Eles viram a gente? — Remi sussurrou.

— Se tivessem visto, estaríamos sob fogo agora — Sam respondeu. — Eu acho. De um jeito ou de outro, logo vamos ficar sabendo.

Os dois esperaram, a respiração presa, meio esperando ouvir o som de passos se aproximando ou o de disparos, mas nenhum dos dois ocorreu. Em vez disso, da área da rampa ouviram a voz de uma mulher gritando alguma coisa, uma ordem ríspida.

— Você ouviu isso? — Sam perguntou. — Foi em chinês?

Remi assentiu. — Perdi a maior parte. Algo como "tragam ele", acho.

Os dois se arrastaram alguns centímetros para poder ver do lado de fora da entrada. Um grupo de umas duas dúzias de trabalhadores estava descendo a rampa, flanqueado por quatro guardas. Na frente da coluna ia uma pequena figura feminina de macacão. Quando o grupo chegou ao fundo do poço, os guardas fizeram os trabalhadores se colocarem numa fila voltada para a direção do esconderijo de Sam e Remi. A mulher continuou andando.

Sam pegou o binóculo e deu um *zoom* na direção dela; baixou o binóculo e olhou para Remi. — Você não vai acreditar nisso. É a Tigresa Reclinada, a Dama das Sombras em pessoa — ele disse. — Zhilan Hsu.

Remi pegou a câmera e começou a fotografar. — Não sei se consegui pegar Zhilan — ela disse.

Hsu parou repentinamente, investiu contra os trabalhadores enfileirados e começou a berrar e a gesticular ferozmente. Remi fechou os olhos, tentando captar as palavras. — Alguma coisa sobre ladrões — ela disse. — Roubando do sítio. Artefatos que sumiram.

Hsu parou abruptamente, detendo-se por um instante e então apontou um dedo acusatório para um dos trabalhadores. Os guardas foram para cima dele imediatamente, um deles golpeando com a culatra do rifle nos rins dele, fazendo-o cair para a frente, um segundo guarda pondo-o de novo em pé e o levando meio arrastado, meio andando, adiante. O par parou na frente de Hsu. O guarda soltou o homem, que caiu de joelhos e começou a falar.

— Ele está implorando — Remi disse. — Tem mulher e filhos. Ele roubou só uma pecinha...

Sem aviso, Zhilan Hsu tirou uma pistola do cinto, deu um passo à frente e atirou na testa do homem. Ele caiu de lado e ficou imóvel.

Hsu começou a falar de novo. Embora Remi não mais estivesse traduzindo, era necessária pouca imaginação para entender a mensagem: você rouba, você morre.

Os guardas começaram a empurrar e espicaçar os trabalhadores de volta rampa acima. Hsu os seguiu, e logo o poço estava vazio de novo, exceto pelo cadáver do homem. As luzes se apagaram.

Sam e Remi ficaram em silêncio por alguns momentos. Finalmente ele disse: — Qualquer vaga solidariedade que houvesse nela acabou de voar pela janela.

Remi assentiu. — Precisamos ajudar essa gente, Sam.

— Com certeza. Infelizmente, não há nada que possamos fazer esta noite.

— Podemos raptar Hsu e a jogar aos...

— Seria um prazer — Sam interrompeu —, mas duvido que consigamos fazer isso sem o alarme soar. Mal teríamos percorrido um quilômetro antes de sermos pegos. O melhor que podemos fazer é denunciar a operação de King.

Remi refletiu sobre isso, e então assentiu. — Fotografias não serão o bastante — ela o relembrou.

— Concordo. Um daqueles *trailers* lá em cima tem de ser um escritório. Se há alguma documentação material, é onde iremos encontrá-la.

**

Depois de esperar até ter certeza de que a comoção tinha acabado, eles visitaram cada um dos túneis, um a um, com Sam montando guarda enquanto Remi fotografava.

— Há um espécime de *Chalicoterium* aqui dentro. Quase em condições perfeitas.

— Um o quê?

— *Chalicoterium.* É um ungulado de três dedos do baixo Plioceno: um híbrido de cavalo e rinoceronte de pernas longas. Eles se extinguiram há cerca de sete milhões de anos. São muito interessantes, na realidade...

— Remi.

— O quê?

— Talvez mais tarde.

Ela sorriu. — Certo. Desculpe.

— Quanto vale?

— Eu estaria só dando um chute, mas talvez meio milhão de dólares para um bom espécime.

Sam esquadrinhou a rampa e a clareira atrás de sinais, mas conseguiu ver só um guarda patrulhando a área. — Algo me diz que eles não estão tão preocupados com quem entra, mas com quem sai.

— Depois do que acabamos de ver, tenho de concordar. Qual é o nosso plano?

— Se ficarmos abaixados, estaremos fora de visão quase até o topo da rampa. Paramos ali, esperamos o guarda passar, então corremos até aquele primeiro *trailer* à esquerda e mergulhamos embaixo dele. Dali, é só uma questão de encontrar o escritório.

— Simples assim, é?

Sam sorriu para ela. — Fácil como tirar fóssil de bilionariozinho. — Ele fez uma pausa. — Quase esqueci. Pode me emprestar sua câmera?

Ela a entregou. Sam correu até o meio do poço e ajoelhou do lado do cadáver. Ele revistou as roupas do homem, rolou o corpo dele, tirou uma fotografia de seu rosto, e então voltou correndo até Remi.

Ele disse: — Pela manhã, Hsu terá feito enterrarem o corpo dele nesse poço. É apostar demais, mas talvez ao menos a gente possa fazer com que a família dele saiba o que aconteceu com ele.

Remi sorriu. — Você é um bom homem, Sam Fargo.

* *

Eles esperaram o guarda desaparecer de novo de vista, e então saíram do túnel e correram ao longo da parede do poço até onde ela se encontrava com a rampa. Os dois viraram novamente e seguiram essa rota até a base. Trinta segundos depois estavam deitados de bruços perto do topo.

Tinham agora uma visão quase sem obstáculos da clareira inteira. De cada lado dela havia oito *trailers*, três em fileira à esquerda, cinco num amplo crescente à direita. As janelas com cortinas dos *trailers* à esquerda estavam acesas, e Sam e Remi podiam ouvir o murmúrio das vozes vindo de dentro deles. Dos cinco *trailers* à direita, os três mais próximos mostravam luzes e os dois últimos estavam escuros. Diretamente à frente de onde Sam e Remi estavam deitados havia quatro edificações metálicas pré-fabricadas para depósito; entre estes, a estrada principal que saía do campo. Instalada acima da porta de cada edificação havia uma lâmpada de sódio, lançando sobre a estrada uma luz de um amarelo doentio.

— Garagens para o equipamento — Remi supôs.

Sam assentiu. — E se eu tivesse que apostar meu dinheiro em qual desses *trailers* é o escritório, ficaria com um dos apagados.

— Concordo. Chegar até eles é que vai ser a parte complicada.

Remi tinha razão. Eles não ousariam ir direto para os *trailers*. Bastaria a súbita aparição de um guarda ou um relance de alguém pela janela, e seriam pegos.

— Vamos devagar, usando os três primeiros *trailers* como cobertura.

— E se o escritório estiver trancado?

— Uma ponte que atravessaremos se tivermos que fazê-lo — Sam verificou seu relógio. — O guarda deve aparecer a qualquer momento agora.

Conforme previsto, vinte segundos depois o guarda virou na quina da edificação metálica mais próxima e se dirigiu para o trio de *trailers* à esquerda. Depois de esquadrinhar cada *trailer* com uma lanterna, ele atravessou a clareira, repetiu o procedimento com os outros cinco e então desapareceu.

Sam deu a ele mais vinte segundos, então assentiu para Remi. Eles se levantaram, correram o restante da rampa e viraram à direita para o primeiro *trailer*. Pararam na sua parede traseira e se abaixaram, usando uma das traves de apoio do *trailer* como cobertura.

— Viu alguma coisa? — Sam perguntou.

— Ninguém.

Eles se levantaram e se esgueiraram ao longo da parede para o *trailer* seguinte, onde pararam novamente, olharam e escutaram, antes de seguir adiante. Quando estavam parados atrás do terceiro *trailer*, Sam bateu com o dedo no relógio e fez com a boca a palavra "guarda". Pela parede acima da cabeça deles podiam ouvir vozes falando em chinês e o som tênue de música no rádio.

Sam e Remi se deitaram rente ao chão e ficaram imóveis. A espera deles foi breve. Quase precisamente pontual, o guarda apareceu na clareira à esquerda deles e começou sua inspeção com a lanterna. Quando ele ficou em frente do *trailer* deles, ficaram observando, a respiração presa em conjunto, enquanto o facho da lanterna varria o solo debaixo do *trailer*.

O facho parou repentinamente. Recuou para a trave de apoio que escondia Sam e Remi, e então parou de novo. Eles estavam deitados lado a lado, com os braços encostados, quando Sam deu na mão de Remi um aperto para tranquilizá-la. *Espere. Não mova um músculo.*

Depois do que pareceram minutos, mas provavelmente não passou de dez segundos, o facho seguiu adiante. O barulho das botas do guarda no cascalho foi diminuindo. Cautelosamente, Sam e Remi ficaram de pé e deram a volta no *trailer*. Olhando para a esquerda e para a direita em busca de sinais de movimento, eles se esgueiraram e subiram os degraus do que esperavam ser o escritório.

Sam tentou a maçaneta. Estava destrancada. Trocaram um sorriso aliviado. Sam abriu a porta e espiou dentro. Ele recuou, balançou a cabeça, e fez com a boca a palavra "suprimentos". Em seguida foram para o *trailer* seguinte. De novo, por sorte, a porta estava destrancada. Sam olhou, então pôs o braço pela abertura da porta fazendo um gesto para Remi entrar. Ela entrou, cuidadosamente fechando a porta atrás de si.

A parede dos fundos do *trailer* estava coberta por móveis de arquivo e prateleiras de depósito. Um par de mesas de aço gastas pintadas de cinza com cadeiras combinando flanqueavam a porta.

— Agora? — Remi sussurrou.

Sam olhou o relógio e assentiu.

Alguns instantes depois o facho da lanterna do guarda passou pela janela do *trailer*, e desapareceu novamente.

— Estamos procurando qualquer coisa com detalhes — Sam disse. — Nome de empresas, números de contas, manifestos, recibos. Qualquer coisa em que investigadores possam cravar as garras.

Remi assentiu. — Precisamos deixar tudo como está — ela disse. — Se alguma coisa ficar faltando, sabemos que levaremos a culpa.

— E um tiro. Tem razão. — Ele olhou o relógio. — Temos três minutos.

Eles começaram com os arquivos, verificando cada gaveta, cada pasta e arquivo. A câmera de Remi podia conter milhares de imagens digitais, de modo que ela fotografou qualquer coisa que parecesse remotamente importante usando a luz ambiente que vinha de fora do *trailer*.

Quando a marca dos três minutos estava chegando, eles pararam e ficaram imóveis. O guarda passou, realizou sua inspeção e se foi de novo. Eles retomaram a busca. Mais quatro vezes repetiram o ciclo, até ficarem satisfeitos de que tinham reunido tudo o que podiam.

— Está na hora de ir — Sam disse. — Vamos voltar por onde viemos para o Rover e...

Lá fora, um alarme começou a soar.

Sam e Remi gelaram por um instante, então ele disse: — Atrás da porta.

Eles se apertaram rentes à parede. Lá fora, portas se abriam, passos pisavam no cascalho, vozes gritavam.

Sam perguntou a Remi: — Você consegue entender alguma coisa?

Ela fechou os olhos, ouvindo atentamente. Seus olhos se abriram. — Sam, acho que eles encontraram o Range Rover.

14

Vale de Langtang, Nepal

Antes que Sam pudesse responder, a porta do *trailer* se escancarou. Usando a ponta dos dedos, Sam parou a porta a poucos centímetros do rosto deles. Um dos guardas entrou, sua lanterna esquadrinhava o espaço. Ele parou. Sam viu os ombros dele começando a girar, indicando que estava se voltando para eles.

Então, Sam fechou a porta com o quadril, deu um largo passo adiante e acertou um pontapé bem atrás do joelho do guarda. Quando ele caiu, Sam agarrou-o pelo colarinho e o impeliu para a frente, batendo com toda a força sua testa contra a borda da mesa. Ele gemeu e desfaleceu. Sam puxou-o para trás e o arrastou para trás da porta. Ajoelhou e verificou o pulso do homem.

— Está vivo, mas não vai acordar tão cedo.

Ele rolou o homem, tirou o rifle do ombro dele e se levantou.

De olhos arregalados, Remi ficou olhando seu marido por vários segundos. — Isso foi bem James Bond.

— Pura sorte e uma mesa de aço — ele respondeu com um dar de ombros e um sorriso. — Uma combinação imbatível.

— Acho que você merece uma recompensa — Remi disse também com um sorriso.

— Depois. Se houver um depois.

— Eu gostaria que houvesse um depois. Você tem algum plano?

— Roubo de veículo — Sam respondeu.

Ele se virou, foi até a janela traseira do *trailer* e puxou a cortina. — Vai ser apertado, mas acho que conseguiremos.

— Verifique a frente — Remi disse. — Fico com a janela de trás.

Sam foi até a janela da frente, puxou a cortina e espiou do lado de fora. — Os guardas estão se juntando na clareira. Cerca de dez deles. Não vejo a Dama Dragão.

— Ela provavelmente só deu uma passadinha para fazer o trabalho sujo de King.

— Parece que eles estão tentando decidir o que fazer. Saberemos num segundo se eles perceberam que estão com um homem faltando.

— A janela está aberta — Remi disse. — É um pulo de uns dois metros e meio até o chão. Há algumas árvores cerradas a uns três metros.

Sam soltou a cortina. — É melhor irmos agora antes que eles tenham chance de se organizar. — Ele tirou o rifle do ombro e o examinou. — É tecnologia de última geração.

— Você consegue usar?

— Trava de segurança, gatilho, cartucho... buraco por onde a bala sai. Acho que consigo me virar.

Abruptamente o alarme silenciou.

Sam foi até a porta da frente e a trancou. — Pode atrasá-los — explicou.

Ele agarrou a cadeira mais próxima e a levou para a janela de trás. Remi subiu nela e pulou. Assim que ela estava lá embaixo e segura, Sam a seguiu.

Eles se esconderam na linha de árvores e começaram o caminho para as edificações metálicas. Quando a parede dos fundos ficou à vista entre as árvores, os dois pararam e por alguns instantes esquadrinharam as cercanias. À distância podiam ouvir os guardas ainda gritando uns com os outros.

Sam e Remi avançaram, Sam na frente, o rifle abaixado e balançando para a frente e para trás. Eles chegaram à edificação. Remi sussurrou: — Porta — e apontou. Sam assentiu. Com Remi agora na frente, eles se esgueiraram rente à parede até o ombro dela dar com o batente. Ela tentou a maçaneta. Estava destrancada. Ela abriu a porta silenciosamente e enfiou a cabeça para espiar. Remi recuou.

— Há dois caminhões lá dentro, estacionados lado a lado. Parecem militares: verdes, pneus duplos, laterais de lona, compartimento de carga com porta baixa.

— Com vontade de dirigir? — perguntou Sam.

— Com certeza.

— Assuma o volante do que está à esquerda. Eu vou sabotar o outro, e então me juntar a você. Esteja preparada para ligar o motor e sair a toda.

— Certo.

Remi abriu a porta só o bastante para os dois se esgueirarem para dentro. Eles estavam a meio caminho dos caminhões quando ouviram passos na estrada do lado de fora. Sam e Remi detiveram-se na traseira do caminhão à direita. Sam espiou pelo canto.

— Quatro homens — ele disse. — Estão subindo nos caminhões, dois em cada cabine.

— Parte do plano de emergência deles? — Remi sugeriu.

— Provavelmente — Sam retrucou. — OK, plano B. Seremos clandestinos.

Quase em uníssono, os motores dos caminhões deram a partida.

Pisando cautelosamente para evitar que o peso alertasse os guardas, Sam e Remi montaram no para-choque do caminhão, e foram subir na traseira. Com um ruído brusco, a embreagem foi engatada e o caminhão avançou abruptamente. De braços dados, Sam e Remi tropeçaram e caíram de frente no compartimento de carga.

**

O CAMINHÃO DELES IA NA FRENTE. Deitados na relativa escuridão do piso do compartimento de carga, com os faróis do segundo caminhão brilhando verde através da lona traseira, Sam e Remi se permitiram respirar fundo pela primeira vez em dez minutos. De ambos os lados deles, engradados de madeira de vários tamanhos estavam presos por cabos a argolas no piso.

— Conseguimos — Remi sussurrou.

— Cruze os dedos.

— O que isso quer dizer?

— Estou certo de que este é um caminhão do exército chinês.

— Você não está sugerindo o que acho que você está sugerindo, está?

— Estou. Parece claro que King está de conluio com alguém no exército chinês. Os guardas são chineses, e provavelmente também as armas. E nós sabemos o que há nesses engradados.

— A que distância fica a fronteira?

— Trinta e cinco quilômetros, talvez quarenta e cinco. Quatro horas, mais ou menos.

— Tempo de sobra para escaparmos.

— A questão é: a que distância da civilização iremos ficar?

— Você está começando a arruinar o resto do meu esplêndido humor — ela disse, e se aninhou no ombro dele.

**

APESAR DA DUREZA DO COMPARTIMENTO de carga do caminhão e o constante sacolejo, Sam e Remi consideraram o ronco abafado do motor reconfortante. Eles cochilaram na penumbra, Sam ocasionalmente acordava para verificar o relógio.

Após uma hora viajando, eles acordaram com um solavanco dos freios do caminhão guinchando. Os faróis do caminhão que vinha atrás ficaram maiores e brilharam pela lona traseira. Sam sentou-se e apontou o rifle para a traseira. Remi sentou-se atrás dele, com uma interrogação nos olhos, mas sem nada dizer.

O caminhão diminuiu a velocidade, e então parou. Os faróis do caminhão que vinha atrás se apagaram. Portas de cabines se abriram, e então foram fechadas. De cada lado do compartimento de carga veio o som de passos. Eles pararam na traseira do caminhão, e as vozes começaram a murmurar em chinês. Sam e Remi podiam sentir o cheiro de fumaça de cigarros.

Sam virou a cabeça e sussurrou para Remi: — Fique perfeitamente imóvel. — Ela assentiu.

Movendo-se devagar, cautelosamente, Sam dobrou as pernas, e então ficou agachado apoiado na planta dos pés. Ele deu dois passos assim em direção à traseira e virou a cabeça para escutar. Depois de um momento, virou-se para Remi e mostrou-lhe quatro dedos. Quatro soldados estavam parados na traseira. Ele apontou para o rifle dele, e então em direção aos soldados.

Ela lhe entregou o rifle. Sam colocou por cima das pernas, então juntou os pulsos. Ela assentiu. Ele fez um gesto para ela ficar deitada. Ela se deitou.

Sam conferiu se a trava de segurança do rifle estava desativada, equilibrou-se e respirou fundo, então estendeu a mão esquerda, agarrou a lona e a abriu bruscamente.

— Mãos ao alto! — ele gritou.

Os dois soldados mais perto do para-choque se viraram ao mesmo tempo que recuavam. Chocaram-se com seus camaradas, que estavam tentando empunhar seus rifles.

— Não façam isso! — Sam disse, e posicionou o rifle no ombro.

Apesar da barreira da língua, os soldados entenderam a mensagem e pararam de se mover. Sam fez gestos com a culatra de seu rifle várias vezes, até os homens entenderem. Lentamente cada um deles tirou o rifle do ombro e o deixou cair no chão. Sam os fez recuar um pouco, então passou por cima da traseira e pulou para o chão.

— Tudo em ordem — ele disse para Remi.

Ela pulou no chão ao lado dele.

— Eles parecem aterrorizados — ela disse.

— Perfeito. Quanto mais aterrorizados estiverem, melhor para nós — Sam disse. — Você poderia fazer as honras?

Remi pegou os rifles e colocou todos, menos um na caçamba do caminhão. Sam disse: — Trava de segurança desativada?

— Acho que...

— Alavanca acima do gatilho do lado direito.

— Achei. OK.

Sam e Remi e os quatro soldados chineses ficaram se encarando. Por dez segundos, ninguém disse nada. Por fim Sam perguntou: — Inglês?

O soldado mais à direita disse: — Inglês. Pouco.

— Certo. OK. Vocês são meus prisioneiros.

Remi suspirou profundamente. — Sam...

— Desculpe, eu sempre quis dizer isso.

— Agora que já satisfez sua vontade, o que vamos fazer com eles?

— Vamos amarrá-los e... Ih, não. Isso não é bom.

— Que foi? — Remi deu um relance a seu marido. Os olhos de Sam estavam fixos por cima da cabeça dos soldados em direção à cabine do segundo caminhão. Ela seguiu o olhar dele e viu uma silhueta na cabine. A figura se abaixou subitamente.

— Contamos errado — Sam murmurou.

— Estou vendo.

— Pegue a direção, Remi. Dê partida no motor. Verifique se...

— Pode ter certeza disso — ela respondeu, então correu para a frente do caminhão. Um momento depois o motor estava ligado. Os quatro soldados se mexiam nervosamente e se entreolhavam.

— Todos a bordo — Remi gritou da janela da cabine.

— Estou indo, querida! — Sam respondeu sem se voltar.

Sam gritou para os soldados. — Mexam-se, mexam-se! — e fez um gesto com o rifle. Os homens saíram de lado, deixando o caminho aberto para Sam apontar para o radiador do caminhão. Ele ergueu o rifle e mirou.

O quinto homem, até então escondido na cabine do segundo caminhão, subitamente colocou o torso para fora da janela do motorista. Sam viu a silhueta do rifle dele se virando na direção dele.

— Pare!

O homem continuou a girar o corpo, o rifle vindo.

Sam ajustou sua mira e disparou dois tiros no para-brisas. Os soldados se espalharam, se jogando no mato rasteiro em volta da estrada. Sam ouviu um barulho. Algo acertara a traseira atrás dele. Ele se abaixou, moveu-se de lado para o outro para-choque, voltou-se e disparou um trio de tiros no que esperava que fosse o radiador ou bloco do motor. Ele se virou, correu até a porta do passageiro do caminhão, escancarou a porta e subiu.

— Nós já não somos mais bem-vindos aqui — ele disse.

Remi engatou a marcha e pisou firme no acelerador.

Eles não tinham avançado nem cem metros quando perceberam que os tiros de Sam ou tinham errado o alvo ou não tinham sido suficientes. Nos espelhos laterais, ele e Remi viram os faróis do caminhão se acendendo. Os quatro soldados saíram de seu esconderijo e pularam para dentro, dois na cabine, os outros dois na caçamba. O caminhão precipitou-se para a frente.

Remi gritou: — Ponte estreita à frente!

Sam olhou. Embora ainda a uns duzentos metros, a ponte em questão parecia não só estreita, e o caminhão mal cabia nela. — A velocidade, Remi — ele advertiu.

— Estou indo o mais rápido que posso.

— Eu quis dizer diminua.

— Brincadeira. Segure-se.

O caminhão acertou uma raiz na estrada e inclinou-se, erguendo-se de lado e caindo de volta ao solo. A ponte avultava-se no para-brisas. Cinquenta metros faltando.

— Ah, claro — Remi disse, aborrecida. — Tinha que ser uma dessas.

Embora mais larga e mais solidamente ancorada, a ponte era simplesmente uma versão maior das que eles tinham cruzado a pé mais cedo naquele dia.

O caminhão oscilou de novo. Sam e Remi foram jogados para cima no banco, batendo a cabeça no teto da cabine. Remi grunhiu, lutando com o volante.

O começo da ponte estava quase chegando. No último segundo, Remi pisou fundo no freio. O freio guinchou, e o caminhão parou derrapando. Uma nuvem de poeira os envolveu.

Sam ouviu o barulho das marchas e ao olhar viu que a sua mulher estava colocando marcha à ré. — Remi, o que você está pretendendo? — perguntou.

— Brincar um pouco de ver quem se acovarda primeiro em marcha à ré.

— Arriscado.

— E diferente em quê de tudo o mais que estamos fazendo esta noite?

— *Touché* — Sam admitiu.

Remi pisou fundo no acelerador. Com um resmungo do motor, o caminhão começou a se mover para trás, lentamente a princípio, mas logo ganhando velocidade. Sam olhou pelo espelho lateral. Através da nuvem de poeira criada pela freada brusca de Remi tudo o que ele conseguiu ver do segundo caminhão eram os faróis. Ele se debruçou para fora da janela e disparou três tiros, e então de novo. O caminhão virou, fora da vista de Sam.

Com os olhos fixos no outro espelho, Remi disse: — Eles estão parando. Estão vendo a gente. Estão recuando.

Sobre o barulho do motor eles ouviram o pop-pop-pop de tiros. Eles se abaixaram. Com a cabeça abaixo do painel, Remi inclinou-se para o lado para ver melhor o espelho. O caminhão que os perseguia estava indo a toda para trás, mas a combinação do curso de colisão de Remi e dos tiros de Sam tinha claramente abalado o motorista. O caminhão ziguezagueava, e os pneus acertavam o mato ao longo da estrada.

— Prepare-se para o impacto — Remi gritou.

Sam recostou-se em seu banco e pôs os pés com força contra o painel. Um momento depois o caminhão parou com um solavanco. Remi olhou pelo espelho. — Eles estão fora da estrada.

— Não vamos ficar esperando para ver — Sam incitou.

— Certo.

Remi mudou a marcha e pisou no acelerador. De novo o começo da ponte apareceu.

— Não foi o suficiente — Remi anunciou. — Eles estão de volta à estrada.

— Persistentes, não? Mantenha o caminhão firme por um tempinho — ele disse, e abriu sua porta.

— Sam, o que você...

— Vou estar lá atrás se você precisar de mim.

Ele pendurou o rifle no pescoço e então, usando a esquadria da porta da cabine como apoio, desceu para o estribo. Com a mão livre Sam agarrou a cobertura lateral de lona e deu um impulso, soltando os encaixes. Ele agarrou a armação vertical, enganchou a perna esquerda na lateral e se jogou para dentro da caçamba. Em seguida rastejou até a parede traseira da cabine e abriu a janelinha.

— Olá — disse.

— Olá, mesmo. Segure firme, vou fechar sua porta.

Remi virou o caminhão para a direita e imediatamente para a esquerda. A porta aberta de Sam se fechou batendo. Ela perguntou — Qual é seu plano?

— Sabotagem. Qual é a distância deles?

— Cinquenta metros. Entramos na ponte em dez segundos.

— Certo.

Sam rastejou até a traseira. Sob a luz tênue, ele tateou o piso do compartimento de carga da caçamba até encontrar um dos outros rifles. Ele o pegou e soltou o seu, e então coletou apressadamente os outros cartuchos.

— Ponte! — Remi gritou. — Diminuindo a velocidade!

Sam esperou até ouvir o som sobreposto dos pneus do caminhão nas tábuas da ponte, então colocou seu torso para fora da cobertura traseira, apontou o rifle para o passadiço da ponte e abriu fogo. As balas penetraram na madeira, enfiando-se entre as falhas e mandando para o alto lascas de madeira voando. Ele abaixou de novo, trocou de cartucho e abriu fogo de novo, dessa vez alternando entre o passadiço da ponte e o caminhão se aproximando, que tinha acabado de entrar na ponte. O caminhão deles esterçou para a esquerda, bateu no corrimão e se endireitou. Sam viu um clarão laranja na janela. Um trio de balas atingiu a lataria embaixo dele. Ele se jogou de volta ao chão da caçamba. Outra salva de tiros estraçalhou a cobertura traseira e pontilhou a parede da cabine.

— Sam? — Remi chamou.

— Não funcionou!

— Isso eu já percebi!

— Qual é sua opinião quanto à destruição leviana de artefatos fósseis?

— Em geral sou contra, mas essa é uma ocasião especial!

— Ganhe algum tempo!

Remi começou a brecar, e então acelerar, com esperança de prejudicar a mira do atirador. Sam girou de barriga, tateou até achar o primeiro cabo prendendo os engradados e apertou o botão que o abria. Em pouco tempo tinha soltado o restante dos cabos. Ele arrastou-se até a traseira e soltou as travas da porta; ela caiu com estrépito.

— Soltando bombas — Sam anunciou, e empurrou o primeiro engradado para fora. Ele ricochetou no passadiço da ponte, acertou direto o para-choque do caminhão e se despedaçou inteiro. Pedaços de madeira e palha de embalagem saíram voando.

— Sem efeito — Remi avisou.

Sam recuou, apoiou o ombro na pilha inteira de engradados, colocou os pés contra a parede da cabine e começou a empurrar. Com um rangido, a pilha começou a escorregar pelo compartimento de carga. Sam fez uma pausa, encolheu as pernas e empurrou com toda a força.

A fileira de engradados escorregou pela traseira e começou a despencar em direção ao caminhão que os perseguia. Sam não esperou para ver os resultados, passando logo para a outra pilha de engradados e repetindo o processo.

Lá de trás veio o som de freios. Vidro se estilhaçando. O ruído do impacto de metal em madeira.

— Isso deu conta! — Remi gritou. — Eles pararam onde estavam!

Sam ergueu-se de joelhos e olhou pela janelinha para Remi. — Mas por quanto tempo?

Ela deu um relance a ele, ofereceu um sorriso. — Por quanto tempo eles levarem para tirar meia dúzia de engradados de debaixo dos chassis deles.

15

Hyatt Regency Hotel,
Katmandu, Nepal

SAM SAIU DO BANHEIRO com uma toalha enrolada na cintura e enxugando o cabelo com outra. — Está com fome para um bom café da manhã?

— Morrendo — respondeu Remi. Ela estava sentada numa mesa em frente de um espelho, prendendo o cabelo num rabo de cavalo. Eles usavam a toalha branca padrão do hotel.

— Serviço de quarto ou descemos para o salão?

— O tempo está perfeito. Vamos comer na varanda.

— Parece uma boa ideia. — Sam foi até uma mesinha, pegou o telefone e ligou para o serviço de quarto. — Gostaria de pedir salmão e *bagel*, ovos Benedict, uma tigela de frutas, torradas e café. — Ele esperou até a voz na cozinha repetir o pedido corretamente. Então desligou e ligou para o bar.

Quando o barman atendeu, Sam pediu: — Gostaria de dois Ramos Fizzes. Sim, Ramos Fizz.

— Você sabe como tratar uma dama.

— Não fique muito cheia de esperanças. Ele não sabe como se faz. — Sam tentou de novo.

— E quanto a um Harvey Wallbanger? É feito com vodca, Galliano e suco de laranja. Entendi, não tem Galliano. — Sam balançou a cabeça e tentou mais uma vez. — Tudo bem, mande-nos uma garrafa de Veuve Clicquot.

Remi riu. — Você realmente sabe como tratar uma dama.

— Isso é o melhor que consegue? — disse Sam ao telefone. — OK, mande-o bem gelado.

Ele colocou o fone no gancho. — Nada de champanhe. A única coisa que sobrou depois de uma convenção política foi um branco espumante da China.

— Eu não sabia que os chineses faziam coisas espumantes. — Ela olhou para ele com um sorriso sarcástico. — Isso é o melhor que consegue?

Sam deu de ombros. — Qualquer porto numa tempestade.

O telefone tocou. Sam atendeu. — Um momento. — Ele ligou o viva-voz.

— Bom dia, Rube — Sam disse.

— Para você, pode ser — Rube respondeu. — Aqui é hora do jantar. Ouvi dizer que você e sua encantadora consorte estão desfrutando de mais umas férias relaxantes.

— Tudo é relativo, Rube — Remi respondeu. — Como estão Kathy e as meninas?

— Ótimas. Estão no Chuck E. Cheese's agora. A ligação de vocês me livrou de ter de ir.

— Não se prive por nossa causa — Sam disse com um sorriso. — Podemos conversar depois.

— Ah, não, meu amigo. Não há nada mais importante do que isso. Confie em mim. OK, me informem. Estão na cadeia? Quantas leis locais já violaram?

— Não. E nenhuma, até onde a gente sabe — Remi respondeu. — Vou deixar Sam explicar.

Embora sabendo que Rube já tinha recebido alguma informação de Selma, Sam começou do zero, com Zhilan Hsu a bordo do barco deles em Pulau Legundi e terminando com a fuga do sítio arqueológico clandestino de King.

Na noite anterior, depois de terem deixado os perseguidores encalhados na ponte, Sam guiara pela escuridão, procurando placas e referências na paisagem que Remi conseguisse encontrar em seu mapa. Depois de várias horas de curvas inúteis e becos sem saída, eles por fim cruzaram um desfiladeiro na montanha — o de Laurebina — reconhecível, e não muito tempo depois chegaram aos arredores de Pheda, uns trinta e cinco quilômetros a leste do campo. Previsivelmente, encontraram a aldeia escura e deserta, exceto por uma construção de blocos de concreto e teto de zinco que era o bar local. Depois de vencer uma considerável barreira linguística, conseguiram fazer uma barganha com o proprietário: o caminhão deles pelo carro dele — um Peugeot laranja e cinza de trinta anos — e orientações para voltar a Katmandu. Um pouco antes do amanhecer, estavam no estacionamento do Hyatt Regency.

Rube ouviu a história de Sam sem dizer nada. Por fim, perguntou: — Deixe-me ver se eu entendi direito: vocês se infiltraram no campo de King, testemunharam um assassinato, criaram um tumulto com o que era provavelmente um contingente de guarda de soldados chineses e roubaram um dos caminhões deles, que por acaso estava carregado com fósseis para o mercado negro, os quais então usaram como cargas de profundidade para deter seus perseguidores. Isso cobre tudo?

— Mais ou menos — Sam disse.

Remi acrescentou: — E os trinta gigabytes de informação que coletamos.

Rube suspirou. — Sabem o que eu fiz na noite passada? Pintei nosso quarto. Vocês dois... OK, mandem-me os dados.

— Selma já está com eles. Entre em contato com ela, e ela lhe dará um link para um site de armazenagem on-line seguro.

— Entendi. Sei que meus chefes em Langley vão ficar interessados no aspecto chinês, e tenho certeza de que posso encontrar alguém no FBI interessado na operação de mercado negro de fósseis de King. Não posso prometer que disso vai resultar algo, mas vou tentar.

— É tudo o que pedimos — Sam disse.

— Há uma probabilidade mais do que média de que King já tenha mandado fechar o sítio. A essa altura, pode simplesmente ser um poço abandonado no meio da floresta.

— Sabemos disso.

— E quanto ao amigo de vocês, o Alton?

— Estamos meio esperando, meio palpitando, que encontramos o que King quer — Remi respondeu. — Ou ao menos o bastante para obter a atenção dele. Ligaremos para ele assim que terminarmos de falar com você.

— King Charlie é escória — Rube advertiu. Pessoas vieram tentando derrubá-lo toda a vida dele. Estão todas mortas ou arruinadas, e ele ainda está de pé.

Remi replicou: — Algo nos diz que o que conseguimos é de um interesse pessoal para ele.

— O Theurock...

— Theurang — Remi corrigiu. — O Homem Dourado.

— Certo. É uma aposta — Rube retrucou. — Se estiverem errados e King não estiver nem aí com o raio da coisa, tudo o que terão são alegações de comércio de fósseis no mercado negro... E, como eu disse, não há nenhuma garantia que isso seja o bastante para pegá-lo.

— Sabemos disso — Sam respondeu.

— E vocês vão jogar os dados mesmo assim.

— Vamos — disse Remi.

— Grande surpresa. Falando nisso, antes que eu esqueça, fiquei sabendo um pouco mais sobre Lewis King. Suponho que ambos ouviram falar de Heinrich Himmler?

— O melhor amigo do Hitler e psicopata nazista? — Sam perguntou. — Já ouvimos esse nome.

— Himmler e a maior parte do escalão superior do Partido Nazista eram obcecados pelo oculto, em especial no que dizia respeito à pureza ariana e ao Reich de Mil Anos. Himmler era ao que tudo indica o mais intrigado com isso. Durante a década de 1930 e a Segunda Guerra Mundial, ele patrocinou uma série de expedições científicas para os cantos mais remotos do mundo com a esperança de encontrar provas para apoiar as alegações nazistas. Uma delas, organizada em 1938, um ano antes de a guerra começar, foi enviada para o Himalaia em busca de provas de ancestralidade ariana. Querem adivinhar o nome de um dos cientistas que a lideravam?

— Lewis King — Remi respondeu.

— Ou, como ele então era conhecido, professor Lewes König.

Sam disse: — O pai de Charlie King era um nazista?

— Sim e não. Minhas fontes me informaram que ele se filiou ao partido por necessidade, não por convicção. Naquela época, se você quisesse verba do governo, precisava ser membro do partido. Há muitos relatos de cientistas que se filiaram e fizeram pesquisas ligeiras perfunctórias sobre as teorias nazistas para poder conduzir pesquisa científica pura ao mesmo tempo. Lewis King foi um perfeito exemplo disso. Segundo tudo o que se sabe, ele era um arqueólogo respeitável. Não estava nem aí com linhagens ou ancestrais arianos.

— Então por que ele foi na expedição?

— Não sei, mas o que vocês encontraram na caverna, essa coisa de Homem Dourado, é uma boa possibilidade. A menos que King esteja mentindo, parece que assim que Lewis King imigrou para os Estados Unidos ele começou a viajar pelo mundo.

— Talvez ele tenha encontrado alguma coisa durante a expedição de Himmler que instigou sua curiosidade — Sam especulou.

— Alguma coisa que ele não queria que caísse nas mãos dos nazistas — Remi acrescentou. — Ele ficou quieto, esperou a guerra acabar e então retomou seu trabalho anos depois.

— A questão é — Rube disse — por que Charlie King está retomando de onde seu pai parou? Pelo que sabemos sobre ele, nunca mostrou o menor interesse no trabalho do pai.

— Talvez seja o Theurang — Sam disse. — Talvez para ele seja só mais um fóssil para vender.

— Você pode ter razão. Se a descrição dessa coisa for mesmo remotamente acurada, deve valer uma fortuna.

Remi perguntou: — Rube, sabe-se alguma coisa quanto às acusações de nazismo contra Lewis alguma vez terem tido algum impacto em Charlie?

— Não que eu tenha descoberto. Eu acho que o sucesso dele fala por si mesmo. E considerando o quanto ele é implacável, duvido que alguém ainda tenha a coragem de levantar isso agora.

— Isso está para mudar — Sam disse. — Está na hora de invadir a zona de conforto do King Charlie.

Eles desligaram, discutiram sobre estratégia alguns minutos e então Sam ligou para a linha direta de King. O próprio atendeu no primeiro toque. — King.

— Sr. King. Sam Fargo falando.

— Estava me perguntando quando vocês iam finalmente ligar. Sua bela esposa está com você?

— Sã e salva — respondeu Remi docemente.

— Parece que nossa sociedade entrou em terreno acidentado — King disse. — Meus filhos me dizem que vocês não estão jogando direito.

— Estamos jogando direito — Sam respondeu. — Só que um jogo diferente do de vocês. Charlie, você mandou sequestrar Frank Alton?

— Sequestrar? Por que eu faria algo assim?

— Isso não é uma resposta — Remi apontou.

— Mandei Frank Alton aí para fazer um serviço para mim. Ele se meteu onde não devia, irritou as pessoas erradas. Não faço ideia de onde ele esteja.

— Outra resposta não resposta — Sam disse. — OK, vamos seguir adiante. Tudo o que você tem de fazer é escutar. Nós encontramos aquilo que você quer...

— E o que seria isso?

— Você não está ouvindo. Nós encontramos aquilo que você quer; aquilo que seu pai passou a vida inteira procurando. E, como provavelmente já adivinhou, fizemos uma visita ao seu campo de concentração no vale de Langtang.

— Não faço a menor a ideia do que você está dizendo.

— Reunimos milhares de fotos, a maioria de documentos que encontramos dando sopa no *trailer* do escritório, mas algumas delas da sua esposa, ou concubina, ou como quer que você a chame na privacidade do seu Gulfstream. Por um acaso da sorte, quando tiramos as fotos, ela estava assassinando um dos seus empregados. Temos uma fotografia do rosto dele também.

Charlie King não reagiu por longos dez segundos. Por fim suspirou. — Acho que você está cheio de merda na cabeça, Sam, mas é evidente que algo o deixou excitado. Conseguiu minha atenção.

— As primeiras coisas primeiro. Liberte Frank...

— Eu disse que eu não...

— Cale a boca. Liberte Frank Alton. Quando recebermos uma ligação dele dizendo que está seguro e incólume no conforto do lar dele, nós nos encontraremos com Russell e Marjorie e chegaremos a um entendimento.

— Agora quem é que está dizendo um monte sem dizer muito? — King retrucou.

— É o único acordo que você vai conseguir — Sam replicou.

— Desculpe, amigo, vou declinar. Acho que você está blefando.

— Fique à vontade — Sam disse, e desligou.

Ele pôs o telefone na mesa de centro. Ele e Remi se entreolharam. Ela perguntou: — Probabilidades?

— Quarenta-sessenta que vai tocar em menos de um minuto.

Ela sorriu. — Passo.

Aos cinquenta e dois segundos, o telefone de Sam tocou. Ele deixou-o tocar mais três vezes, e então atendeu. Charlie King disse: — Você daria um bom jogador de pôquer, Sam Fargo. Fico contente que pudemos chegar a um acordo. Vou fazer umas ligações para ver o que consigo descobrir sobre Frank Alton. Não posso prometer nada, é claro. Mas...

— Se não ouvirmos sobre ele em vinte e quatro horas, o acordo está desfeito.

Charlie King ficou em silêncio por alguns segundos. Então: — Fique com seu telefone por perto.

Sam desligou.

Remi perguntou: — E se King achar que estamos com as provas aqui?

— Ele é esperto demais para achar isso.

— Você acha que ele vai cumprir o acordo?

Sam assentiu. — King é esperto o bastante para ter se mantido isolado. Quem quer que tenha pegado Frank provavelmente cuidou de manter os rostos escondidos. Não haverá nenhuma pista levando até King, de modo que ele não tem nada a perder e tudo a ganhar seguindo o acordo.

— Então por que você está tão preocupado? — Remi perguntou ao marido.

— Eu estou?

— Você está com aquele olhar de esguelha.

Sam hesitou.

— Conte-me, Sam.

— Nós acabamos de vencer um dos homens mais ricos do mundo, um sociopata maníaco por controle, que chegou onde está aniquilando seus inimigos. Ele vai libertar o Frank, mas algo me diz que King está agora em seu escritório planejando um contra-ataque.

**

Houston, Texas

A TREZE MIL QUILÔMETROS DALI, Charles King estava fazendo exatamente isso.

Depois de desligar o telefone, ficou andando para lá e para cá em seu escritório, olhando fixamente à frente, mas não vendo nada a não ser sua raiva. Resmungando consigo mesmo, King foi até a janela de seu escritório e contemplou a cidade lá fora. A oeste, o sol estava se pondo.

— Muito bem, casal Fargo — ele resmungou. — Esse *round* vocês ganharam. Saboreiem. Não vai acontecer de novo. — Ele foi até a mesa e apertou com força o botão do interfone. — Marsha, ligue para Russell e Marjorie.

— Sim, Sr. King, um momento. — Trinta segundos se passaram e então: — Pai...

— Cale a boca e escute. Marjorie está aí?

— Estou aqui, papai.

— Zhilan?

— Sim, Sr. King.

— O que diabos os três idiotas acham que estão fazendo aí? Os Fargo acabaram de me ligar e me deram uma surra. Eles disseram que têm fotos de você, Zi, matando algum local no sítio em Langtang. O que aconteceu aí?

Russell respondeu. — Recebemos uma ligação esta manhã do chefe da segurança do sítio. Ele disse que encontraram um veículo suspeito e deram o alarme. Encontraram um homem inconsciente, mas nada parecia estar faltando.

— Como ele foi derrubado?

— Eles não têm certeza. Ele pode ter caído.

— Besteira! Vocês tinham algum carregamento pendente?

— Dois caminhões — respondeu Marjorie. — Assim que o alarme soou, eles foram evacuados pelos homens do coronel Zhou. É o procedimento padrão, papai.

— Não me venha com lições, menina. Os caminhões chegaram ao ponto de transferência?

Russell respondeu: — Não temos confirmação ainda, mas dando margem a atrasos...

— Você está presumindo. Não presuma nada. Pegue o telefone e encontre esses caminhões.

— Sim, papai.

— Zi, e quanto a isso da morte? É verdade?

— Sim. Um dos trabalhadores foi pego roubando. Eu tinha de dar um exemplo. Já deram um fim no corpo.

King fez uma pausa, e então grunhiu. — OK, então. Bom trabalho. Quanto a vocês dois palermas... Os Fargo me disseram que estão com o Homem Dourado.

— Como? — Marjorie perguntou. — Onde?

— Eles têm de estar mentindo — Russell acrescentou.

— Talvez estejam, mas esse tipo de coisa é o ramo deles. É por isso que os meti nisso. Imagino que nós os subestimamos. Achei que Alton seria o bastante para mantê-los na linha.

Marjorie disse: — Não seja tão duro consigo mesmo, papai.

— Cale a boca. Temos de supor que eles estão falando a verdade. Eles querem que Alton seja libertado. De algum modo ele conseguiu ver alguma coisa ou identificar alguém?

Zhilan respondeu. — Eu fui verificar isso quando cheguei, Sr. King. Alton não sabe de nada.

— OK. Tratem de ir lá resgatá-lo. Alimentem-no, limpem-no e ponham-no no Gulfstream. Os Fargo disseram que assim que Alton estiver em casa, irão se encontrar com Russell e Marjorie para falar sobre entregar o... o sei-lá-como-é-que-chama.

— Não podemos confiar neles, papai — disse Russell.

— Eu sei disso, idiota. Tratem só de pôr Alton no jato e deixem o resto comigo. Os Fargo querem jogar duro? Eles estão para ver como esse jogo pode ser duro.

16

Aldeia de Jomsom,
Zona Dhawalagiri, Nepal

O MONOMOTOR PIPER CUB inclinou-se acentuadamente e desceu três mil pés. Sentados em lados opostos do corredor, Sam e Remi ficaram olhando os rochedos cinzentos parecendo engolir o avião ao se alinhar para a aproximação final para a pista de pouso. Acima e além dos penhascos se erguiam os picos escuros e nevados das cadeias Dhawalagiri e Nilgiri, com seus cumes mais altos ocultos por montanhas.

Embora eles tivessem saído de Katmandu apenas uma hora antes, a chegada deles ali era só o começo da jornada: o restante iria levar doze horas na estrada. Como com tudo no Nepal, as distâncias conforme medidas no mapa eram praticamente inúteis. O destino final deles, a antiga capital do Reino de Mustang, Lo Monthang, ficava a apenas duzentos e vinte quilômetros a noroeste de Katmandu, mas era inacessível por ar. Em vez disso, o avião fretado iria deixá-los ali, em Jomsom, cento e noventa quilômetros a leste de Katmandu. Eles iriam então seguir o vale do rio Kali em direção ao norte por mais oitenta quilômetros até Lo Monthang, onde seriam recebidos pelo contato local de Sushant Dharel.

Para Sam e Remi, era bom estar longe da relativa agitação de Katmandu e, com sorte, fora do alcance do clã King.

O avião continuou a descer, rapidamente perdendo velocidade até estar, Sam estimou, voando a apenas uns poucos nós acima da velocidade de estol. Remi olhou para o marido com ar inquisidor. Ele sorriu e disse: — Pista curta. É ou perder velocidade aqui em cima ou pisar fundo no breque lá embaixo.

— Ah, que bom.

Com um sacolejo e cantando os pneus, os trens de pouso tocaram o asfalto, e logo eles estavam indo em direção a uma aglomeração de construções na extremidade sul da pista. O avião freou, e a hélice começou a parar. Sam e Remi pegaram as mochilas e foram até a porta, que já estava aberta. Um atendente de solo de macacão azul sorriu e indicou a escadinha sob a porta. Remi desceu, seguida por Sam.

Eles começaram a andar em direção ao prédio do terminal. À direita deles, um grupo de cabras pastava a grama amarelada junto ao hangar. Além deles, numa estrada de terra, podiam ver uma fila de bois almiscarados sendo conduzidos por um velho com um gorro vermelho e calças verdes. Ocasionalmente, ele cutucava com um cajado um boi que se desviava e fazia um estalido com a boca.

Remi fechou a parca mais junto do pescoço e disse: — Acho que isso pode ser qualificado como revigorante.

— Eu estava para escolher estimulante — Sam replicou. — Estamos numa altitude de uns três mil metros, mas é bem menos protegido.

— E tem muito mais vento.

Como para enfatizar a observação de Remi, uma lufada fustigou a pista. Nuvens de poeira ocre obscureceram a visão deles por alguns segundos antes de assentar, revelando mais detalhadamente a paisagem atrás das construções do aeroporto. Com muitas centenas de metros de altura, os penhascos cinzento-amarelados eram profundamente sulcados de alto a baixo, como se fossem esculpidos por pontas de dedos gigantescas. Alisados pelo tempo e a erosão, os padrões pareciam quase feitos pelo homem, como as paredes de alguma fortaleza antiga.

Por trás deles uma voz disse: — A maior parte de Mustang é assim. Pelo menos nas elevações mais baixas.

Sam e Remi pararam e se voltaram; deram com um homem de 20 e poucos anos de cabelos louros desgrenhados sorrindo para eles. Ele perguntou: — Primeira vez?

— É — Sam respondeu. — Mas não é o seu caso, posso apostar.

— Quinta vez. Sou um viciado em trilhas, acho que seria o caso de dizer. Jomsom é uma espécie de base para as trilhas dessa região. Meu nome é Wally.

Sam apresentou-os a ele, e o trio continuou andando para os prédios do terminal. Wally apontou para vários grupos de pessoas ao longo da borda da pista. A maioria estava vestida com parcas de cores brilhantes e tinham ao lado mochilas competentes.

— Colegas de trilha? — perguntou Remi.

— Isso. Um monte de rostos conhecidos, também. Fazemos parte da economia local, acho que se poderia dizer. A temporada de trilhas mantém este lugar vivo. Impossível ir a parte alguma sem ser através de uma agência de guias.

— E você preferiria que não fosse assim?— perguntou Sam.

— Há uma companhia de soldados do exército nepalês posicionada aqui — Wally respondeu. — É meio que uma exploração, mas não dá para culpá-los. A maioria dessas pessoas ganha menos num ano do que nós em uma semana. Não é tão ruim assim. Se você provar que sabe o que está fazendo, a maioria dos guias apenas o acompanha e fica fora do caminho.

De um grupo de trilheiros próximo uma mulher chamou: — Ei, Wally, estamos aqui!

Ele se voltou, acenou para ela e então perguntou para Sam e Remi: — Para onde estão indo?

— Lo Monthang.

— Lugar legal. É realmente medieval, cara. Uma verdadeira máquina do tempo. Já arranjaram um guia?

Sam assentiu. — Nosso contato em Katmandu providenciou isso.

Remi perguntou: — Quanto tempo leva para chegar lá? De acordo com o mapa, são...

— Mapas! — Wally interrompeu, rindo brevemente. — Não são ruins, até que corretos na horizontal, mas o terreno aqui é como um pedaço de jornal amarrotado que só foi alisado pela metade. Tudo muda. Um dia você pode passar por um lugar que é ótimo e plano, no dia seguinte está meio entupido por um deslizamento de terra. O guia de vocês vai provavelmente seguir a garganta do rio Kali Gandaki a maior parte do tempo, deve estar quase toda seca agora, de modo que vocês devem supor uns noventa e cinco quilômetros no total. Pelo menos doze horas de carro.

— O que quer dizer passar a noite — Sam disse.

— Isso. Pergunte ao seu guia. Ele ou vai ter uma boa tenda preparada ou uma cabana de trilheiro reservada para vocês. Vocês vão ficar encantados. A trilha que segue a garganta do Kali Gandaki é a mais profunda do mundo. De um lado, você tem as montanhas da Annapurna, de outro, a Dhawalagiri. No meio, oito das vinte montanhas mais altas do mundo! A trilha na garganta é como um cruzamento de Utah com Marte, cara! Só os estupas e as cavernas...

A mulher chamou de novo: — Wally!

Ele disse para Sam e Remi: — Ei, eu tenho de ir. Foi um prazer conhecê-los. Viajem com segurança. E fiquem longe dos engasgos depois do pôr do sol.

Eles trocaram apertos de mãos, e Wally saiu correndo para seu grupo.

Sam gritou: — Engasgos?

— O guia de vocês vai explicar! — Wally gritou de volta por cima do ombro.

Sam voltou-se para Remi: — Estupas?

— Monumentos religiosos. São essencialmente relicários, estruturas em forma de monte que contêm artefatos sagrados budistas.

— De que tamanho?

— Vão do tamanho de um anão de jardim ao de uma catedral. Um dos maiores fica lá em Katmandu, aliás. O Bodanath.

— O domo com todas as flâmulas de oração?

— Esse mesmo. Mustang tem uma enorme concentração deles, a maioria do tamanho de anões de jardim. Algumas estimativas colocam o número na casa dos milhares, e isso é só ao longo do rio Kali Gandaki. Até uns poucos anos atrás, Mustang era praticamente interditado para o turismo por medo de profanações.

— Fargo! — uma voz masculina chamou. — Fargo!

Um homem nepalês careca abriu caminho entre uma multidão de trilheiros e veio trotando até eles, ofegante. — São os Fargo, sim?

— Sim — Sam respondeu.

— Meu nome é Basanta Thule — o homem retrucou num inglês correto. — Sou o guia de vocês, sim?

— Você é um amigo de Pradhan? — Remi perguntou.

O homem apertou os olhos. — Não sei quem é esse aí. O Sr. Sushant Dharel me pediu para me encontrar com vocês. Vocês estavam esperando outra pessoa? Aqui, eu tenho identificação... — Thule levou a mão ao bolso lateral de sua jaqueta.

— Não, tudo bem — Sam replicou com um sorriso. — Prazer em conhecê-lo.

— Igualmente. Pronto, eu levo essas.

Thule pegou as mochilas e fez um gesto com a cabeça em direção ao prédio do terminal. — Meu veículo está nessa direção. Sigam, por favor. — Ele se foi rapidamente.

Sam disse para Remi: — Muito astucioso, Srta. Bond.

— Estou ficando paranoica com a idade?

— Não — Sam respondeu com um sorriso. — Só mais bonita. Venha, vamos alcançá-lo antes que fiquemos sem guia.

**

Depois de uma passagem ritual na alfândega para satisfazer o que Sam e Remi imaginaram ser a crença firme embora tácita de Mustang em seu estatuto semiautônomo, Sam e Remi saíram do terminal e encontraram Thule na calçada ao lado de um Toyota Land Cruiser. A julgar pelas dúzias de veículos quase idênticos em fila na rua, cada um parecendo ter o logotipo de uma agência de trilhas diferente, o Toyota era o quatro rodas predileto da região. Thule sorriu para eles, enfiou o restante da mochila de Sam na área de carga do Toyota e fechou a porta.

— Providenciei acomodações para a noite — Thule anunciou.

— Não vamos partir para Lo Monthang imediatamente? — Remi perguntou.

— Não, não. Muita má sorte começar uma jornada a essa hora do dia. Melhor começar amanhã de manhã. Vocês vão comer e descansar e desfrutar de Jomsom, e então partimos logo cedo amanhã. Vamos, vamos...

— Preferíamos partir agora — Sam disse, sem se mover.

Thule se deteve. Ele repuxou os lábios, pensando por um instante, e então disse: — A escolha é de vocês, é claro, mas o deslizamento de terra não vai estar limpo até amanhã de manhã.

— Que deslizamento? — inquiriu Remi.

— Sim, entre aqui e Kagbeni. Não vamos conseguir chegar mais do que alguns quilômetros vale acima. E então vai ter o congestionamento, é claro. Muitos trilheiros em Mustang agora. Melhor esperar até amanhã, sim? — Thule abriu uma das portas traseiras do Toyota e fez um floreio convidando-os a entrar.

Sam e Remi se entreolharam, deram de ombros e entraram no SUV.

**

DEPOIS DE DEZ MINUTOS do Toyota percorrendo as sinuosas e estreitas ruas, Thule parou em frente de um prédio alguns quilômetros ao sul da pista de pouso. A placa de letras marrons sobre fundo amarelo dizia "Pousada Luar. Banheiras — Quartos com banheiros anexos — Banheiros coletivos".

Com um sorriso e uma sobrancelha erguida, Remi disse: — Parece que banheiros são a grande atração em Jomsom.

— E arquitetura monocromática — Sam acrescentou.

Do banco da frente Thule disse: — De fato. Jomsom oferece as melhores acomodações na região.

Sam saiu, apressou-se até a porta de Remi e a abriu. Ele ofereceu a mão para ela. Ela graciosamente a aceitou e desceu, seguida por Sam.

Thule disse: — Vou pegar a bagagem de vocês. Entrem. Madame Roja os receberá.

**

CINCO MINUTOS DEPOIS estavam na Suíte Executiva Real da Pousada Luar, completa com uma cama larga e uma área de estar repleta de uma variedade de móveis de jardim de vime. Como madame Roja prometera, o banheiro deles era de fato anexo à suíte deles.

— Voltarei para encontrá-los às onze da manhã amanhã, sim? — Thule dissera da porta.

— Por que tão tarde? — Sam perguntou.

— O deslizamento de terra vai...

— O congestionamento — Sam terminou. — Obrigado, Sr. Thule. Até amanhã, então.

Sam fechou a porta. Do banheiro ele ouviu Remi dizer: — Sam, venha ver isso.

Ele encontrou Remi de olhos arregalados diante de uma gigantesca banheira de cobre com pés em forma de patas. — É uma Beasley.

— Eu acho que o termo mais usual é "banheira", Remi.

— Muito engraçado. Beasleys são raras, Sam. A última foi fabricada no fim do século dezenove. Você faz alguma ideia do quanto essa aí vale?

— Não, mas algo me diz que você faz.

— Doze mil dólares, mais ou menos. Isso é um tesouro, Sam.

— E tem o tamanho de um Studebaker. Nem pense em tentar enfiá-la no seu *nécessaire*.

Remi tirou os olhos da banheira e olhou para ele maliciosamente. — É grande, não é?

Sam devolveu o sorriso. — De fato.

— Gostaria de ser o meu salva-vidas?

— Às suas ordens, madame.

**

Uma hora depois, limpos e felizes e com a pele enrugada, eles se instalaram na área de estar. Pelas janelas da varanda podiam ver os picos da Annapurna ao longe.

Sam verificou seu telefone. — Tem recado — ele disse. Ouviu-o, deu uma piscadela para Remi e discou de novo. A voz de Selma surgiu no alto-falante trinta segundo depois. — Onde vocês estão?

— Na terra do vime e do cobre — Sam respondeu.

— Como?

— Nada. Você tem boas notícias para nós?

— Tenho, espere.

Um instante depois uma voz masculina surgiu na linha. Era Frank Alton. — Sam, Remi... Não sei como vocês conseguiram, mas devo a minha vida a vocês.

— Bobagem — Remi replicou. — Você salvou a nossa na Bolívia mais de uma vez.

— Você está bem? — Sam perguntou.

— Alguns calombos e ferimentos, mas nada permanente.

— Você já viu Judy e as crianças?

— Sim, assim que cheguei em casa.

Sam disse: — Selma, como estão as coisas?

— Absolutamente terríveis — ela respondeu.

— Folgo em saber.

Com base num saudável respeito ao alcance de Charles King, e talvez um toque de paranoia, Sam e Remi tinham instituído o "regime de alerta"; tivesse Selma ou qualquer um deles estado na mira de uma arma ou de algum outro modo em perigo, uma resposta que não fosse "terrível" teria soado o alarme.

Remi disse: — Frank, o que você pode nos contar?

— Não muito mais do que vocês já sabem, receio. Selma me deixou a par. Embora eu concorde que King é uma víbora e não está dizendo a verdade toda, não tenho provas de que ele esteve por trás de meu sequestro. Fui derrubado e agarrado na rua. Nem cheguei a ver o que me atingiu. Não sei dizer onde fiquei prisioneiro. Quando acordei, estava vendado até me tirarem de novo da caminhonete. Quando tirei a venda, eu estava parado de pé em frente dos degraus de um jato Gulfstream.

— Falando em sinistro, você conheceu os gêmeos King?

— Ah, aqueles dois. Eles estavam me esperando no aeroporto. Achei que tinha entrado num *remake* do Tim Burton de *A família Adams.* Imagino que eles sejam o produto de King e sua Dama Dragão?

— São — Sam replicou. — Qual é sua opinião quanto a Lewis King?

— Cem para um que ele está morto faz décadas. Eu acho que era só isca para vocês dois.

— O que pensamos também — Remi concordou. — Ainda estamos trabalhando nos detalhes, mas achamos que tem alguma coisa a ver com uma velha lenda do Himalaia.

— O Homem Dourado — replicou Frank.

— Isso. O Theurang.

— Pelo pouco que consegui saber antes de ser capturado, era disso que Lewis King estava atrás quando desapareceu. Ele estava obcecado por ele. Se a coisa é real ou não, eu não sei.

— Nós achamos que é — Sam retrucou. — Estamos indo encontrar com um homem em Lo Mothang amanhã. Com alguma sorte, ele será capaz de esclarecer um pouco mais sobre o mistério.

17

Garganta do Kali Gandaki,
Zona Dhawalagiri, Nepal

Pela quarta vez em uma hora, Basanta Thule parou o Toyota Land Cruiser, os pneus esmagando o cascalho que cobria o fundo do vale. Lá em cima, o céu era de um azul real sem uma única nuvem. O ar seco estava perfeitamente imóvel.

— Mais estupas — Thule anunciou apontando para fora da janela. — Ali... e ali. Estão vendo?

— Estamos — Sam respondeu, ele e Remi olhavam pela janela aberta de Sam. Logo depois de saírem de Jomsom naquela manhã, cometeram o erro de expressar um interesse por estupas; então, Thule assumira como sua missão apontar cada um deles. Eles tinham percorrido menos de três quilômetros desde a saída.

Por polidez, Sam e Remi desceram, caminharam em volta e tiraram algumas fotos. Embora nenhuma das estupas fosse mais alta do que um ou dois metros, eram mesmo assim impressionantes: templos em miniatura pintados de branco como a neve, instalados na crista sobre a garganta, como sentinelas silenciosas.

Eles voltaram ao Toyota e partiram de novo, seguindo em silêncio por algum tempo até Remi perguntar: — Onde está o deslizamento?

Houve uma longa pausa. — Passamos por ele já faz algum tempo — Thule respondeu.

— Onde?

— Vinte minutos atrás... A encosta de cascalho solto junto ao rochedo que vimos. Não precisa de muito para bloquear o caminho, sabe.

**

Depois de mais uma pausa para o almoço — e uma parada para olhar estupas que Sam e Remi declararam com tato que seria a última — eles continuaram para o norte, seguindo o curso ziguezagueante do Kali Gandaki e passando por uma série de aldeias que eram virtualmente indistinguíveis de Jomsom. Ocasionalmente viam trilheiros nos sopés mais acima, como formigas na montanha.

Logo depois das cinco da tarde, eles entraram numa seção mais estreita da garganta. Os penhascos se elevando a quinze metros acima deles se fecharam, e o sol diminuiu. O ar que entrava pela janela aberta de Sam ficou gelado. Por fim, depois de reduzirem para uma velocidade de caminhada, Thule conduziu-os através de um arco de rocha pouco maior que o Toyota e então por um túnel sinuoso. Os pneus chapinhavam na corrente e ecoavam nas paredes.

Cinquenta metros depois entraram numa clareira comprida, medindo doze metros de largura e quatrocentos de comprimento. No lado norte da garganta havia uma segunda abertura na rocha. À direita, o rio borbulhava em uma seção cortada do rochedo.

Thule virou para a esquerda, fez um amplo círculo de modo a deixar a frente do Toyota voltada para o lado de onde tinham vindo e parou. — Vamos acampar aqui — ele anunciou. — Ficaremos protegidos do vento.

— Por que tão cedo?

Thule virou-se no banco e deu a eles um amplo sorriso. — Aqui a noite cai depressa, junto com a temperatura. Melhor ter os abrigos de pé e o fogo aceso antes que escureça.

**

Com os três trabalhando juntos, eles rapidamente puseram de pé os abrigos — um par de velhas tendas Vango em estilo de acampamento militar — e os deixaram prontos para ser ocupados, completos com colchões de *eggshell* e sacos de dormir para temperaturas abaixo de zero. Enquanto Thule fazia uma pequena fogueira, Sam acendeu um trio de lampiões de querosene que ficavam pendurados em postes no limite do acampamento deles. Empunhando uma lanterna, Remi estava dando uma volta na garganta. Thule mencionara que no passado trilheiros tinham encontrado pegadas do Kang Admi naquela região da garganta. Traduzido aproximadamente como "homem de neve", o termo era um de muitos usados para descrever o Yeti, a versão do Himalaia do Pé Grande. Embora não acreditassem piamente na lenda, os Fargo tinham encontrado suficientes esquisitices em suas viagens para não descartá-la assim sem mais nem menos; Remi decidira entregar-se à sua curiosidade.

Depois de vinte minutos, ela voltou ao clarão amarelo dos lampiões em volta do acampamento. Sam entregou-lhe um gorro de lã e perguntou: — Alguma sorte?

— Nem mesmo o sinal de um dedão do pé — Remi respondeu, aninhando umas mechas de cabelo castanho-avermelhado sob o gorro.

— Não perca a esperança — Thule observou, ao lado da fogueira. — Pode ser que dê para ouvir o chamado dele durante a noite.

— E o que devemos esperar ouvir? — Sam perguntou.

— Isso depende da pessoa, sim? Quando criança, eu ouvi o grito uma vez. Soou como... parte homem, parte urso. De fato, uma das palavras tibetanas para Yeti é "Meh-teh", "homem-urso".

— Sr. Thule, isso soa mais como invenção para engabelar turistas — Remi disse.

— De jeito nenhum, senhora. Eu ouvi. Conheço gente que viu. Conheço gente que viu as pegadas. Eu pessoalmente vi um boi almiscarado cuja cabeça tinha sido...

— Já entendemos — Remi interrompeu. — O que temos para jantar?

**

O JANTAR CONSISTIA DE REFEIÇÕES prontas desidratadas que ao serem misturadas com água fervente transformaram-se numa espécie de *goulash*. Sam e Remi já tinham provado piores, mas só por uma margem estreita. Depois que terminaram de comer, Thule se redimiu com canecos fumegantes de *tongba*, um chá nepalês de sorgo levemente alcoólico, que eles tomaram enquanto a noite envolvia a garganta. Conversaram um pouco e ficaram sentados em silêncio por outros trinta minutos, antes de reduzir os lampiões do acampamento e se retirarem para suas tendas.

**

UMA VEZ INSTALADOS em seus sacos de dormir, Remi ficou lendo um guia de trilhas que baixara em seu iPad enquanto Sam estudava o mapa da região sob a luz de uma lanterna.

Remi sussurrou: — Sam, lembra do que Wally mencionou no aeroporto sobre "os engasgos"? Acabamos não perguntando a Thule.

— Amanhã de manhã.

— Eu acho que agora seria melhor — ela retrucou, e entregou a Sam seu iPad. Ela apontou uma seção do texto. Ele leu:

Conhecidos coloquialmente como "os engasgos", essas ravinas estreitas que se encontram ao longo da garganta do Kali Gandaki podem ser traiçoeiras na primavera. De noite, água derretida escorrendo das montanhas em volta com frequência resulta em trombas d'água inundando com pouca advertência as ravinas, chegando a uma altura de...

Sam parou de ler, entregou o iPad de volta para Remi e sussurrou: — Guarde suas coisas. Só o essencial. Silenciosamente. — Então, em voz alta, chamou: — Sr. Thule?

Nada de resposta.

— Sr. Thule?

Depois de alguns momentos, ouviram botas no cascalho, seguido por: — Sim, Sr. Fargo?

— Fale-nos sobre os engasgos.

Uma longa pausa. — Hum... Receio não ter familiaridade com essa expressão.

Mais barulho no cascalho, o inconfundível som de uma das portas do Toyota sendo aberta.

Apressando-se agora, Sam abriu o zíper de seu saco de dormir e saiu dele. Já praticamente vestido, ele agarrou a jaqueta, colocou-a e silenciosamente abriu o zíper da tenda. Esgueirou para fora, olhou para a esquerda e para a direita e se levantou. A nove metros dali conseguia distinguir a silhueta de Thule debruçando-se para dentro da porta do motorista do Toyota aberta. Ele estava remexendo no interior. De pé, Sam começou a se esgueirar na direção do Toyota. Estava a seis metros quando parou repentinamente e inclinou a cabeça.

Tenuemente a princípio, ele ouviu água correndo. Através da ravina podia ver que a corrente estava se agitando, água branca lambendo as paredes do rochedo.

Por trás dele, Sam ouviu um estalar de língua e se voltou para ver Remi pondo a cabeça para fora da tenda. Ela fez-lhe um sinal de positivo com o polegar, e ele respondeu com a palma aberta: *espere.*

Sam se esgueirou em direção ao Toyota. Quando a distância diminuiu para três metros, abaixou-se e continuou, inclinado, dando a volta no para-choque traseiro indo em direção ao lado do motorista. Sam parou, espiou para lá.

Thule ainda estava inclinado dentro do Toyota, somente com as pernas visíveis. Sam avaliou a distância entre eles: um metro e meio. Ele estendeu a perna, cuidadosamente firmou o pé e começou a deslocar seu peso para a frente.

Thule virou-se abruptamente. Em sua mão havia um revólver de aço inoxidável.

— Pare, Sr. Fargo.

Sam parou.

— Levante-se. — A fala encantadoramente estrangeira de Thule desaparecera. Apenas um leve sotaque ficara.

Sam se levantou. E disse: — Algo me diz que devíamos ter verificado sua identidade quando ofereceu.

— Isso teria sido sábio.

— Quanto lhe pagaram?

— Para pessoas ricas como vocês, uma ninharia. Para mim, o equivalente a cinco anos de salários. Quer me oferecer mais?

— Adiantaria alguma coisa?

— Não. As pessoas deixaram claro o que aconteceria comigo se eu as traísse.

Pelo canto do olho, Sam podia ver que o rio tinha começado a se expandir para fora e, bem lá atrás, a corrente de água estava aumentando em volume. Sam sabia que precisava ganhar tempo. Com sorte, o homem diante dele baixaria a guarda, mesmo que só momentaneamente.

— Onde está o verdadeiro Thule? — Sam perguntou.

— Sessenta centímetros à sua direita.

— Você o matou.

— Fazia parte do serviço. Quando as águas baixarem, ele será encontrado junto com você e sua mulher, a cabeça esmagada pelas pedras.

— Junto com você.

— Como?

— A menos que você tenha um cabo de ignição de reserva em algum lugar — Sam respondeu, batendo no bolso da jaqueta.

Num impulso, os olhos de Thule se desviaram para o interior do Toyota. Antecipando isso, Sam tinha começado a se mover já ao bater no bolso. Ele estava no meio do ataque, as mãos a trinta centímetros de Thule, quando o homem se voltou, golpeando-o com a coronha do revólver; acertou Sam no alto da testa, um golpe de raspão que mesmo assim fez o sangue jorrar do couro cabeludo. Ele cambaleou para trás e caiu de joelhos, ofegando.

Thule deu um passo à frente e levantou a perna. Sam viu o chute vindo e se preparou ao mesmo tempo que tentava rolar para longe dele. O peito do pé de Thule acertou-o no flanco e o derrubou de costas.

— Sam! — gritou Remi.

Ele girou a cabeça para a direita e viu Remi correndo na direção dele.

— Pegue as coisas! — Sam gritou. — Siga-me!

— Seguir você? Seguir para onde?

O motor do Toyota roncou.

Movendo-se por instinto, Sam rolou de barriga, ficou de joelhos e se pôs de pé. Ele cambaleou até o lampião mais perto, uns dois metros à esquerda. Em meio à névoa de dor em sua visão ele viu, lá atrás na ravina, uma onda de seis metros de água branca borbulhando pela abertura. Sam arrancou o lampião do poste com a mão esquerda, se virou de novo na direção do

Toyota e forçou suas pernas a correr o mais que podiam.

A marcha do Toyota foi engatada, as rodas espirraram cascalho, acertando as pernas de Sam. Ele ignorou e continuou se movendo. Quando o Toyota avançou, Sam pulou. Sua perna esquerda pousou no para-choque traseiro. Ele agarrou com a mão direita o rack no teto.

O Toyota investiu para a frente, a traseira derrapando no cascalho e jogando Sam de um lado para o outro. Ele segurou firme, puxando-se para mais perto da porta de carga. Thule endireitou o Toyota e acelerou em direção à entrada da ravina, agora cinquenta metros à frente. Sam enfiou a alça do lampião entre os dentes e usou a mão esquerda para virar o botão do pavio. A chama vacilou, e então ficou mais forte. Ele pegou o lampião de novo na mão esquerda.

— Só uma chance — Sam murmurou para si mesmo.

Ele respirou fundo, deixou o lampião pendurado na distância do braço, então o arremessou como uma granada. O lampião girou para cima sobre o teto do Toyota e caiu no capô, despedaçando-se. Querosene em chamas se espalhou pelo para-brisa.

O efeito foi imediato e dramático. Aturdido pela onda de fogo no para-brisa, Thule entrou em pânico, puxando o volante primeiro para a esquerda, depois para a direita, movimento duplo que ergueu o Toyota em só duas rodas. Sam não conseguiu mais se segurar. Sentiu-se voando. Viu o chão se precipitando em direção a ele. Juntou o corpo numa bola no último instante, chocou-se com o solo no quadril e se deixou rolar. Ouviu uma colisão: vidro se estilhaçando e metal se partindo. Ele rolou no chão, piscou para clarear a visão.

O Toyota tinha colidido com a dianteira enfiada no estreito arco de rocha.

Sam ouviu passos, e então a voz de Remi, ajoelhando-se ao lado dele:
— Sam! Sam! Você está ferido?

— Não sei. Acho que não.

— Você está sangrando.

Sam tocou a testa com os dedos e olhou para o sangue. — Ferida no couro cabeludo — ele murmurou. Pegou um punhado de terra do chão e pressionou na ferida.

Remi disse: — Sam, não...

— Viu? Melhorou.

— Quebrou alguma coisa?

— Não que eu saiba. Ajude-me a levantar.

Ela enfiou-se por baixo do ombro dele, e os dois ficaram de pé juntos.

Sam perguntou: — Onde está...

Em resposta à pergunta dele, a água molhou seus pés. Em segundos, subiu até os tornozelos.

— Falando no diabo — Sam disse. Ao mesmo tempo se viraram. A água se precipitava pela extremidade norte da ravina.

A água estava correndo em volta do tornozelo de ambos.

— Está fria — Remi disse.

— Fria nem mesmo começa a descrevê-la — Sam replicou. — Nossas coisas?

— Tudo que é importante está em minha mochila — Remi respondeu, virando o ombro para que ele a pudesse ver. — Ele está morto?

— Ou isso ou inconsciente. Senão, acho que estaria atirando em nós a essa altura. Precisamos pôr essa coisa para funcionar. É nossa única chance de escapar da inundação.

Foram até o Toyota, Remi ia à frente e Sam mancando atrás dela. Ela foi mais devagar ao se aproximar da traseira, esgueirou-se até a porta do motorista e espiou dentro.

Ela gritou: — Está desacordado.

Sam chegou até lá, e juntos puxaram Thule para fora. Ele mergulhou na água.

Para a pergunta não feita de Remi Sam respondeu: — Não podemos nos preocupar com ele. Num minuto ou menos tudo aqui vai estar debaixo de água.

Remi entrou no Toyota e passou para o banco do passageiro. Sam a seguiu e fechou a porta atrás de si. Ele girou a chave. A ignição gemeu e estalou, mas o motor se recusou a dar partida.

— Vamos... — Sam murmurou.

Ele virou a chave de novo. O motor pegou, falhou, morreu.

— Mais uma vez — Remi disse, deu a ele um sorriso e cruzou os dedos.

Sam fechou os olhos, respirou fundo e virou a chave novamente.

A ignição funcionou, o motor tossiu uma, duas vezes, e então roncou ao funcionar.

Sam estava para engatar a marcha quando sentiram o Toyota se jogar para a frente. Remi se virou no banco e viu a água lambendo a borda inferior da porta.

— Sam... — Remi avisou.

Com os olhos no retrovisor, Sam respondeu: — Estou vendo.

Ele colocou em marcha à ré e pisou no acelerador. A transmissão quatro-rodas do Toyota entrou em ação. O veículo começou a recuar lentamente, as laterais rangendo ao serem arrastadas na rocha.

Foram empurrados para a frente de novo.

— Estou perdendo tração — Sam disse, preocupado com que a água que subia afogasse o motor.

Ele pisou no acelerador de novo, e de novo sentiram os pneus pegando, só para ceder novamente.

Sam esmurrou a direção. — Droga!

— Estamos flutuando — Remi disse.

Mal as palavras saíram de sua boca, o capô do Toyota foi sendo empurrado mais fundo na abertura. Pesado na frente por causa do motor, o veículo começou a se inclinar para a frente com a água fazendo a traseira subir.

Sam e Remi ficaram em silêncio por um instante, ouvindo a água correr em volta do carro e se segurando no painel enquanto o Toyota continuava a se inclinar.

— Quanto tempo sobreviveremos na água? — Remi perguntou.

— Supondo que não sejamos imediatamente esmagados? Cinco minutos até o frio nos pegar; depois disso, perdemos o controle motor e afundamos.

A água começou a vazar pelas portas.

Remi disse: — Não vamos fazer isso, então.

— Certo. — Sam fechou os olhos pensando. Então: — O guincho. Temos um em cada para-choque.

Ele procurou os controles no painel. Encontrou uma alavanca marcada Rear (traseira) e a puxou de Off (desligado) para Neutral (ponto morto). Ele disse para Remi: — Quando eu disser, ponha em Engage (travar).

— Você acha que tem força o bastante para nos puxar?

— Não — Sam respondeu. — Preciso de uma lanterna de cabeça.

Remi remexeu na mochila e tirou uma lanterna. Sam a colocou na cabeça, deu a ela um rápido beijo no rosto e pulou por cima do banco, usando o encosto da cabeça como apoio. Ele repetiu a manobra até estar na área de carga do Toyota. Em seguida soltou o fecho da janela, a empurrou e então, com as costas apoiadas no banco, chutou-a até o vidro se soltar das dobradiças e mergulhar na água. Sam se levantou. Embaixo, a água corria sob o chassi do Toyota. Névoa gélida subia em volta dele.

Remi gritou: — O motor morreu.

Sam dobrou-se na cintura, estendeu a mão e agarrou o gancho do guincho com as duas mãos. Mão sobre mão, começou a puxar para cima.

O guincho parou.

— Suba até onde estou!

Remi passou por cima do banco dianteiro, foi para a traseira, pegou a mochila, passou-a para Sam, então usou o braço estendido dele para subir para a área de carga.

— Não! — ela gritou.

— Que foi?

Sam olhou para baixo. O facho de sua lanterna iluminou uma fantasmagórica face branca apertada contra um saco plástico.

— Desculpe — Sam disse. — Esqueci de lhe contar. Conheça o verdadeiro Sr. Thule.

— Pobre homem.

O Toyota estremeceu, escorregou de lado um pouco mais de um metro e parou, enfiado firmemente no arco de rocha e perfeitamente na vertical.

Remi desviou os olhos da face do homem morto e disse: — Suponho que vamos escalar de novo.

— Se tivermos sorte.

Sam espiou a porta traseira. A água tinha envolvido os pneus traseiros.

— Quanto tempo? — ela perguntou;

— Dois minutos. Ajude-me.

Ele virou o corpo de lado, e Remi o ajudou a colocar a mochila. Em seguida, pôs a perna direita sobre a porta traseira, então a direita, e lentamente se pôs de pé, os braços abertos para se equilibrar. Uma vez firmado, ele iluminou com a lanterna a rocha ao lado do Toyota.

Foram necessárias três passadas até encontrar o que precisava: uma fissura vertical de seis centímetros, quatro metros e meio acima deles e um metro à direita. Acima disso, uma série de apoios para as mãos que levava ao topo do rochedo.

— OK, passe aqui para cima — Sam disse para Remi.

Ela estendeu o gancho do guincho na direção dele. Ele se inclinou e o agarrou. Seu pé escorregou, e Sam caiu num joelho. Mas retomou o equilíbrio e ficou ereto de novo, dessa vez com o braço direito apoiado no rack no teto do Toyota.

— Acerte o laço, caubói — Remi disse com um sorriso corajoso.

Com o gancho pendendo de sua mão direita, Sam balançou o cabo como uma hélice e então o deixou voar. O gancho resvalou na rocha, deslizou de lado sobre a fissura e mergulhou na água.

Sam recuperou o gancho e tentou de novo. Errou de novo.

Ele sentiu a água fria envolvendo seu pé esquerdo. Olhou para baixo. A água passara do para-choque e agora estava lambendo a porta traseira.

— Mais infiltrações — Remi disse.

Ele jogou o gancho de novo. Dessa vez ele se cravou dentro da fissura e ficou preso momentaneamente antes de se soltar.

— A quarta vez é a que funciona, certo?

— Eu acho que a frase é...

— Colabore comigo, Fargo.

Sam deu uma risadinha. — Certo.

Sam deteve-se um momento para tirar da cabeça a água borbulhando e seu coração disparado. Fechou os olhos, concentrou-se e abriu-os; começou a girar o cabo de novo.

Ele o lançou.

O gancho voou, bateu na rocha e começou a deslizar em direção à fissura. Sam percebeu que a velocidade estava muito alta. Quando o gancho pulou sobre a rachadura, ele puxou o cabo de lado. O gancho pulou para trás como uma cobra dando um bote e se encaixou na fissura.

Suavemente, Sam deu um puxão no cabo. Manteve-se firme. Outro puxão. O gancho escorregou, e se firmou de novo. Então, mão sobre mão, ele começou a aumentar a tensão no cabo até o gancho estar enterrado até a extremidade superior.

— Iu-hu! — Remi gritou.

Sam estendeu a mão e ajudou Remi a subir na porta traseira. A água estava nos pés deles e enchendo o interior do Toyota. Remi apontou para o cadáver do Sr. Thule.

— Não acho que seja possível levá-lo conosco?

— Não vamos arriscar nossa sorte — Sam respondeu. — Iremos, no entanto, acrescentá-lo à lista de coisas pelas quais Charlie King e sua prole maligna terão de responder.

Remi suspirou e assentiu.

Sam fez um gesto imponente para o cabo: — Primeiro as damas.

18

Lo Monthang,
Mustang, Nepal

VINTE HORAS DEPOIS QUE SAM E REMI subiram até o topo do penhasco e deixaram o Toyota para as águas do Kali Gandaki, o caminhão em cuja caçamba eles estavam deitados diminuiu a velocidade e parou numa encruzilhada na estrada de terra.

O motorista, Muktim, um nepalês cujos dentes faltavam e o cabelo era cortado em escovinha, chamou pela janela traseira: — Lo Monthang — e apontou para a estrada que ia para o norte.

Sam gentilmente cutucou Remi para acordá-la de sua posição aninhada num saco de ração para bodes e disse: — Lar, doce lar.

Ela grunhiu, puxou de lado o algodão cru e se sentou, bocejando. — Eu estava tendo o sonho mais esquisito — ela disse. — Algo similar ao *O destino do Poseidon,* mas estávamos presos dentro de um Toyota Land Cruiser.

— A verdade é mais estranha do que a ficção.

— Chegamos?

— Mais ou menos.

Sam e Remi agradeceram ao motorista, desceram e ficaram olhando o caminhão entrar na estrada que ia para o sul e desaparecer na curva. — Uma pena a barreira da língua — Remi disse.

Com só um punhado de palavras e frases em nepalês entre eles, nem Sam nem Remi tinham conseguido explicar ao motorista que ele tinha possivelmente salvado a vida deles. Tanto quanto ele soube, tinha simplesmente dado carona a uma dupla de estrangeiros incompetentes que tinham por algum razão se perdido de seu grupo de excursão. O sorriso indulgente dele sugerira que não se tratava de um fato muito raro naquelas partes.

**

AGORA, EXAUSTOS, mas gratamente aquecidos e secos, estavam parados nas imediações de seu destino.

Cercada por uma alta muralha de rocha, tijolos e pau a pique, a antiga capital do outrora grandioso reino de Mustang era pequena, ocupando um quadrado de oitocentos metros de lado num vale raso cercado por baixas colinas ondulantes. Dentro das muralhas de Lo Monthang, a maioria das estruturas era construída de uma mistura de barro e tijolo, tudo pintado em matizes de branco indo do acinzentado para o amarronzado e terminando em telhados em camadas de sapé. Quatro estruturas se elevavam acima do restante. O Palácio Real e os templos de telhado vermelho Chyodi, Champa e Tugchen.

— Civilização — Remi disse.

— Tudo é relativo — Sam concordou.

Depois de terem vagueado pelos ermos de Mustang pelo que parecera dias, a de resto medieval Lo Monthang parecia positivamente metropolitana.

Começaram a andar pela estrada de terra em direção ao portão principal. A meio caminho, um menino de uns 8 ou 10 anos apareceu e correu até eles gritando: — Fargo? Fargo?

Sam ergueu a mão para cumprimentá-lo e gritou em nepalês: — *Namaste. Hoina.* Olá. Sim.

O menino, agora radiante, parou bem em frente deles e disse: — Sigam, sim? Sigam?

— *Hoina* — Remi respondeu.

**

APÓS CONDUZI-LOS PELAS SINUOSAS alamedas de Lo Monthang sob o olhar curioso de centenas de aldeões, o menino parou em frente de uma espessa porta de madeira numa parede caiada. Ergueu o batedor da porta, bateu duas vezes, disse para Sam e Remi "*Pheri bhetaunla*" e então sumiu por uma travessa.

O casal ouviu passos na madeira do piso de dentro da construção, e alguns minutos depois a porta se abriu, revelando um frágil homem de uns 60 e poucos anos, com longos cabelos grisalhos e uma barba similar. Seu rosto era moreno e muito enrugado. Para a surpresa deles, foi com sotaque de classe alta britânica que ele os cumprimentou:

— Bom dia. Sam e Remi Fargo, eu presumo?

Após um instante de hesitação, Sam disse: — Sim. Bom dia. Estamos procurando o Sr. Karna. Sushant Dharel da Universidade de Katmandu providenciou um encontro.

— De fato, ele fez isso. E, de fato, aqui estão os Fargo.

— Perdão? — Remi replicou.

— Eu sou Jack Karna. Ora, onde foi parar a minha educação? Por favor, entrem.

Ele ficou de lado, e Sam e Remi entraram. Similarmente ao exterior da construção, as paredes internas eram caiadas e o piso era construído com velhas, mas bem enceradas, tábuas de madeira. Vários tapetes em estilo tibetano cobriam o chão, e as paredes estavam repletas de tapeçarias e fragmentos de pergaminhos emoldurados. Ao longo da parede leste, sob janelas de batente, havia uma área de estar com almofadas e travesseiros e uma mesa de centro baixa. Na parede oeste havia um fogão bojudo de ferro. Um pequeno corredor levava da sala ao que parecia uma área de dormir.

Karna disse: — Eu estava a ponto de mandar um grupo de busca atrás de vocês. Parecem um pouco cansados da viagem. Estão realmente bem?

— Tivemos um probleminha com nossos planos de viagem — Sam disse.

— De fato, tiveram. A notícia chegou até mim faz umas poucas horas. Alguns trilheiros encontraram um veículo destruído num dos engasgos ao sul daqui. Dois corpos foram dar na margem perto de Kagbeni. Ouvi o pior. — Antes que eles pudessem responder, Karna conduziu-os às almofadas, onde se sentaram. — O chá está pronto. Aguardem só um instante.

Alguns minutos depois ele colocou um aparelho de chá de prata na mesa, junto com uma travessa com uma pilha alta de *scones*[5] e sanduíches de pepino feitos com pão sem casca. Karna serviu o chá e então se sentou diante deles.

— Agora, contem, por favor, sua história — o Sr. Karna pediu.

Sam relatou a jornada, começando com a chegada em Jomsom e terminando com a chegada em Lo Monthang. Ele deixou de fora qualquer menção ao envolvimento de King na tentativa de assassinato. Durante o relato, Karna não fez perguntas e, à parte algumas poucas erguidas da sobrancelha, não expressou reação.

— Extraordinário — ele disse por fim. — E não fazem ideia quanto ao nome do impostor?

— Não — disse Remi. — Ele estava com muita pressa.

— Posso imaginar. Sua fuga foi coisa de Hollywood.

— Ossos do ofício, infelizmente — Sam disse.

Karna deu uma risadinha. — Antes de prosseguirmos, precisamos informar aos sábios locais, o conselho, o que aconteceu.

— Isso é necessário? — Sam perguntou.

— Necessário, e só vai beneficiá-los. Estão em Lo Monthang agora, Sr. e Sra. Fargo. Podemos ser parte do Nepal, mas temos uma grande autonomia. Não tenham medo, não serão considerados responsáveis pelo que aconteceu e, a menos que o conselho julgue absolutamente necessário, o governo nepalês não será envolvido. Estão seguros aqui.

Sam e Remi consideraram o que ele disse, e concordaram.

Karna pegou um sino de bronze do chão ao lado de sua almofada e o tocou uma vez. Dez minutos depois o menino que os cumprimentara na estrada apareceu de um corredor lateral. Ele parou na frente de Karna e fez uma reverência pronunciada.

No que pareceu Lowa rápido, Karna falou com o menino por trinta segundos. O menino fez uma única pergunta, então fez uma reverência de novo, foi até a porta da frente e saiu.

Karna disse: — Nada temam. Tudo ficará bem.

[5] Bolacha típica da Inglaterra. (N. E.)

— Perdoe-nos — Remi disse — ... mas a curiosidade está nos matando: seu sotaque é...

— Inteiramente de Oxford, sim. Sou de fato britânico, embora não tenha estado em casa já faz... quinze anos. Neste verão vai fazer trinta e oito anos que moro em Mustang. A maior parte do tempo, nesta mesma casa.

— Como veio parar aqui? — Sam perguntou.

— Eu vim como estudante, na realidade. Antropologia, principalmente, com alguns outros interesses. Passei três meses aqui em 1973 e voltei para casa. Não fiquei nem duas semanas lá e percebi que Mustang tinha me fisgado, como dizem, de modo que retornei e nunca mais fui embora. Os sacerdotes locais acreditam que sou um deles; reencarnado, claro. — O Sr. Karna sorriu, deu de ombros. — Quem sabe? Sem dúvida, porém, nunca me senti tão em casa quanto aqui.

— Fascinante — Sam disse. — O que faz?

— Suponho que eu seja uma espécie de arquivista. E um historiador. Meu foco é documentar a história de Mustang. Não a história que se pode ler na Wikipédia, todavia. — Ele viu a expressão confusa de Remi e disse com um sorriso: — Sim, eu sei sobre a Wikipédia. Temos Internet via satélite aqui. Bastante extraordinário, dado o quanto o lugar é remoto.

— Bastante — Remi concordou.

— Estou, e tenho estado faz quase doze anos, escrevendo um livro que servirá, com sorte, como uma história abrangente de Mustang e Lo Monthang. Uma história oculta, se quiserem.

— O que explica Sushant ter julgado que era a pessoa que devíamos ver — disse Sam.

— De fato. Ele me disse que estavam particularmente interessados na lenda do Theurang. O Homem Dourado.

— Sim — disse Remi.

— Ele não me disse, todavia, por quê. — Karna estava agora sério, seus olhos encarando, firmes, Sam e Remi. Antes que pudessem responder, ele prosseguiu: — Por favor, compreendam. Não quero ofendê-los, mas sua reputação os precedeu. São caçadores de tesouros profissionais, não são?

— Não é o termo que preferimos — Sam respondeu — mas é tecnicamente correto.

Remi acrescentou: — Não ficamos com nada do que encontramos. Qualquer compensação financeira vai para nossa fundação.

— Sim, eu li isso. Sua reputação é na realidade bastante boa. O problema é que, vejam, eu tive visitas antes. Pessoas à procura do Theurang por razões que receei nefandas.

— Por acaso essas pessoas eram um homem e uma mulher jovens? — Sam perguntou. — Gêmeos caucasianos com traços asiáticos?

A sobrancelha esquerda de Karna se arqueou. — Na mosca. Eles estiveram aqui há alguns meses.

Sam e Remi trocaram um olhar. Silenciosamente, concordaram que podiam e deviam confiar em Karna. Estavam num dos locais mais remotos de todos que já tinham ido, e a tentativa de assassinato no dia anterior lhes dissera que Charles King tirara as luvas. Não só precisavam do conhecimento de Karna, como também de um aliado confiável.

— Os nomes deles são Russell e Marjorie King. O pai deles é Charles King...

— King Charlie — Karna interrompeu. — Li um artigo sobre ele no *Wall Street Journal* no ano passado. Um tipo meio caubói, pelo que vi. Um rústico, certo?

— Um rústico muito poderoso — Remi replicou.

— Por que ele quer vocês mortos?

—Porque, precisamente, não temos certeza — Sam respondeu. — Mas estamos convencidos de que ele está atrás do Theurang.

Sam prosseguiu relatando a ligação deles com Charles King. Ele não omitiu nada. Contou a Karna tudo o que sabiam, do que suspeitavam e o que permanecia um mistério.

— Bom, de um dos mistérios eu posso tratar imediatamente — Karna disse. — Esses gêmeos malvados, os filhos de King, claramente me deram um nome falso. Mas durante a visita deles, acabaram mencionando o nome Lewis "Bully" King. Quando contei a eles o que estou para lhe contar, eles reagiram sem nenhum choque aparente. Estranho, considerando quem são.

— O que contou a eles?

— Que Lewis King está morto. Ele morreu em 1982.

19

Lo Monthang,
Mustang, Nepal

Chocados, Sam e Remi nada disseram por alguns momentos. Por fim, Remi disse: — Como ele morreu?

— Caiu numa fissura numa geleira a uns quinze quilômetros daqui. De fato, eu ajudei a recuperar o corpo dele. Ele está enterrado no cemitério local.

— E contou isso aos gêmeos King? — Sam perguntou.

— De fato. A reação deles foi de... desapontamento, suponho. Agora, sabendo quem eles são, parece particularmente frio, não?

— Corresponde ao caráter da família — Remi replicou. — Eles lhe disseram por que estavam procurando Lewis?

— Eles foram muito evasivos, e foi por isso que achei um pretexto para encerrar logo a visita. Tudo o que consegui saber foi que estavam procurando King e tinham um interesse no Theurang. Não simpatizei muito com a atitude deles. É bom saber que meus instintos estavam corretos. Então, parece claro que Charles King já sabia que seu pai estava morto quando os contatou.

— E já sabia disso quando contratou Alton — Sam disse. — O informe sobre a fotografia mostrando Lewis aqui foi outra fabricação.

— Tudo concebido para envolvê-los na caça ao Homem Dourado — Karna acrescentou. — Não é um pensador muito profundo, esse King, não é? Ele esperou que viriam aqui para procurar seu amigo, e então entrariam na caça do Theurang sem suspeitar de nada, para levar os gêmeos direto para ele.

— É o que parece — Remi disse. — Os melhores planos...

— De cretinos do interior e suas crias odiosas... — Karna concluiu. — A questão maior é por que o Theurang é tão importante para King? Acham que talvez ele seja alguma espécie de nazista no armário, retomando a bandeira da expedição do pai dele?

— Não achamos isso — disse Sam. — Começamos a nos perguntar se é simplesmente uma obsessão ou um negócio paralelo como o de mercado negro de fósseis. Seja como for, os gêmeos King sequestraram e mataram pelo Theurang.

— Isso sem falar em escravidão — Remi acrescentou. — As pessoas na escavação não pareciam poder ir e vir livremente.

— Isso também. Mas não importa quais sejam os motivos dele, não podemos deixar o Homem Dourado cair em suas mãos.

Karna pegou sua xícara e a ergueu num brinde. — Está decidido, então: estamos em guerra contra a família King? Todos por um?

Sam e Remi ergueram as xícaras e disseram em uníssono: — E um por todos.

**

— CONTEM-ME MAIS SOBRE a tumba que encontraram — Karna disse. — Não deixem nada de fora.

Remi descreveu brevemente a cavidade que eles encontraram na garganta de Chobar, e então tirou seu iPad da mochila e abriu a galeria de fotos que ela tirara durante a exploração. Ela o passou para Karna.

Fascinado com o iPad, ele passou um minuto virando-o em suas mãos e brincando com sua interface antes de erguer os olhos arregalados para Sam e Remi.

— Eu realmente preciso arranjar um desses. Certo... aos negócios. — Ele passou os dez minutos seguintes estudando as fotos de Remi, fazendo panorâmicas e *zooms* com a interface do iPad, estalando a língua e murmurando palavras como “incrível” e “espantoso”. Por fim, devolveu o iPad para Remi.

— Sr. e Sra. Fargo, fizeram história — Karna disse. — Embora eu imagine que o mundo mais amplo não vá se dar conta do significado do achado, o povo de Mustang e do Nepal com certeza vai. O que descobriram é, de fato, o jazigo final de uma Sentinela. Os quatro caracteres entalhados no alto da caixa... Por acaso têm fotos melhores deles?

— Não, sinto muito.

— Onde está a caixa neste momento?

Sam respondeu: — Em San Diego, com Selma, nossa principal pesquisadora.

— Ah, meu Deus. Ela é...

— Inteiramente qualificada — Remi disse. — Ela está tentando abri-la cuidadosamente, sem danificá-la.

— Muito bem. Talvez eu possa ajudar quanto a isso.

— O senhor sabe o que há dentro?

— Talvez sim. Chegarei a isso logo mais. Quanto Sushant lhes contou sobre as Sentinelas e o Theurang?

— Uma boa visão geral — Remi disse —, mas ele deixou claro que o senhor era o especialista.

— Isso é realmente verdade. Bem, as Sentinelas eram os guardiões do Theurang. A honra passava de pai para filho. Eles eram treinados desde a idade de seis anos com um objetivo e só um objetivo. O Decreto Himanshu de 1421 foi uma das quatro vezes que o Theurang foi evacuado de Lo Monthang. As três vezes anteriores, todas elas precedidas por uma invasão, terminaram favoravelmente, e depois o Theurang retornou para a capital. A invasão de 1421 foi diferente, todavia. O “Marechal do Exército” nessa época, Dolma, convenceu o rei e seus conselheiros que essa invasão seria diferente. Ele estava certo de que ia marcar o começo do fim de Mustang. Isso sem mencionar a profecia.

— Profecia? — Sam inquiriu.

— Sim. Vou poupá-los dos detalhes, a maior parte envolvendo lendas budistas e numerologia, mas a profecia afirmava que um tempo viria em que o Reino de Mustang iria cair, e a única maneira para que algum dia se reerguesse de novo seria se o Theurang fosse devolvido ao seu lugar de nascimento.

— Aqui? — Remi disse. — Foi isso que Sushant nos contou.

— Meu caro amigo está enganado. Não é culpa dele, realmente. A história popular de Mustang e do Theurang é incompleta, na melhor das hipóteses. Primeiro, é preciso compreender uma coisa. O povo de Mustang nunca se considerou o proprietário do Homem Dourado, mas antes seu guardião. Como exatamente Sushant descreveu a natureza do Theurang?

— A aparência?

— Não, sua... natureza.

— Acho que a expressão que ele usou foi "quem deu a vida".

Karna considerou isso por um instante, então deu de ombros. — Como uma metáfora, talvez. Sra. Fargo, é uma antropóloga por formação, não?

— Sou, sim.

— Ótimo, ótimo. Deem-me só um instante. — Karna se levantou e desapareceu no corredor lateral. Eles ouviram o que soou livros sendo percorridos numa estante, a seguir Karna voltou trazendo dois tomos encadernados em couro e uma pasta de papelão de três centímetros de espessura. Ele sentou-se de novo, folheou os livros até encontrar as páginas que estava procurando e os colocou no chão, voltados para eles.

Ele disse: — O Reino de Mustang nunca foi um lugar grandioso. A arquitetura é mais funcional, mais modesta, como o seu povo, mas há muito tempo eles eram muito esclarecidos, bem à frente do Ocidente em muitos aspectos.

Karna voltou-se para Remi. Ele perguntou: — Como antropóloga, o que sabe sobre Ardi?

— O achado arqueológico?

— De fato.

Remi pensou por um instante. — Faz algum tempo que li os artigos, mas eis o que lembro: Ardi é o apelido dado a um fóssil de quatro milhões e meio de anos encontrado na Etiópia. Se lembro bem, o nome científico é *Ardipithecus ramidus.*

— Embora haja muita controvérsia em torno do achado, o consenso é que o Ardi é algo como um elo perdido na evolução humana; uma ponte entre os primatas superiores, como macacos, chimpanzés e seres humanos, e seus parentes mais distantes, como os lêmures.

— Muito bom. E suas características?

— Esqueleto similar ao do lêmure, mas com atributos de primata: mãos que seguram, polegares oponíveis, dedos sem garras com unhas e membros curtos. Esqueci alguma coisa?

— Tirou dez — respondeu Karna. Ele abriu a pasta de papelão, pegou uma foto oito por dez em cores e a entregou a Sam e Remi. — Este é Ardi.

Como Remi descrevera, a criatura fossilizada, deitada de lado na terra, parecia um cruzamento entre um macaco e um lêmure.

— Agora — Karna disse —, eis a ilustração do Theurang por um artista popular.

Ele tirou uma folha de papel da pasta e a entregou para eles. A imagem impressa em cores mostrava o desenho de uma criatura parecida com um gorila com braços maciços e uma cabeça chata dominada por uma larga boca cheia de presas e uma enorme língua protuberante. Em vez de ter pernas, apoiava-se numa única coluna de músculo que terminava num único pé.

— Veem alguma similaridade com o Ardi? — Karna perguntou.

— Nenhuma — Sam respondeu. — Esse parece uma figura de história em quadrinhos.

— De fato. Vem de uma lenda envolvendo o primeiro rei do Tibete, Nyatri Tsenpo, o qual dizem que descendia do Theurang. No Tibete, com os milênios, o Theurang tornou-se uma espécie de bicho-papão. A versão de Mustang, no entanto, é bastante diferente. Karna pegou um dos livros e o entregou a Sam e Remi.

A página estava aberta num desenho tosco, mas altamente estilizado. O tom era decididamente budista em sua natureza, mas não havia dúvida quanto ao que mostrava.

Remi murmurou: — Ardi?

— Sim — Karna respondeu. — Como subitamente com vida. Este, eu acredito, é o mais acurado retrato do Theurang. O que estão olhando, Sr. e Sra. Fargo, é o Homem Dourado.

**

Sam e Remi ficaram em silêncio por um minuto.com os olhos fixos na imagem, tentando assimilar as palavras de Karna. Por fim, Sam disse: — O senhor não está sugerindo que esta criatura...

— Estava viva no Mustang contemporâneo? Não, claro que não. Suspeito que o Theurang é um primo distante de Ardi, provavelmente um elo perdido muito posterior, mas certamente com milhões de anos de idade. Tenho outros desenhos que mostram o Theurang com todos os atributos de Ardi: as mãos que seguram, os polegares oponíveis. Outros desenhos os mostram com traços faciais mais similares aos dos primatas.

— Por que é chamado de Homem Dourado? — perguntou Sam.

— A lenda diz que, quando estava em exibição no Palácio Real de Lo Monthang, o Theurang estava inteiramente montado e articulado de modo a parecer humano. Em 1315, logo depois que Lo Monthang foi fundada, o primeiro rei de Mustang, Ame Pal, decidiu que o aspecto do Theurang não era suficientemente glorioso. Ele mandou que os ossos fossem folheados a ouro e as órbitas dos olhos adornadas com pedras preciosas, junto com as pontas dos dedos. Os dentes, que se dizia que em sua maioria estava intacta, foram cobertos com ouro folheado.

— Ele deve ter ficado uma visão e tanto — Remi disse.

— "Berrante" é a palavra que eu uso — Karna replicou —, mas quem sou eu para discutir com o Ame Pal?

Remi disse: — O senhor está sugerindo que o povo daqui desenvolveu uma teoria de evolução antes de Darwin?

— Teoria? Não. Uma firme crença? Sem a menor dúvida. Nos primeiros trinta anos que passei aqui, encontrei textos e imagens que deixam claro que o povo de Mustang acreditava firmemente que o homem descendia de outras criaturas, primatas em particular. Posso lhes mostrar murais em cavernas que descrevem uma distinta linha de progressão entre as formas inferiores para o homem moderno. Mais importante ainda, apesar da crença popular, o Theurang era reverenciado não num sentido religioso, mas histórico.

— De onde a lenda se originou? — Sam perguntou. — Onde e quando eles encontram o Theurang?

— Ninguém sabe; ou ao menos, ninguém que eu tenha encontrado. É a minha esperança que, antes de morrer, eu consiga responder precisamente a essa questão. Talvez a descoberta de vocês venha a ser a peça perdida do quebra-cabeça.

— O senhor acha que o Theurang está na caixa que encontramos?

— Não, a não ser que um erro terrível tenha sido cometido. Uma das habilidades que as Sentinelas tinham era a de dominar a localização por estrelas. Não, tenho absoluta certeza de que se vocês encontraram a Sentinela onde a encontraram, foi porque para lá a ordenaram ir.

— Então o que acha que há dentro?

— Ou nada ou uma pista para o local de nascimento do Theurang; a locação para onde supostamente foi levado em 1421.

— Que tipo de pista? — perguntou Remi.

— Um disco, com uns doze centímetros de diâmetro, forjado em ouro e com símbolos de algum tipo gravados nele. O disco, quando usado em conjunção com dois outros discos e um mapa especial, apontaria o jazigo final do Theurang.

— O senhor não sabe nada mais sobre ele? — Sam disse.

— Eu sei o nome dele.

— Que é?

— A tradução antiga é um pouco complicada, mas vocês o reconhecerão por seu nome popular: Shangrilá.

20

Lo Monthang,
Mustang, Nepal

KARNA DISSE: — Posso ver pela expressão de vocês que acham que eu os estou enrolando.

— O senhor não me parece do tipo que enrola — Sam disse —, mas tem de admitir que Shangrilá é um conto de fadas.

— É mesmo? O que sabem sobre o lugar?

— É uma utopia ficcional, um vale localizado em algum lugar no Himalaia, cheio de gente ridiculamente feliz e sem preocupações.

— Você esqueceu: e imortal — Remi disse.

— Certo, desculpe. Imortal.

— Esse é o Shangrilá conforme descrito no romance: *Horizonte perdido*, de James Hilton, de 1933. Outro exemplo da cultura popular fantasiando e adulterando uma história fascinante, e possivelmente real.

— O senhor tem a nossa atenção — Remi disse.

— Menções a Shangrilá, e seus análogos, podem ser encontradas em muitas culturas na Ásia. Os tibetanos se referem a ele como Nghe-Beyul Khimpalung. Acreditam que fica na região de Makalu-Barun ou nas montanhas de Kunlun ou, o candidato mais recente, a antiga cidade de

Tsaparang no oeste do Tibete. Vários lugares na Índia também foram propostos como a verdadeira localização, bem como dezenas na China, incluindo Yunnan, Sichuan, Zhongdian... Acrescentem à lista o Butão e o vale de Hunza, no norte do Paquistão.

— Agora, eis a parte interessante: como sabem, os nazistas tinham uma mania com o oculto. A expedição da qual Lewis "Bully" King fez parte em 1938... Um dos seus objetivos era encontrar Shangrilá. Eles tinham certeza de que seria o lar de uma raça superior antiga, arianos não prejudicados pelo tempo e impurezas genéticas.

— Não sabíamos disso — Remi disse.

— Talvez King Charles não esteja atrás só do Theurang, mas também de Shangrilá — Karna disse.

— Tudo é possível — Sam retrucou. — Mas King não me parece alguém que realmente acredita no fantástico, verdadeiro ou não. Se é algo que ele não pode tocar, ver ou cheirar...

— Ou vender — Remi acrescentou.

— Ou vender, ele não está interessado — Sam concluiu. — O que acha, Karna? Presumo que acredita que é real? De todas as possibilidades que apresentou, qual é a que se encaixa?

— Nenhuma das anteriores. Minha pesquisa e meus instintos me dizem que, para o povo de Mustang, Shangrilá representava uma nascente; tanto o local de nascimento quanto o lugar do repouso eterno do Theurang, uma criatura que acreditavam ser seu ancestral universal. Suspeito que o que hoje chamamos de Shangrilá é onde o Theurang foi originalmente descoberto. Há quanto tempo, não sei dizer, mas é nisso que acredito.

— E se tivesse de apostar dinheiro numa localização? — Remi perguntou.

— Acho que a etimologia tibetana dá a chave: *shang*, que é também *tsang*, combinada com *ri*, junto significa montanha, e *la,* significa desfiladeiro.

— Então, o desfiladeiro da montanha Tsang — Remi disse.

— Não exatamente. No dialeto real da antiga Mustang, *la* também quer dizer garganta ou cânion.

— A garganta do Tsangpo — Sam replicou. — É um monte de território. O rio que corre através dela, o Yarlung Tsangpo, tem quanto de comprimento? Cento e noventa quilômetros?

— Duzentos e quarenta — Karna respondeu. — Maior do que o Grand Canyon de vocês, em muitos aspectos. E as montanhas são cobertas por densas florestas. Uma das regiões mais intimidadoras do mundo.

— Se estiver certo sobre a localização e a lenda — Remi disse —, não admira que Shangrilá tenha permanecido oculto todo esse tempo.

Karna sorriu. — Ao estarmos aqui sentados juntos, podemos talvez estar mais perto de encontrá-lo, e o Homem Dourado, do que qualquer outro na história.

— Mais perto, talvez — Sam replicou —, mas não lá. Disse que precisamos dos três discos. Digamos que o baú que está com Selma contenha um deles. Ainda precisamos dos outros dois.

— E do mapa — disse Remi.

— O mapa é a menor de nossas preocupações — Karna disse. — Eu localizei quatro candidatos, um deles tenho certeza de que servirá aos nossos propósitos. Quanto aos dois outros discos... O que acham dos Bálcãs?

**

Sam e Remi se entreolharam. Remi disse: — Uma vez comemos um cordeiro estragado na Bulgária, mas, fora isso, não temos nada contra a região.

— Folgo em saber — Karna disse com um sorriso matreiro. — O que estou para lhes contar, nunca compartilhei com ninguém. Apesar de me terem em alta conta aqui, não tenho certeza de como o meu país adotado iria acolher a minha teoria.

— De novo, tem a nossa atenção — Sam disse.

— Há três anos, descobri alguns textos que acredito terem sido escritos pelo secretário pessoal do rei nas semanas que antecederam a invasão de 1421.

— Que tipo de textos?

— Uma espécie de diário pessoal. O rei, é claro, tinha sido informado do poder do exército invasor, e ele concordou com a profecia de que o fim de Mustang estava próximo. Além disso, tinha suas dúvidas em relação às Sentinelas conseguirem cumprir seu dever. Ele sentiu que a desvantagem era insuperável. Estava também convencido de que alguém de seu círculo mais próximo tornara-se um traidor e estava passando informação para o inimigo.

— Em segredo, ele designou à melhor das Sentinelas, um homem conhecido como Dhakal, a missão de transportar o Theurang para Shangrilá. Em dois dos três baús contendo os discos ostensivamente, ele colocou falsificações. Um era genuíno.

— E os outros dois discos? — perguntou Remi.

— Foram dados a um par de sacerdotes da Igreja Ortodoxa Oriental.

Nem Remi nem Sam falaram de imediato. O *non sequitur* de Karna tinha sido tão abrupto que não tinham certeza de terem ouvido corretamente.

— Diga de novo — Sam pediu.

— Um ano antes da invasão, Lo Monthang foi visitada por uma dupla de sacerdotes da Igreja Ortodoxa Oriental.

— Estávamos no século quinze — Remi disse. — Nessa época, o posto avançado da igreja mais perto teria sido... — Ela se deteve dando de ombros.

— No que hoje é o Uzbequistão — Karna prosseguiu. — Vinte e dois mil quilômetros daqui. E para responder a sua pergunta, não, não encontrei menção nas histórias da Igreja a missionários viajando tão longe para o leste. Tenho algo melhor. Logo chegarei a isso.

— Como o diário do rei conta, ele recebeu os missionários em sua corte, e eles logo se tornaram amigos. Alguns meses depois que eles chegaram, houve uma tentativa de assassinato do rei. Os padres o ajudaram, e um deles foi ferido. Ele ficou convencido de que aqueles dois estrangeiros eram parte da profecia, enviados para garantir que o Theurang algum dia retornasse a Lo Monthang.

— Assim, deu a cada um deles um disco para mantê-los seguros e mandou-os de volta a seus países de origem antes da invasão — Remi adivinhou.

— Exatamente.

— Não me diga que encontrou referências a eles em algum lugar — Sam disse.

Karna sorriu. — Encontrei. Padres Besim Mala e Arnost Deniv. Ambos os nomes aparecem em registros da Igreja do século quinze. Ambos os homens foram enviados para Samarcanda, no Uzbequistão, em 1414. Com a morte de Gêngis Khan, o enfraquecimento do Império Mongol e a ascensão de Tamerlão, a Igreja Ortodoxa Oriental estava ansiosa por disseminar o cristianismo para os pagãos.

— O que aconteceu com nossos intrépidos sacerdotes? — Remi perguntou.

— Mala morreu em 1436 na ilha albanesa de Sazani. Deniv morreu seis anos depois em Sofia, na Bulgária.

— A linha do tempo corresponde — disse Sam. — Se eles saíram de Lo Monthang em 1421, teriam chegado de volta aos Bálcãs um ou dois anos depois.

Sam e Remi ficaram em silêncio, ambos perdidos em seus pensamentos.

Karna disse: — Um pouco fantástico, não?

— Fico contente que tenha dito isso — Sam replicou. — Eu não queria ser rude.

— Não fico ofendido. Sei como isso soa. E têm razão em se manterem céticos. Eu mesmo passei o primeiro ano depois de encontrar o diário tentando descartar o que dizia, sem nenhum sucesso. Eis o que proponho: vou entregar as minhas notas para essa Selma de vocês. Se ela conseguir refutar a minha teoria, que seja. Se não, então...

— Bálcãs, lá vamos nós — Remi disse.

**

De onde dormia, Karna trouxe seu laptop, um Apple Mac-Book Pro com monitor de dezessete polegadas, que colocou na mesa de centro. Ele conectou uma ponta de um cabo Ethernet na entrada do laptop e outra numa tomada na parede levando para o que Sam e Remi presumiram que seria a parabólica de Karna.

Logo, o rosto de Selma apareceu na janela do iChat. Atrás dela, por cima de cada ombro dela, estavam Pete Jeffcoat e Wendy Corden e, atrás deles, a área de trabalho da casa dos Fargo em San Diego. Previsivelmente, Selma estava em seu uniforme habitual: óculos de aro de tartaruga presos a uma corrente no pescoço e uma camiseta desbotada.

Acostumando-se a um atraso de três segundos na transmissão do satélite, Remi fez as apresentações, e então atualizou Selma e os outros. Selma não fez perguntas durante o relato de Remi, e ficou em silêncio por um minuto inteiro enquanto assimilava a informação.

— Interessante — foi tudo o que ela disse.

— Isso é tudo? — Sam perguntou.

— Bom, imagino que vocês já devem ter dito ao Sr. Karna, do modo diplomático de vocês, como isso tudo soa fantasioso.

Ao ouvir isso, Jack Karna soltou uma risadinha. — De fato disseram, Srta. Wondrash.

— Selma.

— Jack, então.

— Você tem seu material de pesquisa digitalizado?

— Claro.

Selma deu a Karna um link para o servidor do escritório e disse: — Mande para cá, e começarei a trabalhar nele. Enquanto isso, vou deixar o baú para você, Pete e Wendy. Vocês três podem resolver como abri-lo.

* *

FORAM NECESSÁRIOS VINTE MINUTOS para transmitir todas as notas de Karna. Quando terminou, e depois de insistir que Sam e Remi tirassem uma soneca em seu quarto de hóspedes, Karna, Pete e Wendy começaram a trabalhar na caixa. Karna primeiro pediu para ver imagens ampliadas do baú, incluindo um *close-up* dos caracteres entalhados.

Ele ficou olhando para eles na tela de seu laptop, inclinando a cabeça primeiro para um lado, depois para o outro, até murmurar algo bem baixinho. Ele se levantou repentinamente, saiu pelo corredor e voltou um minuto depois com um livrinho minúsculo encadernado num tecido tingido de vermelho. Ele o folheou por mais vários minutos antes de dizer: — A-rá! Justo o que eu pensava: os caracteres são uma derivação de Lowa e outro dialeto real. A inscrição deve ser lida verticalmente, da direita para a esquerda. Traduzindo grosseiramente, diz:

"Através da realização, prosperidade
Através da resistência, angústia..."

Wendy disse: — Acho que li isso em algum livro de autoajuda alguma vez.

— Não tenho dúvida disso — Karna disse —, mas nesse caso a intenção é ser um aviso; uma maldição. Desconfio que esses caracteres estavam inscritos em cada uma das caixas das Sentinelas.

Pete disse: — Em suma, "leve isso ao seu destino, e encontrará a felicidade; interfira ou impeça, e estará ferrado".

— Impressionante, meu jovem — disse Karna. — Não as palavras que eu usaria, claro, mas você extraiu o teor da mensagem.

— Isso era dirigido às Sentinelas? — Wendy perguntou.

— Não, acho que não. Era concebido para o inimigo ou qualquer um que se apropriasse indevidamente do objeto.

— Mas se o dialeto é assim obscuro, quem além da realeza de Mustang teria conseguido entender a advertência?

— Isso não importa. A maldição se impõe, dane-se a ignorância.

— Pesado — disse Pete.

— Vamos olhar mais de perto essa caixa, sim? Numa das fotos de Remi, eu notei a mais minúscula das junções ao longo da borda do fundo da caixa.

— Percebemos isso, também — Wendy replicou. — Espere um pouco, temos um *close-up*...

Alguns cliques depois, a imagem em questão enchia a tela de Karna. Ele estudou a foto por vários minutos antes de dizer. — Estão vendo a junção de que estou falando? A que parece ser uma série de oito travessões?

— Sim — disse Pete.

— E a completa do outro lado dessa?

— Sim.

— Esqueça essa. É para despistar. A menos que o meu palpite esteja errado, a junção dos travessões é uma espécie de cadeado com combinação.

— As aberturas são quase finas como papel — disse Wendy. — Como poderemos...

— Dois milímetros, eu diria. Vão precisar de uma cunha, algo assim; de um tipo de metal ou liga fina, mas forte. Em cada um desses travessões haverá uma lingueta de latão ou bronze, cada uma com três ajustes possíveis: para cima, no meio, embaixo.

— Espere aí — Wendy disse. — Estou fazendo a conta... Isso dá mais de seis mil e quinhentas combinações possíveis.

— Não excessivamente desalentador — Pete disse. — Com paciência suficiente, e tempo, você acabaria descobrindo.

Karna disse: — É verdade, não fosse por um fato: você só tem uma chance. Entre com a combinação errada, e o mecanismo interno se trava.

— Isso de fato complica as coisas.

— Nós nem começamos a abordar as complicações, meu rapaz. Uma vez passada a combinação, o verdadeiro desafio começa.

— Como? — Wendy disse. — Qual é?

— Você já ouviu falar do quebra-cabeça da caixa chinês?

— Sim.

— Pense no que você tem à sua frente como a mãe de todos os quebra-cabeças de caixa chineses. Mas acontece que creio que tenha a combinação do mecanismo de trava inicial. Vamos começar...?

* *

Três horas depois, Sam e Remi, agora despertos, descansados e armados com xícaras de chá, juntaram-se a Karna na frente do laptop bem a tempo de ouvir Pete exclamar pela janela do iChat: — Consegui! — Na tela, ele e Wendy estavam debruçados sobre a mesa de trabalho, a caixa da Sentinela entre eles. Estava intensamente iluminada por uma luminária halógena acima dela.

Outra tela do iChat se abriu na tela, essa mostrando o rosto de Selma: — Conseguiu o quê?

— É um quebra-cabeça da caixa chinês — respondeu Wendy. — Assim que passamos pela combinação, um painel estreito se abriu. Dentro havia três minúsculas alavancas de madeira. Seguindo as instruções de Jack, movemos uma. Outro painel se abriu, então mais alavancas, e assim por diante... Quantos movimentos até agora, Jack?

— Sessenta e quatro. Só falta um. Se tivermos feito direito nosso serviço, irá se abrir. Se não, poderemos perder o conteúdo para sempre.

— Explique isso — Sam disse.

— Ah, minha nossa, não mencionei a armadilha, mencionei? Sinto muito, mesmo.

— Mencione agora — Remi disse.

— Se na caixa houver um disco, estará suspenso no meio do primeiro compartimento. Instalados nos lados desse compartimento haverá frascos de vidro com líquido corrosivo. Se o seu último movimento for o errado, ou se você tentar forçar o compartimento a se abrir... — Karna fez um som sibilante. — Você terá um grumo inidentificável de ouro.

— Espero estar errada — disse Selma —, mas não acho que há um disco aí dentro.

— Por quê? — perguntou Pete.

— Probabilidades. Sam e Remi topam com a única caixa de Sentinela que alguma vez se encontrou e ela é justamente a que contém o único disco genuíno de todas?

Karna disse: — Mas eles não "toparam" com ela, não? Eles estavam seguindo as pegadas de Lewis King, um homem que passara pelo menos onze anos em busca do Theurang. Quaisquer que fossem seus motivos, duvido que ele estivesse numa busca insensata naquele dia na garganta de Chobar. Parece que ele nunca conseguiu encontrar a tumba da Sentinela, mas suspeito que não chegou até ali atrás de uma caixa vazia.

Selma considerou isso. — Tem lógica — foi tudo o que disse.

— Só há um jeito de descobrir — Sam disse. — Quem vai fazer as honras? Pete...? Wendy...?

Pete disse: — Eu sou sempre um cavalheiro. Vá em frente,Wendy.

Wendy respirou fundo, estendeu a mão para a caixa e então moveu a alavanca apropriada. Uma abertura retangular com três centímetros de comprimento se abriu perto dos dedos dela.

Karna disse suavemente: — Agora, delicadamente deslize seu dedo mínimo ao longo do interior da caixa até encontrar um botão quadrado.

Wendy fez isso. — OK, pronto.

— Deslize esse botão... deixe-me ver... Deslize-o para a direita. Não, esquerda! Deslize-o para a esquerda.

— Esquerda — Wendy repetiu. — Tem certeza?

Karna hesitou um momento, e então assentiu com firmeza. — Sim, esquerda.

— Lá vou eu.

Do alto-falante do laptop Sam e Remi ouviram um clique de madeira.

Wendy exclamou: — A tampa abriu!

— Agora erga cuidadosamente a tampa bem na vertical. Se estiver aí, o disco estará suspenso do lado debaixo dela.

Movendo-se com exagerada lentidão, Wendy começou a erguer a tampa três centímetros por vez. — Tem alguma resistência nele.

— Não o deixe balançar — Karna sussurrou. — Um pouquinho mais...

Pete murmurou: — Estou vendo um fio para baixo. Parece categute ou algo similar.

Wendy continuou a erguer.

A lâmpada halógena se refletiu em algo sólido, uma borda curva, um cintilar de ouro.

— Fique pronto, Pete — disse Karna.

Wendy ergueu o que faltava da tampa. O restante do fio saiu da caixa. Pendurado em sua ponta: o prêmio, um disco dourado de doze centímetros.

Com luvas de látex nas mãos, Pete as estendeu. Wendy desceu o disco nas palmas abertas, e ele o transferiu para uma bandeja forrada de espuma.

O grupo soltou coletivamente a respiração.

— Agora vem a parte difícil — Karna disse.

— O quê?— Wendy disse com exasperação.— Essa não foi a parte difícil?

— Receio que não, minha cara. Agora precisamos confirmar se temos ou não o artigo genuíno.

21

Vlorë, Albânia

O relógio do painel do Fiat mudou para nove da manhã bem quando Sam e Remi passaram pelo sinal de bem-vindo a Vlorë. A segunda maior cidade da Albânia, com cem mil almas, aninhava-se numa baía na costa oeste, voltada para o Adriático e dando as costas às montanhas.

E com alguma sorte, Sam e Remi esperavam, Vlorë ainda era o paradeiro de um dos discos das Sentinelas.

Uma hora depois que Wendy e Peter tinham extraído o disco Theurang da caixa e se puseram a determinar sua proveniência com Karna, o rosto de Selma reaparecera numa janela do iChat na tela do laptop de Karna.

Em sua maneira caracteristicamente seca ela disse: — Jack, seus métodos de pesquisa são impecáveis. Sam, Remi, acho que a teoria dele sobre os padres se sustenta. Agora, se podemos encontrá-los e os outros discos é outra questão.

— O que mais você conseguiu descobrir? — perguntou Sam.

— Na época da morte deles, tanto Besim Mala quanto Arnost Deniv tinham se tornado bispos e eram altamente respeitados em suas comunidades. Ambos ajudaram a fundar igrejas, escolas e hospitais em seus países.

— O que sugere que suas sepulturas possam ser mais elaboradas do que um retângulo de sete pés na terra — Karna disse.

— Não consigo encontrar menção dos detalhes, mas só posso concordar com seu raciocínio — replicou Selma. — Nos séculos quinze e dezesseis, a IOO...

— A o quê...? — perguntou Remi.

— Igreja Ortodoxa Oriental. A IOO, e em especial a dos Bálcãs e do sul da Rússia, tendia a dar muita importância a essas mortes. Criptas e mausoléus pareciam ser o método costumeiro de sepultamento.

— A questão é — Karna disse — onde exatamente eles foram enterrados?

— Ainda estou trabalhando no Deniv, mas os registros da Igreja afirmam que o último posto do bispo Besim Mala foi em Vlorë, Albânia.

**

COM TEMPO PARA MATAR antes que Selma pudesse lhes dar uma área-alvo mais específica, Sam e Remi passaram uma hora fazendo um *tour* por Vlorë, maravilhados com sua arquitetura belamente mesclada, que dava ao mesmo tempo a impressão de ser grega, italiana e medieval. Pouco antes do meio-dia, estacionaram no Hotel Bologna, com vista para as águas azuis do porto, e se instalaram num café ao ar livre com palmeiras.

O telefone via satélite de Sam tocou. Era Selma. Sam pôs o telefone no viva-voz.

— Estou com Jack aqui também — Selma disse. — Nós...

— Se essa vai ser uma dessas ligações má notícia/boa notícia, simplesmente as dê — Remi disse. — Estamos cansados demais para escolher.

— Na realidade, essa é uma ligação só de boas notícias... ou notícias potencialmente boas, quer dizer.

— Mande — disse Sam.

Jack Karna disse: — O disco da Sentinela é genuíno, acredito. Não posso ter cem por cento de certeza até verificar com o mapa na parede que mencionei, mas estou otimista.

Selma disse: — Quanto ao lugar de descanso final de Besim Mala, consegui reduzir a grade de busca para um quadrado de oitocentos metros de lado.

— Fica debaixo da água? — Sam perguntou, cético.

— Não.

— Num pântano infestado de jacarés? — Remi sugeriu.

— Não.

— Deixe-me adivinhar — Sam disse. — Uma caverna. Está numa caverna.

Karna disse: — *Strike three*, como vocês americanos dizem. Baseados em nossa pesquisa, acreditamos que o bispo Mala foi sepultado no cemitério do mosteiro de Santa Maria, na ilha Zvernec.

— Que fica onde? — perguntou Remi.

— Nove quilômetros ao norte, costa acima. Encontrem um lugar com Wi-Fi, e envio os detalhes para o seu iPad, Sra. Fargo.

**

ELES DECIDIRAM ESPAIRECER um pouco no café. Sam e Remi pediram um saboroso almoço albanês de bolinhos de carne moída de cordeiro, temperadas com hortelã e canela, pão com espinafre temperado e suco de uva com açúcar e mostarda. E, por sorte, o café tinha Wi-Fi gratuito, de modo que entre bocados de um almoço delicioso eles olharam o pacote de viagem, como Selma chamava. Previsivelmente, era exaustivo, com instruções para o motorista, história local e um mapa do mosteiro. O único detalhe que ela não conseguiu encontrar foi a efetiva localização da sepultura do bispo Mala.

Depois de pagar a conta, Sam e Remi apontaram a dianteira do Fiat para o norte. Após dezesseis quilômetros, entraram na aldeia de Zvernec e seguiram uma placa solitária para a laguna de Narta. A laguna era grande, com quase trinta quilômetros quadrados.

Entrando numa estrada de terra que circundava a lagoa, Sam dirigiu para o norte até chegarem a um estacionamento de cascalho num pedaço de terra que avançava na laguna. O estacionamento estava vazio.

Sam e Remi desceram e se alongaram. O tempo estava quente para a estação, vinte e dois graus, e ensolarado, com só umas poucas nuvens no continente.

— Imagino que aquele seja nosso destino — Remi disse, apontando.

Na margem, uma estreita ponte para pedestres levava à ilha Zvernec, a duzentos e quarenta metros de distância, onde ficava o mosteiro de Santa Maria, um grupo de quatro construções religiosas em estilo medieval ocupando um triângulo de dois acres gramados na margem.

Eles foram até o começo da ponte, onde Remi se deteve. Ela olhou a ponte nervosamente. As travessias precárias que tinham encontrado primeiro na garganta de Chobar, depois de novo a caminho do sítio de escavação secreto de King no vale de Langtang, tinham claramente deixado um impacto maior do que ela percebera.

Sam retornou até onde ela estava e colocou o braço em volta dos ombros dela. — É sólida. Sou engenheiro, Remi. Esse mosteiro é uma atração turística. Dezenas de milhares de pessoas cruzam esta ponte todo ano.

Com os olhos contraídos, ela o encarou de esguelha. — Você não está só sendo gentil comigo, está, Fargo?

— Eu faria isso?

— Poderia fazer.

— Não dessa vez. Venha — ele disse com um sorriso encorajador. — Atravessaremos juntos. Será o mesmo que andar por uma calçada.

Ela assentiu com firmeza. — De volta ao cavalo.

Sam segurou a mão dela, e eles começaram a atravessar. No meio do caminho, Remi parou repentinamente. Sorriu. — Acho que estou bem melhor.

— Curada?

— Não iria tão longe, mas estou bem. Vamos em frente.

Em alguns minutos tinham chegado à ilha. De longe, as edificações da igreja pareciam quase perfeitas: ensolaradas paredes de pedra e telhados vermelhos. Agora, parados em frente das construções, ficou claro para Sam e Remi que tinham visto melhores dias. Os telhados tinham telhas faltando, e várias das paredes estavam ou arriando ou desmoronando. Um campanário estava inteiramente sem teto, seu sino, entortado de lado na viga que o sustentava.

Um bem cuidado caminho de terra percorria o terreno. Aqui e ali, pombos se aglomeravam em bandos arrulhando e olhando sem piscar paras os novos visitantes da ilha.

— Não estou vendo ninguém — Sam disse. — Você?

Remi balançou a cabeça. — O informe de Selma mencionava um zelador, mas nada de recepção turística.

— Então vamos explorar — Sam disse. — Qual é o tamanho da ilha?

— Dez acres.

— Não vamos demorar muito para achar o cemitério.

**

Depois de passar rapidamente pelos prédios, os dois seguiram o caminho em direção à floresta de pinheiros além da clareira. Assim que passaram a linha de árvores, o sol diminuiu, e os troncos pareceram se fechar em volta deles. Era uma floresta antiga, com arbustos de vegetação rasteira chegando aos joelhos, e o suficiente de galhos podres e tocos para tornar um desafio passar por ela. Depois de uns cem metros, o caminho chegou a uma encruzilhada.

— Claro — Remi disse. — Nada de placa.

— Jogue uma moeda mental.

— Esquerda.

Eles seguiram pela esquerda, uma trilha sinuosa que terminou num píer meio podre, caindo os pedaços, sobre um pântano.

— Joguei mal — Remi disse.

Eles voltaram até a encruzilhada e começaram a seguir pela direita. Essa os levou na direção geral do nordeste, mais fundo na floresta e para o lado mais largo da ilha.

Sam disparou na frente numa missão de reconhecimento, voltou e gritou para Remi: — Vi uma clareira! — Alguns momentos depois ele surgiu de uma curva da trilha e parou diante dela. Estava sorrindo. Amplamente.

— Você em geral não fica assim tão entusiasmado com clareiras — Remi disse.

— Fico, se tiver lápides nela.

— Vá na frente, *bwana*.

Juntos, caminharam até onde a floresta de pinheiros se abria. De forma oval e com uns sessenta metros de largura, a clareira era de fato um cemitério, mas quase imediatamente Sam e Remi perceberam que havia alguma coisa de muito errado ali. No outro lado havia uma pilha bagunçada de trocos de pinheiro; ao lado dessa pilha, várias fardos da altura de casas de ramos e galhos podres. A terra na clareira estava esburacada, como se tivesse sofrido um bombardeiro de artilharia, e cerca de metade das sepulturas parecia ter sido revolvida recentemente.

A leste havia uma segunda abertura nas árvores, esta quase um corredor reto, no fim do qual se via a água da lagoa.

Das dúzias de lápides visíveis, só uma poucas não estavam danificadas; todas as outras estavam ou rachadas ou parcialmente arrancadas do solo.

Sam e Remi contaram quatorze mausoléus. Todos eles mostravam sinais de danos também, seja com as fundações cavadas ou paredes e telhados caídos.

— O que aconteceu aqui? — Remi perguntou.

— Uma tempestade, eu diria — sugeriu Sam. — Veio do oceano e foi destroçando a ilha como uma motosserra. É uma pena.

Remi assentiu solenemente. — O lado bom é que pode tornar nosso trabalho mais fácil. Não estaremos tecnicamente invadindo o mausoléu de Mala.

— Nisso você tem razão. Mas há mais um obstáculo — Sam disse a Remi.

— Qual?

— Vamos olhar primeiro. Não quero nos dar azar.

Sam ficou com o lado leste e foi para o norte; Remi pegou o lado oeste e seguiu para o norte. Desviando-se de lápides, cada um deles foi até o mausoléu mais próximo, parando apenas tempo o bastante para ler os nomes na fachada de pedra.

Por fim, Remi chegou ao canto nordeste do cemitério, perto do amontoado de troncos de pinheiro. Ao se aproximar do último mausoléu na fileira, ele pareceu ser o menos danificado de todos, com apenas algumas rachaduras nas paredes. Era também decorado de modo único, ela percebeu; o coração dela deu um salto.

Remi chamou: — Sam, acho que temos um ganhador.

Ele veio até ela. — Por que acha isso?

— Essa é a maior cruz que eu vi. E você?

— É.

A parede mais próxima deles tinha uma cruz ortodoxa oriental de um e vinte por um e cinquenta metros, com suas três traves — duas horizontais juntas perto do topo e uma inclinada perto da base.

— Já vi um monte dessas, mas nenhuma tão grande. Estou curiosa quanto à trave inclinada embaixo. Imagino que seja simbólica, ou algo assim?

— Ah, os mistérios da religião — disse Sam.

Eles caminharam os metros que faltavam para o mausoléu, e então cada um deu a volta de um lado para a frente. Descobriram que tinha uma cerca de ferro fundido na altura do joelho. Um lado estava caído no chão. No fim de três degraus de pedra que desciam, a porta do mausoléu estava aberta — ou, para ser mais preciso, tinha desaparecido. Além da soleira, o interior estava escuro.

Entalhado sob o telhado inclinado do mausoléu havia quatro letras: M A L A.

— É um prazer afinal encontrá-lo, Eminência — Sam murmurou.

Ele passou por cima da cerca, seguido por Remi, e desceu os degraus. Pararam antes da entrada; o cheiro de mofo tomou suas narinas. Sam enfiou a mão no bolso e tirou uma microlanterna de LED. Eles passaram da soleira, e Sam a acendeu.

— Vazio — Remi murmurou.

Sam fez uma panorâmica com o facho pelo interior, esperando que houvesse uma antecâmara mais baixa, mas nada viu. — Está vendo alguma marca? — perguntou.

— Não. Esse cheiro não é normal, Sam. É como...

— Água estagnada.

Ele desligou a lanterna. Em seguida deram a volta e subiram os degraus. Sam disse: — Alguém o levou a algum lugar. Todos os mausoléus que eu olhei estavam vazios também.

— Os meus, idem. Alguém desenterrou essa gente, Sam.

**

De volta ao mosteiro, eles viram um homem no alto de uma escada de madeira apoiada no campanário danificado. Era de meia-idade, corpulento e usava um gorro preto no estilo do das corridas de bicicleta. Sam e Remi foram até lá.

— Com licença — Remi disse em albanês.

O homem se voltou e olhou para eles.

— *A flisni anglisht*? Fala inglês?

O homem balançou a cabeça. — *Jo.*

—Droga — Remi murmurou, e pegou o iPad.

O homem chamou: — Earta!

Uma garotinha loira veio correndo do canto do prédio e parou em frente de Sam e Remi. Ela sorriu para eles, e então para o homem. — *Po?*

Ele falou com ela em albanês alguns segundos, ao que a menina assentiu. Para Sam e Remi ela disse: — Boa tarde. Meu nome é Earta. Eu falo inglês.

— E muito bem — Sam sorriu, apresentando-os a ela.

— É um prazer conhecê-los. Vocês gostariam de fazer uma pergunta ao meu pai?

— Sim — Remi disse. — Ele é o zelador?

O cenho de Earta se franziu. — Zela... Zelador? Ah, sim, ele é o zelador.

— Estamos curiosos quanto ao cemitério. Acabamos de ir lá, e...

— Uma pena o que aconteceu, não?

— Sim. O que aconteceu?

Earta fez a pergunta ao pai, ouviu a resposta, e então disse: — Dois meses atrás, uma tempestade veio da baía. Ventos fortes. Houve muitos danos. No dia seguinte, o mar subiu e inundou a laguna e parte desta ilha. O cemitério ficou debaixo da água. Muitos danos lá também.

Sam perguntou: — O que aconteceu com os... ocupantes?

Earta perguntou ao pai, e então a eles: — Por que perguntam?

Remi respondeu: — Talvez eu tenha parentes distantes daqui. Minha tia disse que um deles tinha sido enterrado lá.

— Oh — Earta disse com alguma consternação. — Sinto muito ouvir isso. — Ela falou com o pai de novo, que respondeu longamente. Earta disse para Remi: — Cerca de metade das sepulturas não foram danificadas. As outras... quando a água baixou, as pessoas não estavam mais debaixo da terra. Meu pai, minhas irmãs e eu ficamos encontrando-as vários dias depois. — Os olhos de Earta se iluminaram, e ela sorriu. — Havia até uma caveira numa árvore! Só parada nela. Foi engraçado.

Remi ficou olhando por um instante para a garota, que estava radiante. — Certo, então.

— O governo veio e decidiu que os corpos deviam ser levados embora até o cemitério ser... hum, consertado. É essa a palavra?

Sam sorriu: — Sim.

— Voltem no ano que vem. Vai estar muito melhor. Menos fedido.

— Onde estão os restos mortais agora? — perguntou Remi.

Earta perguntou ao pai. Ela assentiu para a explicação, e então disse para Sam e Remi: — Ilha Sazan. — Ela apontou para baía de Vlorë. — Há um velho mosteiro lá, até mais velho do que este aqui. O governo levou todos para lá.

22

Vlorë, Albânia

— **Bom, é um pouco de azar** — Selma disse alguns minutos depois quando Sam e Remi compartilharam a notícia. Eles estavam sentados no capô do Fiat no estacionamento. — Esperem aí, deixe-me ver o que consigo encontrar sobre a ilha Sazan.

Ouviram trinta segundos de digitação no teclado, então Selma retornou: — Lá vai. Ilha Sazan, a maior ilha da Albânia com cinco quilômetros quadrados, localizada estrategicamente entre a baía de Otranto e a baía de Vlorë na Albânia. Desabitada, tanto quanto eu saiba. As águas em volta da ilha são parte de um Parque Nacional Marinho. Mudou de mãos algumas vezes com o passar dos séculos: Grécia, Império Romano, Império Otomano, Itália, Alemanha e de volta à Albânia. Parece que a Itália construiu algumas fortificações nela durante a Segunda Guerra Mundial e... Sim, aqui está: converteram um mosteiro bizantino numa fortaleza de algum tipo. — Selma fez uma pausa. — Ah, bom, isso pode ser problema. Parece que me enganei.

— Cavernas — Sam previu.

— Pântanos, crocodilos, ih... — Remi contribuiu.

— Não, quanto a ser desabitada. Há uma instalação da Guarda Florestal na ilha. Abriga três ou quatro barcos de patrulha e cerca de três dúzias de guardas.

— Portanto, proibida para civis — Remi acrescentou.

— Suponho que sim, Sra. Fargo.

Sam e Remi ficaram em silêncio por alguns momentos. Nenhum dos dois precisava perguntar ao outro o que vinha em seguida. Sam simplesmente disse para Selma: — Como chegamos lá sem sermos afundados pelos guardas do Parque Marinho?

* *

Depois de pular a primeira e previsível sugestão de Selma, "não sendo pegos", começaram a explorar suas opções. Primeiro, é claro, precisariam de transporte, uma tarefa simples o bastante, Selma lhes assegurou.

Deixando Selma com sua tarefa, Sam e Remi partiram no Fiat rumo ao sul, de volta a Vlorë, onde retornaram ao seu quartel-general de fato, o café ao ar livre do Hotel Bologna. De suas cadeiras podiam ver ao longe a ilha Sazan, um fiapo de terra se erguendo das águas azuis do Adriático.

Selma ligou uma hora depois. — Como se sentem em relação a caiaques?

— Desde que eles sejam gentis com a gente... — Sam brincou.

Remi deu um tapinha no braço de Sam. — Vá em frente, Selma.

— Na ponta norte da península há uma área de recreação: praças, escalada, cavernas marinhas, piscinas naturais, esse tipo de coisa. Da ponta da península até a ilha Sazan dá um pouco mais de três quilômetros. Eis o problema: eles não permitem embarcações a motor na área, e fecha ao anoitecer. Presumo que vão preferir fazer sua invasão à noite, certo?

— Você nos conhece tão bem, Selma — Sam respondeu. — Você encontrou uma loja de caiaques confiável, imagino.

— Encontrei. Tomei a liberdade de alugar um par para vocês.

— E quanto ao tempo e as marés? — quis saber Remi.

— Nublado em parte e calmo esta noite, com uma lua crescente; mas há uma tempestade vindo amanhã de manhã. Com base nas cartas náuticas on-line que consegui achar, a corrente dentro da baía é bastante suave, mas avançando muito a leste da ilha Sazan vai se parar no Adriático. Pelo que li, a corrente lá é implacável.

Sam disse: — Em outras palavras, uma viagem só de ida para o mar Mediterrâneo.

— Se conseguir chegar tão longe sem ser...

— Já entendemos, Selma — Remi interrompeu. — Leste é ruim.

Sam e Remi se entreolharam e assentiram. Sam disse: — Selma, quanto tempo até o anoitecer?

**

NO FIM DAS CONTAS, a chegada do anoitecer seria a menor das preocupações deles. Embora a loja — situada em Orikum, um município balneário ao sul de Vlorë na curva da baía — tivesse uma ampla seleção de modelos de caiaques de plástico moldado a injeção, nenhum deles vinha em nenhuma outra cor que não fosse vermelho, amarelo ou laranja de danificar a retina, ou numa mistura à maneira de Jackson Pollock das três. Sem tempo para procurar cores mais discretas, compraram o melhor par do lote, junto com remos de duas pontas e coletes salva-vidas.

Depois de uma parada rápida numa loja de materiais de construção, os dois voltaram para Vlorë. A boa sorte continuava com eles desde Katmandu, encontraram uma loja de excedentes do exército e compraram trajes inteiramente pretos para ambos; botas e meias, roupa de baixo comprida, calças de lã, gorro e pulôveres de gola olímpica de tamanhos maiores para cobrir o laranja néon dos coletes salva-vidas. Uma sacola de itens variados em caso de necessidade e um par de mochilas escuras arremataram as compras. Então entraram em ação.

Sam deu voltas com o carro na área de recreação por vários minutos, mas não viram ninguém. Os estacionamentos e as praças estavam vazios. De um rochedo com vista para a área, esquadrinharam as águas em volta e de novo não viram ninguém.

— Provavelmente muito cedo no ano — Sam disse. — As aulas ainda não acabaram.

— Devemos presumir que haverá patrulhas — Remi disse. — Guardas do parque ou polícia local.

Sam assentiu. — Bem lembrado. — Se encontrado, o Fiat iria ser ou multado ou guinchado. Em ambos os casos, era uma complicação de que não precisavam. Pior ainda, as autoridades locais poderiam puxar o botão de pânico ao supor que teriam uma dupla de turistas perdidos no mar, o que sem dúvida nenhuma atrairia a atenção da Marinha e/ou da Guarda Costeira: precisamente o que Sam e Remi estavam tentando evitar.

Depois de vinte minutos percorrendo as estradinhas de terra da área de recreação, Sam encontrou uma vala de drenagem cheia de mato na qual ele colocou de marcha à ré o Fiat. Sob o olhar atento para detalhes de Remi, eles rearranjaram o mato até o veículo ficar invisível da estrada.

Juntos recuaram para admirar o serviço.

— Você poderia ter sido útil na Inglaterra antes do dia D — Sam observou.

— É um dom — Remi concordou.

* *

Com as mochilas nas costas, os aventureiros arrastaram seus caiaques colina abaixo para uma pequena enseada escondida que tinham visto antes. Medindo menos do que doze metros de largura, com uma praia rasa de areia branca, a ponta avançando no oceano tinha uns cento e oitenta metros e era em curva, protegendo-os de olhos curiosos.

Com quarenta e cinco minutos de luz restando, eles se puseram a camuflar os caiaques. Usando latas de tinta marítima em spray preta e cinza, cobriram os lados e em cima e embaixo da embarcação com faixas irregulares se superpondo até não sobrar nem uma nesga de plástico berrante à vista. O serviço de pintura de Sam, embora funcional, não tinha a verve artística do trabalho de Remi. O caiaque dela tinha uma semelhança impressionante com os padrões de camuflagem que os navios da Primeira Guerra Mundial envergavam.

Ele recuou alguns passos, examinou cada um dos caiaques e disse: — Tem certeza que você não é a reencarnação de algum agente do OSS?

— Não inteiramente. — Ela apontou com a cabeça o caiaque dele. — Você se importaria se...

— Esteja à vontade.

Alguns minutos e meia lata de tinta spray depois, o caiaque de Sam estava quase idêntico ao dela. Ela voltou-se para ele: — O que acha?

— Eu me sinto... diminuído.

Remi foi ate ele e o beijou. Ela sorriu. — Se ajuda, acho que seu caiaque é maior do que o meu.

— Muito engraçado. Vamos trocar de roupa.

**

Depois de vestirem as roupas que compraram, enfiaram as normais nas mochilas, que por sua vez foram para o compartimento de proa de cada caiaque.

Sem mais nada para fazer, sentaram-se juntos na areia e ficaram olhando o sol se pôr, observando as sombras se alongando sobre a água e a escuridão lentamente envolvendo a prainha.

Quando a noite caíra de vez, eles arrastaram os caiaques até a água, cada um empurrando o seu até a metade dentro antes de subir nele e empurrá-lo com a ponta do remo. Logo estavam se movendo dentro da pequena enseada. Passaram dez minutos praticando manobras nos caiaques, acostumando-se com os remos e o equilíbrio, até estarem seguros de que estavam prontos.

Com Sam na frente, Remi atrás e à direita dele, remaram ao longo da ponta, os remos faziam um quase imperceptível silvo ao cortar a água. Logo a saída da pequena enseada estava à vista; além dela, um vasto e escuro tapete de água. Como Selma previra, o céu estava parcialmente nublado, com apenas um luar dos mais tênues refletindo na água. Três quilômetros à frente, quase ao norte, eles podiam distinguir a forma escura da ilha Sazan.

Sam repentinamente parou de remar. Ergueu um punho fechado: *pare*. Remi tirou seu remo da água, colocou sobre o colo e esperou. Usando movimentos exagerados e lentos, Sam apontou o ouvido, e então em direção ao topo do rochedo à direita.

Dez segundos se passaram.

Então Remi ouviu: um motor, seguido por um som baixo de uma freada.

Sam olhou para trás para Remi, apontou para a parede de pedra, recolocou seu remo na água e se dirigiu para lá. Remi o seguiu. Sam virou seu caiaque paralelo ao rochedo, e então virou-se no assento, colocou a mão na proa do de Remi e a conduziu para dentro.

— Guardas? — Remi sussurrou.

— Esperemos que sim.

Eles ficaram imóveis, os olhos voltados para cima.

Na ponta do rochedo um fósforo se acendeu, apagando-se em seguida e sendo substituído pela ponta em brasa de um cigarro. Com a luz tênue Sam teve o relance da borda de um quepe em estilo militar. Por cinco minutos eles ficaram imóveis, observando o homem terminar seu cigarro. Por fim ele se virou e voltou para de onde viera. Uma porta de carro se abriu, e se fechou. O motor foi ligado, e o carro começou a ir embora, pneus soavam no cascalho.

Sam e Remi esperaram mais cinco minutos para o caso de ele voltar, e então partiram de novo.

* *

Uns quatrocentos metros baía adentro, ficou claro que a previsão de Selma quanto às correntes estava igualmente correta. Embora nem Sam nem Remi tenham ficado surpresos, também sabiam que o oceano é um animal volúvel; mesmo uma corrente relativamente branda de um nó em direção ao leste teria tornado a travessia duas vezes mais difícil, forçando-os a fazer constantes ajustes de curso para compensar a deriva. Falhassem nisso, facilmente poderiam ter ido parar no Adriático e rumo à Grécia.

Mas logo encontraram o ritmo, remando em uníssono e rapidamente percorrendo a distância até Sazan. A meio caminho eles pararam para um intervalo. Remi trouxe seu caiaque para o lado do de Sam, e ambos ficaram em silêncio por alguns minutos, saboreando o leve balanço da água.

— Patrulha — Remi disse repentinamente.

Do nordeste uma lancha grande veio dando a volta na ponta da ilha vinda da base. Continuou em curva, a proa vindo até ficar diretamente apontada para eles. Sam e Remi gelaram, observando e esperando. Embora bem camuflados, os caiaques deles não passariam despercebidos da atenção de um holofote a quinhentos metros de distância.

Na proa do barco um holofote se acendeu, percorreu a costa sul da ilha e se apagou de novo. O barco de patrulha continuava vindo em direção a eles.

— Vamos — Sam murmurou. — Vão tirar uma folga em terra.

O barco virou para o leste.

Remi disse: — Bom menino. Continue assim.

Continuou. Eles ficaram olhando mais alguns minutos as luzes de navegação do barco ficando mais distantes até se misturar com o aglomerado de luzes de Vlorë ao longe.

Sam olhou para a esposa. — Pronta?

— Pronta.

**

ELES COBRIRAM O QUILÔMETRO e meio restantes em cerca de vinte minutos. Tendo já feito um reconhecimento virtual da ilha com o Google Earth, Sam escolhera um local de desembarque.

Medindo uns cinco quilômetros de norte a sul e um quilômetro e seiscentos em seu ponto mais largo, Sazan parecia, Sam pensou, um lebiste deformado. A sede da Guarda Florestal ficava nas costas do lebiste, uma enseada na costa nordeste, enquanto o local de desembarque deles ficava no rabo do lebiste, no extremo da ponta sul, perto das fortificações do tempo da Segunda Guerra Mundial.

Em sua maior parte desprovida de vegetação, fora mato rasteiro e alguns grupos de pinheiros-anões, o terreno rochoso era dominado por duas altas colinas perto do centro da ilha. Era numa dessas colinas que esperavam encontrar o velho mosteiro e, se a informação de Earta estivesse correta, os ocupantes do cemitério da ilha Zvernec, incluindo o bispo Besim Mala.

Como era normal para Sam e Remi, eles estavam indo longe e pulando numa série de armadilhas baseado num enorme "se". Essa era a vida dos caçadores de tesouro profissionais, tinham aprendido em anos de buscas.

Ao se aproximarem da costa, as ondas ficaram mais agitadas, quebrando em rochas e bancos de areia semissubmersos. Os caiaques de plástico tiveram um desempenho admirável, desviando de rochas e passando sobre bancos, até Sam e Remi poderem meio remar, meio se empurrar para as águas rasas, onde desceram e puxaram os barcos para a costa.

Sentaram-se para retomar o fôlego e observar o entorno.

A praia cheia de pedras era pouco mais larga que o comprimento dos caiaques deles e se encerrava numa parede de rocha de um metro e vinte; além dela, havia uma colina íngreme com arbustos verdes. A meio caminho da encosta, uma estrutura do tamanho de uma garagem estava construída.

— Casamata — Sam sussurrou.

Mais alto na colina erguia-se o que parecia uma cabana de madeira — um posto de vigia, talvez —, e ainda mais alto, uns ccm metros adiante na crista da colina, havia um prédio de tijolos em estilo de caserna. Aberturas de janelas escuras sem vidro olhavam para o mar.

Depois de cinco minutos olhando e escutando, Sam sussurrou: — Ninguém em casa. Alguma coisa chamou sua atenção?

— Não.

— Não estou vendo nenhuma pichação — Sam observou.

— Isso quer dizer alguma coisa?

— Se eu fosse um moleque morando em Vlorë, duvido que conseguiria resistir a vir clandestinamente aqui. Embora não fosse uma coisa que eu fizesse quando adolescente, conhecia muitos garotos que teriam pintado inteira com spray aquela casamata só para provar que estiveram aqui.

Remi assentiu. — Então, ou a juventude albanesa é particularmente respeitadora das leis, ou...

— Ninguém que chega clandestinamente aqui permanece livre tempo o bastante para aprontar o que for.

23

Ilha Sazan, Albânia

Sob a luz de uma meia-lua, eles começaram seu caminho subindo a estrada da colina. Embora a crista ficasse a um quilômetro e meio em linha reta e menos de uma centena de metros acima da caserna, o traçado sinuoso da estrada dobrava a distância real.

Por fim chegaram na última curva da estrada. Dando a volta nela, viram a crista da colina. Sam fez um gesto para Remi esperar, então se abaixou e abriu caminho entre os arbustos até poder ver por cima da crista. Ele deu um sinal de tudo limpo para ela, que se juntou a ele.

Ela disse: — A terra prometida.

— Uma terra prometida que já viu dias muito melhores — Sam retrucou.

Embora antes de partirem para a península eles tivessem estudado a estrutura no Google Earth, a vista de cima mostrara a igreja meramente como uma construção em forma de cruz sem nada de notável. Agora, bem de perto, podiam ver um campanário cônico, altas janelas fechadas com tábuas e um telhado cujas telhas tinham desbotado do vermelho para o rosa em séculos de luz do sol.

Eles encontraram a porta dupla principal trancada, de modo que deram a volta na igreja. No lado norte encontraram dois itens de interesse: um buraco irregular na altura da cintura na parede de tijolos e uma vista sem obstáculos da parte norte de Sazan, incluindo a sede da Guarda Florestal, cerca de oitocentos metros abaixo, situada numa enseada de um quebra-mar construída pelo homem, iluminada por luzes em postes. Sam e Remi contaram três barcos e três prédios.

Remi disse: — Vamos encontrar o bispo Mala e dar o fora daqui.

24

Ilha Sazan, Albânia

Assim que se esgueiraram pelo buraco na parede, perceberam que a tarefa deles ia ser muito mais árdua do que tinham previsto. Em vez de entrar num espaço aberto, depararam-se com um labirinto.

De cada lado e à frente deles, caixões de madeira erodidos estavam empilhados, oito na altura e quatro na profundidade, formando um corredor que era pouco mais largo que os ombros deles. Lanternas de cabeça iluminando o caminho, foram até o fim do corredor. Descobriram-se numa encruzilhada em T. Para a esquerda e a direita, mais caixões.

— Você os está contando? — Sam sussurrou.

— Cento e noventa e dois, até agora.

— O cemitério de Zvernec não é assim tão grande.

— É, se eles estivessem atulhando-os ombro a ombro e empilhando-os. Sabemos que Mala morreu em 1436. Mesmo se o dele tiver sido o primeiro sepultamento, teríamos de considerar mais de cinco séculos.

— Acabei de sentir um arrepio em minha espinha. Esquerda ou direita?

Remi escolheu esquerda. Andaram alguns passos. À frente, a lanterna de Sam mostrou uma parede de tijolos.

— Fim da linha.

— Isso é uma piada?

— Não exatamente.

Eles voltaram e, com Remi na frente, seguiram adiante da encruzilhada em T e entraram no corredor adjacente. No fim deste, foram por uma curva à direita, seguida por mais sessenta e quatro caixões, seguida por uma à esquerda e mais caixões. O padrão continuou por mais cinco esquinas até o total de corpos passar dos seiscentos.

Por fim chegaram a um espaço aberto. Ali também os caixões estavam em pilhas de oito, alcançando as vigas do teto em abóboda. Sam e Remi fizeram um círculo, suas lanternas iluminavam paredes de pinho branco.

— Ali — Sam disse repentinamente.

Na parede oeste, por trás de uma montanha de pinho podre, havia uma fileira de sarcófagos de pedra. — Quatorze — Remi disse. — O mesmo número que havia de mausoléus no cemitério.

— Um pouco de sorte — Sam disse. Contou a parede de caixões atrás dos sarcófagos. — Inacreditável — ele murmurou. — Remi, há mais de mil corpos neste prédio.

— Earta devia estar enganada. Depois da tempestade e da inundação, devem ter trazido todos os corpos. Svernec não é tanto um cemitério quanto uma capela mortuária.

— Não há cheiro.

— De acordo com Selma, o último sepultamento foi em 1912. Mesmo com embalsamento, provavelmente há pouca carne sobrando.

Sam sorriu e cantou baixinho: — *Dem bones... dem bones... dem dry bones.*

— Não desista do seu emprego diurno. Vamos procurar marcas. O mausoléu de Mala tinha uma enorme cruz patriarcal; talvez tenham feito o mesmo no sarcófago.

Uma rápida conferida da base de cada sarcófago não indicou nenhuma cruz. Sam e Remi seguiram ao longo da fileira, usando as lanternas para verificar o tampo de cada caixão de pedra. Dos quatorze, três tinham sido entalhados com o símbolo da Igreja Ortodoxa Oriental.

Eles sentaram-se juntos e olharam para eles. Remi perguntou: — Quanto você acha que pesa cada um deles?

— Duzentos, duzentos e cinquenta quilos.— Então, após um momento: — Mas a tampa... é uma história diferente. Pé de cabra.

— Perdão? — Remi perguntou com um sorriso. Ela estava acostumada com as descontinuidades do cérebro de seu marido; eram o jeito dele de procurar a solução de problemas.

— Esquecemos um pé de cabra. Aquela tampa deve pesar uns quarenta e cinco quilos no máximo, mas abri-la com o sarcófago enfiado desse jeito aí... Droga, sabia que estava com aquela sensação *estamos esquecendo alguma coisa importante.*

— Por sorte, você tem um plano.

Sam assentiu. — Por sorte, eu tenho um plano.

Tendo havia muito tempo aprendido o valor universal de três itens — corda, arame, fita adesiva —, Sam e Remi raramente saíam em campo sem eles, mesmo quando a tarefa ou jornada específica não solicitasse obviamente nenhum. Dessa vez, na pressa de chegar antes do anoitecer, tinham esquecido um deles além do pé de cabra: arame. O rolo de quinze metros de corda de alpinismo e a fita teriam de ser o bastante, Sam esperava.

Foram necessários só alguns minutos tateando as vigas da igreja para descobrir o que precisavam: uma cantoneira em L solta. Depois de arrancá-la, Sam usou o peso do seu corpo para fechá-la sobre o centro da corda. Em seguida se arrastou por cima dos sarcófagos e inseriu a cantoneira na abertura entre a tampa e o sarcófago. Então, puxando a corda como rédeas, forçou até a cantoneira ficar firme no lugar. Por fim ele e Remi passaram as pontas da corda por cima de uma viga e usaram o peso combinado de seus corpos para ir puxando lentamente a corda até a ponta da tampa se erguer.

— Eu seguro — Remi disse entre dentes cerrados, pegando a ponta de Sam. — Vá em frente.

Sam apressou-se para a frente, inclinou-se sobre a tampa e passou os dedos sob o lado mais próximo. Ele inclinou-se para trás e endireitou as pernas. A tampa projetou-se para cima e deslizou entre suas pernas. A cantoneira se soltou com um ruído metálico.

Juntos, deram a volta na tampa e se debruçaram, com as lanternas de cabeça iluminando o conteúdo do sarcófago.

— Ossos, ossos e mais ossos — Remi disse.

— E nem um reflexo de ouro à vista — Sam acrescentou. — Um visto, mais dois pela frente.

**

EMBORA NENHUM DOS DOIS expressasse a preocupação, tanto Sam quanto Remi tinham uma sensação nas entranhas que qualquer que fosse o sarcófago que escolhessem em seguida, também seria o errado. Similarmente, nenhum dos dois ousava admitir a voz da dúvida cutucando no fundo da mente — que o padre/bispo Besim Mala não tinha sido fiel ao pedido do rei de Mustang e que o segundo disco Theurang já tivesse sido havia muito descartado ou perdido, junto com o Homem Dourado e, se Jack Karna estivesse correto, a localização do Eldorado.

Trinta minutos e uma segunda tampa de sarcófago depois, viram-se contemplando um segundo conjunto de ossos e um segundo fora.

Noventa minutos depois de terem entrado na igreja, deslizaram a tampa do terceiro e último sarcófago. Exaustos, Sam e Remi sentaram-se na frente dele para retomar o fôlego por um minuto.

— Pronta? — Sam perguntou.

— Na verdade, não, mas vamos acabar logo com isso — respondeu Remi.

De quatro, avançaram, um de cada lado da tampa de pedra e, depois de respirar fundo, espiaram dentro do sarcófago.

Da escuridão, um cintilar de ouro piscou para eles.

25

Sofia, Bulgária

Pouco antes do amanhecer, exaustos, mas triunfantes, estavam de volta à península e a caminho de seu hotel em Vlorë.

Já tendo expressado a Selma preocupação quanto a despachar o disco Theurang para San Diego pelos meios convencionais, Sam e Remi descobriram que a pesquisadora-chefe tinha providenciado, previsivelmente, uma alternativa. Rube Haywood, o velho amigo deles da CIA, dera a ela o nome e o endereço de um serviço de courier discreto e confiável em Sofia. Se o serviço era de algum modo filiado à agência dele, Rube declinara em dizer, mas a placa sobre a porta do prédio, que dizia "Sofia Academic Archivist Services Ltd" informou a Sam tudo o que ele precisava saber.

— Estará lá no mais tardar ao meio-dia de amanhã, horário local — Sam disse a Remi. — Tem um endereço para mim?

Remi sorriu e mostrou seu iPad. — Plugada e pronta para ir.

Sam engatou a marcha do Fiat e partiu.

* *

Quando eles estavam a uns oitocentos metros de seu destino, o iPad de Remi tornou-se desnecessário. Placas tanto em cirílico quanto em inglês os levaram pela rua Vasil Levski, passando pelo Parlamento e pela Academia de Ciências, até a praça que circundava o coração religioso de Sofia, a Catedral Alexander Nevsky.

A basílica com domo em cruz dominava a praça, seu domo central dourado erguia-se quarenta e cinco metros acima da rua e a torre do sino mais sete metros.

Lendo no guia de turismo que baixara, Remi disse: — Doze sinos com o peso total de vinte e quatro toneladas, que vão dos nove aos dez mil quilos.

— Impressionante — Sam replicou, seguindo o fluxo de veículos em torno da catedral. — E ensurdecedor, imagino.

A dupla deu duas voltas na praça arborizada antes de Sam entrar numa travessa e encontrar uma vaga para estacionar.

A parada deles na Catedral Alexander Nevsky seria meramente a plataforma de lançamento, ambos sabiam. Embora Selma e Karna concordassem que o bispo Arnost Deniv morrera em Sofia em 1442, nenhum dos dois conseguira encontrar qualquer detalhe sobre onde fora sepultado. Assim esperavam que o bibliotecário-chefe da Alexander Nevsky fosse capaz de indicar-lhes o caminho certo.

Eles desceram e foram até a praça, seguindo o fluxo de habitantes locais e turistas para o lado oeste da catedral, onde subiram os degraus que levavam às maciças portas de madeira. Ao se aproximarem, uma mulher loura com um penteado armado sorriu para eles e disse algo em búlgaro — uma pergunta, a julgar pela inflexão. Sam e Remi captaram a palavra "inglês", presumiram o teor da questão e repetiram: "inglês".

— Bem-vindos à Catedral Alexander Nevsky. Posso ajudá-los? — ela disse.

— Gostaríamos de falar com o chefe de sua biblioteca — respondeu Remi.

— Biblioteca? — a mulher repetiu. — Ah, querem dizer arquivista?

— Sim.

— Sinto muito, mas não há arquivista aqui.

Sam e Remi se entreolharam, perplexos. Remi pegou seu iPad e mostrou para a mulher o Arquivo PDF que Selma lhes enviara, um artigo sobre a Igreja Ortodoxa Oriental da Bulgária. Remi indicou a passagem, e a mulher a leu, seus lábios se movendo em silêncio.

— Ah — ela disse, sabiamente. — Essa informação é velha, vejam vocês. Essa pessoa trabalha agora no Palast do Sínodo.

A mulher apontou para o sudeste, para um prédio cercado por um bosque de árvores. — Fica ali. Vão até lá, e terão ajuda.

— E o que é o Sínodo? — perguntou Sam.

A mulher entrou em modo de guia de turismo: — O sínodo é sede de um grupo de metropolitanos, ou bispos, que por sua vez elegem os Patriarcas e outros postos importantes da Igreja Ortodoxa Búlgara. A tradição do Sínodo remonta aos dias dos apóstolos em Jerusalém.

Com isso, a mulher sorriu e inclinou a cabeça, como a perguntar: *mais alguma coisa?*

Sam e Remi agradeceram, viraram-se e caminharam até o Palast. Chegando lá, no balcão de informações, eles explicaram a razão de sua visita — pesquisa para um livro sobre a história da Igreja Ortodoxa Oriental — e lhes disseram para sentar. Uma hora depois, um padre de hábito preto com uma longa barba grisalha apareceu e os acompanhou até seu escritório, onde rapidamente ficou claro que ele falava muito pouco inglês, e Sam e Remi, ainda menos búlgaro. Um intérprete foi convocado. Eles repetiram sua história e apresentaram a carta de apresentação do editor que Wendy criara para eles usando o Photoshop. O padre ouviu atentamente enquanto o intérprete lia a carta, e então recostou-se e cofiou sua barba por um longo minuto antes de responder.

— Receio que não possa ajudá-los — o intérprete disse por ele. — Os registros que procuram não ficam guardados no Palast. A pessoa com quem falaram na catedral se equivocou.

— Ele sabe onde deveríamos procurá-los, então? — Sam disse.

O intérprete fez a pergunta para o padre, que repuxou os lábios, cofiou a barba mais um pouco e então pegou o telefone e falou com alguém. Depois de alguma conversa, ele desligou. O tradutor disse a Sam e Remi:

— Os registros de pessoas para esse período são mantidos na Sveta Sofia... Desculpe, a igreja Hagia Sofia.

— E onde a encontraríamos? — perguntou Remi.

— Diretamente a leste daqui — o tradutor respondeu. — Cem metros, do outro lado da praça.

* *

Sam e Remi estavam lá dez minutos depois, onde de novo esperaram, dessa vez por meros quarenta minutos, antes de ser conduzidos a mais um escritório de um padre. Este falava inglês muito bem, de modo que tiveram a resposta imediatamente: não só a guia na Catedral Alexander Nevsky estava equivocada como também o padre no Palast do Sínodo.

— Os registros anteriores ao primeiro Hexarca Búlgaro, Antim I, que reinou até a deflagração da Guerra Russo-Turca em 1787, são mantidos no Methodius.

Sam e Remi se entreolharam, respiraram fundo e perguntaram: — O que exatamente é o Methodius?

— Ora, é a Biblioteca Nacional da Bulgária.

— E onde fica?

— Logo aqui a leste, em frente da Galeria Nacional de Arte Estrangeira.

**

DUAS HORAS DEPOIS DE DEIXAREM o carro, Sam e Remi se descobriram de volta a ele e parados do outro lado da rua em frente da Biblioteca Nacional da Bulgária. Sem saber, tinham estacionado a dez passos de seu destino final. Ou, ao menos, era o que achavam.

Dessa vez, após meros vinte minutos com um bibliotecário, ficaram sabendo que o Methodius não tinha nenhum registro de um metropolitano chamado Arnost Deniv que morrera no começo do século XV.

Depois de se desculpar, o bibliotecário deixou-os sentados sozinhos na sala de leitura.

— Nossa brincadeira com os caixões em Sazan está começando a parecer fácil demais — Sam disse.

— Não pode ser o fim da linha — Remi disse. — Sabemos que Arnost Deniv existiu. Como pode não haver nenhum registro dele?

Da mesa ao lado deles, uma suave voz de baixo disse: — A resposta, minha cara, é que há vários Arnost Denivs na história da Igreja Ortodoxa Búlgara e a maioria deles viveu antes da Guerra Russo-Turca.

Sam e Remi se voltaram e se viram olhando para um homem de cabelos prateados e cintilantes olhos verdes. Ele deu a eles um sorriso tranquilo, aberto e disse. — Peço perdão por ter entreouvido.

— Não seja por isso — Remi replicou.

O homem disse: — O problema com a biblioteca é que estão no meio do processo de digitalização de seus registros. Eles ainda não completaram o referenciamento cruzado do catálogo. Consequentemente, se sua pesquisa não é minuciosamente específica, você erra o alvo.

— Estamos abertos para qualquer conselho — Sam disse.

O homem fez um gesto para que se mudassem para a mesa dele. Assim que se sentaram, e ele reempilhara os livros em volta dele, o senhor disse: — Ocorre que estou trabalhando em um pouco de história eu mesmo.

— Da Igreja Ortodoxa Oriental? — perguntou Remi.

O homem sorriu como quem sabe das coisas — Entre outros assuntos. Meus interesses são... ecléticos, suponho que se poderia dizer.

— Interessante que nossos caminhos tenham se cruzado aqui — Sam disse, estudando o rosto do homem.

— A verdade é mais estranha do que a ficção, creio. Esta manhã, enquanto estava pesquisando a dominação otomana da Bulgária, cruzei com o nome Arnost Devin, um metropolitano do século XV.

Remi replicou: — Mas o bibliotecário disse que não...

— Ele disse que não tinham registros de um metropolitano com esse nome que morreu durante esse período. O livro em que o encontrei ainda não foi digitalizado. Vejam, quando o Império Otomano, que era muçulmano devoto, conquistou a Bulgária, milhares de prelados foram mortos. Com frequência, os que sobreviveram foram demovidos ou exilados, ou ambas as coisas. Esse foi o caso de Arnost Deniv. Ele era muito influente, e isso preocupava os otomanos.

— Em 1422, depois de voltar da atividade missionária no Leste, ele ascendeu ao nível de metropolitano, mas quatro anos depois foi demovido e exilado. Sob pena de morte, foi ordenado pelos otomanos a restringir suas ministrações para a aldeia, onde morreu dois anos depois.

— E deixe-me adivinhar — Sam disse. — Os otomanos fizeram o melhor que podiam para destruir muito da história da IOO desse período.

— Correto — o homem disse. — No que concerne a muitos dos textos de história dessa época, Arnost Deniv nunca foi mais do que um padre humilde numa aldeia minúscula.

— Então poderia nos dizer onde ele foi enterrado? — perguntou Remi.

— Não só posso dizer isso como posso lhes indicar onde todas as suas possessões deste mundo estão em exibição pública.

26

Sofia, Bulgária

As instruções do benfeitor deles eram simples: sigam de carro vinte e quatro quilômetros ao norte para a cidade de Kutina, no sopé das montanhas Stara Planina. Encontrem o Museu de História Cultural de Kutina e peçam para ver o acervo Deniv.

Eles chegaram em Kutina pouco depois da uma da tarde e pararam num café para almoçar. Usando frases montadas de fragmentos, Sam e Remi conseguiram obter informações quanto a como chegar ao museu.

— Falando nisso — Sam disse ao abrir a porta do motorista do Fiat —, você guardou o nome daquele homem? De jeito nenhum eu consigo lembrar.

Com sua própria porta meio aberta, Remi se deteve. Ela franziu o cenho. — Isso é curioso... eu também não. Algo que começava com C, acho.

Sam assentiu. — Sim, mas esse era o nome ou o sobrenome dele? Ou ambos?

**

Tendo visto mais igrejas ortodoxas orientais do que precisavam, Sam e Remi ficaram aliviados ao descobrir que o museu ficava numa velha casa de fazenda amarelo-manteiga, com vista para o rio Iskar. De cada lado da construção havia um luxuriante pasto de cavalos.

Eles estacionaram no acesso de cascalho do museu, desceram e subiram os degraus da varanda. Na janela da porta da frente uma universal plaquinha "Volto às", só que em cirílico. Os ponteiros indicavam duas e meia.

— Vinte minutos — Sam disse.

Eles se sentaram na cadeira de balanço da varanda e ficaram balançando, jogando conversa fora e matando o tempo. Uma chuva leve começou a cair, tamborilando no telhado acima deles.

Remi perguntou: — Por que não temos uma dessas? É relaxante.

— Nós temos — Sam respondeu. — Comprei uma para você para o Dia da Árvore quatro anos atrás. — Sam gostava de surpreender sua mulher com presentes em comemorações obscuras. — Eu ainda não tive tempo de montá-la. Vou movê-la para o topo da lista de prioridades.

Remi apertou o braço dele. — Ah, é verdade. Dia da Árvore? Tem certeza de que não foi no Dia da Marmota?

— Não, estávamos em Ancara nesse dia.

— Tem certeza? Eu poderia jurar que Ancara foi em março...

**

Às 14h28 um velho Bulgaralpine verde entrou no acesso e parou no gramado. Uma mulher magricela, com óculos de avó e uma boina desceu, e acenou. — *Sdrawei!* — ela disse.

— *Sdrawei !* — Sam e Remi responderam em uníssono. "Olá!" e "Você fala inglês" eram duas frases que eles tentavam guardar na memória sempre que visitavam um novo país.

Sam agora usou a segunda enquanto a mulher começava a subir os degraus da varanda. Ela respondeu: — Sim, falo inglês. Minha irmã, ela mora nos Estados Unidos: Dearborn, Michigan. Ela me ensina pela Internet. Meu nome é Sovka.

Sam e Remi se apresentaram.

Sovka perguntou: — Vieram ver o museu?

— Sim — disse Remi.

— Ótimo, então. Sigam-me, por favor. — Sovka destrancou a porta da frente e entrou. Sam e Remi a seguiram. O interior cheirava a madeira velha e repolho, e as paredes eram pintadas num tom similar ao do exterior:

amarelo-manteiga desbotado. Depois de pendurar seu casaco na rouparia, a mulher levou-os a um pequeno escritório na sala da frente reformada.

— O que os trouxe a este museu? — a mulher perguntou.

Sam e Remi tinham discutido sua abordagem a caminho de Kutina e decidido ser diretos. — Estamos interessados no padre Arnost Deniv. Alguém na Biblioteca Nacional da Bulgária em Sofia sugeriu que o museu poderia ter alguns artefatos relacionados a ele.

Os olhos de Sovka arregalaram-se. — O Methodius? Eles sabem sobre nosso museu no Methodius? Em Sofia?

Remi assentiu: — De fato sabem.

— Ah, vou colocar isso no nosso próximo boletim informativo. Que momento de orgulho para nós. Para responder à pergunta; não, estão errados. Não temos *alguns* dos pertences pessoais do padre Deniv. Temos *todos* os seus pertences pessoais aqui. Poderia perguntar por que estão interessados nele? — Sam e Remi explicaram o projeto do livro, e Sovka assentiu solenemente. — Uma época negra para a Igreja. Bom que estejam escrevendo sobre ela. Venham.

Eles seguiram Sovka saindo do escritório, cruzando o *hall* e então subindo uma escada para o segundo andar. Lá as paredes tinham sido derrubadas, tornando o que parecia ter sido novecentos metros quadrados de quartos de dormir num espaço aberto. Sovka levou-os até o canto sul da casa, onde um aglomerado de mostruários de vidro e tapeçarias penduradas tinham sido arranjadas, de modo a formar uma alcova. Luzes suspensas no teto iluminavam os mostruários.

Remi viu primeiro, em seguida foi a vez de Sam. — Está vendo...

— Estou — ele respondeu.

Sovka perguntou por cima do ombro: — Perdão?

— Nada — Remi respondeu.

Mesmo a três metros de distância, a borda curva de ouro parecia saltar para eles de seu mostruário perto da parede. Com o coração disparando, Sam e Remi entraram na alcova. Lá, na prateleira mais alta, sobre uma batina preta dobrada bordada em laranja, estava o disco Theurang.

**

Sovka abriu os braços com um floreio e disse. — Bem-vindos à coleção Deniv. Tudo que lhe pertencia na época de sua morte está aqui.

Sam e Remi tiraram os olhos do disco e olharam em volta. No total, havia talvez vinte itens, a maioria roupas, objetos de toalete, instrumentos de escrita e alguns fragmentos de correspondência montados em caixas escuras.

— O que é este item? — Remi disse o mais casualmente possível.

Sovka olhou para o disco Theurang. — Não temos bem certeza. Acreditamos que seja um tipo de suvenir, talvez de sua atividade missionária em terras selvagens.

— É fascinante — Sam disse, se debruçando. — Nós vamos apenas dar uma boa olhada, se não se importa.

— Claro que não. Estarei logo ali, se precisarem de ajuda.

Sovka se afastou, mas em nenhum momento ficou fora de vista.

— Isso complica a coisa — Remi sussurrou para Sam.

Livrar Besim Mala de seu disco Theurang tinha sido uma decisão fácil. Aqui, todavia, o disco de Arnost Deniv era parte da história reconhecida. Assaltar o museu depois do fechamento seria fácil o bastante, mas nem Sam nem Remi se sentiam bem com essa opção.

— Vamos conferir com nossos especialistas — Remi sugeriu.

Eles disseram a Sovka que voltariam em seguida, e saíram na varanda. Ligaram para Selma, pediram a ela para colocar Jack Karna em conferência, então esperaram dois minutos de rangidos e cliques enquanto ela fazia as conexões apropriadas. Assim que Karna entrou on-line, Sam explicou a situação.

Remi perguntou: — Jack, o que exatamente você precisa dos discos para torná-los compatíveis com o mapa mural? É o próprio disco ou o que está marcado nele?

— Ambos, eu suspeito. Há alguma chance que ela o empreste a vocês?

— Duvido — Sam respondeu. — É o seu orgulho e alegria. E estou preocupado que, se perguntarmos, ela vai ficar desconfiada. Até agora, tem ajudado e se mostrado cooperativa. Não queremos que isso mude.

Selma perguntou: — Jack, o quão similares em tamanho e forma são os discos?

— A partir de minhas pesquisas, eu diria que são quase idênticos. Você saberá ao certo quando comparar o que Sam e Remi acabaram de lhe enviar com o que retirou do baú.

Remi disse: — Selma, no que está pensando?

— Ainda não posso dizer, Sra. Fargo, mas se vocês todos aguardarem um momento... — a linha fez um clique e ficou em silêncio. Mantendo sua palavra, Selma estava de volta em três minutos. — Posso construir um — ela disse sem preâmbulos. — Bom, não eu, mas tenho um amigo de um amigo que pode replicar um com perfeita precisão CAD/CAM. Se fornecermos a ele o suficiente do tipo de fotografias adequadas, ele pode modelar o disco.

Sam disse: — Presumo que você tenha uma lista de especificações?

— Estou enviando-a neste momento.

**

Depois de obter a permissão de Sovka para fotografar o acervo Deniv em troca de uma pequena doação para o "Fundo do Novo Telhado" do museu, Sam e Remi voltaram a Sofia e, seguindo tanto as instruções quanto a lista de compras de Selma, reuniram o que precisavam: dois esquadros graduados de qualidade profissional, uma mesa giratória, um suporte preto de três centímetros de altura para instalar o disco e luzes e um tripé para a câmera de Remi.

Voltaram para Kutina por volta das quatro da tarde e estavam fotografando trinta minutos depois disso. Cuidadosos de dar a quantidade certa de atenção para cada artefato da coleção para evitar que Sovka ficasse interessada demais, eles fotografaram um de cada vez, deixando o disco Theurang para o fim. Tendo ficado entediada com o processo, Sovka desapareceu para o seu escritório no andar debaixo.

— Isso seria muito mais fácil se fôssemos inescrupulosos — Sam observou.

— Pense nisso como bom *karma*. Além disso, quem sabe qual é a pena para roubo de artefatos históricos na Bulgária.

— Dois argumentos válidos.

Com a caixa de luz erguida e o tecido branco de fundo no lugar, Sam instalou as luzes de acordo com as instruções de Selma. Isso concluído, Remi colocou o suporte na mesa giratória, e então o disco no suporte. Finalmente os esquadros foram postos no lugar, formando um L em volta do disco.

Depois de tirar uma série de fotos de teste, fazendo alguns ajustes na câmera, Remi começou a fotografar: cinco fotos para cada oito graus de movimento da mesa giratória, para um total de quarenta e cinco viradas ou duzentas e vinte e cinco fotografias no total. Eles repetiram o processo para o lado oposto do disco, e então tiraram outra série com ele na vertical no suporte. Por fim, uma série de *close-ups* dos dois lados do disco, concentrando-se nos símbolos.

— Oitocentas fotografias — Remi disse, endireitando-se do tripé.

— Qual é o tamanho do arquivo?

Remi verificou a tela LCD da câmera. — Uau. Oito gigabytes. Grande demais para e-mail comum.

— Acho que sei como podemos contornar isso — Sam replicou. — Vamos guardar as coisas e ir embora daqui.

* *

Depois de uma rápida ligação para Selma, que por sua vez ligou para Rube, que por sua vez ligou para seus amigos no Sofia Academic Archivist Services Ltd, Sam e Remi encontraram o escritório aberto quando chegaram de volta em Sofia às dezoito e trinta. Como em sua primeira visita, a Sam pediram apenas que se identificasse e dissesse uma frase-código — esta diferente da primeira — antes de ser levado a um escritório adjacente e um terminal de computador. A alta velocidade de Internet do escritório tornou um trabalho rápido os arquivos de fotos, enviando-os para o site de armazenagem de Selma em menos de três minutos. Sam esperou a mensagem de confirmação, e então voltou para o Fiat e Remi.

— Para onde, agora? — ela perguntou.

Sam hesitou. Franziu o cenho. Vinham se movimentando tão rápido desde que tinham chegado a Katmandu que mal tinham tido chance de considerar a questão.

Sam disse: — Eu voto em ir para casa e recomeçar de lá.

— Apoiado.

27

Goldfish Point, La Jolla, Califórnia

— Ótimo... obrigado. Vamos ficar esperando.

Selma desligou o telefone e se voltou para o grupo reunido em torno da mesa de trabalho: Sam, Remi, Pete e Wendy.

Selma disse: — Era o George. O modelo do disco Theurang está pronto. Ele o enviou por um motoboy.

— Mal posso esperar para ver como oitocentas fotos ficam em três dimensões — Remi disse.

Chegando em casa depois de seu voo Sofia-Frankfurt-San Francisco-San Diego, Sam e Remi cumprimentaram todos, então prontamente foram para a cama por deliciosas dez horas. Descansados, e o corpo praticamente realinhado com o horário da Califórnia, reuniram-se com sua equipe na sala de trabalho para uma reunião a fim de colocar as coisas em dia.

— Não importa o quanto seja bom o modelo — Pete disse —, não deve nem se comparar ao autêntico.

Instalados em suas bandejas de espuma preta, que se adequavam à sua forma, os dois discos Theurang genuínos brilhavam sob a luz implacável das luminárias halógenas suspensas.

— Na aparência, sim — Sam replicou. — Mas na utilidade... Desde que nos ajude a saber onde precisamos ir, para mim é de ouro.

Selma perguntou: — Vocês acreditam nisso tudo?

— Quais partes?

— A profecia, a teoria de Jack sobre o Theurang ser um elo perdido evolucionário, Shangrilá... tudo.

Remi respondeu: — Bom, o próprio Jack admitiu: só temos desenhos do Theurang e não há como saber o quanto são baseados em mito e o quanto em observação direta. Eu realmente acho que a argumentação é interessante o bastante para irmos até o fim.

Sam concordou. — Quanto a Shangrilá... Um monte de lendas se baseiam numa nesga de verdade. Na cultura popular moderna, Shangrilá é sinônimo de paraíso. Para o povo de Mustang, bem pode ter sido não mais do que o lugar onde o Theurang foi originalmente encontrado, e onde deveria ser devolvido para lá ficar. Os nomes dos lugares são triviais. É o significado que atribuímos a eles que conta.

— Sam, isso é quase poético — Remi disse.

Ele sorriu. — Tenho os meus momentos.

O interfone tocou. Selma atendeu, e então saiu. Voltou um minuto depois trazendo uma caixa de papelão. Ela abriu a caixa, examinou o conteúdo e o removeu. A seguir colocou o disco Theurang modelado na bandeja de espuma.

O disco era quase indistinguível dos seus companheiros.

— Estou impressionado — Sam disse. — Boa, Selma.

— Obrigada, Sr. Fargo. Vamos ligar para Jack?

— Num instante. Primeiro, todavia, acho que está na hora de lidar com King Charlie. Eu gostaria de deixá-lo irritado o bastante para fazê-lo falar.

— O que você quer dizer? — perguntou Wendy.

— Dependendo do quanto forem confiáveis suas fontes em Mustang, ele pode estar achando que seu plano de nos afogar no Kali Gandaki deu certo. Vamos ver se conseguimos sacudir sua jaula. Selma, você pode me conseguir uma linha segura no viva-voz aqui?

— Sim, Sr. Fargo. Um instante.

Logo a linha se abriu e começou a tocar. Charlie King atendeu com um grunhido: — King falando.

— Bom dia, Sr. King — disse Sam. — Sam e Remi Fargo.

Hesitação. E então um impetuoso: — Bom dia para vocês também! Fazia tempo que não ouvia nada de vocês. Estava começando a ficar preocupado que tinham dado para trás em nosso acordo.

— Que acordo seria esse?

— Eu consegui que seu amigo fosse libertado. Agora você vai me entregar o que encontrou.

— Está confundindo sua memória com seu desejo, Charlie. O acordo era que encontraríamos com Russell e Marjorie e chegaríamos a um entendimento.

— Ora, maldito seja, filho, o que acha que isso quer dizer? Eu lhe dou Alton, você me dá o que eu quero.

Remi disse: — Decidimos que você rompeu o contrato, Charlie.

— Do que você está falando?

— Estamos falando do guia impostor que contratou para nos matar em Mustang.

— Eu não fiz...

Sam o interrompeu: — Diferença sem distinção. Você mandou seus filhos ou sua mulher tratarem disso.

— Vocês acham mesmo, é? Bom, vão em frente e provem isso.

— Acho que podemos fazer melhor do que isso — Sam retorquiu. Ao lado dele, Remi fez com a boca: *o quê?* Sam deu de ombros e fez com a boca: *estou improvisando.*

King disse: — Fargo, eu já fui ameaçado por homens mais durões e ricos do que você. Eu limpo minhas botas do sangue deles quase todos os dias. Que tal você simplesmente me dar o que eu quero e nos despedirmos como amigos?

— Tarde demais para isso; a parte de ser amigos, quer dizer. Quanto ao prêmio do qual está atrás, o prêmio que seu pai passou a maior parte de sua vida adulta caçando, nós o temos. Está bem aqui na nossa frente.

— Besteira.

— Seja mais educado, e talvez possamos lhe mandar uma foto. Primeiro, entretanto, por que não explica seu interesse nele?

— Que tal você me contar o que acha que encontrou?

— Um baú de madeira, na forma de um cubo, que estava com um soldado que morreu meio milênio atrás.

King não respondeu imediatamente, mas eles puderam ouvi-lo respirando na linha. Por fim, num tom contido, Charlie disse: — Vocês realmente o têm.

— Temos. E a menos que você comece a contar a verdade, vamos abri-lo e ver o que tem dentro por conta própria.

— Não, mantenham-no quieto aí. Não saiam fazendo isso.

— Diga-nos o que há dentro.

— Pode ser uma dessas duas coisas: uma coisa na forma de uma moeda grande ou um monte de ossos. Seja qual for, não vai significar muito para vocês.

— Então por que significa tanto para você?

— Não é da sua conta.

Do outro lado da mesa, Selma, de pé atrás de seu laptop, Selma ergueu o indicador. Sam disse: — Sr. King, poderia aguardar só um momento?

Sem esperar a resposta, Pete estendeu a mão para o viva-voz e apertou o botão Mute.

Selma disse: — Esqueci de lhe dizer: estive pesquisando um pouco mais da adolescência de King. Dei com um blogue escrito por uma ex-repórter do *New York Times.* A mulher alega que durante uma entrevista com King há três anos, ela fez uma pergunta da qual ele não gostou. Após fuzilá-la com os olhos, ele encerrou a entrevista. Dois dias depois ela foi despedida. A jornalista não consegue arranjar um emprego decente no jornalismo a partir de então. King colocou-a na lista negra.

Remi perguntou: — O que ela perguntou a ele?

— Ela perguntou por que no *yearbook* do Ensino Médio de King todo mundo se referia a ele pelo apelido Adolf.

— Só isso? — disse Sam. — Isso é tudo?

— Só isso.

Wendy disse: — Já sabemos que Lewis King era um nazista só no nome, e Charlie não teve nada a ver com isso, então por que...

— Garotos sendo garotos — Remi replicou. — Pense no caso: Lewis King esteve a maior parte do tempo ausente da vida de Charlie desde que ele era pequeno. Para completar, onde quer que Charlie fosse ele provavelmente era provocado implacavelmente por suas raízes nazistas. Não parece muito da nossa perspectiva, mas para um menino, um adolescente... Sam, esse pode ser o calo de King. Naquela época, ele era uma criança petulante sem poder nenhum. Agora é um bilionário petulante com mais poder do que muitos chefes de Estado.

Sam considerou isso. Assentiu para Pete, que apertou o botão. — Desculpe, Charlie. Onde estávamos? Ah, certo, a caixa. Você disse que poderia conter uma moeda ou alguns ossos, certo?

— Certo.

— E seu pai queria isso para quê? Algum obscuro ritual oculto nazista? Alguma coisa que Himmler sonhara com Adolf?

— Cale a boca, Fargo!

— Seu pai passou a vida caçando isso. Como você pode ter certeza de que ele não tinha ligações com alguma organização nazista secreta do pós-guerra?

— Estou avisando... Feche a sua boca!

— É por isso que você quer o Homem Dourado, Charlie? Você está tentando terminar o que seu pai incompetente não conseguiu?

Do alto-falante veio o som de algo pesado se despedaçando na madeira seguido por estática. A voz de King voltou à linha: — Não sou nazista!

— A maçã nunca cai longe da árvore, Charlie. Eis como eu acho que aconteceu. Seu pai ficou sabendo da existência do Theurang durante a expedição de 1938, então depois da guerra a família se muda para os Estados Unidos, onde ele continua sua doutrinação nazista. Em suas mentes distorcidas, o Theurang é alguma espécie de Santo Graal. Lewis desapareceu tentando achá-lo, mas ele o ensinou bem. Você não vai...

— Aquele canalha! Aquele idiota! Foi vagabundear largando a minha mãe lá na Alemanha, e então faz a mesma maldita coisa quando ela chegou aqui! Quando minha mãe engoliu um frasco de pílulas, ele sequer se incomodou em vir para o enterro. Ele a matou e não teve a decência de aparecer!

— Ah, o velho e bom excêntrico Lewis! Ele não estava nem aí quanto ao que diziam sobre ele, e não conseguia entender por que isso iria me incomodar. Todo dia, todo maldito dia, eu tinha de ouvi-los sussurrando por trás das minhas costas, me fazendo aquele maldito *Heil Hitler*! Tudo isso, e eu ainda os venci! Venci todos! Eu poderia comprar e vender cada um deles agora.

— Você acha que estou atrás do Homem Dourado porque significava muito para o meu pai? Você acha que sou algum tipo de filho cumprindo um dever para com o pai? Que piada! Quando eu puser as mãos nessa coisa, vou reduzi-la a pó! E se há algum Deus no céu, meu pai estará assistindo!

King se deteve, e soltou uma risadinha forçada. — Além disso, vocês dois têm sido espinhos em minha pata desde o primeiro dia. Nem pensem que vou deixar que fiquem com o que é por direito meu.

Sam não respondeu imediatamente. Um olhar para Remi lhe disse que pensavam o mesmo: pela criança Charlie King eles sentiam total pena. Mas King não mais era uma criança, e sua missão insana de se vingar do pai, que havia muito estava morto, custara a vida de pessoas.

Sam disse. — É isso o que é, então? Uma malcriação? King, você matou, sequestrou e escravizou pessoas. Você é um sociopata.

— Fargo, você não sabe o que está...

— Eu sei o que você faz. E sei o que você é capaz de fazer antes que tudo isso termine. Eu vou lhe fazer uma promessa, King: não só nós vamos garantir que não consiga o Homem Dourado, como vamos garantir que vá para a prisão pelo que fez.

—Fargo, me ouça! Eu vou matar...

Sam estendeu a mão e desligou.

A linha ficou muda.

Houve silêncio em torno da mesa de trabalho.

Então, baixinho, Selma disse: — Bom, ele soou um pouquinho irritado.

O exagerado eufemismo dela quebrou a tensão. Todos se puseram a rir. Quando pararam, Remi disse: — A pergunta é: se conseguirmos cumprir nossa promessa, King acabará numa prisão ou num quarto acolchoado?

* *

Thisuli, Nepal

O CORONEL ZHOU TINHA CONCORDADO com a reunião tarde da noite em parte por curiosidade, em parte por necessidade. Seu arranjo com os *zazhong* — mestiços — norte-americanos de rosto estranho tinha até então sido lucrativo, mas agora que sabia a verdadeira identidade deles, e a do pai deles, Zhou estava ansioso para mudar os termos de sua parceria. O que Charles King estava fazendo no Nepal não incomodava Zhou. O que o aborrecia era como ele cobrara em... despesas de frete, como os norte-americanos dizem. Fazer os fósseis chegarem a Lhasa e passar pela alfândega era bastante fácil, mas encontrar e assegurar distribuidores confiáveis para mercadorias tão proibidas era bem mais complicado — e, a partir daquela noite, bem mais caro.

Alguns minutos antes da meia-noite, Zhou ouviu o ronco do motor de um SUV lá fora. Os dois soldados atrás do coronel levantaram-se das cadeiras e colocaram seus rifles em posição de prontidão.

— Eu mandei que fossem revistados dessa vez — ele disse a seus homens. — Ainda assim, não baixem a guarda.

Um dos guardas externos deu um passo para a soleira da porta, assentiu para Zhou e desapareceu. Um momento depois Marjorie e Russell King saíram da escuridão para a luz trêmula de um lampião de querosene. Não estavam sozinhos. Uma terceira figura, uma mulher chinesa de expressão sinistra, entrou na sala. A linguagem corporal dos filhos de King indicou a Zhou que essa nova mulher falaria pelo trio.

Então ele viu as semelhanças nos olhos, nariz e maçãs do rosto. Mãe e filhos, Zhou pensou. Interessante. Ele decidiu jogar diferente. Ergueu-se de sua cadeira na mesa sobre cavaletes e fez uma reverência respeitosa para a mulher. — Devo chamá-la de Sra. King?

— Não. Hsu. Zhilan Hsu.

— Por favor, sentem-se.

Zhilan sentou-se no banco, as mãos dobradas na mesa na frente dela. Os filhos permaneceram de pé, espelhando a posição dos soldados de Zhou. Zhou sentou-se.

— A que devo o prazer? — ele perguntou.

— Meu marido requer algo do senhor.

— É mesmo?

— Sim. Ele requer que você compreenda o seguinte: nós sabemos que seu nome não é Zhou, e que você não é um coronel do Exército de Libertação do Povo. Seu nome na verdade é Feng, e você é um general.

O general Feng sentiu seu estômago se tornando um bloco de gelo. Foi um ato de vontade impedir que o pânico se mostrasse em seu rosto. — É mesmo?

— É. Sabemos tudo sobre você, incluindo todas as suas outras atividades ilícitas: tráfico de armas, contrabando de heroína e por aí afora. Também sabemos quem em sua cadeia de comando é seu aliado e quem é seu inimigo. De fato, meu marido tem muito boas relações com um general chamado Gou. Conhece o nome?

Feng engoliu em seco. Ele sentiu seu mundo desmoronar à sua volta. Mas conseguiu produzir um quase imperceptível: — Sim.

— O general Gou não gosta de você, gosta?

— Não.

— Fiz-me clara? — Zhilan Hsu perguntou.

— Sim.

— Vamos falar sobre nossa parceria. Meu marido, na realidade, está satisfeito com os serviços que você tem prestado e gostaria de oferecer um aumento de quinze por cento em todas as transações.

— Isso é muito generoso.

— Meu marido tem consciência disso. Ele também pede um favor seu.

Mesmo as palavras saindo de sua boca, Feng estava se amaldiçoando por dizê-las. — Um favor sugere algo sem compensação.

Os olhos obsidianos duros de Zhilan encararam Feng alguns instantes antes de sua resposta: — Usei a palavra errada. Talvez "tarefa" seja melhor. É claro, ele ficará feliz em recompensá-lo com a quantia de duzentos mil dólares americanos. Mas só se for bem-sucedido.

Feng lutou para manter o sorriso fora de seu rosto. — É claro. Isso é justo. Qual é a natureza da tarefa?

— Há pessoas, duas delas, para ser mais específica, que estão ameaçando nossos interesses comerciais aqui. É nossa expectativa que eles estarão viajando ao longo da fronteira nas próximas semanas, talvez até cruzando para a RAT — Zhilan disse, referindo-se à Região Autônoma do Tibete. — Queremos que você os intercepte.

— Poderia ser mais específica?

— Capturados e entregues para nós ou mortos. Eu lhe darei a ordem quando chegar a hora.

— A qual distância da fronteira eles estarão viajando?

— Em alguns pontos, menos do que alguns quilômetros.

— A fronteira tem muitas centenas de quilômetros. Como fazer para encontrar dois indivíduos em tudo isso?

— Não seja obtuso — Zhilan disse, a voz dela assumindo um tom mais ríspido. — Você tem sob seu comando quatorze helicópteros Harbin Z-9 com radares infravermelhos, câmeras de visão noturna e mísseis, tanto antiar quanto antitanque.

Feng suspirou. — É extraordinariamente bem-informada.

— Seu comando mantém também setenta e nove postos de observação ao longo da fronteira. Isso também é correto?

— Sim.

— Suspeitamos que essas pessoas terão de usar um helicóptero para chegar a algumas das áreas mais remotas. Há um número limitado de empresas no Nepal que oferecem tais serviços. Para facilitar sua tarefa, vamos monitorar essas empresas.

— Então por que não interceptar essas pessoas antes que elas embarquem?

— Nós vamos permitir que elas... completem sua missão antes de agir contra elas.

— Qual é a missão delas?

— Estão procurando alguma coisa. Queremos que sejam bem-sucedidos.

— O que estão procurando?

— Você não precisa saber isso. General, eu expliquei o que se requer de você; dei-lhe toda a informação de que precisa para tomar uma decisão. Então, por favor, decida.

— Eu aceito. Vou precisar de informação sobre os alvos.

Zhilan colocou a mão no bolso frontal de sua parca e tirou um cartão SD. Ela o deslizou sobre a mesa para Feng e então se levantou. — Trate de estar pronto quando eu chamar.

28

Jomsom, Nepal

Extremamente conscientes de que, em Charles King, eles tinham enfurecido um leão que até então estivera só aborrecido, Sam e Remi instruíram Selma a encontrar uma rota alternativa para Mustang.

Todos os envolvidos sabiam que o Theurang estava em alguma parte do Himalaia, e King agora sabia que os Fargo, possuindo uma dianteira significativa na corrida, teriam de voltar ao Nepal. Sam e Remi não tinham dúvidas de que Russel e Marjorie King, junto com a mãe deles, Zhilan Hsu, estariam em seu encalço. Só o tempo diria quais outras forças King colocaria em ação, mas eles pretendiam proceder muito cautelosamente até aquela odisseia terminar.

Uma série de voos-maratona acabou por fim os levando a Nova Délhi, na Índia, de onde foram de carro duzentas e setenta quilômetros a sudeste para a cidade de Lucknow, onde embarcaram num voo *charter* num monomotor por mais trezentos e vinte quilômetros para o nordeste em direção a Jomsom. Eles tinham saído do ponto de encontro de trilheiros menos de uma semana antes, e quando as rodas do avião pousaram na pista tanto Sam quanto Remi tiveram uma sensação de *dejà vu*. Essa sensação só se intensificou ao caminharem para o terminal em meio à aglomerações de trilheiros e representantes de serviços de guias cuidando de seus negócios.

Como Jack Karna prometera, eles deslizaram pela alfândega sem ser incomodados ou questionados. Esperando por eles na calçada em frente do terminal estava outro retorno do passado: um homem nepalês parado ao lado de um Toyota Land Cruiser branco e segurando uma placa com o nome deles.

— Acho que está esperando por nós — Sam disse, estendendo a mão.

O homem apertou as mãos dos dois. — Meu nome é Ajay. O Sr. Karna me pediu para lhes dizer que "o peixe mais novo de Selma se chama *Apistogramma iniridae*". Pronunciei isso certo?

— Pronunciou — Remi respondeu. — E qual é o nome dele?

— Frodo. — Em suas longas discussões, Selma e Jack Karna descobriram que ambos eram ávidos fãs da trilogia de *O Senhor dos Anéis*. — Sim? OK? — Ajay perguntou com um sorriso.

— OK — Sam respondeu. — Vamos.

**

NÃO SURPREENDENTEMENTE, Ajay não só era um melhor guia do que o anterior deles como também era um motorista melhor, lidando com os inúmeros ziguezagues, curvas e perigos da Kali Gandaki com habilidade. Apenas oito horas após saírem de Jomsom eles estavam parados na frente da porta de Jack Karna em Lo Monthang.

Jack cumprimentou cada um deles com um caloroso abraço. Chá quente e *scones* estavam prontos e à espera na área de estar com almofadas. Assim que tinham se instalado e se aquecido, Sam e Remi pegaram os discos Theurang e os colocaram na mesa de centro diante de Karna.

Por um minuto inteiro, ele simplesmente ficou com os olhos arregalados, e um meio sorriso no rosto. Por fim, pegou um disco por vez, examinando-os cuidadosamente. Ele pareceu apenas ligeiramente menos impressionado com o modelo.

— Exceto pelos símbolos, é quase idêntico ao artigo genuíno, não é? Essa Selma de vocês... é uma mulher e tanto, tenho de dizer.

Remi lançou a Sam um olhar de lado e um sorriso. Sua intuição feminina lhe dissera que havia alguma centelha crescendo entre Selma e Jack. Sam descartara a ideia. Agora ele deu a ela um assentimento, admitindo.

— Ela é única — Sam disse. — Então, você acha que vão funcionar?

— Não tenho dúvidas. Para tanto, Ajay vai nos levar às cavernas amanhã de manhã. Com um pouco de sorte, até o fim do dia teremos encontrado uma correspondência. De lá, será só uma questão de seguir o mapa até Shangrilá.

— Nunca nada é simples assim — Remi disse. — Acredite em nós.

Karna deu de ombros. — Se é o que dizem. — Ele serviu mais chá e ofereceu a travessa de *scones*. — Agora, contem-me mais sobre o amor de Selma por chá e peixes tropicais.

* *

ELES ESTAVAM DE PÉ antes de amanhecer no dia seguinte para um café da manhã completo servido pelo menino criado de Karna: *bacon*, ovos, *black pudding*, tomates e cogumelos grelhados, pão frito, salsichas e canecos aparentemente sem fundo de chá. Quando não conseguiam aguentar mais, Sam e Remi empurraram para a frente seus pratos.

— Isso é o que você come normalmente pela manhã? — Remi perguntou a Karna.

— É claro.

— E como se mantém magro? — Sam perguntou.

— Muita caminhada. Sem mencionar o frio e a altitude. Você queima calorias de forma acelerada aqui. Se não consumo pelo menos cinco mil por dia, começo a perder peso.

— Talvez você devesse abrir um acampamento para ficar em forma — Remi sugeriu.

— É uma ideia — Karna disse, levantando-se. Ele bateu palmas e as esfregou. — Certo! Dez minutos para a partida. Ajay nos encontrará no portão!

* *

FIEL À SUA PALAVRA, Karna os estava conduzindo porta afora alguns minutos depois, e logo eles estavam no Land Cruiser indo para os sopés no sudeste. A três quilômetros e meio da cidade, ao chegarem numa crista, a paisagem começou a mudar drasticamente. As colinas ondulantes ficaram mais íngremes, e seu contorno ficou mais irregular. O solo lentamente transformou-se de cinza para um marrom-oliva, e os poucos arbustos que pontilhavam a terra se tornaram ainda mais esparsos. O Land Cruiser começou a sacolejar de um lado para o outro com Ajay se desviando na pista agora cheia de pedras. Logo os ouvidos de Sam e Remi começaram a estalar.

Do banco da frente Karna disse: — Tem duas caixas de água mineral no compartimento de carga. Tratem de se manter hidratados. Quanto mais alto formos, de mais fluido vocês precisarão.

Sam pegou dois pares de garrafas, entregou uma para Remi e duas para Karna no banco da frente, então perguntou-lhe: — A que distância estamos da fronteira com o Tibete?

— Uns onze quilômetros. Tentem lembrar: com a maioria do restante do mundo, podemos pensar nela como a fronteira com o Tibete, mas os chineses não. É uma distinção que eles zelosamente mantêm. O nome oficial pode ser Região Autônoma do Tibete, mas no que concerne a Pequim é tudo China. De fato, se ficarem de olhos atentos, começarão a ver postos avançados nas encostas. Poderemos até encontrar uma ou duas patrulhas.

— Patrulhas? — Sam repetiu. — Como assim, do exército chinês?

— Isso. Tanto unidades de terra quanto de ar entram em Mustang, e não por acaso. Eles sabem que o Nepal nada pode fazer além de apresentar uma queixa formal, o que não quer dizer nada para os chineses.

— E o que acontece se alguém vai parar do lado deles da fronteira? Um trilheiro perdido, por exemplo.

— Depende do lugar. Entre aqui e a extremidade norte de Mianmar são quase três mil e duzentos quilômetros de fronteira, boa parte dela sobre terreno acidentado e ermo. Quanto a aqui, em raras ocasiões os chineses não muito polidamente espantam almas de volta para o outro lado da fronteira, mas em geral invasores são presos. Sei de três trilheiros no ano passado que foram pegos.

Do banco do motorista, Ajay silenciosamente mostrou quatro dedos.

Karna disse: — Corrigindo: quatro trilheiros. Todos, exceto um, acabaram sendo libertados. Estou certo quanto a isso, Ajay?

— Certo.

— Defina "acabam sendo" — Remi disse.

— Um ano, por aí. O que eles mantiveram está desaparecido há seis anos. Os chineses gostam de ser exemplares, sabe. Deixar um invasor ir embora muito rápido pegaria mal. No instante seguinte, haveria hordas de agentes ocidentais disfarçados como trilheiros inundando a fronteira.

— É como eles realmente veem a coisa? — perguntou Sam.

— Alguns no governo sim. Mas suponho que é mais por ostentação. Há trechos ao longo da fronteira sul da China que são impossíveis de cobrir no solo, de modo que a China é limitada em relação às áreas que pode controlar. Eu sei de fonte segura — Karna fez um gesto cômico com a cabeça na direção de Ajay — que trilheiros no norte da Índia com frequência passam pela fronteira; na realidade, há empresas de turismo especializadas nisso. Estou certo, Ajay?

— Certo, Sr. Karna.

— Não se preocupem. Ajay e eu temos feito isso junto faz anos. Nosso GPS está perfeitamente calibrado, e conhecemos intimamente esta região. Não vamos tropeçar nas garras do exército chinês, posso lhes assegurar.

**

MAIS UMA HORA DE ESTRADA os levou a uma garganta cercada por rochas tão profundamente erodidas que pareciam os sulcos vincados de formigueiros gigantescos. Adiante havia uma construção similar a um castelo parcialmente entranhada no rochedo. As paredes externas do andar térreo eram pintadas da mesma cor vermelho queimado que tinham visto em Lo Monthang, enquanto os dois andares superiores, empilhados sobre vigas horizontais que se projetavam, eram progressivamente menores e pareciam escavados na própria rocha. Flâmulas de oração desbotadas penduradas entre os dois telhados cônicos tremulavam na brisa.

— Tarl Gompa — Karna anunciou.

— Ouvimos o nome muitas vezes — Remi disse —, mas a definição parece... indefinível.

— Um jeito acurado de descrevê-lo. Num sentido, *gompas* são espécies de fortificações. Postos avançados para educação e crescimento espiritual. Noutro sentido, são mosteiros, e em outro ainda, postos militares. Depende muito do período da história e do povo que ocupa o *gompa*.

— Quantos deles existem?

— Só no Nepal, mais de uma centena, que eu saiba. Provavelmente o triplo desse número permanece não descoberto. Se expandirmos a região para o Tibete e o Butão, há milhares.

— Por que vamos parar neste? — perguntou Sam.

— Sobretudo por respeito. Onde quer que haja cavernas sagradas, um conselho de anciãos é formado para supervisioná-las. As cavernas aqui não são ainda bem conhecidas, e os anciãos são muito protetores em relação a elas. Se não apresentarmos nosso respeito, acabaremos nos vendo diante do cano de cerca de uma dúzia de rifles.

Eles desceram do carro. Em nepalês, Karna gritou para o *gompa*, e alguns momentos depois um homem idoso vestindo calças cáqui e uma parca azul brilhante saiu da soleira escura da porta. Seu rosto era moreno com rugas profundas. Sob sobrancelhas espessas ele examinou os visitantes por vários segundos antes de abrir um amplo sorriso.

— *Namaste*, Jack! — o homem gritou.

— *Namaste*, Pushpa. *Tapaai laai kasto chha?*

Karna foi até ele, e os dois homens se abraçaram e começaram a falar em voz baixa. Karna fez um gesto na direção de Sam e Remi, e eles instintivamente avançaram.

Ajay os deteve. — Melhor esperarem aqui. Pushpa é um *sgonyer,* um porteiro. O Sr. Karna é bem conhecido por essa gente, mas são desconfiados quanto a estrangeiros.

Karna e Pushpa continuaram a conversar por vários minutos antes de o velho assentir e bater com as palmas das mãos nos dois braços de Karna. Karna voltou para o Land Cruiser.

— Pushpa nos deu permissão para prosseguir. Ele irá avisar um guia local para que nos encontre nas primeiras cavernas.

— Avisar como? — Remi perguntou. — Não vejo nenhum...

— Por palavra a pé — Karna respondeu.

Ele apontou para uma das dentaduras de tubarão de rocha no topo do rochedo em frente. Lá, havia uma figura de pé. Enquanto olhavam, Puhspa ergueu o braço e formou uma sequência de formas com a mão. A figura sinalizou de volta, então desapareceu por trás do rochedo.

Karna disse: — Quando chegarmos lá, todos os habitantes locais já estarão sabendo disso e que temos permissão.

— Em outras palavras, nada de aldeões enfurecidos com forcados.

— Rifles — Sam corrigiu.

Jack sorriu, tranquilizador. — Nem um nem outro. Vamos?

* *

DEIXANDO TARL GOMPA no espelho retrovisor, eles continuaram em direção a leste, seguindo a garganta por três quilômetros e meio, antes de chegar a um leito de rio seco. Uns quatrocentos metros adiante, uma coleção de edificações tipo *gompa* se erguia no sopé de outro rochedo com aspecto de formigueiro, este com uma altura de centenas de metros e se estendendo para o norte e para o sul, tanto quanto o olho conseguia alcançar.

Ajay guiou o Land Cruiser pelo leito do rio até a ponte, e a atravessou. Ao se aproximarem da aldeia, o solo mudou de seixos e rochas para uma areia fina de um marrom-ferrugem. Ajay parou o veículo do lado de um muro baixo de pedra no perímetro da aldeia. Todos desceram sob um vento cortante. A areia investia contra as jaquetas deles.

— Tem algo de mordente, não? — Karna disse.

Sam e Remi, às voltas com baixar o capuz, assentiram. Sam gritou: — Daqui prosseguimos a pé?

— Sim. Lá dentro — Karna apontou os formigueiros. — Vamos.

Karna os conduziu por uma abertura no muro e começou a seguir um caminho marcado por pedras. No fim desse caminho encontraram uma grossa cerca viva de arbustos. Ele seguiu a cerca à esquerda, entrando então numa pérgola natural. Emergiram então numa pequena praça pavimentada com pedras que tinha no centro uma fonte borbulhante. Em volta do seu perímetro, flores vermelhas e púrpuras transbordavam de canteiros.

— Eles desviam um pouco do rio para irrigação, encanamento e fontes — Karna explicou. — Eles adoram fontes.

— É bonito — Remi disse.

Era necessária pouca imaginação para ver como lendas sobre Shangrilá tiveram início aqui, ela pensou. No meio de uma das terras mais áridas em que ela e Remi já tinham estado, encontraram um minúsculo oásis. A justaposição era agradavelmente discordante.

Sentado num banco ali perto estava um homem baixo de meia-idade, vestido com uma jaqueta de lã e um boné de beisebol com o logotipo dos Chicago Bears.

Ele ergueu a mão na direção deles e veio andando. Karna e o homem se abraçaram e conversaram por um momento antes de Jack se virar e apresentar Sam e Remi.

— *Namaste... Namaste* — o homem disse com um sorriso.

Karna disse: — Esse é Pushpa. — Antes que eles pudessem perguntar, Karna acrescentou: — Sim, é mais ou menos o mesmo que o homem no *gompa*. Para nós soa exatamente a mesma coisa; para eles, a inflexão faz toda a diferença. Pushpa nos conduzirá às cavernas. Vamos tomar um chá com Pushpa, e então entraremos em ação.

29

Jomsom, Nepal

COM AS MOCHILAS NAS COSTAS, eles retraçaram suas pegadas até o Land Cruiser, e então seguiram Pushpa ao longo do muro, primeiro para o sul, depois para o leste, dando a volta na aldeia até o sopé dos rochedos formigueiro.

— Eu repentinamente fiquei me sentindo muito pequena — Remi disse por cima do ombro para Sam.

— Muito.

Quando primeiro viram os rochedos, tanto a distância quanto a geologia fantástica se combinaram para fazê-los parecer menos do que reais, como se fosse o pano de fundo de um filme de ficção científica. Agora, com Sam e Remi parados na sombra do formigueiro, eles eram simplesmente assombrosos.

Na frente da fila, Pushpa tinha se detido, esperando pacientemente até Sam e Remi deixarem de ficar boquiabertos e tirar fotografias antes de partir. Dez minutos de caminhada os levou a uma rachadura na rocha que era pouco mais alta do que Sam. Um a um, eles passaram pela abertura para um caminho que era quase um túnel. Sobre a cabeça deles, as lisas paredes marrom-ferrugem curvavam-se, quase se tocando, deixando apenas uma nesga de céu azul lá em cima.

Sempre para o leste a trilha ziguezagueava e se espiralava até Sam e Remi perderem a noção do quanto tinham percorrido. Pushpa pediu uma parada com uma palavra ríspida. Atrás deles, no fim da linha, Ajay disse: — Agora escalaremos.

— Como? — Remi perguntou. — Não vejo nenhum apoio para as mãos. E não temos equipamento nenhum.

— Pushpa e seus amigos abriram um caminho. O arenito aqui é muito frágil; pitons e parafusos para rocha padrão causam danos demais.

À frente, eles podiam ver Pushpa e Karna falando. Pushpa desapareceu numa cavidade do lado esquerdo do rochedo, e Karna voltou pela trilha até onde Sam e Remi estavam parados.

— Pushpa está indo primeiro — ele disse —, seguido por Ajay. Então você, Remi, seguida por você, Sam. Eu ficarei com a retaguarda. Os degraus parecem intimidadores, mas são bastante sólidos, posso lhes assegurar. Apenas prossigam lentamente.

Sam e Remi assentiram, e então Karna e Ajay trocaram de posição.

Ajay ficou na frente da fila, com o pescoço virado para cima por vários minutos antes de ele também entrar na cavidade e desaparecer. Sam e Remi deram um passo à frente e olharam para cima.

— Minha nossa — Remi murmurou.

— É — Sam assentiu.

Os degraus que Karna mencionara eram de fato estacas de madeira que tinham sido cravados no calcário de modo a formar uma série de apoios dispostos em ziguezague para as mãos e para os pés. A escada subia uns trinta metros por uma abertura como uma chaminé antes de se curvar fora de vista por trás de uma parede suspensa de rocha.

Eles observaram Ajay subindo sobre os apoios até não poderem mais vê-lo. Remi hesitou só por um momento, então virou-se para Sam, beijou-o no rosto e ofereceu um animado: — Vejo você lá em cima!

Com isso, ela subiu no primeiro apoio e começou a escalar.

Quando estava a meio caminho da subida, Karna disse por cima do ombro de Sam. — Ela é um dínamo, essa mulher.

Sam sorriu: — Você está pregando para os convertidos, Jack.

— Bem parecida com Selma, então, certo?

— Certo. Selma é... singular.

Assim que Remi fizera a curva, Sam começou a subir. Imediatamente ele sentiu a solidez dos apoios, e após alguns movimentos de teste para compensar o peso de sua mochila, entrou num ritmo constante. Logo as paredes da chaminé se fecharam em volta dele. A pouca luz do sol que se infiltrava na trilha lá embaixo diminuiu para o crepuscular. A seis metros adiante, acima e à esquerda dele, os degraus terminavam numa tábua de madeira horizontal pregada numa fileira de estacas. No fim dessa tábua havia uma segunda, e essa passava por cima de outra parede suspensa. Remi estava parada na junção; ele lhe deu um aceno e um sinal de positivo com o polegar.

Quando Sam chegou à tabua, descobriu que não era assim tão estreita quanto parecera lá debaixo. Ele se impeliu para a plataforma, equilibrou-se, e no pé ante pé na tábua, deu a volta. Quatro tábuas mais o levaram a um platô de pedra e a uma caverna de formato oval. Ali, encontrou Pushpa, Ajay e Remi sentados em torno de um fogão Jetboil com uma chaleira em miniatura sobre ele.

A água tinha começado a borbulhar quando Karna passou pela entrada da caverna. Ele sentou-se: — Ah, ótimo, chá!

Sem nada dizer, Pushpa pegou cinco canecos de ágate vermelhos de sua mochila, distribuiu-os e serviu o chá. O grupo ficou sentado junto, sorvendo a infusão e apreciando o silêncio. Lá fora, lufadas de vento ocasionalmente assobiavam ao passar pela entrada.

Quando todos tinham terminado, Pushpa guardou os canecos, e partiram de novo, dessa vez com as lanternas de cabeça acesas. Mais uma vez, Pushpa liderava, enquanto Ajay ficava na retaguarda.

O túnel virou para a esquerda, e então para a direita, parando subitamente numa parede vertical. Bem à frente, um arco na altura do peito tinha sido cavado no calcário. Pushpa se voltou e falou com Karna por alguns segundos, e Karna disse a Sam e Remi:

— Pushpa compreende que vocês não são budistas, e compreende que o trabalho aqui talvez seja um pouco complicado, de modo que ele não vai pedir que vocês sigam os costumes budistas. Ele apenas pede que, ao entrarem pela primeira vez na câmara principal, deem uma volta completa ao longo do perímetro, no sentido horário. Tendo feito isso, podem se mover como quiserem. Compreenderam?

Sam e Remi assentiram.

Pushpa abaixou-se sob o arco e deu um passo para a esquerda, seguido por Remi, Sam e Ajay. Viram-se num corredor. Pintados na parede na frente deles havia símbolos vermelhos e amarelos desbotados não familiares para Sam e Remi, junto com centenas de linhas de texto no que eles presumiram que fosse um dialeto de Lowa.

Sussurrando, Karna disse a eles: — Essa é uma espécie de cumprimento, essencialmente uma introdução histórica ao sistema de cavernas. Nada específico quanto ao Theurang ou Shangrilá.

— Isso é natural ou feito pelo homem? — Remi perguntou, mostrando as paredes e o teto.

— Um pouco de cada, na realidade. Na época em que essas cavernas foram construídas, há cerca de novecentos anos, os Lowa dessa região acreditavam que as cavernas sagradas eram reveladas pela natureza num estágio embriônico. Uma vez que eram descobertas, os Lowa podiam escavá-las de acordo com sua vontade espiritual.

Seguindo Pushpa, o grupo continuou pelo corredor andando recurvados até chegar a outra passagem em arco, essa alguns centímetros mais alta do que Sam.

Por cima do ombro Karna disse com um sorriso: — Chegamos.

**

À PRIMEIRA VISTA, a câmara principal parecia ser um domo perfeito, com diâmetro de dez passos e altura de dois metros e meio, com o teto culminando num ponto redondo. A parede do outro lado da entrada era dominada por um mural que se estendia pela câmara, e do chão ao teto em domo. Diferentemente do mural no corredor, os símbolos, texto e desenhos aqui eram pintados em matizes vibrantes de vermelho e amarelo. O contraste com as paredes cor de café com leite era impressionante.

— É magnífico — Sam disse.

Remi, assentindo, contemplou o mural. — Os detalhes... Jack, por que a cor é tão diferente aqui?

— Pushpa e sua gente andaram restaurando esse mural. O pigmento que usam é um segredo antigo. Eles não compartilham nem comigo, mas Pushpa me garante que é a mesma receita que foi usada nove séculos atrás.

Parado no meio da câmara, Pushpa estava fazendo gestos na direção deles. Karna disse para Sam e Remi: — Vamos fazer a nossa volta. Sem falar. Cabeça baixa.

Karna os liderou em sentido horário pelo espaço, parando de novo na passagem em arco. Pushpa assentiu para eles e sorriu, então ajoelhou junto a sua mochila. Ele tirou um par de lampiões de querosene e pendurou-os em ganchos um de cada lado das paredes. Logo a câmara estava tomada por um fulgor âmbar.

— O que podemos fazer para ajudar? — Remi perguntou.

— Vou precisar dos discos e algum silêncio. O resto, terei de fazer eu mesmo.

Sam pegou o estojo que continha os discos Theurang de sua mochila e os entregou a Karna. Armado com os discos, um rolo de barbante, uma fita métrica, uma régua paralela, um compasso de arquiteto e uma bússola direcional, Karna aproximou-se do mural. Pushpa se apressou atrás dele com um banco de madeira, que colocou ao lado de Karna.

Sam, Remi e Ajay tiraram suas mochilas e sentaram-se, com as costas na parede da entrada.

* *

POR QUASE UMA HORA, Karna trabalhou sem intervalo, silenciosamente medindo símbolos no mural e anotando em seu caderninho. Ocasionalmente ele recuava, contemplava a parede murmurando consigo mesmo e andava para lá e para cá.

Por fim, ele disse algo para Pushpa, que tinha ficado parado de um lado, as mãos cruzadas na frente. Pushpa e Karna se ajoelharam, abriram o estojo e passaram alguns minutos examinando os discos Theurang, colocando-os juntos com o anel externo em vários padrões até descobrir uma configuração aparentemente satisfatória.

Em seguida, os dois colocaram os discos sobre certos símbolos, mediram distâncias com a fita métrica e murmuraram um para o outro.

Enfim, Karna recuou, mãos na cintura, e deu uma última olhada no mural. Em seguida se voltou para Sam e Remi.

— Selma me disse que vocês gostam dos roteiros boa notícia/má notícia.

Sam e Remi trocaram um sorriso. Sam replicou: — Selma está só se divertindo um pouco a sua custa. Ela que gosta dessas coisas; nós, nem tanto.

— Vá em frente de qualquer forma, Jack — disse Remi.

— A boa notícia é que não precisamos ir adiante. Meu palpite estava correto: essa é a caverna de que precisávamos.

— Fantástico — disse Sam. — E...?

— Na verdade é boa/boa/má notícia. A segunda boa notícia é que agora temos uma descrição de Shangrilá; ou, ao menos, alguns sinais que nos dirão que estamos perto.

— Agora a má notícia — Remi pediu.

— A má notícia é que o mapa oferece apenas o curso que a Sentinela Dhakal teria feito com o Theurang. Como eu suspeitava, segue a leste para o Himalaia, mas no total há vinte e sete pontos marcando o curso.

— Tradução, por favor — disse Sam.

— Shangrilá pode estar em qualquer um desses vinte e sete locais se espalhando daqui até o leste de Mianmar.

30

Katmandu, Nepal

— TEM CERTEZA DE QUE NÃO VAI MUDAR de ideia, Jack? — perguntou Remi. Atrás dela, na pista de pouso de terra, estava um helicóptero Bell 206b Long-Ranger III azul e branco, o motor gemendo com os rotores começando a girar para a decolagem.

— Não, minha cara, sinto muito. E minhas desculpas por abandoná-los. Eu tenho um caso de ódio-ódio com todas as geringonças voadoras. A última vez que fui de avião para a Inglaterra, estava sedado.

Depois de partir do complexo de cavernas no dia anterior, o grupo retornara a Lo Monthang para rever a situação e decidir o passo seguinte. Só havia um, eles sabiam: seguir o caminho de Dhakal, a Sentinela, para o leste através do Nepal, eliminando um a um os locais que Karna obtivera do mapa mural.

A altitude e o quanto eram remotas as áreas-alvo tinha deixado a eles só uma opção de transporte, um helicóptero fretado, o que por sua vez os fizera voltar a Katmandu e para a toca do leão, por assim dizer. Com sorte, Sam e Remi iriam descobrir o que precisavam em alguns dias, antes que King pudesse descobrir a rota deles.

— E se os King seguirem nossa pista? — perguntou Sam.

— Deus meu, não lhe contei? O Ajay aqui era do exército indiano, e... um Gurkha, na verdade. Um cara bastante durão. Ele vai cuidar de mim.

Por trás do ombro de Karna, Ajay deu a eles um sorriso de tubarão.

Karna deu a eles o mapa plastificado que passara a noite anterior anotando. — Consegui eliminar dois pontos da área de busca de hoje que são improváveis, ambos em picos que estariam cobertos de gelo e neve na época da jornada de Dhakal...

A pesquisa de Karna sobre o Shangrilá "real" o levara a crer que ficava num local de clima relativamente temperado com estações regulares. Infelizmente, a cordilheira do Himalaia era repleta de vales escondidos, ou seja, pequenas nesgas de paraíso quase tropical em meio aos implacáveis picos e geleiras.

— Isso nos deixa seis alvos para verificar — Karna terminou. — Ajay deu as coordenadas para o piloto de vocês. — Na pista, os rotores do Bell estavam acelerando. Karna apertou as mãos deles e gritou: — Boa sorte! Voltaremos para encontrar com vocês aqui esta noite!

Ele e Ajay foram para o Land Cruiser de Ajay.

Sam e Remi se viraram e seguiram até o helicóptero.

**

O PRIMEIRO ALVO ficava cinquenta quilômetros a nordeste de Katmandu, no desfiladeiro de Hutabrang. O piloto deles, um ex-integrante da Força Aérea Paquistanesa chamado Hosni, os levou diretamente para o norte por dez minutos, apontando picos e vales e permitindo que Sam e Remi tivessem uma noção geral do aspecto da terra, antes de embicar para o leste em direção às coordenadas.

A voz de Hosni veio nos fones de ouvido deles: — Entrando na área agora. Vou sobrevoar no sentido horário e tentar descer o mais que puder. O vento pode ser traiçoeiro aqui.

Na cabine atrás de Hosni, Sam e Remi se inclinaram cada um para seu lado para ter uma vista melhor da janela. Remi disse para Sam: — Olhos abertos para cogumelos.

— Sim, capitão.

A tradução do mural da caverna que Karna fizera oferecera uma vaga, mas potencialmente útil, descrição da mais proeminente característica geográfica de Shangrilá: um formação rochosa que parecia um cogumelo. Como o mural era anterior ao voo, a forma provavelmente seria só reconhecível da terra. Exatamente qual era o tamanho da formação, ou se

Shangrilá supostamente estaria sobre ela, dentro dela, ou simplesmente perto dela, o mural não especificava. Sam e Remi esperavam/presumiam que os planejadores da evacuação do Homem Dourado tivessem escolhido uma formação grande o bastante para se destacar entre suas vizinhas.

Antecipando numerosas aterrissagens e decolagens, eles estavam pagando a Hosni quase o dobro de seus honorários habituais, e o tinham contratado por cinco dias, com um depósito não reembolsável para mais cinco.

O Bell passou por uma crista coberta por floresta, e Hosni apontou o nariz para baixo, descendo no vale. Trezentos pés acima das copas das árvores, ele nivelou o helicóptero e diminuiu a velocidade.

— Na zona agora — informou.

Empunhando binóculos, Sam e Remi começaram a esquadrinhar o vale. Remi perguntou: — Relembre-me: quão precisas Jack disse que as coordenadas eram?

— Meio quilômetro de margem de erro. Cerca de um terço de milha.

— Isso não me ajuda. — Embora boa de matemática, Remi não era fã da matéria; estimar distâncias a confundia especialmente.

— Pense numa pista de atletismo padrão.

— Certo. Imagine só, Sam: aquela Sentinela tinha que chegar a essas coordenadas quase sem nada.

— Um notável feito de orientação — Sam concordou. — Mas Karna disse isso: esses caras eram o equivalente aos boinas-verdes ou SEALS da Marinha Americana de hoje. Treinavam para isso a vida inteira.

**

HOSNI SEGUIU VOANDO, ousando chegar o mais perto possível das árvores. O vale, que o Bell atravessou de um lado a outro em menos de dois minutos, nada tinha a oferecer. Sam mandou Hosni seguir para as próximas coordenadas.

**

A MANHÃ IA PASSANDO ENQUANTO o helicóptero continuava sempre para o leste. O avanço era lento. Embora muitas das coordenadas fossem só a quilômetros de distância umas das outras, as restrições de teto do Bell forçavam Hosni a desviar de alguns dos picos mais altos, voando através de gargantas alpinas e desfiladeiros que ficavam abaixo de dezesseis mil pés.

Pouco depois da uma da tarde, enquanto voavam para o noroeste a fim de evitar um pico na cadeia Ganesh Himal, Hosni avisou: — Temos companhia. Helicóptero a duas horas.

Remi deslocou-se para o lado de Sam, e os dois espiaram pela janela.

— Quem é? — Remi perguntou.

Hosni respondeu: — Força Aérea do ELP. Um Z-9.

— Onde está a fronteira tibetana?

— Uns três quilômetros e meio para o outro lado deles. Não se preocupem, eles sempre mandam olhos para vigiar helicópteros vindos de Katmandu. Estão apenas flexionando os músculos.

— Em qualquer outro lugar isso seria considerado uma invasão — Sam observou.

— Bem-vindo ao Nepal.

Após alguns minutos voando paralelo ao Bell, o helicóptero chinês mudou o curso e foi para o norte em direção à fronteira. Eles logo o perderam de vista nas nuvens.

**

DUAS VEZES DURANTE A TARDE pediram a Hosni para aterrissar perto de uma formação rochosa que parecia promissora, mas nenhuma das duas deu em nada. Quando já eram quase quatro da tarde, Sam pôs um X com um marcador vermelho sobre o último ponto do mapa do dia, e Hosni começou a volta para Katmandu.

**

A MANHÃ DO SEGUNDO DIA começou com um voo de quarenta minutos ao vale de Budhi Gandaki, a noroeste de Katmandu. Três das coordenadas de Karna para o dia situavam-se dentro do Budhi Gandaki, que seguia a borda oeste da cadeia Annapurna. Sam e Remi foram contemplados com três horas de belas paisagens — densas florestas de pinheiros, rios agitados e cascatas — mas pouco mais, exceto uma formação que, de cima, parecia o suficiente com um cogumelo para justificar uma aterrissagem, mas acabou não passando de um rochedo com um grande topo.

Ao meio-dia eles fizeram uma pausa perto de uma escala de trilha numa aldeia chamada Bagarchap, e Hosni entreteve as crianças locais mostrando o helicóptero enquanto Sam e Remi comiam seu almoço pronto.

Logo eles estavam no ar de novo, indo para o norte, passando pela geleira de Bintang, em direção ao monte Manaslu.

— Oito mil e cem metros de altura — Hosni informou, apontando para a montanha.

Sam traduziu para Remi: — Cerca de vinte e quatro mil pés.

— E cinco mil menos que o Everest — Hosni acrescentou.

— Uma coisa é ver essas montanhas em fotos da terra — Remi disse. — Mas, daqui de cima, posso ver porque se chama esse lugar de teto do mundo.

Após se demorar um pouco para Remi tirar algumas fotografias, Hosni virou o Bell para o oeste e desceu para outra geleira — a Pung Gyen, Hosni a chamou —, que eles seguiram por doze quilômetros antes de virarem para o norte de novo.

— Nossos amigos estão de volta — Hosni disse nos fones de ouvido. — Lado direito.

Sam e Remi olharam. O Z-9 estava de fato de volta, de novo paralelo ao curso deles; dessa vez, todavia, o helicóptero diminuíra a distância para só algumas centenas de metros.

Sam e Remi podiam ver silhuetas devolvendo o olhar deles pelas janelas.

O Z-9 acompanhou-os por mais alguns quilômetros, então mudou de curso e desapareceu nas nuvens.

— Próxima área de busca chegando em três minutos — Hosni informou.

Sam e Remi se posicionaram nas janelas.

Como se tornara uma rotina, Hosni erguia o nariz do Bell sobre a linha de uma cordilheira, e então mergulhava direto no vale-alvo, perdendo altitude. Ele diminuiu a aeronave para um pairar.

Sam foi o primeiro a notar a paisagem surreal do vale lá embaixo. Enquanto as encostas superiores estavam densamente cobertas de pinheiros, as inferiores pareciam ter sido cortadas por uma forma de biscoito retangular, deixando para trás penhascos íngremes mergulhando num lago. Da encosta oposta se projetava e circulava a margem do lago um platô coberto de gelo. Um canal de água borbulhante cortava a calota e caía na água embaixo.

**

— Hosni, que profundidade você acha que tem? — Sam perguntou. — O vale, quero dizer.

— Da linha da cordilheira até o lago, talvez duzentos e cinquenta metros.

— Os rochedos têm pelo menos metade disso — disse Sam.

Hosni diminuiu o avanço do Bell, seguindo a encosta, enquanto Sam e Remi esquadrinhavam o terreno com os binóculos. Quando ficaram no mesmo nível do platô, e o piloto deu a volta, viram que o platô era enganosamente fundo, estreitando-se por uns noventa metros antes de terminar numa parede enorme de gelo delimitada por rochedos verticais.

— Isso é uma geleira — Sam disse. — Hosni, não vi esse platô em nenhum mapa. Parece familiar para você?

— Não, tem razão. Isso é relativamente novo. Está vendo a cor do lago, cinza-esverdeado?

— Sim — disse Remi.

— Vê-se essa cor depois do recuo da geleira. Esta seção do vale tem menos do que dois anos de idade, eu estimaria.

— Mudança do clima?

— Sem a menor dúvida. A geleira que passamos antes, a Pung Gyen, perdeu doze metros só no ano passado.

Encostada contra sua janela, Remi subitamente baixou o binóculo. — Sam, olhe para isso!

Ele deslizou para o lado dela e espiou pela janela. Diretamente abaixo deles havia o que parecia uma cabana de madeira meio enterrada numa calota de gelo da altura do peito.

— Que raios é aquilo? — Sam perguntou. — Hosni?

— Não faço ideia.

— A que distância estamos das coordenadas?

— Menos de um quilômetro.

Remi disse: — Sam, é uma gôndola.

— Perdão?

— Uma gôndola de vime; para um balão a ar quente.

— Você tem certeza?

— Hosni, ponha-nos no chão!

31

Norte do Nepal

Hosni fez o Bell pairar de lado sobre o platô até encontrar um local que achou ser sólido o bastante para suportar o peso do helicóptero, e então pousou. Assim que os rotores pararam de girar, Sam e Remi desceram e vestiram jaquetas, gorros e luvas.

Hosni advertiu: — Pisem com cuidado! Deve haver muitas fissuras na geleira numa área como esta.

Eles acenaram que tinham entendido e começaram a atravessar o platô até a gôndola.

— Aqui, esperem — Hosni chamou. Eles voltaram. Ele desceu da cabine e se inclinou em frente do compartimento de armazenagem da cauda. Em seguida tirou o que parecia um mastro de tenda dobrável e entregou para Sam. — Sonda de avalanche. Funciona também com fissuras. Melhor ser prevenido.

— Obrigado. — Sam agitou a sonda, que se desdobrou para a frente, e o elástico interno colocou as seções no lugar. — Engenhoso.

Eles saíram de novo, dessa vez com Sam sondando o terreno enquanto avançavam.

A calota de gelo que parcialmente cobria o platô tinha um padrão como o de ondas congeladas, resultado, presumiram, do lento recuo da geleira vale acima.

O objeto em questão estava quase na outra extremidade do platô, numa posição inclinada em relação ao platô.

Depois de cinco minutos de caminhada cautelosa, chegaram diante dele.

— Fico contente de não ter apostado com você — Sam disse. — É uma gôndola mesmo.

— De cabeça para baixo. Isso explica porque parecia uma cabana. Não se fazem mais dessas hoje. O que estará fazendo aqui?

— Não faço ideia.

Remi deu um passo à frente: Sam a deteve com uma mão no ombro. Ele sondou o gelo na frente da gôndola, considerou-o sólido, então começou a cutucar em volta do que deveriam ter sido as laterais dela.

— Há mais — Sam disse.

Eles continuaram de lado pela esquerda, seguindo paralelos à gôndola, sondando antes de avançar, até chegar ao fim.

Sam franziu o cenho e disse: — Mais e mais curioso.

Remi perguntou: — Qual o comprimento dela?

— Uns nove metros.

— Isso é impossível. Não são em geral uns noventa por noventa centímetros?

— Mais ou menos. — Ele deslizou a sonda sobre o fundo emborcado da gôndola o mais longe que pôde. — Tem quase dois metros e meio de largura.

Sam entregou a ela a sonda, se ajoelhou e avançou de quatro, com as mãos deslizando pela neve na lateral da gôndola.

— Sam, tenha cui...

O braço dele afundou na neve até o cotovelo. Sam ficou imóvel.

— Não tenho muita certeza — ele disse com um sorriso —, mas acho que encontrei alguma coisa. — Ele se pôs deitado.

— Estou segurando — Remi replicou. Ela o segurou pelas botas.

Sam usou as duas mãos para fazer um buraco do tamanho de uma bola de basquete no gelo, depois colocou a cabeça dentro dele. Ele se voltou para Remi. — Uma fissura na geleira. Muito funda. A gôndola está meio pendurada na diagonal.

Ele espiou de novo pelo buraco, arrastou-se para fora da fissura e se pôs de joelhos. Disse: — Descobri a resposta quanto a como veio parar aqui.

— Como?

— Voando. Há cordame ainda preso à gôndola, tirantes de madeira, algum tipo de corda trançada... Eu até vi o que parece um tecido de algum tipo. A coisa toda emaranhada está pendurada na fissura.

Remi sentou-se ao lado dele, e eles olharam para a gôndola por um tempo. Remi disse: — Um mistério para uma outra hora?

Sam assentiu. — Sem dúvida. Vamos assinalar e voltamos depois.

Eles se levantaram. Sam inclinou a cabeça. — Escute.

Tênue ao longe havia o ruído de rotores de helicóptero. Eles se viraram, tentando localizar o som. De pé ao lado do Bell, Hosni também tinha ouvido. Ele olhava fixo para o céu.

Subitamente um helicóptero verde-oliva surgiu por cima da crista da montanha, mergulhou no vale e virou na direção deles. Na porta da aeronave estava pintada uma estrela de cinco pontas vermelha com o contorno em amarelo.

O helicóptero nivelou-se ao platô, reduziu e ficou pairando a uns quinze metros de Sam e Remi, mantendo a ponta do nariz e dos mísseis apontadas diretamente para eles.

— Não se mova — Sam disse.

— Exército chinês? — perguntou Remi.

— Sim. Igual ao Z-9 que vimos ontem.

— O que eles querem?

Antes que Sam pudesse responder, o helicóptero girou, revelando a porta da cabine aberta. Nela, havia um soldado agachado junto de uma metralhadora.

Sam sentiu o corpo de Remi ficar tenso ao lado dele. Ele lentamente segurou a mão dela. — Não corra. Se quisessem nos matar, já estaríamos mortos.

Com o canto do olho Sam viu movimento. Ele deu um relance em direção ao helicóptero e viu Hosni abrindo a porta lateral. Um momento depois ele reapareceu. Em suas mãos estava uma submetralhadora. Ele a ergueu para o Z-9.

— Hosni, não! — Sam gritou.

A metralhadora de Hosni disparou, e o cano fulgurou uma cor laranja. Balas pontilharam o vidro do Z-9. O helicóptero inclinou-se acentuadamente para a direita, e acelerou afastando-se, dando um rasante sobre a superfície do lago em direção à crista da montanha, onde virou de novo até seu nariz estar apontado outra vez para o Bell.

— Hosni, corra! — Sam gritou, e para Remi disse: — Atrás da gôndola! Corra!

Remi começou a correr, com Sam bem atrás dela.

— Remi, a fissura na geleira! — Sam avisou. — Vire para a esquerda.

Remi virou, e deu um impulso com as duas pernas, mergulhando de cabeça sob a gôndola. Sam alcançou-a um momento depois, se pôs de joelhos e ajudou Remi na calota de gelo. Eles tropeçaram de lado e caíram num monte de neve.

Do outro lado do platô ouviram o ruído da metralhadora de Hosni. Sam levantou-se e olhou por cima do gelo. Hosni estava de pé, desafiador, na borda do platô, atirando no Z-9 vindo em sua direção.

— Hosni, saia daí!

O Z-9 deteve-se pairando a uns cem metros de distância. Sam viu um clarão no lançador de mísseis do lado esquerdo. Hosni também viu. Virou-se e começou a correr na direção de Sam e Remi.

— Mais rápido! — Sam gritou.

Com um brilhante clarão de luz e um rolo de fumaça, um par de mísseis lançou-se do Z-9. Numa fração de segundos eles estavam no Bell, um atingindo o solo sob a cauda, o outro acertando o compartimento do motor.

O Bell chacoalhou, pulou para cima e explodiu.

Sam se abaixou e se jogou sobre Remi. Ambos sentiram o deslocamento de ar no platô e perceberam o gelo rachando embaixo deles. Uma onda de estilhaços choveu sobre a gôndola e a calota de gelo trinta centímetros acima da cabeça deles.

Em seguida, silêncio.

Sam disse: — Siga-me — e rastejou ao longo da calota de gelo até o fim da gôndola. De barriga no chão, avançou e espiou pelo lado dela.

O platô estava coberto com os destroços do Bell. Pedaços de fuselagem, ainda balançando da concussão, estavam em meio a um lençol de querosene de aviação em chamas. Lascas da hélice se projetavam dos montes de neve.

O Z-9 recuara por cima do lago até a crista da montanha, onde ficou pairando com mísseis ainda apontando ameaçadores para o platô.

Remi disse: — Está vendo o Hosni?

— Estou procurando.

Sam o viu caído ao lado de um pedaço dilacerado do vidro da cabine. O corpo estava carbonizado. Então Sam localizou outra coisa. Diretamente à frente deles, a seis metros, estava a metralhadora de Hosni. Parecia intacta. Ele recuou e olhou para Remi.

— Ele se foi. Não deve nem ter sentido nada.

— Oh, não.

— Vi a metralhadora. Acho que posso pegá-la.

— Sam, não. Você nem sabe se ainda funciona. Onde está o Z-9?

— Pairando. Provavelmente pedindo instruções para a base pelo rádio. Eles já nos viram; vão voltar para ver mais de perto.

— Você não tem chance de mantê-los longe por muito tempo.

— Meu palpite é que nos querem vivos. Caso contrário, estariam detonando o platô com mísseis.

— Por que, do que é que estão atrás?

— Tenho um chute.

— Eu também. Vamos comparar nossas impressões depois, se estivermos vivos. Qual é seu plano?

— Eles não podem aterrissar, não com todos os destroços, de modo que terão de ficar pairando enquanto soldados descem por cordas. Se eu conseguir pegá-los no momento certo, talvez... — Sam deixou as palavras morrerem em sua boca. — Talvez — acrescentou. — Qual seu voto? Lutar e talvez morrer ou se render e acabar num campo de prisioneiros chinês?

Remi sorriu, corajosa. — Você realmente precisa perguntar?

* *

Metade torcendo, metade esperando que o Z-9 daria uma passada de reconhecimento antes de descer homens no solo, Sam enviou Remi de volta pela calota de gelo, onde ela se enterrou na neve entre um par de montes de neve. Sam agachou-se ao lado da gôndola e se preparou.

Pelo que pareceram vários minutos, mas provavelmente não foi mais do que um, Sam ficou ouvindo o Z-9 se aproximando. Quando chegou, esperou até que o barulho das hélices ficasse ensurdecedor. Ele arriscou dar uma olhada pelo lado da gôndola.

O Z-9 se detivera pairando, bem na borda do platô e poucos metros acima dele. O helicóptero deslizou de lado como uma libélula esperando sua presa aparecer. Na porta lateral, Sam podia ver o soldado a postos na metralhadora.

Subitamente o Z-9 se desviou e mergulhou fora de vista abaixo do platô. Segundos depois Sam o viu sobre o lago. Sam não pensou, reagiu, precipitando-se para fora de seu esconderijo e correndo, abaixado, até a arma de Hosni. Ele a agarrou e correu de volta para a gôndola.

— Consegui — Sam informou para Remi, e começou a verificar a metralhadora. A coronha de madeira estava parcialmente lascada, e o corpo, chamuscado, mas as partes móveis pareciam em ordem e o cano, intacto. Ele tirou o cartucho: restavam treze disparos.

Remi gritou: — O que eles estão fazendo?

— Ou indo embora ou esperando o suficiente do querosene de aviação queimar para poder voltar com cordas.

O Z-9 chegou à borda do lago e subiu ao longo da encosta da montanha. Sam ficou olhando, os dedos mentalmente cruzados para que o helicóptero continuasse indo embora.

Não foi.

Como se tornara o padrão, o Z-9 parou sobre a crista, reverteu o curso e veio de volta atravessando sobre o lago.

— Eles estão voltando — Sam anunciou.

— Boa sorte.

Sam mentalmente ensaiou seu plano. Muito dependeria do Z-9 aparecer com a porta aberta com os soldados se preparando para descer por cordas. Atirar na fuselagem da aeronave seria inútil; o ataque de Hosni provara isso. O que Sam precisava era uma abertura na armadura.

O ruído do motor do Z-9 se aproximou, e o ritmo dos rotores percutiu nos tímpanos de Sam. Ele esperou, com a cabeça baixa e observando o gelo a poucos metros da gôndola.

Espere... espere...

A neve começou a se espalhar no gelo.

Sam espiou pelo lado.

O Z-9 estava pairando nove metros acima do platô.

— Vamos, vire — Sam murmurou. — Só um pouquinho.

O Z-9 girou ligeiramente, trazendo à vista a metralhadora na porta para cobrir a descida dos soldados. Duas grossas cordas pretas desenrolaram-se da porta e tocaram o gelo. O primeiro par de soldados posicionou-se na porta. Sam podia ver o assento do piloto diagonalmente entre eles.

Sam respirou fundo, cerrou os dentes. Colocou o seletor de tiro em Disparo Único e se abaixou. Agachado, posicionou a metralhadora no ombro e mirou a porta aberta do Z-9, então deslocou a mira para a esquerda, colocando-a sobre o capacete do soldado na metralhadora. Ele disparou. O soldado caiu. Sam mudou o seletor de fogo para Três Disparos, ajustou a mira de novo e disparou na porta. Atingido, um dos soldados caiu para trás, o outro se abaixou e se jogou de barriga. Sam agora tinha uma visão clara do assento do piloto, mas iria durar só um segundo ou dois, ele sabia. Mesmo enquanto ajustava a mira podia ver os braços do piloto se movendo, ajustando controles, tentando fazer sentido no caos em volta dele.

Sam apontou o encosto do assento. Respirou fundo, e puxou o gatilho. Um trio de balas pontilhou o interior do Z-9. Sam puxou o gatilho de novo, e de novo. A metralhadora fez um clique vazio; o cartucho estava vazio.

O Z-9 inclinou-se de lado, o nariz espiralando para baixo em direção do platô. Pela porta aberta da cabine o corpo sem vida do soldado da metralhadora escorregou para fora, seguido por um segundo soldado. Com os braços procurando freneticamente onde segurar, dois soldados mais despencaram pela porta. Um conseguiu agarrar o trilho de pouso do Z-9, mas o outro foi direto para o chão. Agora totalmente descontrolado, o Z-9 sem piloto atingiu o platô, esmagando o soldado debaixo dele.

Sam desviou o olhar, abaixou-se atrás da gôndola e correu até onde Remi estava deitada. — Mais estilhaço vindo! — ele gritou, e se jogou por cima dela.

Duas das lâminas das hélices do Z-9 atingiram o gelo primeiro, despedaçando-se e se espalhando um quarto de segundo antes de a fuselagem colidir com o gelo. Abaixados, bem rente à neve, Sam e Remi esperaram uma explosão incendiária, mas nenhuma veio. Eles ouviram um som agudo de algo se arrastando seguido por um trio de explosões abafadas, como de granadas.

Num impulso, Sam levantou-se e olhou por cima da gôndola.

Foram necessários dois segundos para seu cérebro registrar o que estava vendo: o Z-9, escorregando, movendo-se ruidosamente na direção dele, a fuselagem destroçada, meio deslizando, meio se arrastando, enquanto o que restava das lâminas cravava-se no gelo e o moviam para a frente. Parecia um besouro aleijado em agonia.

Sam sentiu uma mão agarrando a sua. Com uma força surpreendente, Remi o puxou de volta para o chão. — Sam, o que você acha que...

O Z-9 colidiu com a gôndola, empurrando-a para trás e para cima de Sam e Remi, que começaram a tentar segurá-la apoiando as pernas, enquanto os pés escorregavam no gelo.

A gôndola parou de se mover. O triturador thug-thug-thug da derrapagem do helicóptero continuou por alguns segundos, e então parou, sobrando somente a turbina do motor tossindo.

Ela também parou, e Sam e Remi se viram em meio a um perfeito silêncio. Ambos se levantaram e olharam por cima da gôndola.

— Bom, isso não é algo que se veja todos os dias — Sam disse, sobriamente.

32

Norte do Nepal

Foram necessários dez segundos para Sam e Remi compreenderem a cena que tinham diante de si.

Depois de rebater na gôndola, o Z-9 aleijado revertera seu curso e escorregara até o riacho que cortava o platô, onde, como uma bolinha de *pinball* num sulco, deslizou até a borda do platô, e então caiu — ou quase. A cauda do Z-9, poucos centímetros mais estreita que o riacho, ficou presa na borda na queda.

A cabine do helicóptero estava suspensa sobre a borda, com água cascateando sobre a fuselagem e pela porta da cabine aberta.

— Devíamos ver se há alguém vivo — Remi sugeriu.

Cautelosos com o motor ainda quente, eles foram até o Z-9. Sam ajoelhou-se ao lado do riacho e foi de quatro até a borda. A fuselagem estava esmagada na metade em relação à sua altura, e o vidro se fora. Ele não podia ver nada pela porta, tanta era a água em cascata.

— Tem alguém aí? — ele gritou. — Alô!

Sam e Remi ficaram escutando, mas nada ouviram.

Duas vezes mais Sam gritou, mas nenhuma resposta veio.

Sam se levantou e voltou para Remi. Disse: — Os únicos sobreviventes.

— Isso soa tão maravilhoso quanto aterrador. E agora?

— Primeiro, não podemos escalar para fora daqui. E mesmo se conseguíssemos sem nos ferir, estamos a cinquenta quilômetros da aldeia mais próxima. Com as temperaturas abaixo de zero de noite e sem abrigo, teríamos poucas chances. Falando nisso, temos de começar a pensar em como sobreviver a essa noite.

— Animador — Remi disse. — Prossiga.

— Não temos ideia de quanto tempo até Karna considerar que já devíamos ter voltado e uma equipe de resgate ser montada. E, ainda mais importante, temos de presumir que o Z-9 estava em contato com sua base depois que Hosni abriu fogo. Sem eles estabelecerem contato de novo e não retornando, a base irá mandar outro helicóptero, provavelmente dois.

— Algum palpite sobre quanto tempo?

— Na pior das hipóteses, uma questão de horas.

— Na melhor?

— Amanhã de manhã. Se for o primeiro, talvez tenhamos uma vantagem: a noite está chegando. Vai tornar mais fácil nos escondermos. Eu preciso entrar nessa coisa.

— O que, no Z-9? — Remi disse. — Sam, isso é...

— ...uma ideia realmente péssima, sei, mas tem suprimentos de que precisamos e, se tivermos muita sorte, o rádio talvez ainda esteja funcionando.

Remi considerou isso por alguns momentos, e então assentiu. — OK. Mas primeiro vamos ver o que conseguimos salvar dos destroços do Bell.

**

O QUE LEVOU SÓ UNS POUCOS MINUTOS. Sobrara muito pouco de útil, a maior parte pedaços e coisas chamuscadas de suas mochilas, incluindo um rolo de corda de escalada meio esgarçado, um punhado de itens de um kit de primeiros-socorros e algumas ferramentas da caixa de ferramentas do Bell. Sam e Remi pegaram qualquer coisa que pudesse ter algum uso, reconhecível ou não.

— Como está a corda? — Sam perguntou.

Ajoelhando-se perto da pilha de suprimentos deles, Remi examinou a corda. — Vai precisar de alguns cortes e emendas, mas acho que temos uns cinco ou seis metros utilizáveis. Você está pensando em usá-la para entrar no Z-9?

Sam sorriu, assentindo. — Posso ser um pouco tapado às vezes, mas de jeito nenhum vou subir naquela armadilha mortal sem uma linha de segurança. Vamos precisar de algo parecido com um pitom.

— Acho que talvez eu tenha a coisa certa.

Testando o solo antes de avançar, Remi atravessou o platô e logo retornou. Numa mão ela trazia uma lasca de hélice de helicóptero, na outra, uma pedra do tamanho de um punho. Ela as entregou para Sam e disse: — Vou cuidar da corda.

Sam usou a pedra para primeiro alisar as bordas da metade superior da lasca, e então para reduzir e afiar a metade inferior. Ao terminar, encontrou uma seção de gelo particularmente espessa a alguns passos da borda do platô bem à direita do Z-9. Em seguida, começou o laborioso processo de fincar o pitom improvisado no gelo. Quando terminou, a lasca estava enterrada quarenta e cinco centímetros no gelo e num ângulo de quarenta e cinco graus para trás.

Remi veio até ele, e os dois usaram o peso combinado deles para puxar e empurrar o pitom até terem confiança de que ficaria firme. Remi desenrolou a corda emendada — na qual ela tinha feito nós a cada sessenta centímetros — e amarrou uma ponta no pitom com um nó de bolina. Depois de tirar a jaqueta, luvas e boné, Sam usou a ponta solta para fazer um assento na corda, com o nó firme na parte de baixo das costas.

— Se essa coisa começar a deslizar na borda, fique longe — Sam disse.

— Não se preocupe comigo, vou ficar bem. Concentre-se em você.

— Certo.

— Você me ouviu?

— Eu ouvi — ele disse com um sorriso.

Ele a beijou e caminhou até a cauda virada para cima do Z-9. Depois de testar com empurrões a lateral de alumínio, subiu e começou a rastejar até a cabine.

— Chegando lá — Remi informou. — Mais meio metro.

— Certo.

Ao chegar na borda do platô, Sam diminuiu a velocidade, testando cada um de seus movimentos, antes de seguir; à parte alguns rangidos e estalidos de fazer o coração pular, o Z-9 não se moveu. Pouco a pouco, ele avançou até estar empoleirado em cima da barriga do Z-9.

— Qual a sensação? — Remi perguntou.

De quatro, Sam deslocou seu peso de um lado para o outro, lentamente a princípio, e em seguida mais vigorosamente. A fuselagem soltou um guincho de alumínio se rasgando e entortou para o lado.

— Acho que encontrei os limites — Sam informou.

— Acha mesmo? — Remi respondeu. — Continue indo.

— Certo.

Sam moveu-se de lado até seu quadril se encostar no trilho de pouso. Ele agarrou com as duas mãos e se inclinou para o lado dele como se estivesse procurando alguma coisa.

— O que você está fazendo? — gritou Remi.

— Estou procurando o mastro do rotor. Lá está. Estamos com sorte; está cravado no riacho. Temos uma espécie de âncora.

— Que dia de sorte — Remi disse com impaciência. — Agora, entre lá e saia de uma vez.

Sam deu a ela o que esperou que fosse um sorriso tranquilizador.

Depois de ajustar a corda para ela correr direto até o pitom, Sam segurou os trilhos com as duas mãos e baixou as pernas ao longo da fuselagem. A água que caía imediatamente encharcou a parte inferior de seu corpo. Sam grunhiu, cerrou os dentes contra o frio e deu um impulso com as pernas, tentando acertar uma posição sobre a porta.

— Estou entrando — avisou a Remi.

Sam balançou as pernas para a frente e para trás, repetindo o processo até chegar a um ritmo constante. No momento certo, ele se soltou. O momento levou-o através da cascata e para dentro da cabine, onde ele bateu na porta do outro lado e aterrissou encolhido no chão.

Sam ficou imóvel, ouvindo o Z-9 gemer à sua volta. Um estremecimento percorreu a fuselagem. Tudo ficou imóvel. Sam olhou em volta, tentando se orientar.

Ele estava sentado em água gelada até a cintura. Parte do fluxo vazava pela porta fechada, e outra parte inundava a cabine e saía pela janela quebrada. A um ou dois metros, o corpo do soldado jazia sem vida. Sam avançou até poder olhar entre os bancos da cabine. O piloto e o copiloto estavam mortos, se por causa de suas balas ou do impacto, ele não tinha como saber.

Mas podia ver agora que a cabine sofrera maiores danos do que imaginara. Além da maior parte da janela, uma seção do cone do nariz e do painel, incluindo o rádio, tinha ido embora, provavelmente já estava em algum lugar no fundo do lago.

O helicóptero escorregou embaixo dele.

O estômago de Sam foi parar em sua garganta.

O movimento parou, mas agora a aeronave estava noutro ângulo; através da cabine, ele podia ver a água do lago.

O tempo estava acabando...

Ele se virou, olhos esquadrinhando a cabine. Alguma coisa... qualquer coisa. Ele encontrou uma sacola de náilon verde parcialmente cheia. Não se incomodou em olhar o que continha, começando a pegar itens soltos pela cabine, dando pouca atenção ao que eram. Se pareciam que podiam ser úteis e cabiam no saco, ele os pegava. Revistou o soldado morto, encontrou um isqueiro, mas nada mais de útil, e então se ocupou do piloto e do copiloto. Obteve uma pistola semiautomática e uma prancheta cheia de papéis. Com o canto do olho, percebeu uma escotilha meio aberta no fundo da cabine. Subiu até ela, enfiou a mão dentro. Seus dedos tocaram lona. Puxou o objeto para fora: uma bolsa lombar. Ele a enfiou na sacola.

— Está na hora de ir — murmurou para si mesmo, então gritou pela porta: — Remi, você está me ouvindo?

A resposta dela chegou abafada, mas compreensível. — Estou aqui!

— O pitom ainda está...

O helicóptero moveu-se de novo; o nariz inclinou-se para baixo. Sam estava agora meio de pé sobre o encosto do banco do piloto.

— O pitom ainda está firme? — ele gritou de novo.

— Sim! Rápido, Sam, saia daí!

— Estou indo!

Sam fechou o zíper da sacola e enfiou as alças sobre a cabeça de modo a ficar pendurada em seu pescoço. Ele fechou os olhos, disse um silencioso... *um... dois... três* e se jogou pela porta aberta.

Se o seu impulso no banco do piloto foi a causa, Sam nunca ficaria sabendo, mas ainda quando estava saindo da cascata de água ouviu e sentiu o Z-9 indo embora. Ele resistiu ao impulso de olhar por cima do ombro, concentrando-se em vez disso na parede de rocha vindo em sua direção. Ele arqueou a cabeça para trás e cobriu o rosto com os dois braços.

O impacto foi similar a colidir o peito contra um boneco de treinamento de futebol americano. A sacola funcionara como um para-choque, ele percebeu. Ele sentiu seu corpo girando, batendo na parede várias vezes, antes de reduzir o movimento para um balanço suave.

Acima dele, o rosto de Remi apareceu por cima da borda. A expressão de pânico dela transformou-se num sorriso aliviado. — Uma saída digna de um *blockbuster* de Hollywood.

— Uma saída digna de meu medo e desespero — Sam corrigiu.

Ele olhou o lago lá embaixo. A fuselagem do Z-9 estava desaparecendo sob a superfície; a metade de trás ficara sobrando. Sam olhou para a esquerda e viu a seção da cauda ainda se projetando do riacho. Onde a fuselagem se rompera, só sobrava alumínio destroçado.

Remi chamou: — Suba, Sam. Você vai morrer congelado.

Ele assentiu, cansado: — Dê-me só um minuto, ou dois... e estarei aí com você.

33

Norte do Nepal

Exausto e trêmulo pela adrenalina, Sam subiu devagar a corda até Remi poder estender os braços e ajudá-lo no restante da subida. Ele rolou de costas e olhou para o céu. Remi o abraçou impulsivamente e tentou esconder as lágrimas.

— Nunca mais faça isso. — Depois de um profundo suspiro, ela perguntou: — O que tem na sacola?

— Um monte inteiro de eu não tenho certeza. Fui catando tudo o que parecia útil.

— Um saco de gatos — Remi disse com um sorriso. Ela passou gentilmente as alças da sacola pela cabeça de Sam. Abriu o zíper e começou a remexer no interior. — Garrafa térmica — ela disse, e a tirou. — Vazia.

Sam sentou-se e pôs sua jaqueta, gorro e luvas. — Ótimo. Tenho uma missão para você: pegue sua confiável garrafa térmica e vá catar cada gota de querosene de aviação que não pegou fogo que conseguir encontrar.

— Bem pensado.

Sam assentiu e grunhiu: — Fogo bom.

Remi lentamente se afastou e começou a se ajoelhar em depressões no gelo. — Achei um pouco — avisou. — E aqui também.

Assim que terminou, os dois se reencontraram na gôndola. — Quanto conseguiu? — Sam perguntou, pulando no mesmo lugar. As calças dele estavam começando a endurecer com o gelo.

Remi respondeu: — Tem cerca de três quartos da garrafa. O gelo derretido diluiu-o parcialmente, entretanto. Temos de providenciar que você se aqueça.

Sam ajoelhou-se junto à pilha de destroços que tinham pegado no Bell e começou a remexer nela. — Acho que vi... Aqui está. — Sam mostrou um pedaço de arame; em cada ponta havia um anel de chaveiro. — Serra de emergência — disse para Remi.

— É um nome excessivamente otimista.

Sam examinou a gôndola, andando ao longo de seu comprimento e voltando. — Está meio caído na fissura, mas acho que encontrei o que precisamos.

Ele se ajoelhou no canto mais próximo da gôndola, onde uma série de vigas de vime tinham se soltado. Como enfiando o fio na agulha, Sam passou uma ponta da serra pelo vime, até sair do outro lado. Ele pegou os dois anéis e começou a serrar. A primeira seção levou cinco minutos, mas agora Sam tinha uma abertura na qual trabalhar. Ele continuou serrando pedaços da borda da gôndola até ter uma pilha de bom tamanho.

— Precisamos de pedras chatas — ele disse a Remi.

Não demoraram a encontrá-las; arrumaram-nas de modo a fazer uma base para o fogo. Em cima dele foram os pedaços de vime, empilhados numa pirâmide. Enquanto Remi amassava em bolas os papéis da prancheta do piloto, Sam pegou o isqueiro na sacola. Logo eles tinham uma fogueirinha acesa.

De braços dados, o casal se ajoelhou em frente das chamas. O calor os banhou. Quase imediatamente se sentiram melhor, mais esperançosos.

— São as coisas simples da vida — Remi observou.

— Eu não poderia concordar mais.

— Conte-me sua teoria sobre os chineses.

— Não acho que o Z-9 aparecer tenha sido uma coincidência. Um deles nos seguiu no primeiro dia, e então de novo hoje. Daí outro aparece aqui em cima só minutos depois de termos pousado.

— Sabemos que King está contrabandeando artefatos pela fronteira; significa que ele tem um contato chinês. Quem teria toda essa liberdade de movimento, toda essa influência?

— O ELP. E se Jack está certo, King provavelmente tem uma noção da área geral em que iríamos procurar. Com o poder que tem, tudo o que King precisava fazer era ligar para o seu contato chinês, recostar-se e ficar esperando que aparecêssemos.

— A questão é: o que esse Z-9 pretendia? Se Hosni não tivesse aberto fogo, o que ele teria feito?

— Estou apenas especulando, mas isso é o mais perto que chegamos da fronteira; está a uns três quilômetros ao norte. Talvez a oportunidade fosse muito boa para deixar passar. Eles nos levariam como prisioneiros, passariam pela fronteira e nunca mais ninguém ouviria falar de nós.

Remi apertou o braço de Sam com mais força. — Não é um pensamento animador.

— Infelizmente, eis outro: temos de assumir que eles vão voltar, e não vão demorar muito.

— Eu vi a pistola na sacola. Você não está pensando em tentar...

— Não. Dessa vez, foi sobretudo pura sorte. Da próxima vez, não teremos a menor chance. Quando os reforços chegarem, precisamos não estar mais aqui.

— Como? Você mesmo disse que não temos como sair daqui.

— Falei errado. Precisamos parecer não estar mais aqui.

Remi disse: — Explique. — Sam descreveu seu plano, e Remi assentiu, sorrindo: — Gostei. A versão Fargo do Cavalo de Troia.

— Gôndola de Troia.

— Melhor ainda. E, com alguma sorte, vai impedir que a gente morra congelado esta noite.

* *

USANDO A CORDA E O PITOM improvisado como um gancho, eles deslizaram a gôndola dois ou três metros para fora da fissura, uma tarefa que se tornou mais fácil por causa do gelo. O cordame emaranhado que Sam vira antes ficou pendurado debaixo da gôndola na fissura. Sam e Remi olharam da borda, mas nada conseguiram ver além de três metros.

— Isso é bambu? — Remi disse, apontando.

— Acho que sim. Há outro, aquele pedaço curvo ali. Faria nosso serviço mais fácil se cortássemos e a deixássemos solta, mas algo lá embaixo pode ser útil para nós.

— Pitom? — Remi sugeriu. — Soltamos e amarramos de novo.

Sam se ajoelhou e colheu um pouco do cordame com a mão. — Algum tipo de tendão animal. Está numa condição incrível.

— Fissuras em geleiras são as geladeiras da natureza — Remi replicou. — E se tudo isso estivesse coberto pela geleira, o efeito seria ainda mais drástico.

Sam pegou um pouco mais do cordame e deu um puxão. — É surpreendentemente leve. Mas eu iria levar horas para desemaranhar todo esse tendão.

— Vamos puxar, então.

Usando a sonda de avalanche, Sam mediu primeiro a largura da gôndola, e então a da fissura.

— A fissura é doze centímetros mais larga — ele anunciou. — Minhas entranhas me dizem que vai ficar encaixada, mas se eu estiver errado, perdemos toda a nossa lenha.

— Suas entranhas nunca nos deixaram na mão.

— E quanto àquela vez no Sudão? E na Austrália? Eu estava bem errado aquela vez que...

— Quieto. Ajude-me.

Com um de cada lado, eles se agacharam juntos e alcançaram a borda inferior da gôndola. Ao sinal de Sam, eles puxaram, tentando endireitar as pernas. Não funcionou. Soltaram e deram um passo para trás.

— Vamos concentrar nossa força — disse Sam.

Ficando à distância de um braço um do outro no centro da gôndola, tentaram de novo. Dessa vez, conseguiram levantar o objeto sessenta centímetros do chão.

— Eu vou segurar — Sam disse entredentes. — Tente usar as pernas.

Remi deitou de costas, colocou-se debaixo da gôndola, e então colocou os pés contra a borda. — Pronto!

— Empurre.

A gôndola moveu-se para cima e para o lado.

— Mais uma vez — Sam disse.

Eles repetiram a operação, e logo a gôndola estava virada de cabeça para cima. Remi espiou dentro. Soltou uma interjeição de espanto e recuou.

— O que foi? — Sam perguntou.

— Clandestinos.

Eles foram até a gôndola.

Na outra extremidade do fundo de vime, em meio a uma confusão de cordame e tubos de bambu, havia um par de esqueletos parcialmente mumificados. O restante da gôndola, eles agora podiam ver, estava dividido em oitavos por estruturas de vime grandes o bastante para servirem também de bancos.

— Qual é seu palpite? — Remi perguntou. — Capitão e copiloto?

— É possível, mas uma gôndola desse tamanho poderia conter no mínimo quinze pessoas; e talvez precisasse disso tudo para manusear todo esse cordame e também os balões.

— Balões... no plural?

— Saberemos mais quando eu olhar o resto do cordame, mas acho que este era um dirigível completo.

— E esses foram os únicos sobreviventes?

— O resto pode estar... — Sam fez um movimento com a cabeça para a fissura.

— Não é um bom lugar para ir.

— Podemos especular depois. Vamos continuar.

Depois de ajeitar o cordame de modo a não ficar pendurado na ponta da gôndola e se prender na parede da fissura, Sam e Remi assumiram posições da cada lado da gôndola e empurraram em uníssono até o fundo de vime começar a deslizar no gelo. Ao se aproximarem da fissura, pegaram velocidade, e então deram um empurrão final na gôndola. Ela deslizou os metros que faltavam, deu um solavanco sobre a borda e desapareceu de vista. Sam e Remi correram atrás.

— Sempre confie em seus instintos — Remi disse com um sorriso.

A gôndola estava presa entre as paredes da fissura cerca de trinta centímetros abaixo da borda.

Sam subiu nela e, cautelosamente evitando as múmias, andou todo o comprimento da gôndola. Declarou que era firme. Remi ajudou-o a subir de volta.

— Todo lar precisa de um teto — ela disse.

Eles andaram juntos pelo platô recolhendo pedaços do exterior de alumínio do Bell grandes o bastante para cobrir a fissura, e então começaram a colocá--los em camadas por cima da gôndola até só sobrar uma abertura estreita.

— Você leva jeito para isso — Sam disse a ela.

— Eu sei. Um último toque: camuflagem.

Usando um pedaço da janela dianteira do Bell em forma de tigela, eles coletaram uns dezoito litros de água do riacho que despejaram sobre o teto de alumínio da gôndola, com várias camadas de neve em seguida.

Eles recuaram para admirar seu trabalho.

Sam disse:— Quando congelar, vai parecer uma parte da calota de gelo.

— Uma pergunta: por que a água?

— Para que a neve grude no alumínio. Se nosso palpite estiver correto e tivermos a visita de outro Z-9 esta noite, não iremos querer que o vento do rotor exponha nosso teto.

— Sam Fargo, você é um homem brilhante.

— Essa é a ilusão que eu gosto de criar.

Sam olhou para o céu. A borda inferior do sol estava descendo por trás de uma linha recortada de picos ao oeste.

— Está na hora de nos escondermos e ver o que a noite traz.

**

COM SEUS SUPRIMENTOS ou enfiados na sacola ou enterrados na neve, Sam e Remi se retiraram para o abrigo deles. Com a luz rapidamente diminuindo, fizeram um inventário do conteúdo da sacola.

— O que é isso? — Remi perguntou, tirando a bolsa lombar que Sam pegara um instante antes de saltar do Z-9.

— Isso é... — Ele parou, franziu o cenho, e então sorriu. — Isso, minha cara, é um para-quedas de emergência. Mas, para mim e para você, é cerca de quatorze metros quadrados de cobertor.

Eles retiraram o para-quedas do pacote e logo estavam aninhados dentro de um casulo de tecido branco. Relativamente aquecidos e até ali seguros, conversaram baixinho, vendo a luz desaparecer até a total escuridão.

Lentamente adormeceram.

**

ALGUM TEMPO DEPOIS OS OLHOS de Sam abriram-se repentinamente. A escuridão em volta deles era completa. Envolta em seus braços, Remi sussurrou.
— Está ouvindo?

— Estou.

Ao longe se ouvia o som entrecortado de rotores de helicóptero.

— Quais as chances de ser uma equipe de resgate? — Remi perguntou.

— Virtualmente nenhuma.

— Obrigado por não entrar no jogo.

O som dos rotores lentamente aumentou até Sam e Remi terem certeza de que o helicóptero entrara no vale. Alguns momentos depois um holofote brilhante varreu por cima da fissura; ofuscantes projeções de luz passaram pelas aberturas no teto.

Então a luz se foi, diminuindo enquanto avançava no platô. Duas vezes mais retornou e se foi.

Então, subitamente, o motor do helicóptero mudou de tom.

— Vão ficar pairando — Sam sussurrou.

Sam pegou a pistola de onde a guardara sob a perna e a empunhou com a mão direita.

Veio a ventania dos rotores. Jatos de ar gélido e neve espiralando encheram a gôndola. Baseando-se nas sombras projetadas pelo holofote, o helicóptero parecia estar se deslocando de lado sobre o platô, girando de um lado, depois de outro, procurando-os e/ou os camaradas deles desaparecidos.

Sam e Remi tinham deixado a cauda do Z-9 pendurada do riacho como uma pista do destino do helicóptero. Alguém que tivesse sorte o bastante para sobreviver a um mergulho no lago teria com certeza se afogado logo depois. Era uma conclusão que Sam e Remi rezaram para que aquela equipe de busca chegasse.

Teimosamente, os visitantes deram mais três passadas sobre o platô. Então tão repentinamente quanto aparecera, o holofote se apagou, e os rotores desapareceram na distância.

34

Norte do Nepal

Apesar do extremo frio, a caverna na gôndola funcionou bem para eles, o teto coberto de neve não só os protegia do vento, mas também continha uma fração preciosa do calor de seus corpos. Envoltos no para-quedas, suas parcas, bonés e luvas, eles dormiram profundamente, ainda que esporadicamente, até o sol espiar pelo teto de alumínio e acordá-los.

Embora receosos de outra visita dos chineses, Sam e Remi sabiam que, para sobreviver, teriam de achar um jeito de sair do vale.

Eles saíram da gôndola e se ocuparam em fazer o café da manhã. Dos destroços do Bell, tinham também conseguido resgatar nove saquinhos de chá e um pacote meio rasgado de estrogonofe desidratado. Do Z-9, Sam tinha pegado sem saber um pacote de biscoitos de arroz e três latas do que parecia ser feijões *mung* cozidos. Eles dividiram uma delas e compartilharam um caneco de chá, cuja água ferveram na lata vazia.

Ambos concordaram que foi uma das melhores refeições da vida deles.

Sam tomou o último gole de chá, e então disse. — Estive pensando de noite...

— E falando dormindo — Remi acrescentou. — Você quer construir alguma coisa, não quer?

— Nossos amigos mumificados na gôndola chegaram aqui num balão de ar quente. Por que não vamos embora da mesma maneira? — Remi abriu a boca para falar, mas Sam não parou. — Não, não estou falando em ressuscitar o balão deles. Estou pensando mais em algo como um... — Sam procurou a palavra certa. — Frankenbalão.

Remi estava assentindo. — Um pouco do material deles, um pouco do nosso... — Os olhos dela brilharam: — O para-quedas!

— Você leu a minha mente. Se conseguirmos dar forma a ele e o selar, acho que sei um jeito de o encher. Tudo o que precisamos é empuxo o suficiente para nos tirar desse vale até um daqueles prados que vimos ao sul... sete ou oito quilômetros no máximo. De lá poderemos andar até uma aldeia.

— Ainda assim é uma tentativa bem arriscada.

— Tentativas improváveis são nossa especialidade, Remi. Eis a verdade: em temperaturas como as daqui, não vamos sobreviver mais do que cinco dias. Pode ser que uma equipe de resgate venha antes disso, mas nunca fui um grande fã do "pode ser que".

— E há os chineses para levar em conta.

— E eles. Não vejo nenhuma outra opção. Ou apostamos no resgate, ou saímos por nossa própria conta daqui... ou morremos tentando.

— Não há dúvida: vale tentar. Vamos construir um dirigível.

* *

A PRIMEIRA PROVIDÊNCIA era o inventário. Enquanto Remi escrutinava o que tinham resgatado, Sam cuidadosamente puxou o velho cordame para fora da fissura. Ele encontrou apenas pedaços rasgados do que outrora fora o balão; ou balões, nesse caso.

— Havia pelo menos três deles — Sam estimou. — Provavelmente quatro. Você está vendo todos os pedaços curvos de vime, o jeito que convergem?

— Sim.

— Acho que eram as estruturas que continham os balões.

— O material é seda — Remi acrescentou. — É bem grossa.

— Imagine só, Remi: uma gôndola de nove metros suspensa por quatro balões de seda engaiolados... estruturas de vime e bambu, estais de tendão... Eu me pergunto como eles a mantinham no ar. Como dirigiam o ar quente para os balões? Como eles...

Remi virou-se para Sam, segurou o rosto dele entre as mãos e o beijou: — Devaneios ficam para mais tarde, certo?

— Certo.

Juntos, eles começaram a separar o confuso emaranhado, colocando cordões de um lado, tirantes de bambu e vime de outro. Ao terminar, eles cuidadosamente retiraram as múmias da gôndola e começaram a desemaranhá-las do restante do cordame.

— Eu adoraria saber a história deles — Remi disse.

— É óbvio que estavam usando a gôndola virada de cabeça para baixo como abrigo — Sam disse. — Talvez a fissura tenha se aberto subitamente, e só esses dois conseguiram se segurar.

— Então, por que ficaram assim?

Sam deu de ombros. — Talvez estivessem fracos demais, a essa altura. Eles usaram o bambu e o cordame para construir uma pequena plataforma.

Ajoelhando entre as múmias, Remi disse: — Fracos e inválidos. Este está com o fêmur quebrado, uma fratura múltipla pela aparência, e esse... Está vendo o quadril fora do lugar? Está ou deslocado ou quebrado. É horrível. Eles simplesmente se deitaram e esperaram a morte.

— Não vai ser o nosso destino — Sam retorquiu. — Uma desastrosa queda de balão, talvez, mas não isso.

— Muito engraçado.

Remi inclinou-se e pegou um dos tubos de bambu. Era grosso como um taco de beisebol e tinha um metro e meio de comprimento. — Sam, tem algo escrito nesse. Está riscado na superfície.

— Você tem certeza? — Sam olhou por cima do ombro. Ele foi o primeiro a reconhecer a língua. — Está em italiano.

— Tem razão. — Remi passou a ponta dos dedos sobre as palavras gravadas enquanto girava o bambu com a outra mão. — Mas isso aqui não. — Ela apontou um lugar perto da ponta.

Não maior do que um centímetro e meio, uma grade quadrada emoldurava quatro símbolos asiáticos. — Não pode ser — Remi murmurou. — Você não os reconheceu?

— Não, eu devia?

— Sam, esses são os mesmos quatro caracteres gravados na tampa do baú do Theurang.

35

Norte do Nepal

Sam abriu a boca para falar, e a fechou em seguida. Remi disse: — Sei o que está pensando. Mas tenho certeza, Sam. Eu lembro de estar bebendo chá e olhando para esses caracteres na tela do laptop de Jack.

— Acredito em você. Só não sei como... — Sam se deteve e franziu o cenho. — A menos que... Quando pousamos aqui, a que distância estávamos das últimas coordenadas?

— Hosni disse menos de um quilômetro.

— Talvez a menos de um quilômetro do caminho que Dhakal teria seguido em sua jornada. E se ele tivesse morrido aqui perto, ou enfrentado problemas e perdido o baú do Theurang?

Remi estava assentindo. — E então nossos amigos balonistas chegam séculos depois. Eles caem aqui e encontram a caixa. Quando foi o primeiro voo em balão tripulado?

— Chutando... fim do século dezesseis, começo do dezessete. Mas nunca ouvi falar de um dirigível dessa época tão avançado como este. Este estaria bem adiante do seu tempo.

— Então, considerando o mais cedo, ele caiu aqui quase trezentos anos depois que Dhakal partiu de Mustang.

— É plausível — Sam admitiu —, mas duro de engolir.

— Então explique essas marcas.

— Não posso. Se você disser que é a maldição do Theurang, acreditarei em você. Estou simplesmente tendo problemas em fazer tudo isso entrar em meu cérebro.

— Junte-se ao clube, Sam.

— Como está seu italiano?

— Um pouco enferrujado, e até posso tentar depois. Mas agora vamos nos concentrar em sair daqui.

**

ELES DEDICARAM A MANHÃ a verificar os estais, descartando os que pareciam muito desfiados ou decompostos; esses Sam cortou com o canivete suíço. Eles repetiram o processo com os tirantes de vime e bambu (Remi checou todos para mais coisas escritas, mas nada encontrou), então se voltaram para a seda. O pedaço maior que encontraram tinha apenas uma dúzia de centímetros de largura, de modo que decidiram tecer o tecido utilizável em cordas, caso fosse necessário. Por volta da hora do almoço, tinham uma pilha respeitável de materiais de construção.

Para aumentar a estabilidade, decidiram prender oito dos tirantes das gaiolas do balão no interior do domo. Essa tarefa eles cumpriram à maneira de uma linha de montagem: Sam, usando seu canivete, perfurava furos duplos no para-quedas onde cada tirante devia ir seguido por Remi, que inseria pedaços de trinta centímetros de cordões de tendão nos buracos. Ao terminar, tinham trezentos e vinte buracos e cento e sessenta cordões.

No fim da tarde Sam começou a cingir os cordões usando voltas de retranca. Ele tinha feito isso num quarto dos cordões quando decidiram parar por aquela noite.

**

ACORDARAM COM O SOL na manhã seguinte e retomaram a construção do dirigível.

Durante as cinco horas de luz da tarde, voltaram a atenção para costurar a boca do para-quedas/balão com tiras de seda amarradas ao longo de um anel do tamanho de um barril que Sam montara com pedaços curvos de vime.

Depois de saborear alguns biscoitos, eles se retiraram para a gôndola na caverna para o que sabiam que seria uma longa noite.

— Quanto tempo até ficar pronto? — Remi perguntou.

— Com sorte, teremos nosso cesto pronto amanhã no fim da manhã.

Enquanto trabalhavam, Sam estivera pensando e repensando o problema de engenharia em sua mente. Eles tinham canibalizado lentamente a gôndola para lenha, que usavam não só para cozinhar, mas para se aquecer ocasionalmente durante o dia e antes de ir dormir à noite.

Como estava, eles tinham três metros de gôndola sobrando. Com base nos cálculos de Sam, o restante do vime combinado com a mistura química que tinha em mente seriam o bastante para elevá-los no ar. Muito menos certo era se conseguiriam subir alto bastante para passar por cima da crista da montanha.

O único fator com que Sam não estava preocupado era o vento. Até agora, o pouco que viera tinha sido do norte.

Remi expressou outra preocupação, uma que também estivera incomodando Sam: — E quanto ao pouso?

— Não vou mentir. Essa poderá ser a nossa ponte longe demais. Não há como dizer o quanto conseguiremos controlar a descida. E não vamos ter quase dirigibilidade nenhuma.

— Você tem um plano B, eu suponho?

— Tenho. Quer saber qual é?

Remi ficou em silêncio por alguns instantes. — Não. Surpreenda-me.

**

A estimativa de tempo de Sam foi perto. Foi só ao meio-dia que estavam com a cesta e as conexões terminadas. Embora "cesto" fosse uma palavra excessivamente otimista para a construção deles, ficaram mesmo assim orgulhosos dela. Uma plataforma de bambu amarrado de sessenta centímetros de largura e presa ao cordame do balão pelo fim do tendão.

Eles se sentaram e almoçaram em silêncio, admirando sua criação. A nau era grosseira, precária e feia — e eles amavam cada centímetro dela.

— Precisa de um nome — Remi disse.

Sam, claro, sugeriu *Remi*, mas ela descartou a ideia. Ele tentou de novo: — Eu tinha uma pipa quando criança chamada *Voa Alto.*

— Gostei.

**

A TARDE FOI EMPREGADA pondo em prática o plano de Sam para a fonte de combustível. Exceto por uma seção de noventa centímetros onde iriam se aninhar naquela noite, Sam usou a serra de arame para desmantelar o resto da gôndola, cortando-a de dentro e entregando os pedaços para Remi. Eles conseguiram perder apenas três pedaços para as entranhas da fissura.

Usando uma pedra, Remi começou a moer o vime e o que sobrava de tendão numa massa grosseira, o primeiro punhado do qual Sam despejou numa seção em forma de tigela do alumínio do Bell. A essa massa ele acrescentou líquen que eles tinham raspado de cada pedra e pedaço exposto do granito de platô que encontraram. Em seguida vieram pingos do querosene de aviação seguido por pitadas da pólvora que Sam extraíra da balas da pistola. Após trinta minutos de tentativa e erro, Sam apresentou a Remi um tijolinho tosco embrulhado numa tira de seda.

— Faça as honras — ele disse, e entregou a Remi o isqueiro.

— Tem certeza de que não vai explodir?

— Não, não tenho.

Remi o encarou seriamente.

Ele disse: — Teria de estar embalado dentro de algo sólido.

Com o braço bem estendido, Remi pôs a chama do isqueiro no tijolo; com um silvo quase imperceptível, se acendeu.

Sorrindo muito, Remi deu um pulinho e abraçou Sam. Juntos, eles se sentaram agachados em torno do tijolo e ficaram olhando-o enquanto ardia. O calor era surpreendentemente intenso. Quando as chamas finalmente se apagaram, Sam olhou o relógio: — Seis minutos. Nada mal. Agora precisamos de tantos quanto conseguirmos fazer, mas maiores. Digamos, mais ou menos do tamanho de um filé *mignon*.

— Você precisava usar justamente essa analogia?

— Desculpe. Assim que voltarmos a Katmandu, vamos à primeira churrascaria que encontrarmos.

Estimulados pelo sucesso do teste de combustão, eles progrediram rapidamente. Na hora de dormir, tinham dezenove tijolos.

* *

QUANDO O SOL COMEÇOU a se pôr, Sam terminou o braseiro instalando em sua base três pernas curtas, as quais uniu a uma tigela dupla de alumínio com abas toscas. Como último passo, ele cortou um buraco na lateral do cone.

— Isso é para o quê? — perguntou Remi.

— Ventilação e entrada de combustível. Assim que acendermos o primeiro tijolo, o fluxo do ar e a forma do cone irão criar uma espécie de vórtice. O calor o empurrará para o topo do cone e para dentro do balão.

— Isso é engenhoso.

— Isso é um fogão.

— Perdão?

— É um modelo antiquado de fogão para acampamentos, com esteroides. Eles existem há séculos. Enfim, a minha propensão por conhecimentos obscuros serviu para alguma coisa.

— E não pouca coisa. Vamos nos retirar para o nosso *bunker* e tentar descansar para o primeiro, e último, voo do *Voa Alto.*

* *

ELES DORMIRAM MAL por um total de duas horas, com a exaustão, falta de comida e o entusiasmo mantendo-os acordados. Assim que havia bastante luz para trabalhar, saíram da gôndola e comeram o fim da sua comida.

Sam desmembrou o restante da gôndola com exceção do último canto, que eles soltaram com o pitom e a corda com nós. Depois de tudo serrado, eles tinham uma pilha de combustível tão alta quanto Sam.

Já tendo escolhido um local do platô que estava virtualmente sem gelo, arrastaram cuidadosamente o balão para o ponto de decolagem. Na plataforma eles empilharam pedras de lastro. No centro colocaram o braseiro, prendendo-o à plataforma com cordões de tendão.

— Vamos começar a cozinhar — Remi disse.

Usaram bolas de papel e líquen para começar o fogo, em cima do qual puseram um tripé de pedaços de vime. Assim que tinham uma camada sólida de carvões, continuaram a alimentar o braseiro com vime, e lentamente as chamas começaram a lamber para cima.

Remi colocou a mão sobre a saída do braseiro. Tirou-a imediatamente. — Quente!

— Perfeito. Agora nós esperamos. Isso vai levar um tempo.

Uma hora logo tornou-se duas. O balão se encheu lentamente, expandindo em volta deles como uma tenda de circo em miniatura, enquanto o suprimento de combustível deles diminuía. Sob o tecido, a luz do sol parecia etérea, enevoada. Sam percebeu que estavam lutando com o tempo e a física do calor, enquanto o ar esfriava e se infiltrava através da pele do balão.

Um pouco antes da terceira hora, o balão, embora ainda deitado perpendicular ao chão, se ergueu e flutuou. Se realidade ou impressão, não tinham certeza, mas pareceu o momento de transição. Em quarenta minutos o balão estava de pé na vertical, seu exterior ficando mais retesado a cada minuto.

— Está funcionando — Remi murmurou. — Está realmente funcionando.

Sam assentiu, sem nada dizer, os olhos fixos na aeronave.

Por fim ele disse: — Todos a bordo.

Remi correu até a pilha de suprimentos deles, pegou o pedaço gravado de bambu, enfiou nas costas de sua jaqueta e voltou. Ela removeu pedras uma a uma até ter espaço para ajoelhar, e então se sentar. O lado oposto da plataforma estava agora pairando a alguns centímetros do chão.

Tendo já enchido a embalagem do para-quedas de emergência com alguns itens essenciais, e a sacola com os tijolos e o restante do vime, Sam pegou ambos, e então ajoelhou-se na plataforma.

— Está pronta? — perguntou.

Remi nem piscou: — Vamos voar.

36

Norte do Nepal

As chamas saltaram do interior do braseiro, desaparecendo pela boca do balão, até Sam e Remi estarem flutuando sobre o platô na altura do joelho.

— Quando eu disser, empurre com toda a sua força — Sam disse.

Ele enfiou os dois últimos pedaços de vime no braseiro e ficou observando, na expectativa, olhos indo sem parar do braseiro para o balão e para o chão.

— Agora!

Em uníssono eles dobraram as pernas e empurraram com força.

Subiram com ímpeto três metros. E logo desceram igualmente rápido.

— Prepare-se para empurrar de novo! — Sam gritou.

Os pés deles tocaram o gelo.

— Empurre!

De novo elevaram-se velozes e de novo voltaram a descer, embora mais lentamente.

— Estamos chegando lá — Sam disse.

— Precisamos de um ritmo — Remi sugeriu. — Pense em bater bola.

Então eles começaram a percorrer o platô como se estivessem batendo bola, cada vez ganhando mais altitude. À esquerda, a borda do penhasco se aproximava.

— Sam... — Remi advertiu.

— Eu sei. Não olhe, continue batendo a bola. É voar ou nadar!

— Que maravilha!

Eles deram mais um impulso. Uma lufada de vento pegou o balão e o empurrou para baixo no platô, os pés deles pulando no gelo. Uma perna de Remi ficou fora da borda do rochedo, mas ela manteve o controle, dando um último empurrão com a outra perna.

E então, abruptamente, tudo ficou silencioso, fora o vento assobiando nos estais.

Eles estavam no ar e subindo.

E indo para o sudeste em direção à encosta.

**

SAM PEGOU NA SACOLA um par de tijolos. Alimentou com eles o braseiro. Veio o som característico deles ao pegarem fogo. Chamas se projetaram pela saída. O balão começou a se elevar.

— Outro — Remi disse.

Sam enfiou um terceiro tijolo no braseiro.

Uósh! O balão subiu.

Os pinheiros estavam a algumas centenas de metros de distância e se aproximando rápido. Uma lufada de vento envolveu o balão e o fez girar. Sam e Remi seguraram firme nos estais e pressionaram as pernas em volta da plataforma. Depois de três rotações, a plataforma se firmou e ficou quieta de novo.

Olhando por cima do ombro de Remi, Sam estimou a distância até a encosta.

— Quanto falta? — Remi perguntou.

— Uns cento e oitenta metros. Noventa segundos, mais ou menos. — Ele olhou-a nos olhos. — Vai ser no fio da navalha. Aposto tudo?

— Sem dúvida.

Sam enfiou um quarto tijolo no braseiro. *Uóósh!*

Os dois olharam do lado da plataforma As copas dos pinheiros pareciam impossivelmente próximas. Remi sentiu algo em seu pé, e se inclinou. Sam se debruçou, segurou-a pelo braço.

Ele acrescentou outro tijolo. *Uóósh!*

Mais outro. *Uóósh!*

— Noventa metros! — Sam exclamou.

Outro tijolo. *Uóósh!*

— Cinquenta metros! — Ele pegou mais um tijolo na sacola, sacudiu-o nas mãos em concha como um dado, e o estendeu para Remi. — Para dar sorte.

Ela soprou o tijolo.

Uóósh!

— Levante os pés! — Sam exclamou.

Eles sentiram e ouviram a ponta de um pinheiro raspando a parte inferior da plataforma. Foram jogados de lado.

— Estamos enroscados! — Sam gritou. — Deite-se!

Em uníssono, eles inclinaram o torso na direção oposta, pendurando-se para fora da borda segurando-se nos estais. Sam sacudiu a perna, tentando libertá-los do que quer que os estivesse prendendo embaixo.

Com um estalo sonoro o galho inconveniente se quebrou. A plataforma se nivelou. Sam e Remi se endireitaram, olhando para baixo, em volta e para cima.

— Passamos! — Remi exclamou. — Conseguimos!

Sam soltou a respiração que estivera prendendo. — Nunca duvidei nem um por um segundo.

Remi deu a ele aquele olhar.

— OK — ele disse. — Talvez por um ou dois segundos.

* *

TENDO AGORA ULTRAPASSADO a crista, o vento se enfraquecendo um pouco, viram-se seguindo para o sul ao que Sam estimou como uns quinze quilômetros por hora. Tinham percorrido não muito mais do que algumas centenas de metros quando começaram a perder altitude.

Sam tirou outro tijolo da sacola. Jogou pela entrada de alimentação e ele se acendeu. Começaram a subir.

Remi perguntou: — Quantos temos sobrando?

Sam verificou. — Dez.

— Agora talvez seja uma boa hora para me contar seu Plano B para o pouso.

— Na pouco provável chance de não conseguirmos uma aterrissagem perfeita, macia como uma pluma, a nossa melhor alternativa são os pinheiros... encontrar um grupo bem denso e tentar voar direto para ele.

— O que você acabou de descrever é um pouso de emergência, só que sem o pouso.

— Essencialmente.

— Exatamente.

— OK, exatamente. Seguramos firme e torcemos para que os galhos funcionem como uma rede e o segurem.

— Como num porta-aviões.

— É.

Remi considerou isso. Ela repuxou os lábios e soprou um cacho de cabelo da testa. — Gosto da ideia.

— Achei que você ia gostar.

Sam colocou outro tijolo no braseiro. *Uóosh!*

**

Com o sol do fim da tarde às costas, eles deslizavam sempre para o sul, ocasionalmente alimentando o braseiro com tijolos e mantendo os olhos atentos para um local de pouso. Tinham percorrido aproximadamente sete quilômetros e até então só tinham visto vales cobertos de pedras, geleiras e bosques de pinheiros.

— Estamos perdendo altitude — Remi disse.

Sam alimentou o braseiro. Eles continuaram a descer.

— O que está acontecendo? — ela perguntou.

— Dissipação, acho. Estamos perdendo o sol, e a temperatura junto. O balão está perdendo calor mais rápido do que podemos pôr dentro dele.

Sam enfiou outro tijolo dentro do buraco. A descida deles diminuiu ligeiramente, mas não havia como negar: estavam deslizando numa rota irreversivelmente descendente. Começaram a ganhar velocidade.

— Está na hora de fazer uma escolha — Sam disse. — Não vamos conseguir chegar num prado, mas tempos um Plano B à vista.

Ele apontou por cima do ombro de Remi. À frente e abaixo havia uma fileira de pinheiros. Depois dela havia outro vale cheio de pedras.

Sam disse: — Ou podemos enfiar o resto dos tijolos no braseiro e torcer para encontrar um lugar melhor.

— Já forçamos demais a nossa sorte. Estou pronta para terra firme. Como você quer fazer isso?

Sam conferiu as árvores se aproximando, tentando avaliar velocidade, distância e o ângulo de aproximação. Tinham três minutos, ele estimou. Estavam indo a uns vinte e cinco quilômetros por hora, talvez, e provavelmente teriam atingido o dobro disso quando chegassem às árvores. Embora fosse uma colisão da qual se sobreviveria dentro de um carro, naquela plataforma as chances eram cinquenta-cinquenta.

— Se ao menos tivéssemos um *air bag* — Sam murmurou.

— Que tal um escudo? — perguntou Remi, batendo na plataforma de bambu deles.

Sam imediatamente ficou pasmo com o que ela estava sugerindo: — Arriscado.

— Bem menos arriscado do que você estava nesse momento mesmo remoendo. Eu o conheço, Sam, conheço suas expressões. Qual é a probabilidade que você dá para nós?

— Cinquenta-cinquenta.

— Isso talvez nos dê mais alguns pontos.

Os olhos de Sam deram um rápido relance nas árvores e voltaram aos olhos de Remi. Ela sorriu para ele. Ele devolveu o sorriso. — Você é uma mulher incrível.

— Isso, eu sei.

— Não precisamos disso mais — Sam disse. Ele cortou as tiras que seguravam braseiro e o empurrou para fora da plataforma. Em meio a uma chuva de fagulhas, atingiu o solo, rolou pelo vale e se chocou contra uma pedra.

Sam precipitou-se para o outro lado da plataforma e ficou bem junto de Remi. Ela já estava segurando os estais com as duas mãos. Sam agarrou um com a mão esquerda, e então se inclinou para trás, colocou a lâmina de seu canivete suíço sobre um dos cabos que prendiam a plataforma e começou a serrar. Com um som de corda se arrebentando, partiu-se. A plataforma entortou ligeiramente.

Sam voltou-se para o segundo cabo.

— Quanto tempo até batermos? — ele perguntou.

— Não sei...

— Chute!

— Alguns segundos!

Sam continuou a serrar. Arranhada e ligeiramente curva pelo excesso de uso e as tentativas de Sam de afiá-la nas pedras, a lâmina estava sem corte. Ele cerrou os dentes e se aplicou mais.

O segundo estai se rompeu. Sam foi para o terceiro.

— O tempo está acabando — Remi gritou.

Tuang!

O lado oposto da plataforma estava pendurada por um só cabo agora, tremulando como uma pipa no vento. Com as duas mãos nas cordas, Remi estava praticamente pendurada, com um pé só na borda da plataforma. A mão esquerda de Sam estava segurando como uma garra a corda ao lado da dela.

— Só falta um! — ele gritou, e começou a serrar. — Vamos... Vamos...

Tuang!

A extremidade da plataforma soltou-se, agora pendurada verticalmente debaixo deles. Sam ia jogar fora seu canivete quando mudou de ideia. Ele fechou a lâmina apoiando-a na bochecha. Ele agarrou outro estai com a mão direita.

Remi já estava descendo pelos cabos de modo a colocar o corpo por trás da plataforma. Sam se juntou a ela. Ele espiou pelo lado da plataforma e viu uma parede de verde vindo a toda em sua direção.

O mundo deles começou a desmoronar. Embora tendo absorvido uma boa parte do impacto, os galhos imediatamente rebateram a plataforma. Eles se viram escorregando por um corredor polonês de galhos os chicoteando. Abaixaram os queixos e fecharam os olhos. Sam soltou a mão direta da corda e tentou cobrir o rosto de Remi com o antebraço.

Por instinto ela gritou: — Solte!

E então eles estavam caindo através da árvore, a queda deles abrandada pelos galhos.

Pararam com um solavanco.

Sam abriu a boca para falar, mas tudo o que saiu foi um grunhido. Ele tentou de novo. — Remi!

— Aqui — veio a resposta débil. — Debaixo de você.

Caído de barriga para cima e diagonalmente sobre um par de galhos, Sam rolou cuidadosamente de bruços. Três metros para baixo, Remi estava caída numa pilha de agulhas de pinheiro. O rosto dela estava arranhado como se alguém o tivesse varrido com uma vassoura de piaçava. Os olhos estavam cheios de lágrimas.

— Como você está? — ele perguntou.

Ela forçou o sorriso e deu um fraco sinal de positivo com o polegar. — E você, intrépido piloto?

— Deixe-me ficar caído aqui mais um pouco e eu lhe direi.

* *

Depois de um tempo, Sam começou a tarefa de descer.

— Não se mexa — ele disse para Remi. — Fique quieta aí.

— Se você insiste...

Sam se sentia como se tivesse levado uma surra de uma gangue com tacos de beisebol, mas todas as suas principais articulações e músculos pareciam estar funcionando de forma apropriada, embora emperradamente.

Usando a mão direita, Sam desceu do último galho e caiu encolhido junto a Remi. Ela pôs a mão sobre o rosto dele e disse: — Jamais um momento de tédio com você.

— Não.

— Sam, o seu pescoço.

Ele tocou com a mão o lugar que Remi indicara. Seus dedos voltaram ensanguentados. Depois de tatear um pouco, descobriu que tinha um corte vertical de nove centímetros debaixo da orelha.

— Vai coagular — ele disse a ela. — Vamos ver como você está.

As roupas deles provavelmente os tinham salvado, ele logo se deu conta. O grosso enchimento e as golas altas das parcas tinham protegido seus torsos e pescoços, e os gorros de lã tinham servido como cruciais amortecedores para o crânio.

— Não muito mal, levando em conta tudo.

— Sua ideia do escudo salvou a pátria.

Ela fez um gesto descartando isso. — Onde está o *Voa Alto*?

— Emaranhado na árvore.

— Eu ainda tenho o bambu?

Sam viu a ponta saindo do colarinho dela. — Sim.

— Meu rosto está tão ruim quanto o seu? — Remi perguntou.

— Você nunca esteve mais bonita.

— Mentiroso... mas obrigada. O sol está se pondo. E agora?

— Agora estamos salvos. Vou acender uma fogueira para você e achar alguns aldeões simpáticos que irão nos oferecer camas aconchegantes e comida quente.

— Simples assim?

— Simples assim.

Sam se pôs de pé e alongou os membros. Seu corpo inteiro doía, uma dor latejante que parecia estar em toda a parte ao mesmo tempo.

— Volto já.

Ele precisou só de alguns minutos para encontrar a embalagem do para-quedas de emergência, que tinha sido arrancado de suas costas durante a queda. Levou mais tempo para achar a sacola de náilon, entretanto; tinha caído quando o último cabo da plataforma se rompera. Dos sete, ou algo assim, tijolos que sobraram, ele encontrou três.

Ele voltou até Remi e viu que ela tinha conseguido sentar-se com as costas apoiada na árvore. Logo ele tinha um tijolo queimando num pequeno círculo de terra. Ele colocou os dois tijolos restantes ao lado dela.

— Volto num instante — ele disse.

— Vou estar aqui.

Ele a beijou, e partiu.

— Sam?

Ele se virou. — Oi.

— Cuidado com os Yetis.

37

Goldfish Point, La Jolla,
Califórnia

— Tenho uma tradução para vocês — Selma disse, entrando no solário. Ela foi até onde Sam e Remi estavam reclinados em espreguiçadeiras e entregou o texto impresso para Remi.

— Isso é fantástico — Remi disse com um sorriso lânguido.

Sam perguntou a Selma: — Você a leu?

— Li.

— Você se importaria de nos dar a versão condensada do *Reader's Digest*? Os analgésicos da Remi a deixaram um pouco... feliz.

No fim das contas, a busca de Sam por salvamento no alto Himalaia foi, de fato, algo bem simples. Em retrospecto, dado o que tinham passado para chegar até ali, Sam considerou justiça poética. Sem o saber, eles tinham feito seu pouso de emergência a pouco mais de um quilômetro de uma aldeia chamada Samagaun, o assentamento mais ao norte daquela região do Nepal.

Na luz caindo do fim da tarde, Sam foi arrastando os pés vale abaixo até ser visto por um casal australiano fazendo trilhas em suas férias. Eles o levaram até Samagaun, onde rapidamente um grupo de resgate foi organizado. Dois habitantes da aldeia, o casal australiano e Sam voltaram num velho caminhão Datsun até onde dava vale acima, e então foram a pé o restante do caminho. Encontraram Remi onde Sam a deixara, à luz cálida do fogo.

Para não correr riscos, eles a deitaram na chapa de compensado que tinham trazido para isso e então para Samagaun, onde descobriram que a aldeia se mobilizara inteira por eles. Um quarto com duas camas e um fogão bojudo estava pronto, e foram alimentados com *aloo tareko* (batatas fritas) e *kukhura ko ledo* (galinha com molho) até não aguentarem mais. O médico da aldeia veio, examinou os dois e nada descobriu que colocasse a vida deles em risco.

Na manhã seguinte acordaram e souberam que um ancião da aldeia já tinha mandado a notícia do resgate deles vale abaixo por rádio. Logo depois que Sam deu ao ancião as informações de contato de Jack Karna, um SUV mais robusto chegou para levá-los ao sul. Em Gorkha encontraram Jack e Ajay esperando para levá-los o restante do caminho até Katmandu.

Jack já tinha de fato informado o desaparecimento deles e estava lutando com a burocracia do governo nepalês para organizar uma busca quando chegou a notícia do resgate deles.

Sob os olhos vigilantes de Ajay, Sam e Remi passaram uma noite no hospital. Os raios X de Remi revelaram contusões em duas costelas e um tornozelo torcido. Para seus hematomas e machucados Sam e Remi receberam receitas de analgésicos. Os arranhões no rosto, embora feios, eram superficiais e acabariam desaparecendo.

Cinco dias depois do pouso de emergência em seu balão, eles estavam num avião de volta para casa.

Agora Selma estava lhes dando a versão editada. — Bom, antes de mais nada, Jack confirmou seu palpite, Sra. Fargo. Os símbolos entalhados no bambu eram idênticos aos da tampa do baú do Theurang. Ele está tão perplexo quanto vocês. Assim que estiverem prontos para falar, liguem para ele. Quanto ao resto da inscrição, estavam certos de novo: é italiano. De acordo com o autor, um homem chamado... — Selma procurou no texto — ...Francesco Lana de Terzi...

— Conheço esse nome — Sam disse. Desde que voltara para casa, ele se pusera a pesquisar a história dos dirigíveis.

Remi disse: — Conte para nós.

— De Terzi é considerado por muitos o Pai da Aeronáutica. Ele era um jesuíta, e professor de física e matemática, em Bréscia, no norte da Itália. Em 1670 ele publicou um livro intitulado *Prodomo.* Para a época, era pioneiro, a primeira análise sólida da matemática por trás da viagem no ar. Ele estabeleceu as fundações para todos que vieram depois dele, começando com os irmãos Montgolfier em 1783.

— Ah, esses — Remi comentou.

— O primeiro voo de balão bem-sucedido — Sam explicou. — De Terzi era um verdadeiro gênio. Ele abriu o caminho para coisas como a máquina de costura, um aparelho de leitura para cegos, a primeira forma primitiva do Braille...

— Mas nenhuma aeronave — Selma disse.

— Seu conceito primordial era algo que ele chamava de Nau à Vácuo; essencialmente, idêntico ao dirigível de balões múltiplos que encontramos, mas em vez de tecido as esferas seriam de cobre, das quais o ar seria evacuado. Na metade do século dezessete, o inventor Robert Boyle criou uma bomba, um "engenho pneumático", como a chamou, que podia evacuar inteiramente o ar de um recipiente fechado. Com ela, provou que o ar tinha peso. De Terzi teorizou que, ao ar ser evacuado das esferas de cobre, a nave ficaria mais leve que o ar a seu redor, e assim ela ascenderia. Não vou incomodá-las com a física disso, mas o conceito tem muitos obstáculos para poder dar certo.

— Então a Nau a Vácuo nunca foi construída — disse Selma.

— Não que se saiba. No fim do século dezenove um homem chamado Arthur De Bausset tentou conseguir verbas para o que ele chamava de uma aeronave a tubo de vácuo, mas não deu em nada. Quanto a De Terzi, ele continuou trabalhando em sua teoria até morrer em 1686.

— Onde?

Sam sorriu. — Em Bréscia.

— Depois de aprontar lá no Himalaia — Remi acrescentou. — Continue, Selma.

— Conforme o bambu, De Terzi e sua tripulação chinesa, ele não diz quantos eram, caíram num voo de teste de uma aeronave que ele projetara para o Imperador Kangxi. O imperador batizara a aeronave como o *Grande Dragão.* Só De Terzi e dois outros sobreviveram à queda. Ele foi o único que não se feriu.

— As duas múmias que encontramos — Remi disse.

— Eu verifiquei as datas para o Imperador Kangxi — disse Selma. — Ele reinou entre 1661 e 1722.

— A linha do tempo bate — disse Sam.

— Agora vem a parte boa: De Terzi afirma que enquanto procurava comida ele encontrou um... — Selma leu o texto impresso — ...“misterioso recipiente de uma concepção que nunca vira, com símbolos entalhados tanto similares quanto dissimilares aos usados pelo meu benfeitor”.

Sam e Remi trocaram sorrisos.

Selma continuou: — Na parte final do texto, De Terzi escreveu que decidira deixar seus companheiros de tripulação e seguir para o norte, de volta para a base de lançamento da aeronave, algum lugar ao qual se refere como o Shekar Gompa.

Sam disse: — Você procurou...

— Sim. Shekar Gompa hoje é só ruínas, mas fica sessenta e quatro quilômetros a nordeste de onde vocês encontraram o dirigível, no Tibete.

— Prossiga.

— Se De Terzi conseguisse voltar ao Shekar Gompa, ele mesmo iria contar a história da jornada. Se falhasse, o corpo dele nunca seria encontrado. O bambu seria seu testamento.

— E o recipiente misterioso? — perguntou Sam.

— Deixei o melhor para o fim — Selma replicou. — De Terzi afirma que ia levar o recipiente com ele como, e vou citar “resgate para libertar o meu irmão Giuseppe, mantido como refém pelo Imperador Kangxi para garantir o meu retorno com o *Grande Dragão*”.

— Ele o levou — Sam murmurou. — Ele levou o Theurang para o Tibete.

**

Remi disse: — Eu tenho tantas perguntas, que nem sei por onde começar. Primeiro, o quanto de história se tem sobre De Terzi?

— Há muito pouco. Ao menos, tanto quanto eu tenha conseguido achar — Selma respondeu. — De acordo com todas as fontes, De Terzi viveu a vida inteira na Itália. Ele morreu lá e lá está enterrado. Como Sam disse, passou seus últimos anos trabalhando em sua Nau a Vácuo.

— Ambas as versões de sua vida não podem ser verdadeiras — Sam disse. — Ou ele nunca saiu de Bréscia e o bambu é uma fraude ou ele passou algum tempo na China trabalhando para o Imperador Kangxi.

— E talvez tenha morrido lá — Remi acrescentou.

Sam viu o sorriso matreiro no rosto de Selma. Ele disse: — Muito bem, diga de uma vez.

— Não há nada on-line sobre De Terzi, mas há uma professora na Universidade de Bréscia que dá curso sobre os inventores italianos do fim da época da Renascença. Pelo que está no site, De Terzi é uma figura de destaque do programa.

Remi disse: — Você realmente gosta de fazer isso, não?

— Nem um pouco — Selma replicou solenemente. — É só dizer, e providencio para vocês estarem na Itália amanhã à tarde.

— É só dizer, e nós providenciaremos um encontro pela Internet amanhã.

**

Goldfish Point, La Jolla, Califórnia

No dia seguinte, no fim da tarde, horário italiano, Sam e Remi se apresentaram e explicaram, ambiguamente, o teor de seu interesse em Francesco Lana De Terzi para a titular do curso, a professora Carlotta Moretti. Moretti, uma morena de 30 e poucos anos com óculos que lhe davam um ar de coruja, sorriu para eles da tela do computador.

— É um prazer tão grande conhecê-los — ela disse em inglês com um leve sotaque. — Sou meio uma fã de vocês, sabe.

— De nós? — Remi perguntou.

— *Si, si*. Eu li sobre vocês na revista do *Smithsonian*. A adega perdida de Napoleão, e a caverna nas montanhas, o hum...

— Grand Saint Bernard — Sam ofereceu.

— É, isso mesmo. Por favor, desculpem a curiosidade, mas tenho de perguntar: vocês estão bem? Seus rostos?

— Um acidente numa trilha — Sam respondeu. — Estamos melhorando.

— Ah, ótimo. Bom, fiquei fascinada e, é claro, contente quando me ligaram. Surpresa também. Digam-me qual é o interesse de vocês em Francesco De Terzi e eu tentarei ajudá-los.

— O nome dele surgiu durante um projeto — Remi disse. — Conseguimos encontrar surpreendentemente muito pouco publicado sobre ele. Disseram-nos que você é uma especialista nele.

Moretti balançou a mão. — Especialista, não sei. Eu leciono sobre De Terzi, e minha curiosidade sobre ele vem de desde quando era menininha.

— Estamos sobretudo interessados na última parte da vida dele; digamos, os últimos dez anos. Primeiro, você pode confirmar se ele tinha um irmão?

— Ah, sim. Giuseppe Lana de Terzi.

— E é verdade que Francesco nunca saiu de Bréscia?

— Ah, não, isso não é verdade. De Terzi com frequência ia a Milão, Gênova e outros lugares também.

— E quanto a fora da Itália? Outro continente, talvez?

— É possível, mas não saberia dizer para onde exatamente. Com base em alguns relatos, a maioria relatos de segunda mão sobre histórias que se dizia que De Terzi contava, ele viajou para longe entre os anos 1675 e 1679. Embora nenhum historiador que eu conheça vá confirmar isso.

— Essas histórias indicam onde ele poderia ter estado?

— Algum lugar no Extremo Oriente — respondeu Moretti. — Ásia, é uma das especulações.

— Por que ele teria ido para lá?

A professora hesitou. — Vocês precisam compreender, tudo isso pode ser fantasioso. Há muito pouca documentação para sustentar.

— Compreendemos — Sam replicou.

— Conta a história que De Terzi não conseguia achar investidores para o seu plano de aeronave.

— A Nau a Vácuo.

— É, essa. Ele não conseguiu achar ninguém que lhe desse dinheiro, nem o governo, nem os homens ricos de lá. Ele fez a jornada ao Oriente com a esperança de encontrar apoio para poder terminar seu trabalho.

— E ele conseguiu?

— Não, não que eu saiba.

— O que aconteceu quando ele voltou em 1679? — Sam perguntou.

— Dizem que ele voltou para a Itália mudado. Algo de ruim acontecera durante suas viagens, e Giuseppe não voltou para casa. Francesco nunca falava sobre isso. Logo depois de se instalar de novo em Bréscia, saiu da ordem dos jesuítas e mudou-se para Viena, na Áustria.

— Em busca de investidores de novo?

— Talvez, mas em Viena ele só teve azar.

— Como assim? — perguntou Remi.

— Logo depois que se mudou para Viena ele se casou e teve um filho menino. Dois anos depois veio a grande batalha, o sítio e então a Batalha de Viena. Vocês sabem a história?

— Só vagamente.

— O sítio durou dois meses, o Império Otomano combatia a Santa Aliança: o Santo Império Romano, a Aliança polonesa e lituana e a República de Veneza. No começo de setembro de 1683, travou-se a batalha final. Dezenas de milhares de pessoas morreram, incluindo a mulher e o filho de De Terzi.

— Isso é terrível — Remi disse. — Tão triste.

— *Si*. Dizem que ele ficou terrivelmente abalado. Primeiro seu irmão, e agora sua nova família, todos mortos. Logo depois, De Terzi desapareceu de novo.

— Para onde?

Moretti deu de ombros. — De novo, um mistério. Ele voltou de novo para Bréscia em outubro de 1685, e então morreu alguns meses depois.

— Deixe-me fazer uma pergunta que vai soar estranha — Remi disse.

— Por favor.

— Você tem, ou alguém tem, absoluta certeza que De Terzi voltou para Bréscia em 1685?

— É uma pergunta estranha. Suponho que a resposta seria não. Não sei de nada que certifique que ele foi enterrado aqui, ou que ele voltou, até. Essa parte da história é, como o resto, baseada em informação de segunda mão. Sem uma...

— Exumação.

— Sim, exumação. Só isso, e uma amostra de DNA de seus descendentes, serviria como prova. Por que perguntam? Têm alguma razão para crer que...

— Não, na verdade não. Estamos só pensando alto.

Sam perguntou: — Quanto a essas histórias, acredita em alguma coisa delas?

— Parte de mim quer acreditar. É uma aventura emocionante, não? Mas, como eu disse, as histórias oficiais da vida De Terzi não contêm nenhum desses relatos.

— Há alguns minutos você disse que há pouca documentação. Isso quer dizer que há *alguma* documentação? — Remi disse.

— Há algumas cartas, mas escritas por amigos. Nenhuma do próprio punho de De Terzi. É o que seu sistema de justiça chama de circunstancial, não? Fora isso, há apenas uma outra fonte que pode estar relacionada com essas histórias. Reluto em mencioná-la.

— Por quê?

— É ficção, um conto escrito pela irmã de De Terzi alguns anos após a morte dele. Embora com outro nome, o protagonista claramente é para ser Francesco. Muitos acharam que a irmã estava querendo ganhar dinheiro com a fama dele explorando boatos.

— Você pode nos dar a essência do conto?

— Um conto fantástico, na realidade. —Moretti pensou um pouco. — O herói da história parte de seu lar na Itália. Depois de enfrentar muitos perigos, é capturado por um tirano numa terra estranha. Ele é forçado a construir uma nau voadora de guerra. A nau cai num lugar desolado, e apenas o herói e dois de seus camaradas sobrevivem, só para finalmente morrerem de seus ferimentos. O herói encontra um tesouro misterioso, que os nativos dizem a ele que é amaldiçoado, mas ele ignora a advertência e empreende uma árdua jornada de volta ao castelo do tirano. Ao chegar lá descobre que seu companheiro de viagem, que o tirano estava mantendo como refém, fora executado.

— O herói volta para a Itália com o tesouro só para encontrar mais tragédia: sua família fora morta pela peste. O herói está agora convencido de que a maldição é real, e assim parte para devolver o tesouro onde o encontrou e nunca mais se ouve falar dele.

Sam e Remi tiveram de se esforçar para manter o rosto inexpressivo.

Sam disse: — Por acaso teria uma cópia dessa história?

— Sim, é claro. Creio que tenho tanto o original em italiano quanto uma tradução para o inglês muito boa. Assim que terminarmos nossa conversa, mando uma versão eletrônica para vocês.

38

Goldfish Point, La Jolla,
Califórnia

Com cópias de "O Grande Dragão" em cada um dos seus iPads, Sam e Remi agradeceram à professora Moretti pela ajuda. Sam e Remi leram a história e mandaram cópias para Selma, Wendy e Pete. Enquanto Remi enviava uma cópia da história para Jack, Selma conectou-se com ele pelo iChat.

— Vocês dois estão absolutamente eufóricos — Karna disse. —Não me deixem no suspense. O que descobriram?

Sam disse a Remi: — Conte você a ele.

Remi primeiro contou a conversa deles com Moretti, então fez para todo mundo um resumo de "O grande Dragão".

— Incrível — disse Selma. — Vocês dois leram a história?

— Sim — disse Sam. — Deve estar nos e-mails de vocês. No seu também, Jack.

— Sim, estou vendo.

— Quanto da história corresponde ao entalhado no bambu? — Wendy perguntou.

— Quando se substituem os pedaços claramente ficcionais com o suposto testamento de De Terzi, você obtém o que se lê como um relato fatual: a queda, o número de sobreviventes, a descoberta de um tesouro misterioso, a viagem para casa... Está tudo lá.

— E a linha do tempo bate — Remi disse. — Entre as idas e vindas de De Terzi nos relatos de segunda mão, ele poderia facilmente ter ido para a China e voltado.

— Estou aturdido — disse Karna.

Pete, que estava olhando a história no iPad de Sam, perguntou:

— O que é esse mapa no frontispício?

— Essa é a jornada do herói para devolver o tesouro — respondeu Remi. — Jack, você o tem aí?

— Estou olhando agora. Parece que De Terzi chega do Ocidente e primeiro se detém no que está marcado como um castelo. Deve ser, podemos presumir, Shakar Gompa.

— A base de lançamento para a aeronave — Sam disse.

— E possivelmente a sepultura de Giuseppe — acrescentou Remi.

Karna continuou: — De Shekar Gompa, De Terzi viaja para o Oriente para a Grande Cidade. Baseada na posição de Shekar, essa cidade poderia ser Lhasa.

— Para que ele iria para lá? — perguntou Wendy. — O local da queda fica a sessenta e quatro quilômetros de Shekar Gompa. Ele não estava tentando devolver o tesouro?

— Sim — Sam explicou —, mas, na história, quando ele chega ao castelo, um sábio local lhe diz que ele precisa devolver o tesouro ao seu "lugar verdadeiro". Ele é aconselhado a procurar outro sábio na Grande Cidade a oeste.

Karna prosseguiu com a linha de raciocínio de Sam: — Da Grande Cidade, De Terzi continua para o leste, e por fim chega a... Não sei. Há apenas um X aqui.

— Shangrilá — Remi sugeriu.

Houve alguns momentos de silêncio de Karna, então: — Vocês vão ter de me desculpar. Com licença. Voltarei a falar com vocês.

A tela do iChat ficou escura.

**

Karna estava de volta trinta minutos depois. — Havia algumas coordenadas toscas e referências nesse mapa que eu tenho de conferir, mas usando a distância de Shekar Gompa a Lhasa como referência, a última etapa da viagem de De Terzi foi numa área que é conhecida hoje como a garganta do Tsangpo.

— Sua primeira candidata para a localização de Shangrilá — disse Sam.

— De fato. Sam, Remi, vocês podem ter acabado de solucionar um enigma de seiscentos anos.

Sam disse: — Não vamos nos precipitar. Quanto tempo você precisa para conferir as informações do mapa?

— Vou começar nesse minuto. Deem-me um dia.

39

**Região de Arunachal Pradesh,
Norte da Índia**

— JACK! — REMI EXCLAMOU. — Não acreditei que você realmente ia aparecer.

O SUV de Karna parou, e ele desceu. Remi deu-lhe um abraço, Sam apertou a mão dele. — Fico contente que esteja a bordo, Jack.

— E eu também.

De pé atrás de Karna, Ajay assentiu e sorriu para eles.

Karna disse: — Vocês dois estão bem melhores do que a última vez que vi seus rostos. Remi, como está o pé? E as costelas?

— Melhor o suficiente para eu poder andar por aí sem ter de cerrar os dentes. Estou com bandagens ACE, um bom par de botas de caminhada e um frasco de ibrupofen.

— Fantástico.

— Ela vai andar mais rápido do que todos nós — Sam disse.

— Algum problema para chegar aqui? Alguém os seguiu? Pessoas suspeitas?

Remi respondeu: — Nenhuma das anteriores.

Desde a última conversa deles com Charles King, não tinham nem visto nem ouvido falar dele, dos filhos ou de Zhilan Hsu. Era uma situação que eles consideravam ao mesmo tempo agradável e aflitiva.

— Jack, como você venceu seu medo de voar? — perguntou Sam.

— Não venci, na verdade — Karna respondeu. — Fiquei completamente aterrorizado do momento que decolamos em Katmandu até o momento em que desci do avião em Bangladesh. Meu entusiasmo com a nossa expedição temporariamente ficou mais forte que o meu medo e, *voilà*, aqui estou.

"Aqui" era o fim de uma viagem de oitocentos quilômetros por terra que Sam e Remi tinham completado só umas poucas horas antes. Situada às margens do rio Siang, a tranquila vila de Yingkiong, população de novecentos habitantes, era o último lugar com alguma habitação digna de nota no norte da Índia. Dali, a cidade seguinte, Nyingchi, no Tibete, ficava cento e sessenta quilômetros a nordeste, através de uma das selvas mais intimidadoras do mundo.

Dez dias tinham se passado desde a conversa deles no iChat. Levara esse tempo todo para tomar todas as providências necessárias para a viagem. Fiel à sua palavra, Karna os contatara no dia seguinte, tendo trabalhado sem parar na esperança de decifrar o mapa de "O Grande Dragão".

A habilidade de navegação em terra de De Terzi rivalizara com a das Sentinelas, Karna explicou. Tanto as posições quanto as distâncias no mapa de De Terzi eram notavelmente precisas, diferindo das medidas do mundo real por menos de um quilômetro e um grau da bússola. Uma vez terminados os cálculos, Karna tinha certeza de que triangulara a localização de Sangrilá num diâmetro de três quilômetros e meio. Como suspeitara desde sempre, as coordenadas a situavam no coração da garganta do rio Tsangpo.

Sam e Remi tinham estudado a área no Google Earth, mas nada tinham visto a não ser picos elevados, rios turbulentos e densas florestas. Nada que parecesse com um cogumelo.

Karna disse: — Que tal nos instalarmos num bar para uma bebida e um pouco de conversa? É melhor que entendam a enormidade do que vamos enfrentar antes de partirmos de manhã.

**

A TAVERNA ERA UMA CONSTRUÇÃO de dois andares com um telhado de meia-água de zinco e paredes de madeira. Dentro, o andar inferior era dedicado a uma área de recepção e um restaurante que parecia ter sido roubado de um western de Hollywood da década de 1950: piso de madeira, um comprido balcão em forma de J e colunas sustentando vigas expostas do teto.

A taverna estava surpreendentemente cheia. Eles encontraram uma mesa sobre cavaletes encostada numa parede sob um letreiro de Schlitz de néon piscando e pediram quatro cervejas. Elas estavam geladíssimas.

— Muito do que vou lhes contar foi Ajay que me informou, mas como ele não é do tipo loquaz terão de contar com a minha memória. Como lhes disse, essa é a área onde ele serviu, de modo que estamos em boas mãos. Falando nisso, Ajay, como está nosso transporte?

— Tudo providenciado, Sr. Karna.

— Fantástico. Corrija-me se eu me enganar no que vou falar, Ajay.

— Sim, Sr. Karna.

Karna suspirou. — Não consigo fazer com que ele me chame de Jack. Faz anos que tento.

— Ele e Selma seguem o mesmo manual — Sam observou.

— Certo. Eis o curto e o grosso sobre Arunachal Pradesh: dependendo de para quem você perguntar, estamos na China já agora.

— Uau! Repita — Sam disse.

— A China oficialmente reivindica esta região como parte do sul do Tibete. É claro, para o povo e o governo aqui, Arunachal Pradesh é um estado indiano. A fronteira norte entre Arunachal Pradesh e a China é chamada de Linha McMahon, estabelecida por um tratado entre o Tibete e o Reino Unido. Os chineses nunca aceitaram isso, e a Índia nunca defendeu a fronteira até 1950. Resumo da história: tanto a China quanto a Índia reivindicam a terra, mas nenhuma das duas faz muita coisa.

— O que isso significa em termos de presença militar? — perguntou Sam.

— Nada. Há algumas tropas indianas na região, mas os chineses ficam ao norte da Linha McMahon. É tudo muito amigável, realmente.

— Isso é bom para nós — Remi disse.

— Sim, bem... O que não é tão maravilhoso é a ANLF, a Força de Libertação de Arunachal Nag. Eles são o último e o maior grupo terrorista da região. Eles têm gostado de fazer sequestros ultimamente. Ainda assim, Ajay diz que provavelmente não vamos ter problemas com eles; o exército os tem pressionado.

Sam disse: — De acordo com nossos mapas, nosso destino fica quarenta quilômetros China adentro. Com base na geografia, presumo que não deve haver nenhum controle de fronteira.

— Correto. Como mencionei lá em Mustang, a fronteira é relativamente aberta. Centenas de trilheiros passam por ela todos os anos. Na realidade, o governo chinês não parece se importar. Não há nada de estrategicamente importante na região.

— Mais boas notícias — Remi disse. — Agora nos conte a parte ruim.

— Você quer dizer à parte o terreno ridiculamente acidentado?

— Sim.

— A parte ruim é que estaremos, na prática, invadindo a China. Se tivermos a falta de sorte de sermos pegos, provavelmente acabaremos na prisão.

— Já enfrentamos essa possibilidade uma vez — Sam replicou. — Vamos fazer o melhor que pudermos para impedir isso, certo?

— Certo. OK, vamos passar às cobras e aos insetos venenosos...

* *

Depois de um rápido jantar consistindo de galinha *tandoori*, Sam e Remi se retiraram para dormir. Eles descobriram que os quartos correspondiam ao tema da hospedaria: Hollywood western chique, *sem* o chique. Embora a temperatura lá fora estivesse agradável — dezesseis graus —, a umidade era sufocante. O ventilador de teto lentamente agitava o ar, mas depois do pôr do sol a temperatura começou a cair, e logo o quarto estava confortável.

Estavam dormindo às oito.

* *

Acordaram na manhã seguinte com o som de Ajay batendo de leve na porta e sussurrando seus nomes. Com os olhos grudando, Sam arrastou-se para fora da cama na escuridão e abriu a porta.

Ajay disse: — Café, Sr. Fargo.

— E não chá? Essa é uma boa surpresa. É Sam, aliás.

— Ah, não, senhor.

— Que horas são?

— Cinco da manhã.

— Ih — Sam murmurou, e deu um relance a Remi dormindo. A Sra. Fargo não era exatamente uma pessoa matutina. — Ajay, você se importaria de trazer mais duas xícaras de café imediatamente?

— Claro que não. Na verdade, vou trazer a garrafa térmica.

**

O GRUPO SE REUNIU TRINTA MINUTOS depois para o café da manhã. Ao terminarem, Karna disse. — Melhor nos aprontarmos. Nossa armadilha mortal vai chegar a qualquer momento.

— Você disse "armadilha mortal"? — Remi perguntou.

— Você talvez a conheça pelo seu nome comum: helicóptero.

Sam deu uma risadinha: — Depois do que passamos, quase preferimos sua descrição. Você tem certeza de que vai conseguir enfrentar?

Karna mostrou uma bola Nerf. Era cheia de buracos para os dedos. — Brinquedo para o estresse. Eu sobreviverei. O voo vai ser rápido.

**

COM SEU EQUIPAMENTO arrumado e pronto, eles logo se reuniram na extremidade norte de Yingkiong perto de uma clareira de terra.

— Lá vem ele — Ajay disse, apontando para o sul onde um helicóptero verde-oliva seguia por cima do Siang.

— Parece positivamente velho — Karna observou.

Quando se emparelhou com a clareira e reduziu a velocidade, pairando, Sam viu um desbotado símbolo da Força Aérea Indiana na porta lateral. Alguém tentara, sem sucesso, pintar por cima da insígnia laranja, branca e verde. O grupo se afastou da ventania causada pelo rotor e esperou a poeira baixar.

— Ajay, o que é essa geringonça? — perguntou Karna.

— Um helicóptero leve de serviço Chetak. Muito confiável. Quando era soldado voei neles muitas vezes.

— De quando é?

— Mil novecentos e sessenta e oito.

— Que inferno.

— Se eu tivesse lhe dito, Sr. Karna, o senhor não teria vindo.

— Ah, pode ter certeza disso. Muito bem, muito bem, vamos terminar logo com isso.

Com Jack apertando furiosamente sua bola Nerf, o grupo embarcou no equipamento e instalou-se em seus assentos. Ajay conferiu seus cintos de cinco pontos, fechou a porta e fez um sinal afirmativo para o piloto.

Eles decolaram, o nariz inclinado para baixo, e seguiram adiante.

**

PARCIALMENTE PARA FACILITAR a navegação e parcialmente para aumentar suas chances de resgate caso o Chetak caísse, o piloto seguiu o curso serpenteante do rio Siang. Os poucos locais habitados a norte de Yingkiong ficavam situados ao longo de suas margens, Ajay explicou. Com sorte, alguém veria o Chetak caindo e informaria o acidente.

— Ah, isso é simplesmente fantástico! — Karna gritou sobre o barulho do motor.

— Esprema sua bola, Jack — Remi replicou. — Ajay, você conhece esse piloto?

— Ah sim, Sra. Fargo, muito bem. Servimos juntos no exército. Gupta agora tem um negócio de carga, traz suprimentos para as partes mais remotas do Arunachal Pradesh.

**

O CHETAK CONTINUOU para o norte, mantendo-se a uns cem metros acima das águas marrons do Siang, e não demorou para que se vissem voando por encostas íngremes e vales profundos, tudo coberto por uma selva tão espessa que Sam e Remi nada conseguiam ver a não ser um sólido tapete de verde. Na maior parte dos lugares o Siang era largo e lento, mas várias vezes, quando o Chetak passava por uma garganta, as águas se tornavam um rodamoinho de espuma e ondas turbulentas.

— São águas Classe VI lá embaixo — Sam disse, olhando pela janela.

— Isso não é nada — Karna replicou. — Para onde estamos indo, a garganta do rio Tsangpo, é chamado do Everest dos Rios. Há seções do Tsangpo que desafiam a classificação.

Remi disse: — Alguém alguma vez já tentou atravessá-las?

— Ah, sim, várias vezes. Praticantes de canoagem extrema com caiaques, certo, Ajay?

Ajay assentiu. — Muitas vidas se perderam. Corpos nunca encontrados.

— Eles não são levados corrente abaixo? — perguntou Sam.

— Os corpos em geral ou ficam presos na hidráulica, onde são despedaçados ao longo do fundo ou são despedaçados ao passar pelas gargantas. Não sobra muito para encontrar depois disso.

**

DEPOIS DE VOAREM QUARENTA minutos, Gupta virou-se em seu banco e informou: — Chegando à aldeia de Tuting. Preparem-se para pousar.

Sam e Remi ficaram surpresos ao descobrir que Tuting tinha uma pista de pouso parcialmente coberta pela selva. Eles aterrissaram, e todos desceram. Ao leste, bem alto no vale, vislumbraram alguns tetos espiando por cima da copa das árvores. A aldeia de Tuting, Sam e Remi presumiram.

— Daqui para a frente, caminhamos — Karna anunciou.

Ele, Sam e Remi começaram a descarregar suas coisas.

— Perdão, só um momento — Ajay disse. Estava a três metros deles, com o piloto. — Gupta tem uma proposta que gostaria de submeter aos senhores. Ele me perguntou qual a distância que íamos percorrer na China, e eu disse a ele. Por certa quantia, ele pode nos levar até bem perto de nosso destino.

— Ele não está preocupado com os chineses? — perguntou Sam.

— Muito pouco. Ele diz que eles não mantêm radar na região, e daqui até nosso destino os vales só ficam mais profundos, e quase não há habitações. Ele acha que pode voar sem ser visto.

— Bom, isso é uma perspectiva bem melhor do que seis dias de marcha ida e volta — Karna observou. — Quanto ele quer?

Ajay falou com Gupta em híndi, e disse: — Duzentas mil rúpias, ou quatro mil dólares americanos, arredondando.

Sam disse: — Não temos esse dinheiro aqui.

— Gupta imaginou isso. Ele diz que não tem problemas em aceitar cartão de crédito.

**

ELES CONCORDARAM COM OS TERMOS de Gupta, e logo o piloto estava transmitindo as informações sobre o Visa de Sam pelo rádio do helicóptero para a sua base em Itanagar.

— Isso é surreal — Sam disse. — Parados aqui, no meio do nada, enquanto um piloto indiano passa o nosso cartão.

— Como eu disse lá no Nepal, nunca um momento de tédio — Remi replicou. — Sei que meu tornozelo irá agradecer essa mudança de itinerário.

Ajay avisou: — Gupta disse que a transação foi aprovada. Podemos decolar quando quiserem.

**

NO AR E INDO PARA O NORTE ao longo do Siang de novo, eles logo passaram pelo último assentamento indiano antes da fronteira. Gengren desapareceu atrás deles num instante, e então Gupta anunciou: — Estamos cruzando a Linha McMahon.

— Pronto — Sam disse. — Invadimos a China.

Cruzar a fronteira tinha sido decididamente anticlimático, mas logo a paisagem começou a mudar. Como Gupta previra, os picos e cristas trocaram sua aparência arredondada por rocha exposta e angulosa; as encostas dos vales ficaram mais íngremes e as florestas, mais densas. A diferença mais surpreendente era o Siang. Aqui, na extremidade sul da região da garganta do Tsangpo, a superfície do rio fervilhava, ondas explodiam contra pedras e paredes suspensas de rocha, com a névoa subindo alto no ar. Gupta mantinha o Chetak o mais perto possível do rio, e se mantinha abaixo da linha das cristas. Sam e Remi tiveram a sensação de estar no mais extremo percurso numa garganta de rio da terra.

— Quinze minutos — Gupta avisou.

Sam e Remi trocaram um sorriso de antecipação. Tinham ido tão longe, passado por tanto, e agora o destino deles estava a apenas minutos de distância... eles esperavam.

A reação de Karna foi intensa. As mandíbulas cerradas, os dedos enfiados na bola Nerf, ele olhava pela janela com a testa apoiada contra o vidro.

— Você está bem, Jack? — Sam perguntou.

— Nunca estive melhor, companheiro. Quase lá!

**

— APROXIMANDO-SE DO LIMITE exterior das coordenadas — Gupta anunciou.

Ajay tinha dado ao piloto coordenadas com um diâmetro de três quilômetros e meio. A região em que estavam voando era dominada por um aglomerado de picos de cume plano em forma de obelisco, cada um deles de uma altura diferente, variando entre os cem, trezentos e novecentos metros. Nas gargantas lá embaixo, o rio Tsangpo serpenteava em volta dos obeliscos, uma turbulenta fita branca contida por rochedos íngremes.

— Não vi ninguém de caiaque — Sam observou. — Ou ninguém, afinal.

Karna ergueu os olhos do mapa que estivera examinando e comentou: — Ficaria surpreso se tivesse visto alguém. Está vendo o terreno. Só os mais determinados, ou insanos, se aventuram por aqui.

— Não consigo decidir se isso é um insulto ou um elogio — Remi sussurrou para Sam.

— Se voltarmos vitoriosos e vivos, é um elogio.

Karna gritou para Ajay: — Pergunte a Gupta se ele pode nos dar uma visão melhor desses picos. Se meus números estiverem certos, estamos bem dentro das coordenadas.

Ajay passou o pedido. Gupta diminuiu a velocidade do Chetak para trinta nós e começou a orbitar os obeliscos um a um, ajustando sua altitude para que os passageiros pudessem examiná-los de perto. De sua janela, Remi estava com sua câmera em disparo automático rápido.

— Lá! — Jack exclamou, apontando.

Cem metros além da janela estava um dos obeliscos de tamanho médio, com uns trezentos metros de altura e quatrocentos e cinquenta metros de largura. As encostas verticais de granito eram densamente envoltas em trepadeiras, folhagem e musgo.

— Estão vendo? — Karna disse, o indicador traçando no vidro. — A forma? Comecem embaixo e subam... Estão vendo que começa a se alargar e então, ali, uns trinta metros sob o platô, subitamente se abre? Digam-me que estão vendo!

Foram necessários vários segundos para Sam e Remi comporem a imagem, mas lentamente sorrisos se abriram em seu rosto.

— Um cogumelo gigante — Remi disse.

40

Garganta do rio Tsangpo, China

Depois de várias tentativas abortadas por causa do vento, Gupta conseguiu fazer o Chetak avançar de lado sobre o obelisco até Karna ver uma pequena clareira na selva perto da borda do platô. Gupta reduziu, pairando sobre ela e então pousou. Assim que os rotores pararam de girar, o grupo desceu e pegou suas coisas.

— Esse lugar a faz lembrar de alguma coisa? — Sam perguntou a Remi.

— Sem dúvida.

O platô tinha uma impressionante semelhança com os vales paradisíacos que tinham visto durante sua busca de helicóptero no norte do Nepal.

Sob os pés deles havia um tapete de musgo, que ia da cor do verde-escuro ao amarelo esverdeado. Aqui e ali, a paisagem era pontilhada por rochedos de granito cobertos de líquen. Diretamente em frente deles erguia-se uma parede de selva, ininterrupta exceto por algumas trilhas que pareciam túneis desaparecendo para o interior, ovais toscos que espiaram de volta para Sam e Remi como olhos negros sem piscar. O ar parecia zumbir com o ruído dos insetos e, invisíveis na folhagem, pássaros cantavam. Numa árvore ali perto um macaco ficou pendurado de cabeça para baixo e os encarou por alguns segundos antes de sumir dali.

Jack e Ajay foram até onde Sam e Remi estavam parados. Karna disse: — Felizmente, a nossa área de busca é limitada. Se nos dividirmos em dois grupos, conseguiremos cobrir bastante terreno.

— De acordo — Sam disse.

— Uma última coisa — Karna disse. Ele ajoelhou ao lado de sua mochila, remexeu dentro e tirou um par de revólveres 38. Entregou um para Sam e outro para Remi. — Eu tenho o meu, é claro. E quanto a Ajay...

De um coldre na parte de trás do cinto Ajay tirou uma pistola semiautomática Beretta, e então a devolveu.

— Estamos esperando problemas?

— Estamos na China, minha cara. Tudo pode acontecer: bandoleiros, grupos terroristas do outro lado da fronteira, o ELP...

— Se o exército chinês aparecer, esses revolverzinhos só vão irritá-los.

— Uma ponte que cruzaremos se for necessário. Além disso, muito provavelmente vamos encontrar o que procuramos e voltar para o outro lado da fronteira antes do anoitecer.

Sam disse: — Remi e eu vamos para o leste; Jack, você e Ajay vão para o oeste. A gente se encontra de novo aqui em duas horas. Alguma objeção?

Não havia nenhuma.

* *

Depois de verificar se os rádios estavam funcionando, o grupo se separou. Com lanternas na cabeça e machadinhas na mão, Sam e Remi escolheram uma das trilhas e começaram.

Três metros dentro da selva, a luz diminuiu para um quarto de sua intensidade. Sam cortou alguns dos cipós atravessando a trilha, e eles pararam para olhar em volta, fazendo uma panorâmica com as lanternas, para cima, para baixo e para os dois lados.

— A precipitação anual aqui deve ser insana — Sam disse.

— Duzentos e noventa centímetros. Quase três metros — Remi replicou, e sorriu. — Eu sei que você adora curiosidades. Eu olhei.

— Estou orgulhoso de você.

Um ou dois metros acima da cabeça deles, e dos dois lados, havia um emaranhado de lianas tão denso que não conseguiam ver nada da própria floresta.

— Isso não parece certo — Remi disse.

— Não mesmo.

Sam enfiou a ponta de sua machadinha pela vegetação no alto. Com um som metálico, seu braço parou de repente. — É pedra — ele murmurou.

Remi fez o mesmo do seu lado à esquerda e obteve o mesmo som. E à direita também. — Estamos num túnel feito pelo homem.

Sam tirou o rádio do cinto e apertou o botão de falar. — Jack, está me ouvindo?

Estática.

— Jack, responda.

— Estou ouvindo, Sam. O que foi?

— Vocês estão numa trilha?

— Acabamos de entrar.

— Experimente usar sua machadinha para fora dela.

— OK. — O mesmo som. Jack voltou a falar: — Paredes de pedra. Fascinante desenvolvimento.

— Lembra do seu palpite sobre Shangrilá ser um templo ou mosteiro? Bom, acho que você o descobriu.

— Acho que você tem razão. Incrível o que um milênio de selva crescendo livre pode fazer, não? Bom, não acho que isso mude nosso plano, não? Vasculhamos o complexo, e então nos reunimos em duas horas.

— OK. Até mais, então.

**

SABENDO AGORA QUE ESTAVAM dentro de uma estrutura feita pelo homem, Sam e Remi começaram a examinar o entorno em busca de indícios arquitetônicos. Cipós e raízes tinham se infiltrado em cada metro quadrado do complexo. Na frente, Sam tentava brandir sua machadinha em arcos curtos, mas não conseguia evitar de bater nas paredes de pedra ocasionalmente.

Eles chegaram a uma cavidade e pararam.

— Desligue sua lanterna — Sam disse, fazendo o mesmo com a dele.

Remi desligou. Quando os olhos deles tinham se acostumado à escuridão, eles começaram a ver raios de tênue luz do sol através das paredes e teto cobertos de folhagem.

— Janelas e claraboias — Remi disse. — Deve ter sido um lugar incrível na sua época.

Sam e Remi começaram a subir uma escada e logo chegaram num patamar onde outro lance levava a um segundo andar. Lá, passando por um arco, encontraram um amplo espaço aberto. Uma colcha de retalho de raízes e cipós se curvava sobre a cabeça deles formando um teto em abóbada. Indo de um lado a outro da Grande Sala, como a chamaram, havia o que pareciam seis troncos meio podres. Vigas de suporte, eles decidiram, havia muito apodrecidas, os restos se mantendo no lugar por causa das lianas. Diretamente do outro lado das escadas que tinham subido havia outro lance, levando para a escuridão acima.

Com as lanternas iluminando, Sam e Remi se puseram a explorar o espaço. Ao longo da parede dos fundos, Sam encontrou uma fileira de bancos de pedra projetando-se da parede e, na frente deles, seis aberturas retangulares no chão de pedra.

— São banheiras — Remi disse.

— Parecem sepulturas.

Ela se ajoelhou ao lado de uma e bateu nas paredes internas com sua machadinha. Obteve o som familiar de aço em pedra.

— Mais algumas aqui — Sam disse, atravessando para o outro lado.

Descobriram um semicírculo de bancos de pedra em volta de uma abertura mais larga do que a altura de Sam. Remi repetiu sua rotina, mas não conseguiu atingir o fundo. Sam achou um pedaço de pedra que caíra de um banco ali perto e a jogou na abertura.

Ouviram um som abafado.

— Uns três metros de profundidade — Sam disse.

Ele se agachou e iluminou com a lanterna, mas nada conseguiu ver em meio à trama de lianas e raízes. — Olá! — gritou. Não houve eco.

— Vegetação demais — Remi palpitou.

Sam achou outra pedra e se preparou para jogá-la.

— O que você está fazendo?

— Satisfazendo a minha curiosidade. Não vimos sinal nenhum desse poço no andar debaixo, o que significa que está atrás de uma parede. Tem de haver uma razão.

— Vá em frente.

Sam inclinou-se sobre o poço, posicionou em ângulo o braço e arremessou a pedra. Fora de vista, bateu no fundo, e então de novo, e por fim chocou-se contra uma superfície dura.

Remi disse: — Boa. Deve levar a algum lugar. Você quer...

O rádio de Sam manifestou-se. Entre rajadas de estática, fracas vozes em *staccato* saíram pelo alto-falante. Os fragmentos eram precipitados e sobrepostos.

— Acho que são Gupta e Ajay — Remi disse.

Sam apertou o botão de falar. — Ajay, está me ouvindo? Ajay, responda.

Estática. Então, a voz de Jack: — Sam... Gupta... viu um... está decolando.

— Ele está partindo — Remi disse.

Eles se viraram e correram escada abaixo, Remi mancando um pouco. Eles cruzaram a sala e entraram pelo túnel.

Remi perguntou: — O que você acha que ele viu?

— Só uma coisa eu acho que o deixaria em pânico — Sam respondeu por cima do ombro: — Helicóptero.

— Temia que fosse isso.

Uma luz no formato oval apareceu à frente. Sam e Remi pararam antes de chegar a ela e seguiram agachados os últimos passos. Na clareira os rotores do Chetak estavam girando rapidamente; pela janela lateral eles puderam ver Gupta furiosamente apertando botões e verificando mostradores. Ele agarrou o fone do rádio e começou a falar.

A voz dele irrompeu no rádio de Sam: — Desculpe, vou tentar retornar. Tentem se esconder. Talvez eles acabem indo embora.

Gupta então ergueu o rotor, e o Chetak subiu na vertical. Aos nove metros, inclinou o nariz e sumiu de vista.

Com o canto dos olhos Sam e Remi viram Karna e Ajay saindo da entrada do túnel. Sam acenou, obteve a atenção deles, fez um gesto para recuarem. Eles desapareceram de vista.

Precedido só por alguns segundos de rotores pulsando, um helicóptero verde-oliva ergueu-se à vista na outra extremidade do platô. Sam e Remi imediatamente reconheceram o nariz e os lança-mísseis: um PLA Harbin Z-9 chinês.

— Olá, velho inimigo — Remi murmurou.

Ela e Sam recuaram um pouco mais.

O Z-9 continuou a subir, então girou em torno de si mesmo, revelando outra simpática memória: uma porta aberta e um soldado de prontidão numa metralhadora. O Z-9 deslizou de lado sobre a clareira e pousou.

— Vamos, Sam — Remi disse. — Precisamos nos esconder.

— Espere um pouco.

Uma figura apareceu na porta.

— Ah, não — Remi murmurou.

Ambos reconheceram a forma esguia, ágil do corpo.

Zhilan Hsu.

Ela desceu da porta. Em sua mão havia uma submetralhadora compacta. Um momento depois mais duas figuras desceram para se juntar a ela. Russell e Marjorie King, também armados com submetralhadoras compactas.

— Lá vêm os gêmeos prodígio — Sam disse.

Zhilan se virou, disse algo para eles, então foi até a porta lateral do Z-9, que se abriu para revelar um homem chinês de 40 e poucos anos. Sam tirou um binóculo da mochila e deu um *zoom* para o par.

— Acho que descobrimos o contato chinês de King — Sam disse. — É definitivamente do ELP. Patente muito alta, coronel ou general.

— Você está vendo mais soldados dentro?

— Não, só o artilheiro da porta. Entre ele, Zhilan, os gêmeos, é tudo do que precisam. Não sei por que eles ainda não desligaram o motor, entretanto.

— Como em nome de Deus nos encontraram?

— Não faço ideia. Tarde demais para se preocupar com isso agora.

O oficial do ELP e Zhilan trocaram um aperto de mão, e então ele fechou a porta. O motor do Z-9 subiu de tom, e o helicóptero decolou. Girou a cauda até ficar voltada para o platô e partiu.

— Nossas chances acabam de aumentar — Sam disse.

— O que Zhilan está fazendo?

Sam focalizou o binóculo em Zhilan a tempo de ver que ela tirava um celular do bolso de sua jaqueta. Ela apertou uma série de números no teclado, então ela e os gêmeos se viraram e observaram o helicóptero se afastando.

Num cogumelo de laranja e vermelho, o Z-9 explodiu. Pedaços de destroços em chamas despencaram em direção ao chão e sumiram de vista.

Sam e Remi não conseguiram falar por vários segundos. Por fim Remi disse: — Aquela mulher implacável...

— King está dando nós em todas as pontas — Sam disse. — Ele provavelmente já encerrou sua operação de mercado negro de fósseis: a escavação, o sistema de transporte... e agora o contato no governo.

— Somos as últimas pontas soltas — Remi disse. — Podemos atirar neles daqui?

— Sem chance. Nossos revólveres não valem nada além de seis metros.

Na clareira, Zhilan trocara seu celular por um rádio. Ela o levou à boca.

No rádio de Sam eles ouviram: — Você está com ele?

— Estou. — A voz de Ajay.

— Traga-o para cá.

Sam e Remi olharam para a direita. Jack Karna saiu da entrada do túnel, seguido por Ajay. O cano da arma dele estava na nuca de Karna. A outra mão segurava o colarinho da jaqueta dele.

Empurrado por Ajay, Jack andou até o meio da clareira, e parou. Eles estavam doze metros à direita de Sam e Remi.

— Por que, Ajay? — Karna perguntou.

— Sinto muito, Sr. Karna. De verdade.

— Mas por quê? — Karna repetiu. — Somos amigos. Conhecemo-nos desde...

— Eles vieram falar comigo em Katmandu. É mais dinheiro do que eu conseguiria ganhar em dez vidas. Posso mandar meus filhos para a universidade, minha esposa e eu podemos comprar uma casa nova. Sinto muito. Mas ela me deu a palavra dela. Nenhum de vocês será ferido.

Karna retorquiu: — Ela mentiu para você. — E então mais alto para Zhilan: — Suas crias eu já conheci há alguns meses em Lo Monthang. Mas não creio que tenhamos sido devidamente apresentados.

Zhilan disse: — Meu nome é...

— A Dama Dragão, eu sei. Você chegou tarde demais, percebo. Esse não é o lugar. O Theurang não está aqui.

— Você está mentindo. Ajay, o que me diz?

— Nós só começamos a procurar, madame. O Sr. Karna e os Fargo têm certeza de que esta é a localização de Shangrilá.

Zhilan disse: — Falando nos Fargo... Podem sair, os dois! O helicóptero de vocês se foi! Saiam agora, ajudem-me a encontrar o Homem Dourado e eu chamarei o transporte. Eu os deixarei a salvo em Yingkiong. Têm a minha promessa.

— Está esquecendo de uma coisa, Dama Dragão. Sam e Remi a conhecem — Karna disse. — Sua promessa não vale nada.

— Você provavelmente está certo — Zhilan replicou. — Sr. e Sra. Fargo! Saiam agora ou vou matar o amigo de vocês!

Remi sussurrou: — Sam, temos de ajudá-lo.

— Isso é o que ela quer — ele respondeu.

— Não podemos simplesmente deixar...

— Eu sei, Remi.

Karna bradou: — Dama Dragão, eles não podem ouvi-la. Tudo isso atrás de mim é um templo; um complexo tão grande que exigirá meses para ser vasculhado. Nesse momento, eles provavelmente nem sabem que você está aqui.

— Eles devem ter me ouvido no rádio.

— Não lá dentro. A recepção é inexistente.

Zhilan considerou isso. — Ajay, isso é verdade?

— Quanto aos rádios, em grande parte. Quanto ao templo, é vasto. Eles podem não ter percebido sua chegada.

— Então vamos ter de ir achá-los — Zhilan disse.

— Além disso — Karna acrescentou —, se eles estiverem observando, saberão o que eu quero. Passei a minha vida inteira buscando o Theurang. Prefiro morrer a permitir que eles o destruam ao entregá-lo para você.

Zhilan se voltou para Russell, que estava atrás do ombro direito dela, e disse alguma coisa. Num movimento ágil Russell ergueu a metralhadora para o ombro.

Num impulso de que imediatamente se arrependeu, Sam gritou:

— Jack, abaixe-se!

A arma de Russel disparou. O lado esquerdo do pescoço de Karna explodiu em sangue; ele desabou no chão. Russel disparou de novo, três tiros que acertaram o peito de Ajay. Ele caiu para trás, morto.

Zhilan gritou: — Eles estão ali! Naquele túnel! Vão atrás deles!

Empunhando as metralhadoras, Russell e Marjorie saíram correndo. Atrás deles, Zhilan começou a andar até o corpo de Karna.

Sam se voltou e agarrou os ombros de Remi: — Corra! Esconda-se!

— E você?

— Estarei bem atrás.

Remi se virou e começou a correr pelo túnel mancando. Sam empunhou o 38 e disparou na direção de Russell e Marjorie. Ele não tinha ilusões quanto a acertá-los, mas os disparos atingiram seu objetivo. Russell e Marjorie se separaram, cada um deles mergulhou atrás de uma pedra.

Sam virou-se e correu atrás de Remi.

Ele estava só a meio caminho no túnel quando ouviu passos na entrada, atrás dele. — Canalhas rápidos — Sam murmurou, e continuou. À frente, Remi chegara ao fim do túnel. Ela investiu à esquerda na sala.

Balas ricochetearam na parede à esquerda dele. Sam pulou para a direita, resvalou na parede, meio virado, viu um par de fachos de lanterna no túnel e disparou em direção a eles. Ele se virou de novo, continuou correndo. Mais alguns passos o levaram à sala. Remi estava agachada junto da parede.

— Vamos...

Da clareira eles ouviram um tiro, uma pausa, e então um segundo tiro.

Sam a pegou pela mão e os dois subiram a escada. Balas acertaram os degraus atrás deles. Chegaram ao patamar e começaram o lance seguinte. O pé de Remi escorregou. Caiu batendo com o peito no chão. Ela gemeu.

— Costelas? — Sam perguntou.

— Sim... Ajude-me a levantar.

Sam a ajudou, e eles subiram o restante dos degraus e pararam em frente do arco que levava à Grande Sala. Entredentes Remi perguntou: — Uma emboscada?

— Estamos pior armados, e eles não vão investir pelos degraus. Fique sentada um segundo e retome o fôlego. Vou verificar o lance seguinte de degraus.

O pé esquerdo dele tocara o primeiro degrau quando Remi gritou: — Sam!

Ao se virar ele viu Remi inclinada, correndo pelo arco para a Grande Sala. À direita, um par de figuras apareceu no andar inferior e começou a subir os degraus.

— Errou, Sam — ele murmurou.

Ele disparou dois tiros, mas o revólver era inútil. Ambas as balas erraram, acertando a pedra atrás de Russell e Marjorie. Eles se abaixaram e saíram de vista.

A voz de Remi veio pelo arco: — Corra, Sam! Eu vou ficar bem.

— Não!

— Faça isso!

Sam olhou a distância e o ângulo do arco da Grande Sala e instintivamente soube que nunca ia conseguir. Russell e Marjorie o interceptariam antes que ele chegasse na metade do caminho.

— Droga — Sam resmungou.

Russell e Marjorie atiraram para cima nos degraus. O cano das metralhadoras relampejaram.

Sam se virou e subiu os degraus.

* *

Deitada numa das banheiras, a lanterna apagada, Remi acabava de se dar conta de que sua posição era indefensável quando os tiros soaram.

Silêncio.

Então a voz de Russell num sussurro. — Ela está aqui dentro. Você se encarrega dela, eu cuido dele.

— Morta ou viva? — Marjorie replicou baixinho.

— Morta. Mamãe disse que esse é o lugar certo. O Theurang está aqui. Uma vez que nos livrarmos dos Fargo, teremos todo o tempo do mundo. Vá!

Remi não pensou, agiu. Ela saiu da banheira e andou agachada até o poço. Respirou fundo, e então pulou.

* *

No andar acima de Remi, Sam se descobriu num labirinto de pequenas salas interconectadas e corredores. Ali, as raízes e cipós estavam muito mais grossas, preenchendo os espaços como monstruosas teias de aranha. Nesgas de luz do sol se infiltravam, dando ao labirinto um matiz crepuscular esverdeado.

Tendo deixado a machadinha na entrada do túnel, não havia nada que Sam pudesse fazer a não ser se abaixar e enfiar-se para a frente mais fundo no labirinto.

De algum lugar atrás dele veio o som de passos.

Ele gelou.

Três passos mais. Mais perto. Sam virou a cabeça, tentando distinguir a direção.

— Fargo! — Russell gritou. — Tudo o que meu pai quer é o Theurang. Ele decidiu não destruí-lo. Está me ouvindo, Fargo?

Sam ficou em silêncio. Ele deu um passo à esquerda, sob uma raiz grossa como uma coxa e entrou por uma passagem.

— Ele quer o mesmo que você — Russell gritou. — Ele quer ver o Homem Dourado num museu, onde é o lugar dele. Você e sua mulher serão os codescobridores. Imagine o prestígio!

— Não estamos nisso por causa do prestígio — Sam disse baixinho. — Idiota.

À direita dele, adiante no corredor, um cipó se partiu, seguido por um quase imperceptível: — Droga!

Sam se agachou, mudou o 38 para a mão esquerda e olhou do outro lado. A seis metros, uma figura estava investindo na direção dele. Sam disparou. Russell tropeçou e quase caiu, mas retomou o equilíbrio e se desviou à direita por uma passagem.

Sam atravessou a sala e se agachou sob uma raiz passando para a sala seguinte. Ele parou, abriu o cilindro do 38.

Só tinha uma bala sobrando.

* *

Remi caiu com força no fundo do poço e tentou rolar para dissipar o impacto, mas colidiu com algo sólido. Sua caixa torácica incandesceu de tanta dor. Ela engoliu o grito e forçou-se a ficar imóvel. Estava numa completa escuridão. Descera debaixo da terra, imaginou.

Acima do poço veio a voz de Marjorie. — Remi? Apareça. Eu sei que está machucada. Apareça, e eu a ajudarei.

Não vai acontecer, irmã, Remi pensou.

Ela colocou as mãos em concha sobre a lanterna, a acendeu e esquadrinhou rapidamente em volta. Atrás dela havia uma parede; diretamente à frente, um amplo túnel em declive. Arcos se alinhavam de ambas as laterais. Remi desligou a lanterna.

De quatro, ela avançou. Quando colocou o que julgou uma distância suficiente entre si e Marjorie, acendeu de novo a lanterna. Com uma das mãos apertando as costelas, Remi se pôs de pé. Escolheu um arco ao acaso e passou sob ele. À sua esquerda havia outro arco.

Do túnel ela ouviu um baque e um gemido. Ela olhou do outro lado da quina a tempo de ver a lanterna se virando em sua direção. Remi ergueu a arma, mirou e disparou três tiros em seguida. O cano da metralhadora de Marjorie relampejou.

Remi recuou, virou-se e investiu pelo arco seguinte.

* *

Sam sabia que Russell estava atrás dele e do outro lado do corredor.

Uma bala, Sam pensou. Russel tinha mais do que isso, e provavelmente cartuchos de reserva também. Precisava atraí-lo, três metros ou menos, perto o bastante para não ter como errar.

Cuidando de manter o corredor em sua mente, Sam esgueirou-se mais para dentro do cômodo, e então foi para a esquerda através de um arco. Ele virou à direita, passou pelo arco seguinte e arriscou um olhar no corredor.

Pelo arco do outro lado ouviu um galho quebrando. Russell.

O revólver erguido na altura da cintura, Sam recuou da porta. Quando ficou em frente do arco seguinte, virou-se para passar por ele.

Russell estava de pé no corredor. Sam ergueu sua arma e mirou. Russell deu um passo e desapareceu. Sam deu dois largos passos à frente e, a arma na frente, entrou no corredor. Ele se viu frente a frente com Russell.

Sam sabia que Russell era mais novo e mais forte do que ele, e o jovem King era também rápido como um raio. Antes que Sam pudesse apertar o gatilho, Russel girou a coronha de sua metralhadora para cima, o cartucho indo em direção do queixo de Sam. Sam curvou-se para trás. A coronha pegou-o de canto. A visão de Sam ficou vermelha. Por instinto, ele investiu, envolvendo Russell num abraço de urso que baixou seus braços. Eles caíram para trás. Russel firmou o pé atrás e girou o corpo, levando Sam com ele. Sam retomou o equilíbrio, levantou o joelho e o projetou contra a virilha de Russell. Russell grunhiu. Sam deu mais uma joelhada, e mais outra. As pernas de Russel se dobraram, mas ele conseguiu ficar de pé.

Engalfinhando-se, eles tropeçaram para a sala seguinte, ricochetearam numa parede, e então arrastaram-se para outra sala. Russell puxou a cabeça para trás, baixou o queixo. Sam pensou, golpe com a cabeça, e tentou se desviar, mas foi tarde demais. O alto da testa de Russell acertou com tudo a sobrancelha de Sam. Sua visão ficou vermelha de novo, e então a escuridão começou a se insinuar dos lados. Sam expirou com força, inspirou fundo, cerrou os dentes e segurou a onda. Sua visão clareou um pouco. Ele puxou a própria cabeça para trás, mas a diferença de altura tornava um golpe na face impossível. Em vez disso, Sam escolheu a clavícula de Russell. Dessa vez, Russell soltou um grito de dor. Sam golpeou com a cabeça de novo, e de novo. A metralhadora de Russell caiu no chão.

Eles giraram de novo, Russell tentando usar sua plena força ou para jogá-lo longe ou contra a parede.

Subitamente Sam sentiu o equilíbrio de Russell mudar; ele estava recuando mais rápido do que seus pés davam conta. O treinamento de Sam no judô veio à tona. Ele iria se aproveitar do desequilíbrio de Russell. Sam usou toda a força que tinha nas pernas e investiu para a frente. Os pés esmagando cipós e raízes, ele forçou Russell para trás, pegando ímpeto. Eles bateram num arco, e então estavam de volta no corredor. Sam continuou empurrando.

E então eles estavam caindo, Russell perdendo de vez o equilíbrio. Foram envolvidos por uma cortina de folhagem. Sam ouviu e sentiu cipós se rompendo em volta deles. Por cima do ombro de Russell ele viu a luz do dia. Sam libertou Russell de seu abraço mortal e golpeou com a cabeça para a frente, acertando-o no esterno. Russell desapareceu através da cortina. Sam, tentando em vão interromper seu próprio impulso, mergulhou pela abertura e no espaço.

A visão de Sam se encheu de céu, paredes de granito, um rio turbulento bem lá embaixo... Ele acabou colidindo com algo. O impacto expulsou o ar de dentro dele. Ele sorveu um par de golfadas de ar. Tudo o que viu foi um cilindro de aço preto. Arma, pensou zonzo. Ele ainda estava segurando o revólver.

Ele estava caído, de barriga, no tronco curvo coberto de musgo de uma árvore. Olhou em volta e juntou os pedaços do que estava vendo. Eles tinham caído por uma janela do templo. A árvore, tendo crescido meio embutida na parede externa, estava enraizada num pedaço mínimo de terra na borda do platô. Além da borda estava um precipício de trezentos metros à beira da garganta do Tsangpo.

Sam ouviu um gemido embaixo dele. Ele esticou o pescoço para baixo e viu Russell deitado de costas ao lado da árvore. Os olhos dele estavam abertos e encarando diretamente os de Sam.

Com o rosto contorcendo-se de dor, Russell sentou-se. Sua mão direita desceu pela perna da calça e a puxou para cima da panturrilha. Preso à sua bota havia um coldre. Russell agarrou a coronha do revólver.

— Não faça isso, Russell — Sam disse.

— Vá para o inferno.

Sam estendeu o braço e colocou a ponta do 38 sobre o peito de Russell. — Não faça isso — advertiu de novo.

Russell abriu o coldre e tirou o revólver.

— Última chance — Sam disse.

A mão de Russel começou a se erguer.

Sam atirou no peito dele. Ele arquejou, e caiu para trás, olhos sem vida fixos no céu.

* *

CONDUZIDA PELA LUZ de sua lanterna freneticamente dançante, Remi investiu pelo arco. Balas acertaram a pedra a seu redor. Remi virou-se, disparou cegamente dois tiros de volta para de onde tinha vindo e voltou a correr.

Ela tropeçou de volta ao corredor. O poço estava acima do declive à sua esquerda. Remi virou à direita e continuou, meio mancando, meio correndo. Adiante, a luz de sua lanterna tremeluziu sobre um círculo escuro no chão. Era outro poço. Com dor, e com seu tornozelo machucado rapidamente falhando em responder, Remi tentou desviar do poço, mas escorregou e caiu pela abertura.

A queda foi misericordiosamente breve, talvez a metade do primeiro poço. Remi caiu com força em suas nádegas. Dessa vez, a dor foi muito intensa para se conter. Ela berrou. E rolou, procurando sua arma. Tinha sumido. Ela precisava de alguma coisa... qualquer coisa. Marjorie estava vindo.

A lanterna de Remi se deteve num objeto de madeira. Mesmo antes de sua mente consciente lhe dizer que objeto era aquele, seus sentidos o estavam processando: madeira escura, laca preta grossa, nenhuma junta visível...

Ela estendeu o braço, puxou a borda da caixa com a ponta dos dedos e a arrastou para ela. No brilhante cone de luz de sua lanterna, Remi viu quatro símbolos, quatro caracteres Lowa, numa grade.

— Te peguei!

Marjorie pulou da abertura em cima e pousou como um gato aos pés de Remi. Marjorie, tendo pendurado a metralhadora nas costas para o salto, agora estendeu o braço para pegá-la de volta. Girou-a na direção de Remi.

— Hoje não! — Remi gritou.

Ela pegou a caixa do Theurang com as duas mãos, ergueu-a sobre a cabeça, e então investiu , golpeando com ela a testa de Marjorie.

Iluminada pelo facho da lanterna de Remi, o rosto de Marjorie relaxou. Com sangue escorrendo da testa, os olhos rolaram para cima. Ela caiu para trás e ficou imóvel.

Chocada, Remi arrastou-se para trás até ficar encostada na parede. Fechou os olhos.

**

ALGUM TEMPO DEPOIS, um som penetrou a sua mente semiconsciente.

— Remi? Remi?

Sam. — Estou aqui! — ela gritou. — Aqui embaixo!

Trinta segundos depois, o rosto de Sam apareceu no alto do poço. — Você está bem?

— Vou precisar de algum *checkup*, mas estou viva.

— Isso é o que eu acho que é?

Remi deu um tapinha na caixa do Theurang do lado dela. — Eu simplesmente topei com ele. A mais pura sorte.

— Marjorie está morta?

— Acho que não, mas eu bati nela com toda a força. Talvez nunca mais seja a mesma.

— Um progresso, então. Está pronta para subir?

**

SAM, AGORA ARMADO com a metralhadora de Russell, tinha voltado para o túnel principal. Incerto quanto à localização de Zhilan, ele simplesmente pegou sua mochila e achou o caminho para o segundo poço e Remi.

Trinta minutos depois estavam ambos de volta para a Grande Sala. Juntos, puxaram o corpo desfalecido de Marjorie poço acima. Sam entregou a metralhadora para Remi, e então ergueu Marjorie e a apoiou dobrada sobre os ombros.

— Fique de olhos abertos para a Dama Dragão — ele disse a Remi. — Se a vir, atire antes e esqueça as perguntas.

Quando estavam chegando à saída do túnel, Remi parou. — Você está ouvindo isso?

— Sim... alguém está assobiando. — Um sorriso se abriu no rosto de Sam. — É "Rule, Britannia!"[6]

Cautelosamente, Sam e Remi saíram do túnel.

Sentado seis metros à frente, as costas apoiadas numa pedra, estava Jack Karna. Ele os viu e parou de assobiar. Deu a eles um animado aceno.

— Bravo! Bravo, amigos Fargo. Oh, espere, isso rima. Que esperto da minha parte.

Perplexos, Sam e Remi foram até ele. Ao chegarem mais perto puderam ver pontas de curativos de emergência escapando do cachecol amarrado em volta do pescoço de Karna. Ele estava com a Beretta de Ajay no colo.

A um ou dois metros, Zhilan estava deitada de costas, a cabeça apoiada na parca embolada de Ajay. Envolvendo cada uma de suas coxas havia um curativo ensanguentado. Zhilan estava desperta. Ela fuzilou-os com olhar, mas nada disse.

Remi disse: — Jack, acho que é necessária uma explicação.

— De fato. O caso é que Russell atira bem, mas não tem boa pontaria. Acho que ele estava tentando atirar através de mim e acertar Ajay ao mesmo tempo. A maldita bala dele passou através daquele músculo... Como chama, entre o ombro e o pescoço?

— Trapézio? — Sam ofereceu.

[6] "Rule, Britannia!" é uma canção patriótica britânica, cuja letra se origina do poema homônimo de James Thomson, musicado por Thomas Arne em 1740. É fortemente associada à Marinha Real e também ao Exército Britânico. (N. E.)

— É, isso mesmo. Seis centímetros à direita e teria sido o meu fim.

— Você não está com dor? — Remi perguntou.

— Claro, monumental. Mas me diga. O que é isso que você está carregando, adorável Remi?

— Uma coisinha que a gente achou esquecida por lá.

Remi o colocou do lado de Karna. Ele sorriu e deu um tapinha na tampa.

— E quanto a ela? — Sam perguntou.

— Ah, a Dama Dragão. Bem simples, na realidade. Ela achou que eu estava morto; ela baixou a guarda. Quando ela estava chegando perto, peguei a arma de Ajay, esta aqui, e dei um tiro na perna direita dela. E de novo na esquerda, para garantir. Acho que isso tirou o vento das velas dela, não?

— Diria que sim.

Sam voltou-se para Zhilan. Ele se agachou e despejou Marjorie no chão ao lado dela. Zhilan estendeu a mão e tocou o rosto de sua filha. Sam e Remi ficaram olhando, estupefatos, os olhos de Zhilan enchendo-se de lágrimas.

— Ela está viva — Sam disse a ela.

— E Russell?

— Não.

— Você o matou? Você matou meu filho?

— Só porque ele não me deu alternativa — disse Sam.

— Então eu vou matá-lo, Sam Fargo.

— Você pode tentar. Mas pense nisso antes: nós poderíamos ter deixado Marjorie lá para morrer. Não fizemos isso. Jack poderia tê-la matado. Ele não fez isso. Você está aqui por causa do seu marido. Ele a enviou, junto com seus filhos, para fazer o serviço sujo dele, e agora um deles está morto.

— Vamos embora desta montanha e vamos levá-las com a gente. Assim que chegarmos a um telefone, vamos ligar para o FBI e contar tudo o que sabemos. Você tem uma escolha para fazer: quer ser testemunha ou réu com seu marido? Não importa qual, vai acabar na cadeia, mas dependendo de como jogar suas cartas, Marjorie talvez tenha uma chance.

Remi disse: — Quantos anos ela tem?

— Vinte e dois.

— Ela tem uma longa vida pela frente. Cabe sobretudo a você decidir como vai ser: livre, e livre da pressão do pai dela, ou na prisão.

O olhar cheio de ódio de Zhilan subitamente cedeu. Seu rosto relaxou, como se ela tivesse acabado de se livrar de um pesado fardo. Ela disse: — O que eu precisaria fazer?

— Contar ao FBI tudo o que sabe sobre os negócios ilegais de Charles King: cada coisa sórdida que ele já fez ou mandou você fazer em nome dele.

Remi disse: — Uma mulher esperta como você... posso apostar que acredita piamente em seguro. Você tem um arquivo muito cheio sobre King guardado em algum lugar, não tem?

— O que vai ser? — Sam perguntou.

Zhilan hesitou, e então assentiu.

— Boa escolha. Jack, acho que perdemos nossos rádios.

— O meu está bem aqui.

— Então ligue e tente achar Gupta. Está na hora de irmos embora deste lugar.

EPÍLOGO

Katmandu, Nepal,
semanas depois

O RESGATE DE SAM E REMI da montanha do templo de Shangrilá transcorrera sem o menor problema. Como prometera, Gupta ficara sobrevoando a região, ouvindo e esperando o chamado deles. Ele voltou e os embarcou. Quatro horas depois de saírem do espaço aéreo chinês, Gupta pousou o Chetak no aeroporto de Itanagar.

Como eles eram as únicas testemunhas do que tinha acontecido na montanha, fora a falecida tripulação do Z-9, ninguém no governo chinês estava a par da incursão. Tanto quanto qualquer um pudesse saber, Gupta e seus passageiros tinham simplesmente feito uma excursão turística.

Depois de um breve *checkup* no hospital de Itanagar, Sam e Remi foram liberados. Marjorie passou a noite lá em observação. Como o pai dela, ela era uma cabeça-dura, e sofrera apenas uma leve concussão com o golpe de Remi.

Karna recusou cuidados médicos até ter cruzado a fronteira de volta ao Nepal, mas teve os ferimentos de entrada e saída da bala limpos e enfaixados por Gupta.

Depois de longas conversas com Rube Haywood, Sam conseguiu que Zhilan Hsu e Marjorie fossem discreta e seguramente transportadas para

Washington, D.C., onde agentes especiais do FBI estavam à espera delas. Durante o interrogatório, Zhilan Hsu nada omitiu quanto a Charles King. Segundo Rube, o FBI e o Departamento de Justiça formaram uma força-tarefa dedicada a desenredar as muitas operações ilícitas de Charles King. Previa-se que King passaria o restante da vida atrás das grades.

O governo do Nepal e a comunidade científica do país mantiveram o baú em extrema segurança enquanto seu principal antropólogo, Ramos Shadar, e seus assistentes se dedicavam a estudar seu conteúdo. Foi decidido que a descoberta do Homem Dourado e da localização do templo de Shangrilá seria mantida em segredo até estar pronta para ser revelada ao mundo.

E agora o momento tinha chegado.

— Saúde! — Remi anunciou, erguendo sua taça de champanhe.

O restante do grupo — Sam, Jack Karna, Adala Kaalrami, Sushant Dharel e Ramos Shadar — ecoou o brinde com suas taças.

— Agora chegou a hora da inauguração — disse Shadar, sorrindo. — Tenho certeza de que estão todos ansiosos por este momento.

— Ao Theurang — Remi disse baixinho.

Eles subiram os degraus para o palco na sala de exposições de piso de mármore da Universidade de Katmandu. A inauguração oficial e a entrevista coletiva só iam acontecer na noite seguinte, mas a Sam, Remi e os outros foi concedida a honra de uma visita privativa.

— Quem vai ser o primeiro de vocês a erguer a tampa e ver o Homem Dourado? — perguntou Shadar, sabendo bem o que havia dentro e já se divertindo quanto a como os outros reagiriam. — Quem gostaria de ter o privilégio de erguer a tampa?

— Não há dúvida quanto a isso — Sam respondeu. — Jack merece ser o primeiro.

— Sr. Karna — disse Shadar, apontando o baú. — Por favor.

Lágrimas escorrendo de seus olhos, Karna assentiu seu agradecimento para o grupo e então foi até o objeto coberto com veludo. Lentamente, com grande reverência, ele pegou a corda e puxou.

O baú do Theurang estava aberto com a tampa ao lado. Todos eles ficaram olhando assombrados, exceto Shadar.

Dentro, enrodilhado numa posição fetal, estava um esqueleto fóssil quase completo, inteiramente folheado a ouro. Sob as luzes do palco, a visão era de tirar o fôlego. Todos ficaram em silêncio por vários segundos.

Por fim, Jack Karna murmurou: — Por que ele é tão pequeno?

— Parece um menininho — disse Remi baixinho. — Com não mais do que três anos de idade.

— Não pode ter muito mais do que noventa centímetros de altura — estimou Sam.

Shadar sorriu. — Um metro e um centímetro, para ser exato. O peso estimamos por volta de vinte quilos. O cérebro é mais ou menos do tamanho de uma bola de beisebol.

— Deve ser falso — Adala Kaalrami falou pela primeira vez.

Shadar balançou a cabeça. — Vocês poderão não acreditar nisso, mas estão olhando para um ser humano de trinta anos de idade. Pudemos chegar a uma idade razoavelmente aproximada pelo desgaste dos dentes e estrutura dos ossos.

— Um anão? — Sam ofereceu.

— Não um anão — respondeu Shadar —, mas uma espécie separada de ser humano que viveu entre oitenta e cinco mil e quinze mil anos atrás. Quando foi encontrado por meus ancestrais numa caverna na montanha, eles folhearam a ouro os ossos e os consideraram sagrados.

— E o reverenciaram por mais de mil anos — acrescentou Sam.

Os olhos de Shadar assumiram um brilho matreiro. — Não "o" reverenciaram — ele disse lentamente —, mas... "a" reverenciaram.

Um longo momento se passou enquanto a revelação era assimilada.

— É claro! — Remi retorquiu. — Quem deu a vida. A Mãe da Humanidade. O Theurang era uma mulher. Nenhuma surpresa que eles a glorificassem.

Sam balançou a cabeça, mas piscando um olho. — Por que é que... — ele perguntou — ... as mulheres sempre têm de ficar com a última palavra?